HEYNE <

Das Buch

Die schönsten Wochen des Jahres verbringt das deutsche Ehepaar Werner und Vivian Faenzi stets auf seiner Yacht im Mittelmeer. Nur diesen Sommer muss Vivian die Reise in Nizza aus beruflichen Gründen für zwei Wochen unterbrechen. Werner möchte nach Korsika, aber ihm graut ein wenig vor der langen nächtlichen Überfahrt allein auf See. Durch Zufall trifft er den sympathischen deutschen Seemann Malte, der auch nach Korsika will. Gemeinsam fahren sie los. Was Werner nicht weiß: Vor Kurzem hat Malte einen Menschen umgebracht und ist auf der Flucht. Nun wittert er die große Chance einer ganz neuen Existenz auf diesem prachtvollen Schiff. Dabei stört eigentlich nur Werner. Und Vivian. Und jeder, der ihm sonst in die Quere kommt. Darunter auch die Marescialla Manuela Sentini und der Carabiniere Donato Neri, der den Sommer über auf der Insel Elba stationiert ist.

Die Autorin

Sabine Thiesler, geboren und aufgewachsen in Berlin, studierte Germanistik und Theaterwissenschaften. Sie arbeitete einige Jahre als Schauspielerin im Fernsehen und auf der Bühne und schrieb außerdem erfolgreich Theaterstücke und zahlreiche Drehbücher fürs Fernsehen (u. a. *Das Haus am Watt*, *Der Mörder und sein Kind*, *Stich ins Herz* und mehrere Folgen für die Reihen Tatort und Polizeiruf 110). Bereits mit ihrem ersten Roman *Der Kindersammler* stand sie wochenlang auf den Bestsellerlisten, ebenso wie mit all ihren weiteren Thrillern: *Hexenkind*, *Die Totengräberin*, *Der Menschenräuber*, *Nachtprinzessin*, *Bewusstlos*, *Versunken*, *Und draußen stirbt ein Vogel*, *Nachts in meinem Haus*, *Zeckenbiss*, *Der Keller*, *Im Versteck* und *Verschwunden*.

SABINE THIESLER

VERSUNKEN

THRILLER

WILHELM HEYNE VERLAG
MÜNCHEN

MIX
Papier | Fördert gute Waldnutzung
FSC® C014496

Penguin Random House Verlagsgruppe FSC® N001967

Zitat aus: »Was wird morgen sein« (Dietrich Kessler / Jan Witte). Berlin: VEB Lied der Zeit Musikverlag, 1980.

3. Auflage

Vollständige Taschenbuchausgabe 01/2016

Umschlaggestaltung: Eisele Grafik-Design, München, unter Verwendung von GettyImages / o-che; Bigstock / katatonia82
Satz: Schaber Datentechnik, Austria
Druck und Bindung: GGP Media GmbH, Pößneck

ISBN: 978-3-453-41909-4

www.heyne.de
www.sabine-thiesler.de

Für Klaus,
mit dem ich jeden Kurs halten,
jede Klippe umschiffen
und jeden Sturm des Lebens durchstehen kann.
In Liebe.

Seemannsbraut ist die See,
und nur ihr kann er treu sein.
Wenn der Sturmwind sein Lied singt,
dann winkt mir
der großen Freiheit Glück.

»La Paloma«

ERSTES BUCH

DIE INSEL

1

Westliches Mittelmeer

Malte lag in seiner Koje und starrte an die Holzdecke direkt über seinem Kopf. Er kannte jede Maserung und jedes Loch im wurmstichigen Holz, den Verlauf der Risse konnte er bei geschlossenen Augen nachzeichnen, und das Wort »Fuck«, das irgendjemand schon vor Jahren ungelenk und kraklig in die spröden Bretter gekratzt hatte, war das Letzte, was er jeden Tag vor dem Einschlafen mit in seine Träume nahm.

Er hatte Seeleute erlebt, die drei Monate auf dem Kahn arbeiteten und sich allein mit diesem Fluch durchschlugen. Sie brüllten ihn, wenn das Essen verdorben und die Suppe sauer war, aber auch, wenn es ausnahmsweise einen Viertelliter Whisky gab. Sie brummten ihn, wenn sie die Wache verließen oder sich, noch völlig verschlafen, zur Stelle meldeten. Und wenn sie das Deck schrubbten und sahen, dass ein Schiff auf Kollisionskurs war, oder wenn der Sturm ihnen um die Ohren fegte, schrien sie dasselbe Wort. Mehr brauchte man offensichtlich nicht auf der *Blue Bird*, diesem miesen Seelenverkäufer, der Eisenschrott geladen hatte, auf dem Weg von Brisbane nach Bremerhaven war und unter philippinischer Flagge fuhr, um Steuern und Versicherungen zu sparen. Das Schiff war verrostet, reparaturbedürftig und völlig am Ende. Malte wunderte sich jeden Tag, dass es überhaupt noch schwamm.

Seine Augen flackerten. Er hatte jetzt achtundzwanzig Stunden nicht geschlafen, eine Doppelschicht geschoben, bei der Arbeit unentwegt Kaffee getrunken und dazu nur ein paar staubige Kekse gegessen, die nach Mottenpulver schmeckten. Er war hundemüde und sehnte sich danach, einfach abzutauchen und nach einigen Stunden ausgeruht zu erwachen, aber es gelang ihm nicht.

Vor zehn Jahren hatte er seinen alten Job als Binnenschiffer sausen lassen und als einfacher Seemann angeheuert, weil er die Flussfahrerei satthatte und nur noch hinaus aufs Meer wollte.

In kürzester Zeit hatte er sich auf der *Blue Bird* hochgearbeitet und immer mehr Verantwortung übernommen. Und schließlich übte er den einigermaßen gut bezahlten, aber auch verhasstesten Job aus, den ein Frachter überhaupt zu vergeben hatte: Malte hatte als Bootsmann die Aufgabe, die Befehle des Kapitäns an die Mannschaft weiterzuleiten und alle anfallenden Arbeiten zu koordinieren.

Alle Nationalitäten dieser Welt waren normalerweise in so einer Mannschaft zusammengewürfelt, von denen kaum einer einen Brocken Englisch verstand. Eine fast unlösbare Aufgabe. Malte hatte zwischen Malaien, Kroaten, Bulgaren und Rumänen vermittelt und sein Bestes versucht, sich aber nur Feinde geschaffen.

Denn da war Chiang Lu.

Chiang Lu war ein kleiner, dicker Chinese mit einem runden, fleischigen Gesicht, in dem es keine Augen zu geben schien. Auf den ersten Eindruck wirkte er plump, aber er hatte ungeheure Kraft, die man bei einer so fetten und behäbig scheinenden Person gar nicht vermutete. Außerdem konnte er sich blitzschnell bewegen, die Beine gegen die Deckenlampe oder gegen Köpfe schnellen lassen und aus der Hocke einen Meter hoch springen.

Chiang Lu war der Chef über eine Gang von sieben Chinesen und einem Ukrainer. Die Jungs schienen ihm hörig und taten alles, was er wollte.

Aber vor allem hatte Chiang Lu seinen Schatten Yao Yan.

Yao Yan war mager und relativ schwachsinnig. Er verstand nie, worum es ging, aber er tat alles, was Chiang Lu ihm befahl. Bedingungslos. Er hätte sich selbst die Hand abgehackt, wenn Chiang Lu es verlangt hätte. Yao Yan war eine zähe, blöde Kampfmaschine, die keinen Schmerz und keine Empathie kannte – nur die Befehle von Chiang Lu.

Malte hatte mehrere Male mit dem Kapitän gesprochen und ihn gebeten, Yao Yan sobald wie möglich abzuheuern, aber der Kapitän hatte jedes Mal abgewinkt. »Er arrrbeitet gutt«, hatte er geknurrt, »wass willst du noch? Mit wem er befreundet ist, interrresssierrt mich nicht.«

Kapitän Jósef Adamczyk kam aus Danzig, hatte schon als Kind immer am Hafen herumgelungert, sich durchgebissen, aus den allerärmsten Verhältnissen hochgearbeitet und es bis zum Kapitän geschafft. Er ertrank zwar regelmäßig im Wodka, war aber immer bereit, einem armen Hund wie Yao Yan eine Chance und einen Job zu geben. Es musste schon viel passieren, bis Adamczyk einen rausschmiss.

Denn Yao Yan arbeitete wirklich wie in Pferd. Er schien nie zu schlafen, nie zu essen, er war immer auf dem Sprung. Wenn er versuchte, etwas zu sagen, schlug sich Chiang Lu einmal kurz aufs Knie, und Yao Yan hielt die Klappe. Yao

Yan funktionierte wie ein Motor, den man programmieren und an- und abschalten konnte.

Und den Schalter hatte Chiang Lu in der Hand.

Vor knapp zwei Monaten waren sie in Brisbane in See gestochen, und ihre Route führte sie über Sydney, Melbourne, Adelaide, Marseille, Antwerpen, Rotterdam bis nach Bremerhaven. Eine gewaltige Tour. Unzählige lange Tage auf See, in denen er Chiang Lu, seiner Gang und all den anderen Idioten nicht aus dem Weg gehen konnte. Eine Tortur, denn je länger nichts als Wasser um die Mannschaft herum war, desto aufsässiger wurde sie. Es gab nur fünfzehn Besatzungsmitglieder an Bord, die rund um die Uhr im Schichtdienst arbeiteten, chronisch übermüdet waren und jede Minute Schlaf brauchten.

Sie hatten die entsetzlich lange Fahrt über den Indischen Ozean, durch das Rote Meer und den Suezkanal nach vierzig Tagen hinter sich gebracht, das Mittelmeer erreicht, waren jetzt östlich von Korsika und nahmen Kurs auf Marseille.

Malte konnte Chiang Lus selbstgefälliges Grinsen, das er ständig an den Tag legte, nicht mehr ertragen. Denn er tat grundsätzlich nie das, was man von ihm verlangte, sondern nur das, was er selbst wollte. Wenn Malte Chiang Lus fleischiges, dickes, rosafarbenes Gesicht sah, hatte er Lust, es platt zu klopfen wie ein Filetsteak.

Malte lag in Jeans und T-Shirt auf dem Bett. Seine Kabine war so eng, dass er nur aus der Koje aufstehen konnte, wenn er den Tisch einklappte. Aber es war ihm egal. Hauptsache, allein. Das war schon ein großes Privileg, die Matrosen teilten sich zu viert eine Kabine, dort war weniger Platz als in einer Legebatterie. Und es stank wie im Pumakäfig.

Hier in seiner eigenen Enge konnte Malte wenigstens atmen.

Er zählte die Wurmlöcher an der Decke, versuchte einzuschlafen, aber fand keine Ruhe. Seine Gedanken rasten. Nach einer Weile wurde ihm klar, dass er nicht einschlafen konnte, weil er die Schritte von Chiang Lu und den anderen nicht hörte. Das Deck, auf dem sie Wache schieben sollten, war genau über seiner Kabine, und Chiang Lu war als Rudergänger eingeteilt. Normalerweise hörte er jeden Schritt, nur heute herrschte Totenstille.

Er horchte, konzentrierte sich – und wurde immer wacher.

Diese verfluchte Bande. Wahrscheinlich saßen sie im Aufenthaltsraum oder sonst irgendwo und spielten Karten. Nie würde er auf diesem Dampfer Ruhe finden und auch nur für fünf Minuten die Verantwortung ablegen können. Nie.

Und wer – zum Teufel – fuhr das Schiff? Denn dass der Alte, der Erste Offizier oder der Steuermann auf der Brücke waren, glaubte er nicht.

»Hau dich hin«, hatte der Kapitän vor einer Stunde gesagt, »du kannst ja kaum noch aus den Augen gucken. Chiang Lu übernimmt das Rrrruder, und die zwei anderrrn Chinesen schieben Wache. Penn dich aus.«

Er horchte weitere zehn Minuten, dann zog er seine Bootsschuhe an und ging auf die Brücke.

Dort war weit und breit niemand zu sehen. Kein Chinese, kein Steuermann und kein Kapitän. Der Einzige, der auf diesem Schiff anscheinend noch arbeitete, war der Autopilot.

Malte fluchte, trat gegen den Kartenschrank, dass die Tür bedenklich krachte, und zog los, um die faule Bande zu suchen.

Auf dem oberen Vorderdeck saßen sie in trauter Eintracht, rauchten Opium in der Wasserpfeife, waren total bekifft und interessierten sich einen Dreck für den Kurs des Schiffes.

»Was soll das, ihr Idioten?«, schrie Malte. »Seid ihr bescheuert? Ihr sollt aufpassen, verdammte Scheiße! Ihr habt Wache! Chiang Lu, du sollst am Ruder stehen, du fauler Hund! Oh, Shit! Kapiert ihr das nicht, ihr Schwachköpfe?«

Chiang Lu schwieg und grinste wie immer.

Das brachte Malte vollkommen aus der Fassung. Er ging zwei Schritte auf Chiang Lu zu, entriss ihm die Wasserpfeife und warf sie über Bord.

Chiang Lu sprang auf und schrie: »Yao Yan!«

Sein Schatten war in Bruchteilen von Sekunden zur Stelle, und Malte sah aus dem Augenwinkel im Licht der Decksbeleuchtung etwas aufblitzen. Es war eine Warnung, nur eine Hundertstelsekunde lang, aber es genügte, denn Malte war immer auf der Hut.

Als der Chinese auf ihn zusprang, war Malte schneller, riss sein Messer aus dem Gürtel und rammte es Yao Yan bereits im Sprung in die Kehle.

Yao Yan fiel wie ein Stein, und das Blut sprudelte wie eine Fontäne aus seinem Hals.

Chiang Lu stieß einen Schrei aus, der die Chinesen alarmierte, und Malte sah, dass jetzt alle auf ihn zustürzten.

Im letzten Moment schoss er davon, rannte übers Deck, verschwand im Niedergang, sprang, immer drei Stufen auf einmal nehmend, noch zwei Treppen tiefer, dann flüchtete er vorwärts bis unter die Back, in die fensterlose, dunkle Werkstatt, in die niemals Tageslicht oder frische Luft drang. Dort wusste er von einem Spind, verborgen hinter Kabeln und Gerümpel.

Er hörte die Chinesen laut schreiend durchs Schiff laufen. Sie suchten ihn.

Rasend vor Angst, wühlte er sich durch Stühle, Styroporplatten, Holzreste und Werkzeug, stemmte die Tür zum Spind auf, drückte sich zwischen Feuerlöscher und Wasserschlauch, zog die Tür so weit zu, dass nur noch ein winziger, kaum sichtbarer Schlitz zum Atmen blieb, den er erst ein bisschen vergrößern konnte, wenn er sicher war, dass sich kein Chinese in der Nähe befand.

Hier war er relativ sicher, denn er hatte noch nie erlebt, dass mal jemand in diesen Spind geschaut hätte. Nur wenn es brannte, würde man sich eventuell an ihn erinnern und ihn öffnen. Und dann war sowieso alles egal. Ob ihn die Chinesen oder das Feuer umbrachten, machte keinen Unterschied.

Malte horchte und wagte kaum zu atmen.

Ständig hörte er Stimmen, Schritte, Poltern, Rufe – es wollte einfach nicht aufhören. Und nie konnte er mit Gewissheit sagen, ob sie näher kamen oder endlich aufgaben.

Nach einer halben Stunde keuchte er bereits. Der Schweiß lief ihm über das Gesicht und den Rücken hinab, und er konnte kaum noch stehen.

Aber mit großer Wahrscheinlichkeit verging ihnen bald die Lust, auf dem zweihundert Meter langen Schiff nach ihm zu suchen. Auf so einem Seelenverkäufer war es keine große Sache, wenn einer über Bord ging. Im nächsten Hafen gab es neues, vielleicht noch billigeres Menschenmaterial.

Noch vierzehn Stunden bis Marseille.

Wenn er dann noch leben sollte, hatte er dort vielleicht die Chance, sich unbemerkt von Bord zu schleichen.

Die *Blue Bird* passierte Elba, aber das interessierte die Chinesen wenig.

Chiang Lu zog Yao Yans Lider hoch. »Er ist so tot wie eine Ratte«, sagte er. »Kommt, wir werfen ihn ins Meer.«

»Wollen wir nicht dem Alten Bescheid sagen?«, fragte Sang, der bei allem immer mehr Angst als Vaterlandsliebe hatte und auf einem Schiff wie der *Blue Bird* eigentlich nichts verloren hatte.

»Bist du verrückt? Kein Wort. Yao Yan ist weg, und Malte ist weg. Wenn der Alte den Blutfleck sehen sollte oder wenn er sich wundert, warum die beiden nicht zum Dienst erscheinen, werden wir die Achseln zucken. Von uns hat niemand was gehört oder gesehen. Klar?«

»Alles klar.«

»Wir werden natürlich vermuten, dass sich Yao Yan und Malte gestritten haben, der Alte weiß ja auch, dass die beiden sich nicht ausstehen konnten ... Und vielleicht haben sie sich gegenseitig abgestochen und sind beide im Kampf über Bord gegangen. Aber wir wissen es nicht. Wir wissen gar nichts. Sonst hätten wir ja auch den Mann-über-Bord-Alarm ausgelöst.«

»Sicher.«

»Wer eine andere Version erzählt, wandert genauso über Bord wie Yao Yan. Habt ihr mich verstanden?«

»Na klar. Und du meinst, Malte ist noch an Bord?«

Chiang Lus Schweinsäuglein wurden noch kleiner. »Natürlich! Wo soll er denn sonst sein? Glaubst du, er ist über die Reling gesprungen? Zig Seemeilen von der Küste entfernt, um sich von den Fischen fressen zu lassen oder jämmerlich zu ersaufen? Nein, mein Lieber, bevor wir Marseille erreichen, haben wir ihn gefunden, das schwöre ich dir.«

»Und dann?« Sang hatte große, angstgeweitete Augen.

»Dann stechen wir ihn ab und werfen ihn Yao Yan hinterher«, sagte Chiang Lu. »Noch Fragen?«

»Nein.«

»Also dann: Sang, nimm die Füße.«

Chiang Lu hob das Leichtgewicht Yao Yan unter den Achseln, Sang packte die Fesseln, sie nahmen Schwung und warfen ihn ins Meer.

Es tat Chiang Lu in der Seele weh. So einen Getreuen wie Yao Yan würde er nie wieder finden. Und er schwor diesem Dreckschwein, diesem Mörder Malte, ewige Rache.

Das Schiff fuhr schnell, und Chiang Lu hatte bereits nach wenigen Sekunden seinen Freund Yao Yan aus den Augen verloren.

Er verdrückte keine Träne, aber er wandte sich ab und gab Sang ein Zeichen, dass er anfangen konnte, das Deck zu schrubben.

2

Er hätte nie gedacht, dass man sich an Angst sogar gewöhnen konnte.

Vollkommen in sich zusammengesunken, hing er zwischen Feuerlöscher und Wasserschlauch und war davon überzeugt, sich nie wieder bewegen zu können, falls er hier jemals rauskommen sollte. Jeder einzelne Knochen tat ihm weh, seine Muskeln krampften, wurden taub, kribbelten, piekten und juckten – und dennoch dämmerte er immer mal ein paar Minuten ein.

Jedes Mal, wenn er wieder wach wurde, wunderte er sich, dass sie ihn noch nicht gefunden und ihm die Kehle durchgeschnitten hatten.

Warum hatte er auch bloß diese dämliche Opiumpfeife ins Wasser geschmissen? Warum diese Provokation? Hätte er Meldung beim Alten gemacht, hätte er jetzt sicher nicht diese Probleme.

Er drückte die Tür einen Spalt auf. Aber draußen in der Werkstatt war die Luft genauso stickig wie in dem Schrank, und er spürte kaum eine Erleichterung.

Seine Uhr konnte er in der Dunkelheit des Spinds nicht lesen, und er hatte jegliches Zeitgefühl verloren. Wie lange war es noch bis Marseille? Zehn Stunden? Fünf Stunden oder nur noch eine?

Ob es ihm gelingen würde, von Bord zu kommen, war mehr als fraglich. Sein Überleben stand in den Sternen. Er wusste im Moment nur, dass er sein Versteck offensichtlich verdammt gut gewählt hatte.

Dieser dämliche Chiang Lu, der nichts weiter im Kopf hatte, als seine Leute zu scheuchen, kam nicht auf die Idee, hier nach ihm zu suchen.

Plötzlich hörte er Schritte. Schwere, lange Schritte. Das musste Larssen sein, der schwedische Maschinist. Mit ihm hatte er sich gut verstanden, Larssen hatte auch immer sofort begriffen, was Malte ihm mitzuteilen hatte.

Freundschaft gab es an Bord nicht, doch Larssen würde ihn niemals in die Pfanne hauen.

Aber konnte er es wagen, ihn um Hilfe zu rufen?

Nein. Lieber nicht. Niemals. Denn vielleicht war es auch der schwerfällige rumänische Tellerwäscher Citicc, der die Treppe herunterpolterte und den er einmal verprügelt hatte, weil Citicc ihn beim Pokern betrogen hatte. Er würde ihn sofort bei den Chinesen verpfeifen. Citicc war nichts weiter als eine feige Sau.

Im Grunde konnte er auf niemanden zählen.

Außer den Chinesen waren da noch der Erste Offizier, auch ein Pole und Befehlsempfänger des Kapitäns, der lettische Zweite Offizier, der sich für was Besseres hielt und dem sofort die Augen zufielen, wenn er eine halbe Minute auf einer Stelle stand. Der ägyptische Bordelektriker, mit dem er sich noch nie vernünftig unterhalten hatte, grinste unentwegt dümmlich vor sich hin, der Koch und sein Gehilfe waren rund um die Uhr betrunken und lebten in ihrer eigenen Welt. Was sonst noch auf dem Schiff geschah, interessierte sie überhaupt nicht.

Ohne Larssen hatte er keine Chance. Er war vollkommen auf sich allein gestellt.

Malte schreckte auf, denn er spürte, dass die Maschinen gedrosselt wurden. Das Dröhnen nahm ab. Im Bootsrumpf wurde es leiser.

Da sich das Schiff so gut wie gar nicht bewegte und auch nicht rollte, konnte es nur eins bedeuten: Sie waren dabei, in den Hafen von Marseille einzufahren.

Minuten später hörte er das laute Rasseln der Maschinen, die gerade aufgestoppt wurden. Bug- und Heckschraube arbeiteten, dann ein Ruck.

Malte sah im Geiste vor sich, wie die kleinen, flinken Chinesen Taue zum Kai warfen, die von Hafenarbeitern über die Poller gelegt wurden, er sah die Gangway ausfahren und fragte sich, ob sie Yao Yan ins Meer geworfen oder dem Alten Meldung gemacht hatten.

Sicher nicht, daher vermisste ihn auch niemand, denn der Kapitän hatte ihm freigegeben und ging davon aus, dass er sich einmal richtig ausschlief.

Er überlegte. Nachts um zwei hatte er Yao Yan erstochen. Wenn sie wirklich in Marseille angelegt hatten, war es jetzt sechzehn Uhr. Noch konnte er sich nicht aus seinem Versteck wagen, denn an Bord waren Hauen und Stechen an der Tagesordnung. Sicher wäre er nur, wenn er direkt neben dem Kapitän stehen würde, aber bis auf die Brücke schaffte er es auf gar keinen Fall.

Also musste er noch fünf oder sechs Stunden warten, bis er versuchen konnte, sich in der Dunkelheit ungesehen von Bord zu schleichen. Dann waren bis auf die Wachen alle von Bord, um ins Bordell zu gehen und sich im

Hafen volllaufen zu lassen, bevor morgen ein Teil des Schrotts abgeladen war und Marmor und Granit aufgeladen wurden.

Er hielt es kaum noch aus.

Das Problem war, dass er nicht einfach von Bord rennen konnte. Er brauchte seine Papiere, sein Geld, sein Handy und seine Klamotten. Er musste es irgendwie in seine Kabine schaffen, um den Kram zu holen.

Als er das Gefühl hatte, dass genug Zeit vergangen war, stemmte er die Tür auf und zwängte sich aus dem Spind.

Er schlich aus der Werkstatt durch den Lampenraum, vorbei an Laderaum eins und zwei und hoch zu Deck drei.

Vorsichtig sah er sich um. Weit und breit niemand.

Er hatte keine Ahnung, wie spät es war, aber es war stockdunkel. Also schlich er weiter, drückte sich an der Wand entlang, von Nische zu Nische, wo er sich eventuell notdürftig verstecken konnte. Zwei Decks höher musste er noch, um seine Kabine zu erreichen, und dann wieder nach unten auf Wasserhöhe zur Gangway.

Er hatte verdammtes Glück. Das Schiff schien wie ausgestorben.

Und was war, wenn sie in seiner Kabine saßen und auf ihn warteten? Weil sie wussten, dass er ohne Papiere aufgeschmissen war? Dann säße er in der Falle. Chiang Lu würde nicht lange fackeln und ihm mit der Machete den Schädel spalten.

Die Chance, lebendig davonzukommen, stand höchstens zwanzig zu achtzig.

Während er noch überlegte, ob es nicht besser sei umzukehren, öffnete er die schwere Eisentür zu Deck vier und wagte sich hinaus.

Es war wie ein Albtraum. Links von ihm, nur wenige Meter entfernt, standen Chiang Lu, Sang und Wong, rechts Tsui, Cheng, Ying und der Ukrainer Andriy.

Jeder von ihnen hatte ein Messer, eine Machete oder einen Krummsäbel in der Hand. Niemand sagte ein Wort.

Sie warteten stumm darauf, ihn abzuschlachten.

Malte überlegte und zögerte nicht, er reagierte instinktiv wie ein Tier, das in der Falle sitzt, nahm Anlauf, hechtete über die Reling und sprang.

In das schwarze, stinkende Wasser des Industriehafens von Marseille.

Er trudelte durch das Wasser, um ihn herum nur undurchdringliches Schwarz. Die Sinne schwanden ihm, er verlor augenblicklich die Orientierung, wusste nicht mehr, wo oben und wo unten war, und glaubte in der Hölle zu treiben.

Bis er irgendwann irgendwo auftauchte und sich wunderte, dass er noch lebte. Der Sprung vom Deck war bestimmt zehn Meter in die Tiefe gegangen.

Er schnappte nach Luft. Der riesige Schiffsrumpf der *Blue Bird* machte ihm Angst. Er musste sehen, dass er wegkam, ohne dass ihn die Chinesen entdeckten.

Scheinwerfer blendeten auf. Sie suchten das Wasser nach ihm ab.

Er tauchte so oft und so lange wie möglich und hielt sich dicht am Kiel des Schiffes auf. Dort konnten sie ihn nicht sehen. Die Schwierigkeit war, danach irgendwo unbemerkt an Land zu kommen. Vielleicht musste er noch an weiteren Schiffen genauso eng vorbeischwimmen.

Malte spürte, wie er erst den einen, dann den anderen Bootsschuh verlor, aber er verschwendete keinen weiteren Gedanken daran.

Er schwamm und tauchte, wie er in seinem ganzen Leben noch nicht geschwommen und getaucht war, und hatte gleichzeitig eine solche Angst, wie er sie in seinem ganzen Leben noch nie gehabt hatte.

Ein Containerschiff fuhr vorbei. Die Bugwelle ließ ihn im Wasser tanzen und schlug ihn gegen den Kiel eines Frachters. Bei Malte brach Panik aus. Ich bin hier zwischen diesen Riesen in der Nacht, wie soll ich jemals eine Leiter an Land finden?, dachte er verzweifelt. Ich kann sie ja noch nicht einmal sehen!

Als er am nächsten Frachter unbemerkt vorbeigeschwommen war und bestimmt bereits über einen halben Kilometer zurückgelegt hatte, verließen ihn die Kräfte.

Ich kann nicht mehr, dachte er, Himmel, ich kann nicht mehr.

Aber er biss die Zähne zusammen, schwamm weiter und wagte es, hinter einer riesigen Schiffsschraube zum Kai zu schwimmen, um eine Treppe zu suchen.

Die Chinesen werden schon auf mich warten und mir ihre Krummschwerter durchs Gesicht ziehen, dachte er, aber vielleicht ist das besser, als in dieser schwarzen, nach Öl und Diesel stinkenden Brühe, zwischen Essensresten und Fäkalien, abzusaufen.

Die Kaimauer war glitschig und veralgt. Er konnte kaum einen Meter weit sehen und tastete sie Zentimeter für Zentimeter ab. Wenn er keine Leiter fand, musste er noch um einen weiteren mindestens dreihundert Meter langen Riesen herumschwimmen.

Spätestens bei Sonnenaufgang würden die meisten Schiffe starten, dann kam Bewegung in den Hafen, und er war in Lebensgefahr. Aber so lange konnte er unmöglich schwimmen, ohne sich irgendwo festzuhalten.

Malte fand keine Treppe und kämpfte sich weiter durchs Hafenbecken.

Er versuchte einfach nur zu schwimmen und an gar nichts zu denken, die stinkende schwarze Brühe um sich herum zu vergessen. Er schwamm wie eine Maschine und merkte zum ersten Mal, dass eine Lunge wehtun kann.

Zum Glück tanzten keine Scheinwerfer mehr übers Wasser, vielleicht hatten sie die Suche nach ihm aufgegeben. Sie warteten entweder an Land oder hatten an Bord Besseres zu tun. Wer interessierte sich schon für einen schwachsinnigen toten Yao Yan? Wahrscheinlich niemand. Doch wenn sie die Messerstecherei der französischen Polizei gemeldet hatten, dann würden sie ihn weitersuchen. Er hätte in Frankreich keinen Moment mehr Ruhe.

Anderthalb Stunden später zog er sich völlig erschöpft an einer eisernen, glitschigen Sprossenleiter hinauf zum Kai. Zumindest war er noch am Leben.

Das war aber auch alles.

Malte hatte keine Ahnung, wo er war, und lief einfach los. Wollte nur weg vom Industriehafen, raus aus dem Bereich der Hafenpolizei, möglichst zu irgendeiner Landstraße, wo er versuchen konnte zu trampen.

In seinen nassen Sachen zitterte er am ganzen Körper, obwohl die Nacht lau war und ein sanfter, beinah warmer Wind vom Meer her wehte.

Alles, was er je besessen hatte, war an Bord der *Blue Bird* geblieben. Seine Sachen, Geld, Papiere, Handy – alles. Er war ärmer als eine Kirchenmaus. Ihm wurde klar, dass er notgedrungen auch sein Fahrten-, das heißt sein Schifferdienstbuch, an Bord zurückgelassen hatte. Das bedeutete, dass er nirgends anheuern konnte. Er hatte keinen Beweis mehr, dass er ausgebildeter Binnenschiffer und Bootsmann war, und konnte sein Fahrtenbuch auch nicht als verloren melden und ein neues beantragen, denn sicher suchten sie ihn längst.

Und keine Behörde der Welt würde ihm neue Papiere ausstellen, wenn er nicht beweisen konnte, wer er war. Er besaß ja noch nicht einmal eine Geburtsurkunde. Die hatte er damals bei Greta zurückgelassen, er war überhaupt nicht auf die Idee gekommen, danach zu suchen.

Er hatte kein Dach über dem Kopf und nirgendwo auf der Welt eine Adresse, zu der er zurückkehren konnte. In seinem Leben gab es keinen Freund und keine Freundin, keine Eltern und keine Verwandten. Und er hatte keine einzige Telefonnummer für den Notfall. Niemand konnte bezeugen, wer er war.

Ohne Papiere war man kein Mensch. Bei keiner Bank der Welt ließ sich ohne Ausweis ein Konto eröffnen, auch seinen Auto- und Bootsführerschein konnte er nicht neu beantragen, und sollte er jemals auf die Idee kommen, irgendwo auf der Welt eine Wohnung zu mieten, dann war selbst dies unmöglich.

Denn wer gab einem Mann einen Job, der keine Ausbildung und keine Berufserfahrung und weder Papiere noch ein Konto hatte? Niemand. Vielleicht gelang es ihm hin und wieder, als Tagelöhner zu arbeiten, wo man nach zehn Stunden einen Geldschein in die Hand gedrückt bekam und anschließend mit einem Tritt zur Tür hinausbefördert wurde.

Seine Vergangenheit war vollständig ausgelöscht.

Es gab ihn nicht mehr.

Und alles nur wegen dieses kleinen, fetten Chinesen Chiang Lu und seines Schattens Yao Yan.

Es war einfach nur zum Kotzen.

3

Marina di Grosseto

Ganz allmählich drang das entfernte Tuckern eines Bootsmotors in ihr Bewusstsein, und dann erinnerte sie sich. Ja, richtig, sie waren wieder an Bord. Endlich, nach einem endlos langen Winter.

Zufrieden drehte sie sich noch einmal auf die Seite und zog die Decke bis unters Kinn. Vom Sonnenaufgang erahnte sie durch die kleinen Bullaugen der Achterkabine nur wenig, aber das Licht reichte, um halb schlafend zu registrieren, dass Werners Betthälfte leer war.

Sie hörte seine Schritte an Deck. Vielleicht ging er so früh schon zum Duschen. Wenn in einem Hafen die sanitären Anlagen gut waren, vermieden sie es, an Bord zu duschen, um nicht andauernd die Wasserreservoirs auffüllen zu müssen, was sehr zeitaufwendig war. Aber wenn er von Bord gehen wollte, würde er gleich die Gangway ausfahren. Nein. Jetzt schob er den Tisch und die beiden Stühle übers Teak, was unter Deck so deutlich zu hören war, als würde er es direkt neben ihrem Ohr tun. Wahrscheinlich wollte er den Tisch fürs Frühstück decken.

Seit fünf Jahren fuhren sie im Sommer mit der *Aurora* ein paar Wochen durchs Mittelmeer, und das erste Ablegen nach der Winterpause war immer ein aufregender Moment. Selbst Werner, der jede Menge Erfahrung hatte, wurde jedes Mal wieder ein klein wenig nervös.

Sie entspannte sich und versuchte noch ein wenig zu dösen. Der leichte Morgenwind ließ die Schäkel der Segelboote leise klimpern. Für sie war das die Musik der Häfen, die sie über alles liebte. So wie das Zirpen der Grillen auf der Terrasse eines toskanischen Landhauses.

Ein Bootsmotor knatterte durch den Hafen. Mit schnellem, rhythmischem Tock-Tock. Wahrscheinlich Ugo, überlegte sie, einer der fünf Fischer, die jeden Morgen von Marina di Grosseto aus hinausfuhren und bereits vier Stunden später ihren Fang in der Pescheria, einem winzigen Laden direkt am Kai, ablieferten. Ugo war lang und dünn, für einen Italiener eigentlich ungewöhnlich groß, und trug immer eine knallorangefarbene Öljacke. Im Sommer und im Winter. Bei jeder Temperatur. Steif stand er in seinem Boot, dessen Motor schneller tuckerte als die anderen, hatte die Arme vor der Brust verschränkt und die Steuerpinne zwischen die Schenkel geklemmt. So lenkte er das Boot einzig und allein durch die Bewegung der Hüften.

Das Tuckern wurde lauter. Ugo fuhr vorbei. Als das Motorengeräusch wieder abschwächte, spürte sie, wie das Boot in den Wellen, die Ugo verursacht hatte, sanft schaukelte, und hörte die Wellen hart gegen den Stahlrumpf klatschen.

Sie mochte das. Nirgends konnte sie so gut schlafen und nirgends fühlte sie sich so geborgen wie auf einem Schiff, das sie sanft wiegte.

Vivian schloss die Augen und genoss den Augenblick. Sie hatte Urlaub. Herrlich! Wenn auch nur zehn Tage, aber es gab nichts Schöneres und kam ihr vor wie eine Ewigkeit.

Eine Möwe schrie kurz und grell, und ihr heftiger Flügelschlag verriet, dass sie auf dem Mast landete.

Vivian schlief ein und wusste nicht, ob sie nur wenige Sekunden oder eine Viertelstunde geträumt hatte, als ein anderer Motor, der einen viel langsameren Rhythmus und einen tieferen Klang hatte, durch den Hafen knatterte. Sie musste lächeln. Ja, genau, das war Vittorio, der hinausfuhr, um seine Fangleine auszulegen. Am Nachmittag gegen siebzehn Uhr würde er sie wieder einholen und sich überraschen lassen, ob er nur einen oder dreißig Fische gefangen hatte.

Werner polterte immer noch über Deck. Jetzt hörte sie gerade, dass er die Backskisten öffnete.

Vivian versuchte, ein letztes Mal wegzudämmern, aber ziemlich schnell wurde ihr klar, dass es damit heute früh wohl nichts mehr werden würde, sie war schon viel zu wach.

Sie gähnte herzhaft, streckte sich genussvoll und gab dabei grunzende und quiekende Geräusche von sich, als sie die Treppe knarren und Werner in die Achterkabine kommen hörte. Blitzschnell schloss sie die Augen. Wenn sie sich schlafend stellte, würde er sie fünf Minuten wach kraulen.

Er setzte sich an ihr Bett und küsste sie auf die Wange. »Vivian«, flüsterte er. »Vivian, hör zu. Ich hab alles startklar gemacht und lege jetzt ab, okay? Das Wetter ist herrlich. Willst du an Deck kommen oder liegen bleiben? Du kannst aber auch weiterschlafen, wenn du willst, ich komm schon allein klar.«

Vivian schoss unter der Decke hervor und setzte sich auf. »Was denn? Du legst ab? Bist du verrückt? Wie spät ist es denn?«

»Halb sieben.«

Sie stöhnte. »Oh Mann! Warum willst du denn so früh los? Wollten wir nicht erst nach dem Frühstück fahren?«

»Wir frühstücken unterwegs. Ist doch kein Problem. Und viel schöner.«

»Aber ich wollte noch duschen gehen.«

»Schatz, bitte!« Er küsste sie aufs Haar. »In vier bis fünf Stunden sind wir in Elba. Dann haben wir noch den ganzen Tag vor uns und kommen nicht erst am frühen Nachmittag an.«

»Ach, Werner! Fängst du am ersten Tag schon mit solchem Stress an? Ich bin nicht geduscht, nicht angezogen, sehe aus wie ein Besen ... Aber wir müssen ja unbedingt schon los, als wären wir auf der Flucht.«

»Vivian, bitte!«

»Ich hasse das!« Sie schlug die Decke zurück und schwang die Beine aus dem Bett.

»Ich wusste nicht, dass das so ein Problem für dich ist«, sagte Werner besänftigend.

»Ja, ja, schon gut, ich komm gleich nach oben«, brummte Vivian.

Werner strich ihr kurz übers Haar, stand auf und verließ die Achterkabine.

Vivian zog sich Leggings, T-Shirt und Pullover über und ging hinauf an Deck. Sogar jetzt im Juli war es so früh am Morgen auch im Mittelmeerraum hin und wieder noch ziemlich kühl. Allerdings blieb sie barfuß. Bootsschuhe trug sie fast nie, es sei denn, sie fuhren noch im November hinaus. Auch bei heftigem Seegang zog sie sich, wenn es möglich war, keine Schuhe an, da sie glaubte, so den sichersten Stand auf dem Teakdeck zu haben.

In ihrer weitläufigen Altbauwohnung in Berlin ging sie nie barfuß. Das Gefühl von einem Teppich unter ihren nackten Füßen konnte sie nicht ausstehen.

Werner startete die Motoren und prüfte, ob der Kontrollstrahl backbord und steuerbord direkt über der Wasserlinie spuckend austrat. Alles prima. Die beiden Motoren arbeiteten ruhig und gleichmäßig und gaben ein vertrautes, brummendes Geräusch von sich.

Vor einer Woche hatten sie Luca angerufen, und der hatte das Boot abfahrbereit gemacht. Er hatte den Möwendreck auf dem Teak entfernt, alles geschrubbt und gesäubert, die Chromteile von der Salzkruste befreit und poliert und die Filter gewechselt. Es war alles klar und konnte losgehen.

»Lassen wir die Festmacher hier?«, fragte sie.

»Natürlich«, antwortete Werner, während er einen Blick auf Tiefenmesser, Öltemperatur und Tankanzeige warf. »Ich werde ja nicht ewig weg sein. Und die Dinger können wir in keinem anderen Hafen dieser Welt gebrauchen.«

»Mach am Bug los, ich kümmere mich ums Heck!«, rief er dann, und Vivian lief nach vorn.

Die Leinen, die an den Mooringketten unter Wasser befestigt waren und an denen der Bug des Schiffes festgemacht wurde, hatten sich über den Pollern in den Wintermonaten so zugezogen, dass es eine gewaltige Kraftanstrengung erforderte, sie zu lösen.

Vivian sah zum Steuerstand. Werner hob fragend die Hand, was so viel hieß wie: Soll ich dir helfen?, aber sie winkte ab, schob die Leinen mit aller Kraft gegen die Zugrichtung, und nur wenig später hatte sie sie gelöst.

Als sie sie zurück ins Wasser warf, beobachtete sie noch, wie sie im Hafenbecken versanken, und hielt anschließend den Daumen hoch. Werner konnte ablegen. Es bestand keine Gefahr mehr, dass sich die Leinen an den Mooringketten in den Schiffsschrauben verfingen.

Während Werner langsam aus der Parkbucht fuhr, startete sie unten im Salon wie immer ihre Hymne »Biscaya« von James Last auf dem iPod und drehte sie laut.

Lautsprecher übertrugen die Musik an Deck. Jetzt war es endlich wieder so weit: Sie fuhren hinaus.

Vivian war eine Frau Anfang vierzig mit einer ganz eigenwilligen Schönheit. Aufgrund ihrer Natürlichkeit war es ihr immer gelungen, Sportlichkeit und Eleganz miteinander zu verbinden. Sie war schlank, hatte einen hellen Teint und blasse Sommersprossen. Ihre gleichmäßigen Gesichtszüge waren auch ungeschminkt ungeheuer reizvoll. Aber das Auffälligste und Schönste an ihr waren ihre langen, dichten, lockigen roten Haare. Als Kind hatte sie ihre Haarfarbe verflucht, da sie ständig mit »Feuermelder« oder »rote Laterne« gehänselt worden war, und auch als junge Frau war sie damit immer unzufrieden gewesen. Erst als sie Werner kennenlernte, änderte sich das. »Ich finde deine Haare faszinierend«, hatte er mehr als einmal gesagt. »Sie sind wie ein Flammenmeer und haben sich fest in mein Gehirn eingebrannt!«

Daraufhin schloss Vivian Frieden mit ihrer widerspenstigen, lockigen und flammend roten Mähne.

Zurzeit war sie auf dem Höhepunkt ihrer Karriere. Sie hatte sich als Kostüm- und Bühnenbildnerin einen Namen gemacht und war an den größten Theatern und Opernhäusern international gefragt. Ihre künstlerische Heimat war jedoch in Berlin die Staatsoper Unter den Linden.

Werner war zehn Jahre älter als Vivian und hatte vor fünf Jahren nach einem knapp überstandenen Herzinfarkt sein Unternehmen in der metallverarbeitenden Industrie zu einem enorm guten Preis verkauft. Seitdem genoss er das Leben, liebte es, lange Zeiten auf dem Boot sein zu können, und unterstützte Vivian, wo er nur konnte. Im Grunde war er ein glücklicher und zufriedener Mann.

Im Sonnenlicht konnte man sehen, dass seine blonden Haare bereits von silbrigen Strähnen durchzogen waren, was aber gut zu seinem gebräunten Teint passte und seine Attraktivität noch verstärkte.

Normalerweise hatte Vivian an der Berliner Staatsoper zwei Monate Theaterferien. In dieser Zeit flogen sie und Werner von Berlin nach Pisa, gingen in Marina di Grosseto, wo sie einen festen Liegeplatz für ihr Boot hatten, an Bord und schipperten wochenlang durchs Mittelmeer. Es war die schönste Zeit des Jahres, auf die sie monatelang hinfieberten.

Aber in diesem Jahr war alles anders.

Vivian hatte Bühnenbild und Kostüme für *Carmen* entworfen. Es war eine gefeierte Inszenierung, und die Staatsoper hatte sie komplett an die Opéra de Nice verkauft.

Das war ein fantastisches Prestigeobjekt und wurde ausgesprochen gut bezahlt, aber es erforderte auch sehr viel mehr Arbeit, vor allem in den Ferien.

Vivian hatte den Abbau des Bühnenbildes und das Verstauen der Kostüme überwacht und dafür schon eine gute Woche ihrer Sommerferien opfern müssen. Jetzt, während des Transportes, hatte sie zehn bis vierzehn Tage Urlaub, musste dann aber in Nizza sein, um den Aufbau des Bühnenbildes und die Anprobe der Kostüme zu leiten. Das Bühnenbild musste auf die Größe des Opernhauses in Nizza umgebaut und die Kostüme den Maßen der französischen Darsteller angepasst werden. Das Ganze erforderte noch einmal ungefähr zwei Wochen.

Dann blieben Vivian und Werner vier Wochen Urlaub, während Bühnentechniker und Schneiderinnen die Umbauten und Änderungen erledigten, bevor Vivian zu den Endproben und der Premiere wieder in Nizza sein musste.

»Warum machst du so etwas?«, hatte Werner entnervt und auch verärgert gefragt, als sie den Vertrag unterschrieben hatte. »Ist dir klar, dass du unseren gemeinsamen Urlaub zerhackst und in Scheibchen schneidest? Sind dir die paar Euro Zusatzverdienst so wichtig, verdammt?«

»Es sind nicht die paar Euro, Werner, das weißt du ganz genau«, antwortete sie spitz. »Tu nicht so, als ob ich es dir noch einmal erklären muss. Ich kann mein Baby nicht in andere Hände legen, so ist das nun mal. Ich habe Monate an dem Projekt gearbeitet. Mein Herzblut und meine Kreativität stecken darin. Und da soll ich irgendeinem dahergelaufenen Hansel die Änderungen für Nizza und die Premiere überlassen? Wer weiß, was dieser Trottel alles versaut? Oder er hat das Gefühl, das Rad neu erfinden zu müssen, und ich erkenne meine Arbeit nicht wieder! Es ist vielleicht Pech, dass die Inszenierung verkauft worden ist, aber ich werde mir die *Carmen* nicht wegen eines Urlaubs kaputt machen lassen.«

Darauf konnte Werner nichts erwidern, aber er war dennoch frustriert und wütend und hatte das Gefühl, ein Jahr seines Lebens verloren zu haben. Seit er nicht mehr arbeitete, schienen die Jahre doppelt zu zählen und gingen gefühlsmäßig zweimal so schnell vorbei. Wenn er nicht aufs Boot konnte, geriet er in Panik.

»Gut, das verstehe ich«, sagte Werner nach einer Weile. »Aber wie stellst du dir das vor? Wir haben einmal zehn Tage und einmal vier Wochen an Bord. Da kommen wir nirgends hin. Ich wollte in diesem Jahr mit dir nach Griechenland. Aber in diesem engen Zeitrahmen kommen wir noch nicht einmal nach Capri.«

»Ich weiß. Es tut mir auch leid. Fürs Bootsfahren nur ein kleines Zeitfenster zu haben ist im Grunde Blödsinn. Aber ich kann's nun mal nicht ändern.«

»In Zukunft könntest du wenigstens mit mir sprechen, bevor du Verträge unterschreibst.«

»Und was hätte das geändert? Glaubst du, ich hätte den Vertrag sausen lassen, nur um zwei Wochen länger mit dir durch die Gegend schippern zu können?«

»Nein, aber …«

»Na also«, schnitt sie ihm das Wort ab, stand auf und deckte den Tisch.

»Ich dachte, du liebst unsere Urlaube auf dem Boot!«

»Oh Mann, Werner, du weißt ganz genau, wie sehr ich es genieße, an Bord zu sein und einen langen Bootsurlaub zu machen. Also was soll das jetzt? Willst du Stress?«

»Nein, aber du redest so abfällig von ›durch die Gegend schippern‹.«

»Weißt du was? Du kannst mich mal. Du machst deinen Kram, und ich mache meine Arbeit. Und wenn sich das verbinden lässt, ist es gut – wenn nicht, dann nicht.« Damit ging sie hinaus und knallte die Tür hinter sich zu.

Werner saß da und schüttelte nur den Kopf.

Fünf Minuten später kam sie wieder herein, als wäre nichts gewesen.

»Ich hab mir überlegt, du könntest mich zum Beispiel von Grosseto nach Nizza bringen«, sagte sie. »In unseren ersten zehn Urlaubstagen. Das wäre doch eine schöne und sinnvolle Sache. Und die Überfahrt von Korsika nach Nizza ist nicht von Pappe, sondern ein kleines Abenteuer. Da sind wir Tag und Nacht am Stück auf See. Dann steige ich aus, und du schipperst – entschuldige bitte den Ausdruck – an der Küste entlang von Hafen zu Hafen gemütlich zurück nach Elba. Nizza, Monaco, San Remo, Savona, Genua, La Spezia, Livorno, Piombino, Elba. Mein Lieber, das ist eine schöne Tour, da hast du zwei oder drei Wochen lang genug zu tun. Aber das wäre allein zu schaffen. Und wenn ich fertig bin, fliege ich nach Elba, dort treffen wir uns und setzen unseren Urlaub fort. Ist das nicht eine wunderbare Möglichkeit?«

Werner überlegte lange. Dann sagte er: »Ja. Du hast recht. Das wäre eine Möglichkeit. Obwohl sie nicht wunderbar ist. Es ist ein Horror, ständig die Häfen allein anlaufen zu müssen. Ich kann kaum Französisch, muss aber die Hafenmeistereien anfunken, und dann weiß ich nicht, was mich dort erwartet. Sind da Ormeggiatori, die mir beim Anlegen helfen, oder nicht? Wie sieht der Hafen aus? Allein ist das alles fürchterlich. Stress ohne Ende. Außerdem macht es an Bord keinen Spaß ohne dich.«

»Überleg's dir. War ja nur ein Vorschlag. Du kannst natürlich auch in Berlin bleiben, und wir treffen uns dann, wenn ich mit meiner Arbeit fertig bin, auf dem Boot.«

Werner seufzte. »Was ich auch mache, ich muss mein Leben nach deinen Terminen ausrichten. Das nervt.«

Vivian setzte sich ihm gegenüber und sah ihn an. »Zwei Dinge, Werner: Erstens, du kannst machen, was du willst.

Du kannst allein mit dem Boot durch die halbe Welt fahren, und keiner wird dich dran hindern. Nur mich kannst du nicht mit einplanen. Zweitens, du vergisst immer, dass du keinen Terminstress mehr hast, aber ich schon. Ich habe einen Job, und von meinem Geld leben wir nicht schlecht. Wenn du dich langweilst, ist das nicht mein Problem. Jedenfalls finde ich es nicht fair, wenn du mir deine persönlichen Probleme auf die Stulle schmierst.«

Vivian setzte sich auf seinen Schoß und küsste ihn, als hätte sie ihn nicht gerade eben mit verbalen Widerhaken beschossen, die im Fleisch steckten.

Das war so typisch für sie, dachte Werner: Ohne zu zögern, wischte sie seine Pläne vom Tisch, und eine halbe Stunde später präsentierte sie eine Lösung, die ihr gut in den Kram passte, hackte noch ein bisschen auf ihm herum, hatte dann aber blendende Laune und tat, als wäre nichts gewesen.

Nur wenn er diese Vivian-Lösung akzeptierte, konnte er sich entspannen, denn es gab nichts Schlimmeres, als seinen eigenen Kopf durchzusetzen und unentwegt ein schlechtes Gewissen haben zu müssen.

Selbstverständlich hatte er sich dazu entschieden, Vivian mit dem Boot nach Nizza zu bringen.

Vivian hatte es auch nicht anders erwartet.

Es war ein herrlicher Tag, und die Zehn-Tages-Tour nach Nizza hatte begonnen.

Vivian legte den Arm um Werners Hüfte und stand still neben ihm. Die bauchige, kutterähnliche Stahlyacht schob sich langsam durch das Hafenbecken. Werner hob die Hand und grüßte die Angler, die seit den frühen Morgenstunden auf der steinernen Hafenbuhne saßen und ihr Glück versuchten.

Als sie die flache Hafeneinfahrt passiert hatten, kam das Schiff über größeren Tiefen in kabbeliges Wasser. Werner gab mehr Gas, das Boot rollte heftig, aber beruhigte sich schließlich wieder.

Der Hafen lag hinter ihnen, sie fuhren hinaus aufs offene Meer.

Vivian sah zurück. Die Hafengebäude, der Überwachungsturm, der so gut wie nie besetzt war, und die Häuser von Marina di Grosseto wurden kleiner, der Strand war bereits nicht mehr auszumachen und nur noch durch einen hellen schmalen Streifen zu erahnen. Sie würden in ihren Heimathafen wohl erst zurückkehren, wenn die Saison vorbei und ihr gesamter Urlaub beendet war.

Marina di Grosseto war im Grunde eine hässliche Stadt. In der zweiten Hälfte des zwanzigsten Jahrhunderts hatte man versucht, den Tourismus zu beleben, und schnell, billig und dementsprechend scheußlich Appartementkomplexe aus dem Boden gestampft, aber die Rechnung war nicht aufgegangen. Viele Häuser standen auch im Sommer leer und verfielen langsam, Restaurants machten, so schnell wie sie eröffnet wurden, auch wieder Pleite, und im Winter war Marina di Grosseto eine menschenleere Geisterstadt. Werner und Vivian freuten sich jetzt auf die beschaulichen und romantischen Häfen Elbas.

Vivian ging unter Deck, holte Handys, Sonnenbrillen, Sonnenöl, zwei Flaschen Wasser und das Hand-GPS an Deck. Die genaue Position zu wissen war jetzt nicht wichtig, aber sie konnte die Geschwindigkeit sehen, mit der die *Aurora* unterwegs war. Die Logge, der Geschwindigkeitsmesser an

Bord, funktionierte nicht, da sie sich im Winter mit Muscheln vollgesetzt hatte.

»Leg mal einen Zahn zu«, sagte Vivian, »du fährst erst vier Komma acht Knoten.«

»Okay.« Werner erhöhte die Drehzahl, bis er gut sechs Komma fünf Knoten erreicht hatte. Das war eine gute Marschgeschwindigkeit, bei der man einigermaßen vorankam, aber nicht allzu viel Diesel verbrauchte.

Noch lag die Insel Elba im Dunst und war nicht zu sehen.

»Ich mach uns Kaffee, und dann sag ich dir den genauen Kurs, okay?«, sagte Vivian.

»Ja, bitte, tu das.«

Die Kaffeemaschine blubberte. Hier in der Pantry, dem tiefsten Punkt des Schiffes, hörte man die Motoren besonders laut.

Um diese Zeit war das Meer fast immer ruhig und glatt. Auch an herrlichen Sommertagen kam meist so gegen zwölf Uhr Wind auf, steigerte sich in den nächsten zwei Stunden bis auf Windstärke vier oder fünf und ebbte am späten Nachmittag wieder ab. So war es fast jeden Tag. Darauf konnte man sich gut einstellen, aber es erschwerte das Anlegen in einem Hafen oder das Ankern in einer Bucht um die Mittagszeit.

Der Hafen San Rocco in Marina di Grosseto war sowieso ein ungemein windiger Ort. Während hier der Wind tobte und die Boote tanzen ließ, war es zehn Seemeilen weiter in anderen Häfen ganz ruhig.

Aber ihr Boot lag seit Jahren in diesem Hafen, und Vivian und Werner hatten sich daran gewöhnt.

Vivian brachte Milchkaffee, Weißbrot mit Marmelade und Pfirsiche nach oben zum Außensteuerstand, deckte den Tisch des Achterdecks und setzte ihre Sonnenbrille auf. Das Licht auf dem Meer war gleißend hell.

Dann öffnete sie in ihrem iPad die Navigationsapp, die die Position des Schiffes anzeigte, und zog die Kurslinie nach Elba.

»192 Grad«, sagte sie knapp, setzte sich und nahm den ersten Schluck Kaffee des Tages, während Werner den Autopiloten aktivierte.

Die Fahrt verlief ruhig, das Meer war glatt, zeigte nur eine leichte Dünung. So hatte Vivian es am allerliebsten. Aufregung brauchte sie nicht, die hatte sie in ihrem Job schon genug.

Vor fünf Jahren hatten sie dieses Boot gekauft und es *Aurora* genannt, weil Werner nichts so sehr liebte wie Sonnenaufgänge. Er war ein Mensch, der scheinbar ohne Schlaf auskam und am liebsten immer schon bei Tagesanbruch aufstand. Sonnenaufgänge hatte er schon hundertfach miterlebt, sie selbst noch kaum einen.

Für Vivian war dieses Schiff ein gemütlicher Dampfer. Als Verdränger schob es sich langsam und bedächtig durch die Wellen, anstatt wie so viele moderne Yachten im Mittelmeer mit unglaublichem Speed und einem Spritverbrauch, dass einem die Tränen kamen, über die Wellenkämme hinwegzufliegen. Aber man konnte mit der *Aurora* auch vor keinem Sturm oder Gewitter fliehen, da musste man durch und das Wetter aushalten.

Vivian fand diesen Stahlkoloss mit seinen beinah fünfzehn Metern Länge, seinem unglaublichen Gewicht von über zwanzig Tonnen und seiner unendlichen Trägheit beängstigend und beruhigend zugleich.

Aber es war ein erhebendes Gefühl, mit einem Boot auf dem Meer unterwegs zu sein, auf dem man eigentlich auch wohnen und leben könnte. Alles, was der Mensch brauchte, war vorhanden. In Bug- und Heckkabine genug Platz für vier Personen, zwei Badezimmer, eine fantastisch praktikable kleine Küche und ein heller Salon mit einem zweiten Steuerstand, falls man bei Dauerregen oder Gewitter nicht von draußen steuern konnte. Und der große Freiraum an Deck hinter dem Außensteuerstand war ihre Terrasse.

4

Elba, Porto Azzurro

Die Insel Elba lag wie ein gewaltiger, lang gestreckter Berg im Meer, die *Aurora* kam immer näher.

»Achtung, Fähre!«, rief Werner. »Halt dich fest, gleich wird's wacklig.«

Die Fährschiffe nach Piombino und Giglio fuhren so schnell, dass sie gewaltige Wellen erzeugten, die auch ein Schiff von der Größe der *Aurora* tanzen und rollen ließen.

»Sollen wir nach Porto Azzurro oder nach Portoferraio fahren?«, fragte Werner. »Was meinst du?«

»Azzurro ist schöner.«

»Aber von Ferraio aus sparen wir auf dem Weg nach Korsika ungefähr zwei Stunden.«

»Dann lass uns heute nach Azzurro fahren und morgen meinetwegen nach Ferraio. Wir haben doch Zeit, wir müssen nicht hetzen.«

Werner nickte.

Vielleicht sollte ich mich allmählich mal erkundigen, ob in Porto Azzurro überhaupt ein Liegeplatz frei ist, überlegte Vivian und griff zum Handy.

»Buongiorno«, sagte sie, als sie die Capitaneria am Telefon hatte. »Ich brauche für heute Nacht einen Liegeplatz, für ein Motorboot, fünfzehn Meter mal vier fünfzig mal eins fünfundzwanzig. Ist das möglich?«

Sie hörte, wie die Angestellte einen Moment in ihren Papieren kramte. »Certo. Kein Problem. Wenn Sie einfahren, melden Sie sich bitte bei den Ormeggiatori auf Kanal 9.«

»Grazie, Signora.«

»Alles klar«, sagte sie zu Werner. »Sie haben was frei. Also: Avanti!«

Zehn Minuten später waren sie dem Hafen so nah, dass Vivian über Kanal 9 die Ormeggiatori anfunken konnte. Deren Aufgabe war es, den Skippern beim Anlegen zu helfen, da es bei den meisten Schiffstypen nicht möglich war, allein mit dem Bootshaken die Seile der Mooringkette zu fassen zu kriegen.

Das Funkgerät rauschte und knackte, und ein Hafenmitarbeiter nuschelte und schrie gleichzeitig irgendeinen Wortsalat in den Apparat.

»Non ho capito niente!«, brüllte jetzt auch Vivian. »Può ripetere, per favore?«

Es kam lediglich der gleiche unverständliche Redeschwall.

»Redet der überhaupt Italienisch?«, fragte Vivian und schüttelte fassungslos den Kopf. »Hast du auch nur ein Wörtchen verstanden?«

»Nein, nichts. Hör auf mit der Funkerei. Es hat keinen Zweck.«

»Okay.« Vivian grinste. »Dann dreh deine Schleifen, honey, es dauert noch. Wie immer. Und wenn sie uns so herumdümpeln sehen, werden sie winken. Anders geht es scheinbar nicht.«

Porto Azzurro war einer der schönsten Häfen im Tyrrhenischen Meer. Er hatte ein kleines, überschaubares Hafenbecken, in dem aber auch größere Yachten Platz fanden, da die nötige Tiefe vorhanden war. Bunte pittoreske Häuschen und eine herrliche Piazza säumten den Kai, das Rathaus des Ortes war eine wahre Pracht, und Fischrestaurants luden zum Essen ein. Eine herrliche, malerische und typisch mediterrane Kulisse, wie schon tausendfach in Fotobildbänden oder Hochglanzbroschüren festgehalten. Es gab kaum etwas Stimmigeres und Romantischeres als Porto Azzurro auf Elba.

Das kleine Örtchen bestand aus verwinkelten Gassen, windschiefen mittelalterlichen Häusern und vielen Bars, Restaurants und Geschäften. In der Saison war auf den Gassen und in den Trattorien bis spät in die Nacht Hochbetrieb, zusätzlich bauten in den engen Straßen jeden Abend Händler ihre Stände mit selbst gefertigten Kunstgegenständen auf.

Porto Azzurro war ein mediterranes Kleinod, eine Perle, und immer wieder einen Besuch wert.

Werner versuchte, das Boot auf der Stelle zu halten, ab und zu setzte er zurück, wenn er in den Hafen hineingetrieben wurde, und hin und wieder fuhr er einen kleinen Kreis. Unangenehm daran war nur, dass genau in der Mitte der Hafenbucht eine betonnte Gefahrenstelle war, über die er nicht hinwegfahren durfte. Dort lag im flachen Wasser ein Schiffswrack.

»Die können einen doch nicht ewig hier rumfahren lassen«, brummte Vivian nach einer Weile. »Es gibt genug Liegeplätze, warum schaffen es diese Idioten denn nicht, sie einem zuzuweisen?«

Werner antwortete nicht.

Er hatte gar nicht gehört, was Vivian gesagt hatte. Er ließ das Steuer los, nahm den Bootshaken und ging zum Bug, um zu sehen, was da merkwürdig Großes im Wasser trieb.

Er musste sich hinknien und tief über die Reling beugen, um genauer zu erkennen, was das war.

Sein Herzschlag setzte aus.

Und dann fing Vivians Mann Werner, der in keiner Situation Nerven oder Kontrolle verlor, an zu schreien.

5

Der Anruf kam mittags um Viertel vor eins. Gabriella tat Neri, sich und Oma gerade Cannelloni mit Ricotta und Spinatfüllung auf, als Neri zum Telefon ging, um den Anruf entgegenzunehmen.

Sie hörte nur, wie er »Natürlich!« sagte. Und: »Selbstverständlich. Ich komme sofort. Bin schon unterwegs.«

Gabriella verkrampfte sich sofort.

»Buon Appetito!«, sagte sie demonstrativ, als Neri an den Tisch zurückkam.

Doch er setzte sich gar nicht erst. »Es tut mir leid«, sagte er, »aber ich muss zum Hafen. Manuela hat angerufen, es ist etwas passiert.« Wenn Neri *Manuela* sagte, gab es Gabriella augenblicklich einen Stich.

»Was kann denn auf Elba Schreckliches passieren, dass du selbst an deinem freien Tag sofort losstürzen musst?«, fragte sie spöttisch. »Ist einem Kind sein Eis ins Wasser gefallen? Oder findet ein Urlauber seinen Autoschlüssel nicht?«

Neri versuchte den aggressiven Unterton in Gabriellas Stimme zu überhören.

»Ich weiß es nicht. Keine Ahnung. Manuela hat nichts Genaues gesagt. Aber es scheint dringend zu sein. Wartet nicht auf mich, ich esse heute Abend.«

Damit drehte er sich um und ging ins Schlafzimmer, um seine Uniform anzuziehen.

Gabriella schwieg. Sie hatte keinen Appetit mehr. Unweigerlich musste sie daran denken, wie es zu dieser unsäglichen Entscheidung gekommen war, dass sie alle, samt Oma, auf Elba gelandet waren. Alles war schiefgelaufen.

Ambra, Februar 2013

Gabriella hörte gegen elf das Klappern des Briefschlitzes und lief im Morgenmantel in den Flur. Sie war zwar geduscht, aber noch nicht angezogen, gekämmt und geschminkt, weil sie nicht wusste, warum und für wen sie es tun sollte. Oma saß oben in ihrem Zimmer vor dem Fernseher, Gianni hatte schon seit drei Tagen nichts mehr von sich hören lassen, und Neri dämmerte bereits seit sieben Uhr in seinem quittegelben, langweiligen Carabinieri-Büro in Ambra vor sich hin, guckte Löcher in die Luft, spitzte Bleistifte und blätterte in der Jägerzeitschrift »Cinghiale«.

Die Trostlosigkeit ihres Lebens war Gabriella an diesem nasskalten, trüben Februarmorgen so überdeutlich bewusst geworden, dass sie zu nichts Lust hatte. Es war alles so sinnlos. Der Zug war abgefahren, niemals würde sich an ihrer Lebenssituation noch etwas ändern.

Aber dann lag da auf einmal der Brief der Carabinieri-Hauptstelle in Florenz auf dem eisernen Fußabtreter, und sie platzte fast vor Neugierde. Plötzlich schien alles möglich. Es konnte eine Beförderung Neris nach Rom sein, man wusste ja nie. Schließlich hatte er, als ein deutscher Serienmörder in der Toskana sein Unwesen trieb und ihrem Sohn

Gianni fast zum Verhängnis geworden wäre, hervorragende Arbeit geleistet und den Täter überführt.

Aber das hatte niemand gewürdigt, denn wie immer musste man für kleine Vergehen heftig büßen, während wahre Heldentaten gar nicht bemerkt wurden.

Gabriella stutzte. Der Brief war offen. Das war in Italien nichts Ungewöhnliches, denn kein Klebestreifen auf Umschlägen taugte etwas. Nahm man nicht zusätzlich Tesafilm, ging der Brief unverschlossen auf die Reise. Normalerweise hatte sie sich immer darüber geärgert, jetzt fand sie es hilfreich.

Sie nahm den Brief aus dem Umschlag, las und traute ihren Augen nicht. Die Kollegen in Florenz waren plötzlich des Lobes voll, obwohl das Drama mit Gianni bereits Jahre zurücklag. So etwas passierte nie ohne Hintergedanken. So viel war Gabriella klar. Und da stand es auch schon:

Da Sie sich bei Ihrer Urlaubsvertretung auf der Insel Giglio im Jahre 2009 so hervorragend bewährt und als unersetzlich gezeigt haben, würden wir Sie gern für die Sommermonate Mai bis einschließlich September auf die Insel Elba versetzen, wo durch einen Krankheitsfall eine erhebliche Lücke entstanden ist, die nur durch eine qualifizierte und erfahrene Kraft geschlossen werden kann. Ihre Arbeit in Ambra, die wir nie unterschätzt haben, hat im Sommer einen geringeren Umfang, da es vor Ort weniger Touristen gibt. Ihre dortige Position kann durch einen jüngeren Kollegen wesentlich leichter abgedeckt werden als der weitaus verantwortungsvollere Posten auf unserer beliebten Urlaubsinsel Elba. Ihre Leistungsbezüge werden dem gesteigerten Verantwortungsvolumen und dem höheren Arbeitsaufwand angepasst. Die

Dauer Ihres Aufenthaltes auf Elba wird sich vom 6. Mai bis zum 28. September erstrecken. Wir erwarten Sie auf Elba (Porto Azzurro) bis zum Ende des Monats zu einem klärenden Gespräch. Bitte vereinbaren Sie mit Donatella Massini (Büroassistentin) einen Termin.

Na, das war ja ein Ding. Das klang wie eine Beförderung auf Raten und schien weniger ein Angebot als eine unmissverständliche Aufforderung zu sein, die keinen Widerspruch duldete. Neri musste sich nur weiterhin positiv hervortun, dann wanderte er irgendwann unweigerlich auf der Karriereleiter zurück nach Rom. In Ambra war dies nicht möglich. Mit einem gestellten Zechpreller in der Bar auf der Piazza konnte man weder glänzen noch auffallen.

Gabriella war sich sicher, dass Neri gar keine andere Wahl hatte: Er *musste* das Angebot annehmen.

Am Abend sah sie die Wut in seinen Augen blitzen, weil sie seine Post geöffnet hatte, aber sie wischte den unausgesprochenen Vorwurf sofort vom Tisch.

»Nicht, dass du denkst, ich hätte ihn aufgemacht, tesoro, so etwas würde ich nie wagen, Neri, das weißt du doch«, flötete sie sanft. »Aber er war schon offen, und da hab ich reingeguckt. Scusami.«

Als Neri nicht reagierte, kam sie sofort zur Sache und las ihm den Brief laut vor. Das Positive betonte sie, das Negative nuschelte sie weg.

Als sie fertig war, saß Neri wie erstarrt, und seine Augen blickten ins Leere.

Donato war ein stattlicher Mann mit ergrautem Haar und einem kleinen Bauchansatz. Er hatte jetzt achtundzwanzig

Dienstjahre auf dem Buckel und war zum Ärger seiner Frau die Karriereleiter stetig bergab gewandert, weil er das Talent hatte, die Realität immer falsch zu bewerten. Einen Unfall interpretierte er als Mord, und einen Mord wischte er als Pechsache oder Lappalie vom Tisch. Er war eben einfach ein Unglücksrabe und wegen anhaltender Unfähigkeit schließlich in dem Käsenest Ambra gelandet, dem kleinsten und unbedeutendsten Carabinieri-Standort überhaupt. Seine Frau Gabriella hatte es nie verwunden, dass er nach erheblichen Ermittlungsfehlern aus ihrem geliebten Rom weggelobt worden war.

Sie ließ ihm Zeit. Doch dann sagte sie leise: »Das musst du machen, Donato. Unbedingt! Das ist eine riesige Chance!«

Gabriella hatte ihn schon lange nicht mehr liebevoll Donato genannt, aber dennoch schüttelte Neri vehement den Kopf.

»Niemals, Gabriella«, sagte er, »niemals. Schlag dir das aus dem Kopf. Die Urlaubsvertretung auf Giglio damals hat mir gereicht. Aber das waren nur drei Wochen! Und nun fünf Monate? Ich bin doch noch zu retten!«

»Überleg doch mal, tesoro, du verdienst mehr, du kannst dich profilieren, du langweilst dich nicht so entsetzlich wie hier. Die Zeit wird vergehen wie im Flug!«

»Nein! Ich habe mir geschworen, nie mehr ein Schiff zu betreten, auf dem ich mich so ausgeliefert fühle wie im Weltall. Die Schwerelosigkeit kann nicht schlimmer sein als so ein schaukelnder Kahn! Ich hasse Schiffe, Gabriella! Schon auf einer Fähre habe ich Todesangst. Das weißt du doch! Und ich hasse das Gefangensein auf einer Insel! Wenn ich wegwill, kann ich nicht weg, außer ich fahre mit dem Schiff. Und wenn ich dort krank werde, kann ich mein

Testament machen und sterbe. Das Meer um mich herum macht mir noch mehr Angst. Mit seinem ganzen Viehzeug und Ungeziefer, das man nicht sieht, das aber da unten irgendwo lauert und nur darauf wartet, einen zu fressen.«

»Keiner zwingt dich, schwimmen zu gehen.«

»Trotzdem.«

»So dumm kann man doch nicht sein, ein derartiges Angebot auszuschlagen, Neri! Ich sage dir, Elba ist das Sprungbrett nach Rom. Hundertprozentig! Da passiert wenigstens was. Hier in Ambra doch nicht! Da fährt alle hundert Jahre mal einer von der Tankstelle weg, ohne zu bezahlen. Ende. Irgendwann werden sie die kleine Popelstation hier sowieso schließen. Und wenn du dann nichts anderes vorweisen kannst, bist du völlig aufgeschmissen. Verstehst du, amore? Dann wirst du zwangspensioniert und kannst den ganzen Tag mit all den anderen Senilen, die noch nicht mal mehr ein Wort sagen, sondern nur in die Gegend starren, auf der Piazza sitzen. Mehr bleibt dir dann nicht. Begreif doch: fünf Monate Elba! Das ist die Gelegenheit!«

Gegen Gabriellas Redeschwall war Neri schon immer machtlos gewesen. Er überlegte krampfhaft, ob er sich in ihrer Ehe schon jemals wirkungsvoll gegen sie durchgesetzt hatte, aber ihm fiel nichts ein.

Daher saß er stumm da, und Gabriella interpretierte es so, als würde er über Elba nachdenken. Sie ließ nicht locker.

»Oma und ich werden dich ganz bestimmt besuchen …«

Neri stöhnte auf und verdrehte die Augen.

»Na gut«, Gabriella lächelte, »dann besuche ich dich eben allein. Am Wochenende hast du frei, und wir werden herrliche Tage und Nächte zusammen erleben.«

Neri sah überrascht auf. Gabriella strahlte ihn an. »Natürlich! Was dachtest du denn? Das ist Urlaub! Das ist fantastisch! Wir sitzen in einem Fischrestaurant am Meer und sehen, wie die Sonne im Meer versinkt … Gibt es etwas Schöneres? Oder findest du es interessanter, am Küchenfenster zu sitzen und auf Robertos Weide zu gucken, auf der er ohne Genehmigung die siebte Blechhütte gebaut hat, sodass die Wiese jetzt aussieht wie ein Gerümpellager? Findest du das etwa romantisch? Ein Sommer nach dem anderen vergeht, Neri, und wir erleben nichts, gar nichts mehr. Noch nicht mal ein paar schöne Momente.«

In Gabriellas Augen schwammen Tränen. »Denk doch auch mal an mich, Donato! Was hab ich denn noch vom Leben? Ich wasche deine Wäsche, koche dein Essen, passe auf Oma auf und warte auf dich, bis du Feierabend hast. Glaubst du, das ist abendfüllend? Wenn das so weitergeht, werde ich noch verrückt. Und jetzt bietet sich eine so wundervolle Gelegenheit, vielleicht irgendwann einmal aus dem ganzen Schlamassel hier herauszukommen, und du ziehst es noch nicht mal in Erwägung? Das ist nicht fair, Neri!«

Jetzt überlegte Neri ernsthaft. Mit der Fähre brauchte man von Piombino eine Stunde bis Elba. Das war zwar nicht die Welt, aber immerhin eine Stunde Horror. Aber wenn er Gabriella damit glücklich machen konnte, würde er es schon durchstehen.

Er würde seinen guten Willen zeigen und hinfahren, um dann an Ort und Stelle das Angebot abzulehnen. Gabriella würde er sagen, dass sein Chef, der Maresciallo, ein fürchterlicher Stinkstiefel sei, mit dem er es unmöglich fünf Monate aushalten könne. Selbst seinem ärgsten Feind wünsche er nicht einen einzigen Tag zusammen mit diesem Tyrannen. Das würde Gabriella verstehen. Und dann war sie ihm nicht böse, weil er es wenigstens versucht hatte.

»Vielleicht hast du recht …«, sagte er zögerlich.

Gabriella stieß einen kurzen freudigen Schrei aus und schnitt ihm jedes weitere Wort ab, indem sie ihm um den Hals fiel und ihn stürmisch abküsste.

Zehn Tage später fuhr Neri zusammen mit seinem Sohn Gianni zum vereinbarten Gesprächstermin nach Elba. Gabriella konnte ihn nicht begleiten, da sie in einen von Weihnachten übrig gebliebenen steinharten Ricciarelli-Keks gebissen, sich eine Ecke ihres Backenzahns abgebrochen hatte und nun zum Zahnarzt musste.

Als die Fähre ablegte, war die See bei Windstärke zwei zwar ruhig, aber Neri war dennoch grün im Gesicht und klammerte sich an seinen Sohn.

»Oddio!«, schrie er bei der geringsten Bewegung des Schiffes. »Gianni, wir kippen um! Das ist nicht normal, so ein großes Schiff muss ruhig im Wasser liegen und darf nicht so wackeln. Wir sind ja ganz schief!« Er schloss die Augen und stöhnte. »Gianni, irgendwas stimmt hier nicht. Der Kahn ist kaputt. Oder nicht seetüchtig, wir werden sinken und alle umkommen.«

»Bitte, babbo, spiel hier nicht verrückt. Die Leute gucken schon. Es ist alles in Ordnung, du kannst mir glauben!« Gianni war das Ganze ungeheuer peinlich.

»Und was war mit der *Costa Concordia?* Was war da? Alle haben diesem Bastardo Capitano Schettino vertraut und gedacht, es kann gar nichts sein. Hier kann nichts passieren! Die *Costa Concordia* war noch zehn- oder hundertmal größer als die Fähre hier und ist jämmerlich abgesoffen. Das hat auch keiner für möglich gehalten. Vielleicht ist der Kapitän oben auf der Brücke besoffen, weil es so schaukelt. Weißt du das?«

»Babbo, hör auf. Red dich jetzt nicht in Rage, es ist alles gut, wir sind gleich da.«

»Oder er amüsiert sich mit ein paar Nutten auf der Brücke und passt nicht auf.«

»Das glaubst du doch selbst nicht! Wir sind auf einer Fähre und nicht auf einem Vergnügungsdampfer!«

»Vielleicht sollte ich den Commandante mal überprüfen, das gehört ja jetzt zu meinen Aufgaben.« Er grinste kläglich.

»Ja, sicher. Tu das. Aber im Moment bist du nicht im Dienst.« Gianni verschränkte die Arme und sah hinaus aufs Meer.

Das Schiff stampfte weiter durch die See, und beide schwiegen.

Schließlich sagte Gianni beruhigend: »Du gewöhnst dich schon noch ans Schifffahren, da bin ich mir ganz sicher. Irgendwann wird ein großer Seefahrer aus dir.«

Wenn Neri nicht so schlecht gewesen wäre, hätte er sich ausgeschüttet vor Lachen.

Im Büro der Carabinieri in Porto Azzurro empfing ihn die Marescialla höchstpersönlich.

Manuela Sentini sah aus wie die Tochter von Ornella Muti, hatte große dunkle Augen, die einem bis in die Seele gucken konnten, aber wenn man weniger romantisch veranlagt war, konnte man sich auch in ihnen spiegeln und seine Frisur kontrollieren, während sie einen ansah. Manuela war ein sinnliches Vollweib, und ihre Strenge und Rationalität im Beruf machten sie nur noch erotischer.

Wie Neri kam auch sie ursprünglich aus Rom, aber im Gegensatz zu ihm liebte sie diese Insel, die ihre wilden und ihre sanften Seiten hatte, mehr als die chaotische Hauptstadt.

Manuela war groß, mindestens eins fünfundsiebzig, hatte eine schlanke Taille, aber platzte wegen ihrer Oberweite fast aus der Uniform. Von der Hüfte abwärts war sie schlank und sportlich, hatte lange Beine und vermittelte den Eindruck, von einer Brücke springen, an einem Hochhaus hochklettern und durch den Ärmelkanal schwimmen zu können. Sie hatte langes schwarzes, glänzendes Haar und hohe Wangenknochen.

Neri wusste nicht mehr, wo er hingucken und was er denken sollte.

»Wie schön, Sie kennenzulernen«, sagte Marescialla Sentini lächelnd und streckte Neri ihre ringlose Hand mit den langen schmalen Fingern entgegen. »Nett, dass Sie gekommen sind.«

Ihr Händedruck war fest, und Neri dachte daran, dass sie wahrscheinlich jedes Tomatenglas mühelos knacken und jeden Verbrecher problemlos in den Schwitzkasten nehmen konnte.

»Hatten Sie eine angenehme Überfahrt?«

»Ja, ja, danke«, stotterte Neri. »Es war glücklicherweise sehr ruhiges Wetter.«

»Das freut mich.«

Neri stand sehr aufrecht vor dem keineswegs aufgeräumten Schreibtisch seiner Vorgesetzten. So aufrecht, dass ihm nach zwei Minuten der Rücken wehtat. Und er ärgerte sich darüber, dass er vor diesem Termin nicht noch einmal zum Friseur gegangen war und sich sein Hemd von Gabriella nicht mehr hatte aufbügeln lassen.

»Bitte«, sagte Manuela, »nehmen Sie doch Platz.«

Neri setzte sich und kam sich dieser Göttin gegenüber vor wie in der Grundschule.

Manuela erklärte die Aufgaben, die auf Neri zukommen würden, erläuterte die Arbeitszeiten und die Bezahlung.

»Die Dauer Ihres erforderlichen Aufenthaltes auf Elba kennen Sie ja«, meinte sie. »Sie haben einen Acht-Stunden-Tag, eine Sechstagewoche, aber aufgrund dessen, dass wir hier auf der Insel personell total unterbesetzt sind, eine vierundzwanzigstündige Rufbereitschaft. Und zwar immer. Dafür zahlen wir eine Sonderzulage von hundertdreiundzwanzig Euro achtzehn pro Woche.«

Neri hörte gar nicht hin. Er hatte nur Augen für diese Frau, die die fleischgewordene Lara Croft zu sein schien.

»Aber keine Angst. Es wird mit großer Wahrscheinlichkeit nicht oder zumindest kaum vorkommen, dass Sie nachts aus dem Bett geklingelt werden. Normalerweise passiert hier nichts Atemberaubendes.«

Sie lächelte, und hinter Neris Schläfen pochte nur das Wort »atemberaubend«.

Manuela stutzte. »Haben Sie damit ein Problem?«

»Nein, nein … natürlich nicht.« Neri wusste gar nicht, was sie gesagt hatte.

»Wir stellen Ihnen selbstverständlich eine Dienstwohnung zur Verfügung. Kein Luxusappartement, aber schlicht, schön und praktikabel. Haben Sie noch Fragen?«

»Nein. Nein. Gar nicht.«

»Dann sind wir uns also einig?«

»Sicher. Ja. Natürlich.«

Neri hing an ihren Lippen und unterschrieb ohne Einwände und ohne zu lesen den Vertrag, den sie ihm vorlegte.

Als er Manuela zum Abschied noch einmal die Hand schüttelte, spürte er die Feuchtigkeit seiner Handflächen ganz deutlich, auch wenn er sie vorher so nebenbei wie möglich an seiner Uniformhose abgewischt hatte.

Gianni hatte im Vorraum auf seinen Vater gewartet.

Als die Tür aufging und Manuela Sentini zusammen mit seinem Vater aus dem Büro kam, traf ihn fast der Schlag.

Was für eine Frau! Ihm brach der Schweiß aus. Sollte er aufstehen oder sitzen bleiben?

Gianni war völlig verwirrt, aber bevor er zu Ende gedacht hatte und reagieren konnte, war sie bereits wieder in ihrem Büro verschwunden.

»Wie findest du die Marescialla?«, fragte Neri, als sie auf der Straße standen, und versuchte, seine Frage so normal klingen zu lassen wie möglich.

»Cool«, hauchte Gianni heiser. »Für mich wäre die fast ein Grund, Carabiniere zu werden.« Er grinste breit.

»Ja, du hast recht, sie ist nicht übel.«

»Ich finde es übrigens herrlich hier«, sagte Neri zu Gianni auf dem Weg zurück zum Hafen. »Die Luft ist ganz anders als in Ambra. Nicht so trocken, aber dennoch warm. Einfach fantastisch. Es wird sehr schön und entspannend sein, hier den Sommer über zu arbeiten.«

»Das glaube ich auch.« Gianni sah seinen Vater amüsiert von der Seite an.

»Wirst du mich mal besuchen?«

»Na klar.«

»Sicher?«

»Heiliges Ehrenwort.« Er gab seinem Vater einen freundschaftlichen Klaps auf die Schulter, und seine Augen leuchteten.

»Na, wie ist es gelaufen?«, fragte Gabriella, als Neri und Gianni gegen einundzwanzig Uhr von Elba zurückkehrten, und stellte eine Schüssel Pasta auf den Tisch.

»Gut«, meinte Neri. »Sehr gut sogar. Ich hab unterschrieben.«

Gabriella strahlte. »Das freut mich, tesoro.«

Oma saß stumm am Tisch – was ungewöhnlich für sie war – und schnitzte mit einem Obstmesser kleine Kreuze in die Tischdecke. Gabriella hatte die Tischdecke offenbar innerlich abgeschrieben, denn sie sagte nichts dazu.

»Was ist mit Oma los?«, fragte Gianni, und Neri blitzte ihn augenblicklich wütend an. Wenn Oma mal fünf Minuten still war und kein dummes Zeug erzählte, durfte man nicht eine so blöde Frage stellen und sie eventuell aus ihrer wundervollen Lethargie erwecken.

»Sie hat Hunger, sie hat auf euch gewartet, und sie ist wütend, dass sie noch kein Essen bekommen hat.«

Gabriella tat allen Spaghetti aglio, olio e peperoncino auf, setzte sich und brüllte: »Guten Appetit, Oma!«

Oma schlug überrascht die Augen auf und sah ungläubig auf ihren Teller. »Was denn? Ist das Mittagessen schon fertig?«

»Ja. Lass es dir schmecken.«

Dann sah Gabriella Neri an. »Erzähl mal ein bisschen genauer.«

Neri drehte seine Nudeln auf die Gabel und wusste nicht, was er sagen sollte. »Tja, was soll schon sein? Es ist alles prima, ich fange Anfang Mai an und bekomme eine Dienstwohnung. Und der Verdienst ist auch nicht schlecht. Ich bekomme eine Sonderzulage, weil ich vierundzwanzig Stunden am Tag abrufbar sein muss.«

Alle aßen schweigend. Im Zimmer war es still, nur Oma schmatzte laut.

»Ich freu mich richtig auf Elba, Gabriella«, sagte Neri plötzlich und legte die Gabel beiseite. »Ich hab ein bisschen was von der Insel gesehen, sie ist einfach toll! So eine schöne Landschaft! Porto Azzurro ist zauberhaft, malerisch, romantisch … Es gibt fantastische, verwinkelte alte Gassen, bunte Häuser, Berge, Täler, Wälder, Buchten drum herum – und wo du hinguckst, ist das blaue Meer. Es wird bestimmt wunderbar sein, den Sommer über da zu arbeiten!«

Gabriella runzelte die Stirn und kniff die Augen zusammen.

»Ich fasse es nicht. Keine Angst mehr vor dem Meer, Donato?«

»Doch. Aber das ist nicht so schlimm. Wenn man sich zusammenreißt, geht es.«

Das waren ja ganz neue Töne. Gabriella erkannte ihren Mann nicht wieder.

»Und?«, fragte sie nach einer Weile. »Dein Chef? Der Maresciallo? Wie ist er? Meinst du, du kommst mit ihm aus?«

»Sicher. Ja, ja, ich glaub schon.« Neri spürte, dass er knallrot wurde, und starrte zu Boden.

»Ist er jünger oder älter als du?«

»Jünger.«

Gabriella runzelte die Stirn. »Und damit hast du kein Problem, amore?«

»Nein, nein. Gar nicht.«

»Dann war das also ein sehr erfolgreicher Tag?«

»Ja, das war es.«

»Wie heißt denn der Maresciallo?«

Gianni musste lachen. »Es ist kein Maresciallo, Mama, es ist eine Marescialla. Ein ganz heißer Feger. Da fällt dir nichts mehr dazu ein. Die Frau ist der Hammer!«

Gabriella sah Neri an und legte langsam die Gabel auf den Tisch.

»Ja«, meinte er verlegen, »sie ist wirklich eine starke Frau. Alle Achtung!«

Gabriella hatte keine weiteren Fragen.

Zweieinhalb Monate später ließ es sich Gabriella nicht nehmen, ihren Donato mit seinem ganzen Gepäck zu seiner neuen Arbeitsstelle zu bringen. Er hatte zwar nach der Unterzeichnung der Vereinbarung den großen Zampano markiert, aber in Wirklichkeit hatte er immer noch mehr Angst, mit der Fähre von Piombino nach Elba zu fahren, als zum Mond zu fliegen.

Diesmal war das Meer nicht so gnädig wie im Februar bei der Überfahrt mit Gianni. Der Wind pfiff, aber die Fähre pflügte ungerührt durch die Wellen, schaukelte, stampfte, rollte und trotzte der auffrischenden Windstärke sechs.

Neri wollte sterben. Und zwar lieber gleich auf der Stelle, als in den tosenden Wassern qualvoll zu ertrinken.

»Wenn du jetzt fünf Monate hier bist, Neri, dann wirst du uns ja wohl auch mal hin und wieder besuchen, oder? Wie soll das gehen, wenn du dir bei jeder Überfahrt derart in die Hose machst? Ich hab es schon bereut, dir bei dem Job zugeredet zu haben«, sagte Gabriella provozierend.

Neri konnte nicht antworten, so schlecht war ihm. Er würgte, hatte den Geschmack seines süßen Frühstücksbrötchens auf der Zunge und den Verdacht, dass sein Magen sich bereits umgedreht hatte. Mühsam versuchte er, den Horizont zu fixieren, um seinen Schwindel zu beruhigen und einen klaren Blick zu bekommen, aber es war völlig unmöglich. Die Welt schwankte, er wusste nicht mehr, wo oben und unten war, seine Empfindungen und seine Gedanken drehten sich, und er glaubte den Verstand zu verlieren.

»Ich muss mich hinlegen«, röchelte er in Gabriellas Richtung. »Wahrscheinlich werde ich sterben.«

»Blödsinn. Niemand stirbt auf einer Fähre, nur weil es ein bisschen schaukelt. Neri, bitte! Stell dich vorn an den Bug und schau aufs Meer. Das hilft.«

Neri wollte nicht aufs Meer schauen. Er wollte lieber in einer engen Toilette am Boden liegen und versuchen zu vergessen, dass er auf der Welt war. Wollte jede Erinnerung daran verdrängen, dass er Hunderte von Metern Wasser unter sich hatte. Tosende, todbringende, unberechenbare Wassermassen, die mörderische Wellen aufbauten und entsetzliches Meeresgetier beherbergten.

Niemals würde er damit klarkommen, auf einem Schiff zu sein. Niemals! Jetzt musste er nur noch überleben und dann einigermaßen vernünftig und nicht unbedingt kreidebleich oder grün im Gesicht Marescialla Manuela Sentini gegenübertreten.

Der Gedanke an seine Chefin war das Einzige, das ihn von seiner Angst und seiner Seekrankheit ablenken konnte.

Fünfundvierzig Minuten später schüttelte er ihr die Hand.

»Wie schön, dass Sie da sind!«, sagte Manuela Sentini und begrüßte ebenso herzlich Gabriella, die neben Neri stand und so ziemlich zum ersten Mal in ihrem Leben nicht wusste, was sie denken, sagen oder tun sollte.

Diese Frau war eine Granate. Sie brachte wahrscheinlich jeden Mann, der mit ihr in Kontakt kam, zur Explosion. Davor musste sie ihren armen, zartbesaiteten und im Umgang mit solchen Wesen gänzlich unerfahrenen Neri unbedingt bewahren. Offensichtlich hatte sie einen Fehler gemacht. Niemals hätte sie so vehement auf Elba insistieren dürfen, denn für Neri war die trostlose Polizeistube in Ambra, in die sich höchstens mal eine Fünfundachtzigjährige verirrte, um den Verlust ihrer Geldbörse anzuzeigen, in der sich fünf Euro achtzig befunden hatten, sicher der bessere und ungefährlichere Ort.

»Du hast recht, Neri«, sagte Gabriella zuckersüß, als sie am Hafen auf einer steinernen Bank saßen und je eine gewaltige Eiskugel in der Waffel aßen. »Es ist wirklich wunderschön hier. Ich weiß gar nicht, warum wir nicht früher schon mal hergefahren sind oder den Urlaub hier verbracht haben.« Sie ließ ihre Beine baumeln wie eine Dreizehnjährige. »Wir haben ja jetzt nur ein gemeinsames Wochenende, Neri, aber ich denke, ich werde die Zeit nutzen, um für uns alle eine Wohnung zu suchen, in der wir die fünf Monate wohnen können. Erstens möchte ich die Insel und den Sommer genießen, und zweitens kann ich niemals fünf Monate von dir getrennt sein, Donato. Außerdem möchte ich es dir nicht zumuten, ständig mit der Fähre hin- und herfahren zu müssen.«

»Wie lieb von dir«, sagte Neri und dachte: Was für eine Scheiße.

»Und Oma?«, fragte er. »Wer passt dann auf Oma auf?«

»Ich, amore. Wir nehmen sie mit. Aber mach dir keine Sorgen, ich werde sie von dir fernhalten. Das verspreche ich.« Gabriella küsste Neri auf die Stirn. »Freust du dich?«

Neri schwieg. Er war völlig durcheinander.

»Wenn wir eine Wohnung für uns drei mieten, ist mein zusätzlicher Verdienst zum Teufel. Elba ist verdammt teuer.«

»Das macht doch nichts. Wichtiger ist, dass wir alle miteinander eine schöne Zeit haben. Stimmt's?«

Sie hauchte ihm einen weiteren Kuss auf die Wange und verschwand in dem Geschäft einer Agenzia Immobiliare, um sich nach einer möblierten Mietwohnung zu erkundigen.

Neri dachte an Manuela. Und schämte sich dafür.

Vier Wochen später kamen Gabriella, Gianni und Oma mit vier Koffern, drei Taschen, einem Klapptisch, vier Stühlen und einem Wäscheständer mit der Fähre an.

Neri stand mit einem Gepäckkarren am Hafen, winkte und sah aus dem Augenwinkel, dass Manuela, die gerade mit den Kollegen der Guardia Costiera plauderte, alles haarklein mitbekam und die Ankunft der heiligen Familie im gelobten Land interessiert verfolgte.

Gianni entdeckte Manuela am Kai sofort und sah zu ihr hinüber. Ihre Blicke begegneten sich. Manuela lächelte und zwinkerte ihm zu.

Gianni hörte auf zu atmen. Er spürte, dass er rot geworden war, konnte ihrem Blick nicht länger standhalten, schnappte sich unsicher zwei Koffer und schleppte sie von der Fähre.

Seit Gabriella Oma vor etlichen Jahren aus Rom nach Ambra geholt hatte, weil die alte Frau nicht mehr wusste, wer sie war und wie sie hieß, sich jeden Morgen auf dem Weg zum Bäcker verlief und jeden zweiten Tag von der Polizei eingefangen und nach Hause zurückgebracht werden musste, hatte Oma das Haus kaum verlassen. Auf eine Reise war sie seitdem jedenfalls nie gegangen, und daher trug sie heute, obwohl es mörderisch heiß war, Rock und Bluse, schwarze Strümpfe, geschnürte Schuhe, einen schwarzen Mantel und einen schwarzen Hut. Hätte sie noch einen Rosenstrauß in der Hand gehalten, hätte sie ausgesehen wie die Gräfin auf einer Beerdigung in einem Edgar-Wallace-Film.

Andere alte Frauen in Omas Alter trugen leichte Blusen über hellen Hosen – sie nicht. Sie war ein Unikum. Und fiel auf.

Als sie die Ladefläche der Fähre hinunterschritt, meinte sie, es sähe hier ganz anders aus als in Rom.

»Wir sind auch nicht in Rom, Oma«, erklärte Gabriella mit Engelsgeduld, »wir sind hier auf Elba.«

»Lebt Napoleon noch, der arme Kerl?«, wollte Oma wissen.

»Nein.«

»Warum sind wir dann auf Elba?«

»Das haben wir dir schon hundertmal erklärt. Donato muss hier arbeiten, und wir machen Urlaub.«

»Warum?«

»Komm, Oma, lass es. Pass lieber auf, dass du deine Handtasche nicht verlierst.«

»Wer ist gestorben?«, fragte Neri, als er Oma und Gabriella begrüßte. »Warum denn dieser Aufzug?«

Gabriella zuckte nur die Achseln.

»Das finde ich aber nett, Gianni, dass du deiner Mutter bei diesem kleinen Umzug behilflich bist«, sagte Neri und klopfte seinem Sohn freundschaftlich auf die Schulter.

Gianni nickte nur.

»Wie lange bleibst du?«

»Heute Abend fahre ich wieder.«

»Dann werden wir uns ja ziemlich lange nicht sehen.«

»Nein, nein«, meinte Gianni schnell, »ich komme wieder. Ganz bestimmt. Und dann bleib ich 'ne Weile.«

»Da drüben steht der Gepäckkarren«, bemerkte Neri. »Wir sollten uns beeilen, denn wenn Oma nicht bald aus diesen fürchterlichen Klamotten rauskommt, kriegt sie einen Herzschlag.«

Was ja nicht das Schlimmste wäre, dachte er still und bemühte sich, mit Oma und Gabriella so schnell wie möglich aus Manuelas Blickfeld zu verschwinden.

»Du hast ja eine ganz zauberhafte Familie!«, spottete Manuela am nächsten Tag, jedenfalls kam es Neri so vor. »Kommt denn der Opa auch noch nach?«

»Es gibt keinen Opa mehr.«

»Ach so. Ja klar. Darum der schwarze Mantel.«

»Es gibt seit neun oder zehn Jahren keinen Opa mehr. Warum sie sich angezogen hat, als würde sie zu einer Beerdigung gehen, weiß ich nicht.«

Manuela legte den Kopf in den Nacken, massierte sich den langen, schmalen Hals und sah aus dem Fenster. Dann schlug sie die Beine übereinander und lächelte Neri an.

»Ist das deine Mutter oder deine Schwiegermutter?«

Mittlerweile duzten sich Neri und Manuela, weil das in Italien unter Kollegen so üblich war.

»Meine Schwiegermutter«, knurrte Neri. »Und du kannst mir glauben, dass ich nicht gerade glücklich darüber bin, dass sie jetzt hier ist.«

»Red nicht so«, flötete Manuela mit zuckersüßer Stimme, »es ist wundervoll, eine Familie zu haben. Glaub mir. Ich weiß, wovon ich rede, denn ich war mein Leben lang allein.

Mit Männern hat es irgendwie nie geklappt, keine Ahnung, warum, wahrscheinlich war der Richtige nie dabei.« Sie lachte kurz auf. »Und dann sitzt man irgendwann da und ist mutterseelenallein. Sei froh über das, was du hast, Neri.«

Sie drückte die Brust raus, streckte sich und lächelte.

Neri glaubte ihr kein Wort, aber er fühlte sich geschmeichelt. Wahrscheinlich war dies Manuelas Art, ihn durch die Blume wissen zu lassen, dass sie Single und in keiner Weise gebunden war.

Wieder wurden seine Handflächen feucht, und wieder wusste er nicht, was er sagen sollte.

6

Manuela Sentini stand wie versteinert am Kai und beobachtete mit einem Fernglas, wie ein Boot der Ormeggiatori im Hafenbecken eine Leiche umkreiste.

»Komm«, sagte sie zu Neri, der gerade völlig außer Atem bei ihr ankam, und sprang in ein bereitstehendes Schlauchboot. »Steig ein. Eine Leiche ist angeschwemmt worden. Das ist unser Fall, Neri! Bestimmt hochinteressant. Beeil dich, wir müssen die Leiche bergen, bevor die Kollegen von der Guardia Costiera hier aufkreuzen. Los, mach schon!«

Nein, dachte Neri entsetzt, bitte nicht in ein Schlauchboot! Das ist ja das Allerletzte! Nirgends ist man dem Meer so nah und ausgeliefert wie in so einer dünnen, aufgeblasenen Gummihaut. Da war eine Fähre mit Hunderten Tonnen Stahl unter den Füßen schon etwas ganz anderes.

»Nun komm!«, drängte Manuela, als Neri zögerte. »Da schwimmt eine Leiche, verdammt, und wir haben nicht alle Zeit der Welt!«

Neri schloss die Augen, stieg mit wackligen Knien ins Schlauchboot und wäre dabei fast über Bord gefallen. In seiner Uniform und den ledernen Stiefeln fühlte er sich nicht nur unbeweglich, sondern völlig fehl am Platze.

Manuela schmiss den Außenborder an und brauste los.

Die Wasserleiche war männlich, klein, drahtig, hatte kurze schwarze Haare und verquollene Augen.

Neri würgte. Noch nie im Leben hatte er sich übergeben müssen, selbst als Kind nicht. Aber jetzt stand er kurz davor. Denn das Erschreckende war nicht, dass dort eine Wasserleiche schwamm, das Schlimme war, dass sie nur noch ein Bein hatte. Dort, wo einmal der Oberschenkel begonnen hatte, gab es nur noch abgerissene Hautfetzen, die am toten Körper herunterhingen.

Die Ormeggiatori versuchten, die Leiche mit Bootshaken zum Heck ihres Bootes zu ziehen, um sie auf die Badeplattform hieven zu können, aber sie glitschte immer wieder weg, drehte sich oder tauchte für Sekunden kurz unter, um dann einen halben Meter weiter wieder aufzusteigen.

»Nehmt das Netz und legt es um den Körper, damit wir ihn an Bord ziehen können«, brüllte einer zu Neri und Manuela.

Neri starrte den Ormeggiatore an, als habe er kein Wort verstanden.

»Na los, macht schon!«

Zu gern hätte sich Neri in dieser Situation Manuela gegenüber als nervenstark und zupackend gezeigt – aber er konnte einfach nicht. Das schaukelnde Boot und die ekelerregende Leiche waren zu viel. Um das Netz um den Toten zu legen, hätte er im Wasser unter die weißen, aufgeschwemmten Füße, die aussahen, als würden sich die Nägel jeden Moment ablösen, fassen und das Netz unter dem gesamten aufgeweichten und zerfleischten Körper hindurchziehen müssen.

Das ging wirklich nicht.

»Porca miseria«, sagte er, und dann erbrach er sich ins Meer.

Manuela war wütend. »Mammamia, Donato«, schnaufte sie, »du bist mir wirklich keine Hilfe! Rück mal zur Seite.«

Mit Müh und Not schob sich Neri auf seinem hölzernen Sitz ein Stück von der Leiche weg und sah zum Kai hinüber, wo sich mittlerweile jede Menge Schaulustige eingefunden hatten.

Schnell und mit Todesverachtung zog Manuela das Netz unter der Leiche durch und warf die langen Enden den Ormeggiatori zu.

Dann fuhr sie ein paar Meter weg, und die Leiche wurde an Bord gezogen. In diesem Moment wunderte sie sich, dass der zerfledderte und aufgeschwemmte Mann noch nicht stank – aber das würde sicher noch kommen.

Manuela fuhr mit Neri, der schlaff im Boot hing, zurück an Land. Dort warteten sie darauf, dass das Boot der Ormeggiatori am Kai festmachte und die Leiche an Land gebracht wurde.

Neri stand unter Schock. So etwas Schreckliches hatte er noch nie gesehen.

»Yachtbesitzer haben die Leiche entdeckt und die Capitaneria alarmiert«, erzählte Manuela. »Herr und Frau Faenzi auf der Yacht *Aurora*. Deutsche, die hier Urlaub machen. Vielleicht können wir ein wenig später mit ihnen reden.«

Was soll das bringen?, dachte Neri, dem immer noch speiübel war. Irgendwo im Meer oder Hafen schwimmt eine Leiche oder wird an Land geschwemmt, und irgendwer findet sie. Der, der die Carabinieri alarmiert, ist genauso schlau wie die Kindergärtnerin in Palermo, die in diesem Moment

Feierabend macht. Warum sollte man also mit diesem Yachtbesitzer reden?

Mit dem Eigner einer italienischen Yacht hätte er vielleicht ein paar belanglose offizielle Worte gewechselt, um Manuela zufriedenzustellen, aber mit einem Deutschen? Nein, bitte nicht. Das wurde sofort und schon wegen der Sprachschwierigkeiten fürchterlich kompliziert.

Neri war immerhin ohne größere Nervenzusammenbrüche auf dieser Insel gelandet, hatte die Schifffahrt überlebt, wollte jetzt sein Leben genießen und sich nicht schon wieder mit deutschen Touristen herumärgern, mit denen man sich nicht vernünftig verständigen konnte, aber letztendlich dann doch für die deutschen Behörden sechsundzwanzig und für die italienischen achtunddreißig Formulare ausfüllen musste.

Manuela hatte da offensichtlich noch keine schlechten Erfahrungen gemacht.

»Ich habe die Kollegen in Piombino informiert«, sagte Manuela. »Der Gerichtsmediziner sitzt bereits im Helikopter und müsste gleich eintreffen.«

»Weißt du, ob hier auf Elba ein Mann vermisst wird?«, fragte Neri, aber er bekam keine Antwort, weil in diesem Moment die Leiche in einer Plastikfolie an Land gezogen wurde.

Manuela und er traten näher heran und zwangen sich, das Gesicht des Toten noch einmal genauer anzusehen.

»Das ist kein Italiener«, bemerkte Manuela leise. »Guck dir seine Augen mal genau an. Auch wenn sie verschwollen sind. Das ist auch kein Europäer. Neri, ich schwör's dir, das ist ein Asiate. Ein Thailänder, ein Chinese, ein Koreaner, was weiß ich.«

»Sind Asiaten hier auf der Insel gemeldet?«

»Soviel ich weiß, nicht. Nein.«

»Er sieht fürchterlich aus.«

Manuela schien sehr gefasst. »Es könnte eine Schiffsschraube gewesen sein«, meinte sie leise.

Neri meinte gar nichts. Ohne ein Wort stürzte er zur Kaimauer und übergab sich noch einmal. Direkt ins Hafenbecken.

Als er zurückkam, war er genauso blass wie Manuela Sentini.

»Scusami«, sagte er.

Über der Leiche wurde wegen der brennenden Sonne ein kleines Zelt aufgebaut und der betreffende Bereich des Hafens abgesperrt, sodass Schaulustige keine Chance mehr hatten, irgendetwas zu sehen.

Wenig später nahm der Gerichtsmediziner, der inzwischen gelandet war, seine Arbeit auf und traf sich anderthalb Stunden später, als die Leiche ins Institut abtransportiert wurde, mit Manuela und Neri in der Polizeistation.

»Wo haben wir Ruhe?«, fragte er als Erstes.

»Solange keiner kommt, hier. Sonst gehen wir nach nebenan.«

»Gut.« Der Gerichtsmediziner nickte und setzte sich. Dottore Silvio Cepri war ein kleiner, drahtiger Mann mit einer schier unendlichen Energie und einem Dauergrinsen im Gesicht. Das lag daran, dass er eine aufgefundene Leiche immer als interessante Bereicherung seines Lebens und seiner Berufserfahrung ansah. Und in diesem Fall ganz besonders.

»Ich komme gleich zur Sache, Signori, denn eines kann ich bereits jetzt mit Bestimmtheit sagen. Dieser Mann mit asiatischem Ursprung starb ziemlich sicher an einem Stich in den Hals. Mit großer Wahrscheinlichkeit fiel er erst nach seinem Tod ins Wasser. Oder er wurde ins Meer geworfen. Die enorme Verletzung, die er sich post mortem zugezogen hat, stammt jedenfalls nicht von einer Schiffsschraube, sondern von einem Hai.«

Es war ganz still in der Amtsstube. Niemand sagte etwas. Selbst Manuela, die nie eine Denkpause brauchte und fünf Sätze sagte, während andere nur zwei herausbrachten, schwieg entsetzt.

»Das kann nicht sein!«, stieß sie plötzlich hervor.

»Doch, daran gibt es keinen Zweifel.« Cepri grinste schon wieder, er fand die ganze Sache spannend.

Neri hatte es ja gewusst. Das Meeresgetier im Mittelmeer war fürchterlich.

»Ich wusste nur von Katzenhaien im Mittelmeer«, begann er zaghaft, »aber die sind harmlos. Ich habe ja nicht geahnt … Sagen Sie, was für ein Hai war das?«

»Ich weiß es nicht. Es könnte sogar ein Weißer Hai gewesen sein. Der ist mittlerweile im Mittelmeer weit verbreitet. Hier gibt es übrigens fünfzig verschiedene Haiarten, darunter Weiße Haie, Riesenhaie, Tigerhaie, Blauhaie, Hammerhaie und viele mehr.«

Er ging zum Computer, rief ein paar Seiten auf und hatte nach wenigen Sekunden eine Mittelmeerkarte auf dem Bildschirm. Das Meer war von roten Punkten übersät, sodass man kaum noch blaues Wasser sah.

»Hier«, sagte Dottore Cepri. »Jeder Punkt dokumentiert einen Haiangriff innerhalb der letzten hundert Jahre. Es ist mir klar, dass kaum jemand davon weiß, aber es ist, wie es ist.«

Manuela und Neri verschlug es die Sprache.

Dottore Cepri stand auf. »Ich werde die Leiche in der Pathologie natürlich noch genauer untersuchen. Ob der Mann vielleicht betäubt war, unter Drogen oder Alkoholeinfluss stand – das Übliche. Sie bekommen von mir Bescheid.«

»Danke, Dottore.«

Manuela und Neri verabschiedeten sich und sahen sich einen Moment schweigend an, als der Gerichtsmediziner gegangen war.

»Ich fasse es nicht«, stöhnte Neri, »ich fasse es wirklich nicht! Warum sagt einem das niemand? Man lernt es nicht in der Schule, es steht in keinem Reiseführer, und da wird direkt in unserer unmittelbaren Nähe ein Mann von einem Hai gefressen. Das kann doch wohl nicht wahr sein!« Er überlegte krampfhaft, wie er jemals von dieser Insel wieder herunterkommen sollte, denn jetzt war für ihn die Überfahrt mit einer Fähre, die sinken konnte, noch schauriger als vorher.

»Fünfzig Haiarten! Neri, stell dir das vor!« Manuela raufte sich die Haare, was sie in Neris Augen noch attraktiver machte. »Und dann der Weiße Hai! Ich dachte, den gibt es nur in Amerika oder im Kino. Hast du den Film gesehen?«

Neri schüttelte den Kopf. »Ich guck mir so was nicht an. Das halte ich gar nicht aus.«

In diesem Moment fiel Neri ein, dass Gabriella jeden Abend im Meer schwimmen ging und es sehr genoss. Sie schwamm immer weit raus. Sehr weit. Und ganz allein.

Neri bekam eine Gänsehaut.

»Wir müssen die Strände sperren!«, sagte er plötzlich und sprang auf, so erregt war er. »Absolutes Badeverbot! Überall! Wir können das Risiko nicht eingehen, dass noch mehr Touristen gefressen werden.«

Dabei dachte er daran, dass Gabriella sich das Schwimmen niemals von ihm verbieten lassen würde. Sie wollte immer mit dem Kopf durch die Wand. Nur ein generelles Verbot, das von städtischen Bademeistern überwacht wurde, konnte sie davon abhalten.

»Aber ich bitte dich, Donato, wie stellst du dir das vor?« Manuela hatte ihren Schock offensichtlich überwunden und konnte wieder reden. »Wie lange willst du die Strände und Buchten sperren lassen? Drei Tage? Drei Wochen? Drei Monate? Oder für immer? Dann kommt kein einziger Tourist mehr, und Elba ist pleite. Und nicht nur Elba. Alle Küstenorte sind pleite. Ganz Italien ist pleite. Noch mehr pleite als ohnehin schon. Weil Italien zu einem großen Teil vom Tourismus lebt. Wir werden es nicht schaffen, den Weißen Hai und alle anderen fürchterlichen Viecher auszurotten. Das ist ziemlich unmöglich, und daher dürfte in Italien nie wieder irgendein Mensch ins Wasser gehen. Also ist das vollkommener Blödsinn.«

Sie redet wie Gabriella, dachte Neri, und es nervte ihn.

»Wir müssen das Gegenteil tun, Donato.« Sie ging zu ihm und legte ihm zwei Finger auf die Lippen. »Wir müssen die Klappe halten, verstehst du?« Neri fühlte sich, als hätte er einen Stromschlag bekommen, und konnte ihr kaum zuhören.

»Kein Mensch darf erfahren, was hier wirklich geschehen ist«, fuhr sie fort. »Damit keine Panik ausbricht. Damit der Tourismus nicht völlig zum Erliegen kommt. Der Mann ist offiziell in eine Schiffsschraube gekommen und Ende. So was passiert. Das Risiko ist kalkulierbar. Demnach: absolute Funkstille gegenüber der Presse.«

»Ist das nicht unverantwortlich?«, fragte Neri zaghaft.

»Nein. Seit ich auf der Welt bin, hab ich in Italien noch nie etwas von einem Haiangriff auf einen Menschen gehört. Und meine Eltern und Großeltern auch nicht, sonst hätten sie mir irgendwann mal davon erzählt. Und jetzt wollen wir verhindern, dass es in den nächsten tausend Jahren kein einziges Todesopfer mehr gibt? Ohne irgendwelche Maßnahmen wäre wahrscheinlich auch in den nächsten hundert Jahren niemand gefressen worden, aber durch unseren hirnrissigen Überaktionismus würden wir die Existenz zigtausender Familien ruinieren, die seit Generationen vom Tourismus leben.«

Neri schwieg, weil er nie Lust hatte, irgendetwas zu sagen, wenn der andere die besseren Argumente hatte und ihnen nicht mehr beizukommen war.

»Donato, bitte komm zu dir! Es ist alles gut. Wenn jemand die Treppe runterfällt, kannst du deswegen auch nicht alle Treppen verbieten und in schiefe Ebenen verwandeln. Und außerdem, Neri, finde ich, dieser Fall gehört nicht in unseren Aufgabenbereich. Die angeschwemmte Leiche eines Asiaten, der keinen Wohnsitz auf Elba hatte, ist was für die Jungs von der Guardia Costiera. Die können sich darum kümmern. Findest du nicht auch?«

Sie grinste, und Neri grinste zurück, aber er konnte den Anblick der verstümmelten Leiche einfach nicht vergessen.

7

Eine halbe Stunde später schickte ihn Manuela nach Hause.

»Geh und erhol dich, Donato. Ich hatte ganz vergessen, dass heute dein freier Tag ist. Morgen sehen wir weiter. Aber …«

»Was aber?«

»Könntest du heute Abend, wenn es dir besser geht, doch noch mal bei der *Aurora* vorbeischauen und mit den Faenzis reden?«

»Wozu denn?«

»Ich will nichts unversucht lassen. Vielleicht bekommen wir ja doch noch irgendeine Information. Und du hast da viel mehr Erfahrung als ich. Vor ein paar Jahren auf Giglio hast du hervorragend mit den Deutschen zusammengearbeitet. Das hat sich herumgesprochen.« Sie legte ihm die Hand auf den Unterarm, und ihm wurde schlagartig heiß. »Bitte, Donato.«

»Na klar mach ich das. Ist doch gar kein Problem!« Er spürte, wie sich sein Rückgrat automatisch streckte.

Manuela strahlte. »Danke. Dann sehen wir uns morgen.«

Neri nickte und stand einen Moment unschlüssig in der Tür, als wollte er noch etwas sagen.

Manuela sah ihn erwartungsvoll an.

Aber dann lächelte er nur, drehte sich um und verließ das Büro.

Als er nach Hause kam, saß Gabriella zusammen mit Oma auf der Terrasse bei Kaffee und trockenen Keksen. Überrascht sah sie auf.

»Oddio, amore, du bist ja ganz grün im Gesicht! Geht es dir nicht gut?«

»Ich fühl mich ehrlich gesagt hundeelend.«

»Setz dich erst mal. Soll ich dir einen Kaffee machen?«

Neri winkte ab. »Ein Grappa wäre mir jetzt lieber.« Es war regelrecht auffällig, dass Gabriella ihn, seit sie auf Elba waren, mit Liebenswürdigkeit überschüttete.

Nur Sekunden später war sie mit der Flasche und zwei Gläsern wieder da.

»Du auch, Oma?«

»Aber natürlich!«, krähte Oma. »Mir wird der edle Suff ja nie angeboten. Ist wahrscheinlich zu schade für eine arme alte Frau, die sonst keine Freude mehr im Leben hat. Da muss mein Herr Schwiegersohn schon fast aus den Latschen kippen, bis ich mal ein winziges Schlückchen abbekomme!«

Gabriella goss ihr Glas so voll, dass Oma es mit ihren zittrigen Händen nur mit Mühe zum Mund balancieren konnte und sich kurz vor dem Ziel die Hälfte über die Bluse kippte. Aber dann schüttete sie den Grappa mit einem Schluck hinunter und hielt Gabriella sofort wieder das leere Glas unter die Nase. »Noch einen. Der erste schmeckte nach nichts.«

»Willst du dich hier am Nachmittag besaufen? Oma, ich bitte dich. Einen bekommst du noch, und dann ist Schluss. Oder du wirst es bitter bereuen.«

»Ich bin alt genug, dass ich selbst entscheiden kann, wann ich was bitter bereuen möchte und wann nicht.«

Gabriella brachte seufzend die Flasche zurück in die Küche und setzte sich wieder zu ihrem Mann.

Neri nippte nur an dem Schnaps, aber allmählich kehrte wieder etwas Farbe auf seine Wangen zurück.

»Was ist passiert, Neri?«, fragte Gabriella leise, sodass Oma es nicht hören konnte. »Was war denn so überaus wichtig, dass du unbedingt zum Hafen musstest?«

»Es gibt eine Leiche!«

»Was denn? Wer denn? Wo denn?« Gabriellas Gesicht begann vor Spannung zu glühen.

»Eine Männerleiche schwamm im Wasser.«

»Ich werd verrückt! Hier im Hafen?«

»Ja, es war grässlich.«

»Und? Wisst ihr schon, wer es war und wie er umgekommen ist?«

»Gabriella, ich kann hier nicht darüber reden, wenn Oma vielleicht mithört«, flüsterte Neri. »Aber glaub mir, es war das Schlimmste, was ich je in meinem Leben gesehen habe.«

»Komm, wir machen einen Spaziergang.«

Neri trank den Grappa aus, und dann gingen sie langsam durch den Ort.

Gabriella hatte in einer Seitenstraße der Altstadt von Porto Azzurro ein kleines Haus gemietet. Mit drei Zimmern, einem Bad und einer Küche, die man auch von außen über eine Treppe vom Hof aus erreichen konnte. Vor der Küche war eine winzige Terrasse, im Grunde ein Portico, auf dem man zu dritt beengt sitzen und einen Blick in den palmenbewachsenen Hof werfen konnte. Aber immerhin war es dort angenehm kühl.

Neri und Gabriella waren mit dem extrem einfach eingerichteten Haus einigermaßen zufrieden, nur Oma bezeichnete es als Sommerknast.

»Was ist, wenn Oma abhaut?«, hatte Gabriella gefragt, als Neri darauf bestand, Oma das Zimmer im Parterre zu geben, damit man sie nicht ständig die Treppe hinaufbringen musste.

»Dann lass sie abhauen. Auf einer Insel kommt sie nicht weit, und wir haben zwei Tage Ruhe.«

»Und wenn sie auf ein Schiff geht?«

»Dann ist sie hoffentlich in einer Woche in Amerika und schreibt uns in einem Jahr mal 'ne Ansichtskarte. Und ich veranstalte das größte Freudenfest, das Ambra je erlebt hat.«

Daraufhin hatte Gabriella nichts mehr gesagt und still darauf vertraut, dass Oma nichts passieren würde.

Auf ihrem Gang durch die Altstadt erzählte Neri Gabriella leise, was geschehen war. Nur dass er sich zweimal übergeben hatte, ließ er aus.

Als Gabriella darauf bestand zu erfahren, was der Gerichtsmediziner nach der ersten kurzen Leichenbeschau gesagt hatte, beugte sich Neri zu ihr und flüsterte ihr ins Ohr: »Du darfst niemandem etwas davon erzählen, hörst du? Gib mir dein Ehrenwort, dass du alles für dich behältst.«

Gabriella war regelrecht empört. »Aber ich bitte dich! Hab ich schon jemals etwas ausgeplaudert?«

»Wenn sich das, was ich dir jetzt sage, herumspricht, entsteht eine Massenpanik, die Touristen bleiben weg, ich verliere meinen Job, und Italien geht pleite.«

»Himmel, Neri, nun mach es nicht so spannend! Mit wem soll ich denn hier reden, außer mit dir? Mit Oma vielleicht?«

Neri spürte, dass Gabriella kurz davor war, sauer zu werden, und blieb stehen. Er sah sie an, um seinen Worten mehr Gewicht zu geben. »Es war ein Hai, Gabriella! Ein Weißer Hai hat dem armen Mann das Bein abgebissen. Aber vorher war er schon tot. Erstochen.«

Neri hatte eigentlich erwartet, dass Gabriella jetzt schwer geschockt sein würde, aber sie lächelte nur milde und hakte sich bei ihm ein.

»Ach Neri, ein Hai im Mittelmeer! Was für ein Unfug! So was habe ich in meinem ganzen Leben noch nicht gehört. Fangen die hier auf Elba jetzt genauso an zu spinnen wie die Schotten mit ihrem Ungeheuer von Loch Ness? Neri, bitte, erzähl mir nicht solch einen Quatsch.«

Wahrscheinlich hätte Gabriella dies nicht gesagt, wenn sie die verstümmelte Leiche gesehen hätte, dachte Neri und erwiderte nichts. Aber im Grunde seiner Seele war er verletzt, und langsam wurde er wütend.

»Was glaubst du denn, was es sonst gewesen sein kann?«

»Keine Ahnung!« Gabriella kickte einen Kieselstein über die Straße. »Ich hab die Leiche ja nicht gesehen. Vielleicht eine Schiffsschraube? Was weiß ich. Aber ein Hai? Niemals!«

»Der Gerichtsmediziner war sich seiner Sache vollkommen sicher!«

»Kann ja sein. Vielleicht hat er einfach zu viel Fantasie, mein Schatz.« Sie lachte. »Komm, wir gehen nach Hause und sehen nach, ob Oma noch da ist. Und dann koche ich uns etwas ganz Wunderbares, ich habe am Hafen Fische gekauft.«

Oma wird stinksauer sein, dachte Neri, sie konnte Fisch nicht ausstehen.

Und das besserte seine Laune.

8

Ich muss noch mal zum Hafen«, sagte Neri nach dem Abendessen. »Bin aber hoffentlich bald zurück.«

»Wie bitte? Was ist denn nun schon wieder? Noch 'ne Leiche?« Gabriella war empört.

»Ich muss unbedingt mit den Deutschen reden, die die Leiche gefunden haben. Ist das verboten?«

»Hat deine tolle Manuela wieder gerufen? Und du springst natürlich sofort!«

»Was soll das jetzt, Gabriella?«

»Was das soll? Darf ich nicht mal fragen? Kann dieses Weib dich noch nicht mal an deinem freien Tag in Ruhe lassen? Warum geht sie nicht selber hin? Warum schickt sie dich? Du bist ja gar nicht mehr du selbst, Neri! Du bist wie ein winselnder Köter, der auf den nächsten Befehl wartet.« Neri sah, dass ihre Hände zitterten. Sie regte sich wirklich auf, und ihre ständige Liebenswürdigkeit, die sie hier auf Elba an den Tag legte und die eigentlich wenig typisch für sie war, war wie weggeblasen.

»Ich weiß nicht, warum du dich so aufregst, Gabriella. Ich mache hier nur meinen Job, das ist alles.«

»Du machst nur deinen Job! Ha ha, ich lach mich tot!« Gabriella wurde jetzt richtig böse. »Du bist doch nur noch die Marionette von deiner Superchefin! Das hat mit deinem Job nichts mehr zu tun!«

Neri wurde das Ganze jetzt zu dumm. Wenn Gabriella derartig drauf war, hatte es gar keinen Zweck, mit ihr zu diskutieren. Sie zerfetzte jedes Argument, so wie es ihr in den Kram passte.

So sagte er einfach nichts mehr, zog sich seine Uniform an und verließ das Haus.

Neri schlenderte langsam über den Steg und blieb vor der *Aurora* stehen. »Mi scusi«, sagte er, »darf ich Sie mal kurz stören?«

Vivian und Werner, die im warmen Abendsonnenlicht an Deck saßen und einen leichten, kühlen Rosé tranken, sahen zuerst irritiert auf, aber nach dem Ereignis heute Mittag war es sicher nicht ungewöhnlich, wenn ein Carabiniere sie sprechen wollte.

»Ja, natürlich. Aber wenn ich Sie bitten dürfte …« Werner zeigt auf Neris schwere schwarze Stiefel, die mit wenigen Schritten das Teakdeck ruinieren würden, überlegte es sich dann aber anders. »Nein, lassen Sie nur, ich komme zu Ihnen.«

Neri war vollkommen fasziniert von der flammend roten Haarpracht der Signora. So etwas hatte er noch nie gesehen. Er lächelte ihr zu, und sie erwiderte das Lächeln.

Als Werner auf den Steg trat, reichte Neri ihm die Hand. »Mein Name ist Donato Neri, ich wollte Ihnen nur kurz ein paar Fragen stellen«, sagte er freundlich. »Sie sind Herr und Frau Faenzi?«

Vivian hörte mit, denn sie saß auf den Backskisten und war nur circa einen Meter Luftlinie von den beiden entfernt.

»Ja, das sind wir.« Werner und Vivian konnten genug Italienisch, um sich unterhalten zu können.

»Sie haben heute Mittag die Leiche im Wasser treiben sehen und die Capitaneria informiert?«

»Das haben wir, ja.«

»Haben Sie sonst noch irgendetwas Auffälliges in der Nähe bemerkt?«

Was für eine blöde Frage, dachte Neri und hätte sich am liebsten auf die Zunge gebissen. Was sollten sie denn bemerkt haben? Der Asiate schwamm vielleicht schon tagelang im Wasser und war aufgeschwemmt genug, um an der Oberfläche zu bleiben. Und der Hai, der es sich hatte schmecken lassen, war sicher schon hundert Kilometer weiter und wilderte vor Korsika, im Golf von Genua oder weit im Süden vor der Amalfi-Küste.

»Nein, da war nichts. Was hätte man denn auch bemerken können?«

Neri zuckte die Achseln. »Keine Ahnung. Ich frage ja auch bloß. Reine Routine, verstehen Sie?«

Werner nickte und brachte sogar ein Lächeln zustande. »Dem Mann fehlte ein Bein. Haben Sie schon eine Ahnung, woher die Verletzung stammen könnte?«

Eigentlich stelle ich ja hier die Fragen, dachte Neri, versuchte aber, freundlich zu bleiben.

»Die Untersuchungen laufen noch«, antwortete er ausweichend. »Wir vermuten, dass es eine Schiffsschraube war.«

»Das kann ich mir nicht vorstellen«, meinte Werner. »Ich habe auf Mallorca mal einen Jugendlichen gesehen, der in eine Schiffsschraube gekommen war. Er hatte tiefe Risse und Einschnitte im Oberschenkel und wäre fast verblutet. Das sah völlig anders aus. Eine Schraube reißt – meines

Wissens – keine Extremitäten ab, sondern verursacht eher parallele Schnitte.«

»Was sollte es denn sonst gewesen sein?«, fragte Neri. »Eine andere Möglichkeit gibt es ja gar nicht.«

»Wir wissen von Freunden, die seit zwanzig Jahren im Mittelmeer segeln, dass sie auf ihrem Boot nicht nur hin und wieder von Delfinen begleitet werden, sondern auch schon mehrfach Haie gesichtet haben.«

Neri bemühte sich, ein überraschtes Gesicht zu machen. »Das halte ich zwar für ein Gerücht, aber wir werden natürlich alles prüfen. Auch so etwas Absurdes wie einen Haiangriff. In meinem ganzen Leben habe ich etwas Derartiges noch nicht gehört. Das Mittelmeer ist absolut sicher. Da braucht man keine Angst zu haben, attackiert oder gar gefressen zu werden.«

»Möchten Sie vielleicht etwas trinken?«, fragte Werner freundlich.

»Nein danke. Ich muss gleich wieder los, wollte mich nur vergewissern … Hätte ja sein können, dass Sie irgendetwas beobachtet haben. Wie lange bleiben Sie denn in Porto Azzurro?«

»Nur heute Nacht. Morgen starten wir ganz früh. Nach Portoferraio.«

Neri nickte.

Werner war etwas irritiert. »Da gibt es doch kein Problem, oder? Ich meine, haben Sie etwas dagegen? Müssen wir uns hier noch länger zur Verfügung halten?«

»Nein, nein, auf gar keinen Fall. Ich wünsche Ihnen eine gute Fahrt und noch einen schönen Urlaub!«

Neri verabschiedete sich und flüchtete fast vom Steg.

9

Elba, Portoferraio

»I come from Alabama, with my banjo on my knee,
I'm goin' to Louisiana, my true love for to see.
It rained all night the day I left the weather it was dry,
The sun so hot, I froze to death, Susanna don't you cry …«

Leonie hatte die Augen geschlossen und sang mit einer warmen, tiefen, beinah rauchigen Stimme, die so gar nicht zu ihrer zarten, schmalen Person passte. Sie legte in jeden Song all ihr Gefühl, was die Menschen auf den Straßen spürten, sodass sie meist innehielten, stehen blieben und zuhörten.

Die herben, beinah harten Countryklänge von Hannahs Banjo waren ein gewisser Kontrast zu Leonies Gesang, und dieser Sound der beiden Freundinnen zog die Leute magisch an.

»… oh Susanna, oh don't you cry for me,
I come from Alabama, with my banjo on my knee …«

Als Leonie die letzte Note gesungen hatte, lächelte sie und sah bescheiden zu Boden. Die Passanten klatschten, und Hannah schob Leonies geblümten Sonnenhut, in dem bereits Kleingeld klimperte, einen halben Meter vor, um auf ihn aufmerksam zu machen.

»Sieben Euro sechsundzwanzig«, sagte Hannah, als sich die Zuhörer wieder zerstreut hatten. »Für eine halbe Stunde nicht schlecht. Seit Pisa unser bestes Ergebnis.«

»Egal«, erwiderte Leonie. »Für heute hab ich keinen Bock mehr, Hannah. Ich bin einfach nur noch genervt. Du kannst ja noch ein paar Banjo-Soli machen, ich singe garantiert keinen Ton mehr.«

»Und was willst du?«

»In ein Hotel. Unbedingt. Ich will endlich duschen, drei Tage pennen und eine riesige Portion Spaghetti essen.«

Leonie und Hannah waren seit fünf Wochen unterwegs. Nach dem Abi hatten sie beschlossen, ungefähr ein Jahr durch Europa zu reisen: trampend, zu Fuß oder, wenn sie genug Geld hatten, per Bahn, Bus oder Flugzeug.

Sie hatten einen kleinen Notgroschen dabei, aber hauptsächlich finanzierten sie ihre Reise, ihre Verpflegung und ihre Übernachtungen durch Straßenmusik.

Die beiden waren seit Jahren enge Freundinnen, aber so eine Reise machte dann doch sehr deutlich, dass Leonie dünnhäutiger und ängstlicher war und Hannah sportlicher und kräftiger. Sie hielt viel mehr aus und konnte sich wesentlich besser durchbeißen und den Gegebenheiten anpassen.

»Hör auf zu jammern, Leo«, sagte Hannah und packte ihr Banjo ein. »Wenn wir jede Nacht im Hotel schlafen, dann sind wir nicht in einem Jahr wieder zu Hause, sondern schon in drei Wochen, verdammt. Willst du das?«

»Ich will duschen, essen und endlich mal wieder angstfrei schlafen. Und nicht immer nur am Strand halb wach dösen, weil ich einen Mörderschiss habe, dass wir überfallen, beklaut oder sonst was werden. Das macht echt keinen Spaß.«

»'ne Dusche wird's doch hier wohl irgendwo geben. Da wo ein Yachthafen ist, ist auch immer irgendwo 'ne Dusche. Los komm, wir gehen zum Hafen.«

Leonie und Hannah hatten auf der Piazza della Repubblica von Portoferraio gesessen und Musik gemacht, weil dort viel Betrieb, aber nicht so ein Krach war wie auf der Hauptverkehrsstraße direkt am Hafen.

Leonie streckte sich. »Also gut, gehen wir. Obwohl ich das Gefühl hab, keinen Meter mehr laufen zu können.«

Zehn Minuten später saßen sie erschöpft auf einer steinernen Bank, beobachteten das Treiben im Hafen und die Boote, die vor ihnen lagen.

»Hast du irgendwo Duschen gesehen?«, fragte Hannah.

»Nee. Nirgends.«

»Ich auch nicht. Aber es muss doch hier welche geben!«

Leonie zuckte die Achseln. »Keine Ahnung. Aber es stinkt mir allmählich. Ich hab keinen Bock mehr, Hannah. Die Insel nervt mich, dieser blöde Hafen, alles.«

Hannah zog ihre Schuhe aus. »Woll'n wir uns heute Abend am Strand was kochen?«

»Ich würd lieber essen gehen.«

»Aber die Portionen sind immer so klein. Wenn wir jede nur ein Pastagericht bestellen, werden wir niemals satt. Wir müssten mindestens drei Gänge essen, und dafür reicht unser Geld nicht.«

Leonie nahm einen Schluck aus der Wasserflasche und sagte gar nichts mehr. Sie wusste selbst nicht, wie sie aus ihrer schlechten Laune herauskommen sollte.

Hannah öffnete ihren Rucksack und kramte darin herum. »Wenn wir was kochen wollen, müssen wir noch Knoblauch und Tomatenmark kaufen. Alles andere haben wir.«

»Ich sitze jetzt hier und stehe nie wieder auf. Geh du meinetwegen einkaufen, ich passe so lange auf deinen Rucksack auf.«

»Okay. Bin gleich zurück.« Hannah lief los.

Leonie streckte sich auf der Bank aus und döste ein.

Als Hannah nach einer Viertelstunde wiederkam, schreckte Leonie auf. »Hast du alles gekriegt?«, fragte sie und hatte ein schlechtes Gewissen, dass sie geschlafen hatte, während Hannah herumgerannt war.

Hannah nickte und setzte sich. »Tomatenmark, 'ne Knolle Knoblauch und eine Flasche Wein. Alles zusammen für drei Euro zwanzig. Kannste nicht meckern. Aber ich sag dir: Boote gibt's hier, da fällt dir nichts mehr zu ein. Ich hab mir die mal angeguckt, ein Wahnsinn! Und so eine Yacht ist echt geil, Leo, da kannst du drauf schlafen, kannst duschen, kochen, alles, und dabei durch die ganze Welt fahren! Der Hammer!«

»Kann sein«, sagte Leonie und gähnte, »ist aber nicht unsere Liga.«

»Ich mein ja auch nur.«

Beide schwiegen und dösten vor sich hin.

»Guck mal, Leo«, bemerkte Hannah nach einer Weile, »hier direkt vor uns auf dem dunklen Boot steht als Heimathafen Berlin. Das sind Deutsche. Ich fasse es nicht! Sind die mit dem Kahn hierhergefahren? Das ist ja unglaublich!«

»Frag sie doch.«

Leonie wollte offensichtlich nur ihre Ruhe haben.

In diesem Moment kam ein Mann an Deck, in der Hand eine Mülltüte, und ging die Gangway herunter.

Hannah fasste sich ein Herz, stand auf und ging ein paar Schritte auf ihn zu.

»'tschuldigung, Sie sprechen doch Deutsch, nicht wahr?«

»Ja?«

»Sagen Sie, ich hab mal eine Frage: Haben Sie Strom an Bord, ich meine, so richtig aus der Steckdose?«

Werner musste lächeln. »Ja, natürlich haben wir Strom, hier.« Er deutete auf einen Metallkasten, von dem aus ein Stromkabel direkt an Bord führte. »Wieso?«

»Wir sind mit Rucksäcken unterwegs und trampen oder wandern durch die Gegend, und da wollte ich mal fragen, ob wir vielleicht unsere Handys bei Ihnen aufladen dürfen?«

»Na klar! Kein Problem. Kleinen Moment.«

Er warf seine Mülltüte in einen nahe gelegenen Container und kam zu Hannah und Leonie zurück.

»Na dann – kommt mal mit.«

Hannah rüttelte Leonie, die fast schon wieder eingeschlafen war. »Leonie, los, komm, wir gehen an Bord!«

Leonie taumelte fast, als sie über die Gangway ging.

Vivian kam aus dem Unterdeck und sah überrascht auf.

»Die Mädchen brauchen Strom für ihre Handys«, erklärte Werner.

»Hallo«, sagte Vivian freundlich, »ich bin Vivian.«

»Ich bin Hannah, und das ist Leonie.«

»Na, dann gebt eure Handys und Auflader mal her, im Salon haben wir Steckdosen genug.«

Hannah und Leonie kramten ihre Handys samt den Kabeln aus den Rucksäcken und gaben sie Vivian. Diese verschwand wieder unter Deck.

»Wir wollen nicht stören«, meldete sich zum ersten Mal Leonie zu Wort. »Wir können gerne zwei Stunden spazieren gehen und dann wiederkommen, wenn die Handys aufgeladen sind.« Sie hörte sich selbst wie ferngesteuert diesen Unsinn erzählen, denn ein zweistündiger Marsch war das Letzte, was sie jetzt noch ertragen konnte.

»Ihr stört nicht. Setzt euch. Möchtet ihr was trinken?«

»Gerne.«

»Was denn?«

»Was Sie haben. Ganz egal.«

»Bringst du mal Wein und Wasser mit rauf«, bat Werner Vivian, als sie gerade wieder die Treppe hochkommen wollte.

Vivian nickte und ging in die Kombüse.

Kurz darauf erschien sie mit einer großen Flasche Wasser, einer Flasche Wein, Oliven und geschnittenem Parmesan wieder.

»Lasst es euch schmecken«, sagte sie. »Eure Handys arbeiten.«

»Erzählt doch mal«, begann Werner. »Wer seid ihr, und wo kommt ihr her?«

Hannah und Leonie sahen sich an und grinsten. »Wir kommen aus Hannover, haben vor zwei Monaten Abi gemacht, zur Belohnung ein bisschen Geld von unsern Eltern bekommen, und damit sind wir dann einfach los«, sagte Leonie. »Wir wollen uns ein Jahr Zeit nehmen, bevor wir anfangen zu studieren. Vielleicht fahr'n wir rüber nach Korsika und dann weiter nach Sardinien … mal sehn. Wir bleiben da, wo es uns gefällt.«

»Traumhaft.«

Beide zuckten die Achseln und grinsten.

Vivian bemerkte, dass Oliven und Käse schon so gut wie aufgegessen waren. »Habt ihr Hunger? Ich meine, wollt ihr was Richtiges essen?«

Es war Hannah und Leonie etwas unangenehm, aber sie nickten beide.

»Kein Problem, ihr könnt mit uns zu Abend essen.«

»Wo schlaft ihr eigentlich, wenn ihr so lange unterwegs seid?«, fragte Werner.

»Mal hier, mal dort. Wie es sich ergibt. Ein Hotelzimmer können wir uns nicht jede Nacht leisten, deswegen schlafen wir meistens am Strand. Das klappt ganz gut. Wenn alle Badegäste weg sind, gehen auch die Strandwächter nach Hause, und dann hauen wir uns auf die Liegestühle, die da rumstehen. Tagsüber kosten die ja ein Heidengeld, aber wir sind immer nur nachts da, und zum Glück hat uns noch nie jemand erwischt.«

Leonie verdrehte die Augen. Von wegen: »Klappt ganz gut!« Für sie war die Pennerei am Strand eine Tortur und ein einziges Angstprogramm.

Auch Vivian warf Werner einen entsetzten Blick zu, und an seiner Reaktion sah sie, dass er die gleichen Gedanken hatte. Sie beide hatten keine Kinder und fragten sich jetzt oft, ob das vielleicht der einzige Fehler gewesen war, den sie in ihrem Leben gemacht hatten: dass sie Karriere nicht Karriere hatten sein lassen und sich lieber die Zeit für Kinder genommen hätten. Aber wenn sie sich jetzt vorstellten, zwei Töchter im Teenageralter zu haben, die durch die Gegend trampten und am Strand schliefen, würden sie vor Sorge und Angst fast verrückt werden.

»Wo schlaft ihr heute Nacht?«, fragte Vivian.

»Gleich hier neben der Hafeneinfahrt, hinter der Steinbuhne am Strand.«

»Wenn ihr wollt, könnt ihr in der Bugkabine übernachten«, bot Werner ihnen an, obwohl er es mit Vivian nicht abgesprochen hatte und auch auf die Gefahr hin, dass sie wütend sein würde.

Aber sie nickte.

10

Allmählich ging die Sonne unter. Werner war zur Capitaneria gegangen, die erst abends besetzt war, um den Liegeplatz zu bezahlen. Vivian deckte den Abendbrottisch an Deck mit Mozzarella, Tomaten, Oliven, verschiedenen Käsesorten und Parmaschinken.

Leonie und Hannah hatten schon lange nicht mehr so gute Sachen zu essen bekommen und konnten ihr Glück kaum fassen.

»Sag mal, Vivian«, fragte Hannah, »kann man hier irgendwo duschen? Ich weiß schon gar nicht mehr, wie 'ne Dusche aussieht. Ich meine, hier im Hafen irgendwo oder vielleicht sogar hier an Bord?«

Vivian seufzte. »Das ist leider wirklich ein Problem. Hier im Yachthafen gibt es keine Duschen, nur öffentliche mitten im Ort. Und die sind unter aller Kanone. Das kann man sich nicht vorstellen. Und hier an Bord gibt es auch ein Problem. Wir haben zwar genug Wasser gebunkert, aber das brauchen wir für das tägliche Leben, um die Zähne zu putzen, den Salat zu waschen und so weiter. Wir können das nicht mit Duschen verschleudern, denn hier auf Elba gibt es kein Trinkwasser. Es wird davor gewarnt, das Wasser zu schlucken, man muss alles abkochen. Also müssen wir mit dem Duschen an Bord warten, bis wir wissen, dass wir wieder sauberes Wasser bunkern können. Wenn vier Leute duschen, kommt man mit siebenhundert Litern nicht weit.«

Hannah traute ihren Ohren nicht. »Du lieber Himmel, dann haben die armen Schweine hier auf Elba alle kein sauberes Wasser und müssen immer diesen Zirkus machen und jeden Liter abkochen? Das ist doch wohl das Letzte!«

»Ja, so ist das. Und darum klappt das jetzt nicht mit dem Duschen. Oder ihr geht mit Todesverachtung in die öffentlichen Duschräume.«

Na, danke herzlich, dachte Hannah und war heilfroh, dass sie kein Hotelzimmer für teures Geld genommen hatten, wo dann auch nur versifftes Wasser aus der Leitung gekommen wäre.

Hannah und Leonie aßen zum Abendbrot Unmengen, wie halb verhungerte Wölfe, die tagelang keine Beute mehr gemacht hatten. Aber Vivian hatte größtes Verständnis dafür.

»Wir haben übrigens gestern im Hafenbecken von Porto Azzurro eine Wasserleiche gefunden«, erzählte Werner, als die Unterhaltung ins Stocken geriet. »Sie schwamm direkt an unserm Boot vorbei. So etwas Grauenvolles hab ich in meinem ganzen Leben noch nicht gesehen.«

Die beiden Mädchen hatten mehr Wein getrunken, als ihnen guttat, und waren sehr müde, aber jetzt wurden sie wieder wach.

»Erzähl!«, sagte Hannah wie elektrisiert. »Ein Mann oder eine Frau? Und warum schwamm die Leiche da? Ist der oder die ertrunken?«

»Es war ein Mann. Er trieb offensichtlich schon lange im Wasser und ist nicht einfach nur ertrunken. Er war schwer verletzt. Ihm fehlte ein Bein.«

»Kein besonders tolles Thema an einem so schönen Abend, Werner!« Vivian wollte offensichtlich nicht mehr daran denken.

»Egal! Erzähl weiter!« Hannahs Augen leuchteten. Mit Werner und Vivian duzten sie sich mittlerweile, weil es – wie Werner meinte – an Bord so üblich sei.

»Viel mehr gibt es dazu nicht zu sagen. Es war furchtbar, und auch die Carabinieri wissen nicht genau, was die Todesursache ist. Meines Erachtens kann es keine Schiffsschraube gewesen sein – die Verletzungen sahen anders aus.«

»Wie denn?«

»Die Polizei wird das untersuchen. Es könnte auch ein Hai gewesen sein.«

Leonie und Hannah sahen sich an.

»Ich geh nicht mehr ins Wasser«, sagte Leonie.

»Ich auch nicht«, meinte Hannah.

»Hattet ihr nicht gesagt, ihr wollt nach Korsika?«, wechselte Vivian das Thema. »Wenn ihr wollt, könnt ihr mitkommen, wir fahren morgen dorthin.«

Hannah und Leonie waren sprachlos und mussten dieses Angebot eine Weile auf sich wirken lassen.

»Das ist ja irre!«

»Das wäre ein Traum!«

»Meint ihr das wirklich ernst?«

Vivian und Werner nickten.

»Dort könnt ihr dann auch duschen.«

Leonie und Hannah fielen den beiden um den Hals.

Dann holte Hannah ihr Banjo. Sie spielte ein paar Akkorde, und Leonie begann mit ihrer wunderschönen warmen Stimme zu singen:

»I am sailing, I am sailing, home again, 'cross the sea.
I am sailing, stormy waters, to be near you, to be free …«

11

Marseille

Vollkommen übermüdet und am Ende seiner Kräfte wartete er fast sieben Stunden am Stadtrand von Marseille. Wie lange er schon nichts mehr gegessen, getrunken und nicht mehr geschlafen hatte, wusste er nicht mehr. Einen, zwei oder drei Tage? Er hatte jegliches Zeitgefühl verloren.

Durch den Staub der Straße, den er seit Stunden einatmete, klebte seine Zunge am Gaumen, wenn er versuchte zu sprechen, kam nur Würgen oder Krächzen. Er fühlte sich unglaublich elend und hatte das Gefühl, im Stehen zu schlafen, während er den Daumen raushielt.

Er wollte weg. Egal wohin, nur weg.

Natürlich war ihm klar, dass es gefährlich war, an einer Ausfallstraße Marseilles zu trampen, aber er hatte keine Alternative. Im Hafen wurde er auf jeden Fall gesucht, laufen konnte er nicht mehr, jeder Schritt tat ihm weh, er hatte keine Kraft mehr und schleppte sich nur noch vorwärts. Geld für Bahn, Bus oder ein Flugzeug hatte er nicht, und selbst wenn, wusste er nicht, wie er einen Bahnhof oder einen Flughafen erreichen sollte.

Trampen war die einzige Alternative, obwohl er bei jedem Auto, das in der Ferne auftauchte und einem Polizeiwagen glich, zusammenzuckte, den Daumen runternahm und sich wegdrehte.

Hunderte Autos sah er vorbeidonnern und fragte sich, ob es wirklich sein Schicksal sein sollte, hier an dieser französischen Bundesstraße irgendwann zusammenzubrechen und zu verrecken.

Er dachte an nichts anderes als an eine Flasche Wasser und hätte wahrscheinlich sogar seinen Pass für etwas Trinkbares eingetauscht.

Irgendwann war es ihm auch egal, ob die Gendarmerie auftauchte und ihn mitnahm oder nicht. In einer Zelle gab es wenigstens eine Pritsche und Wasser. Mehr wollte er gar nicht.

Er starrte in die Sonne. Gesicht, Arme und Füße waren verbrannt, und er kam sich vor wie verdorrtes Gras am Rande der Autobahn.

Daher registrierte er es kaum, als wirklich ein Auto anhielt und eine leise Frauenstimme fragte: »Wo willst du denn hin?«

Überrascht und erfreut, dass ihn da jemand auf Deutsch ansprach, stammelte er: »Irgendwohin, nur weg von hier. Ich kann nicht mehr stehen.«

Seine Haut war rissig, seine Lippen waren aufgesprungen, seine Lider verklebt und seine Augen blutunterlaufen.

»Steig ein«, sagte der Mann am Steuer und brauste los, sobald Malte auf dem Rücksitz Platz genommen hatte.

Das Paar im Auto war jung, so um die fünfundzwanzig, schätzte Malte, umso älter war jedoch das Auto. Die Sitze waren zerschlissen, der ganze Wagen war reif für den Schrottplatz. Welche Automarke es war und welches Baujahr der Wagen hatte, wollte Malte gar nicht wissen. Es interessierte ihn nicht.

»Habt ihr vielleicht einen kleinen Schluck zu trinken?«, fragte er nach den ersten Kilometern.

Die Frau reichte ihm eine volle Halbliterflasche. »Hier, die kannst du haben.«

Malte konnte sein Glück kaum fassen.

»Wo sind denn deine Klamotten?«, fragte der Mann am Steuer schließlich. »Hast du nichts dabei?«

»Sie haben mir alles geklaut. Alles. Ich hab Jahre auf diese Reise gespart, und als ich am Strand geschlafen hab, haben sie mir meinen Rucksack gestohlen. Da war alles drin: Geld, Papiere, Kreditkarte, alles. Und jetzt hab ich nichts mehr. Noch nicht mal mehr zwei Euro, um mir 'ne Pulle Wasser zu kaufen.«

»Oh Gott!« Die Frau drehte sich kurz zu ihm um.

»Was für eine Scheiß-Situation!«, sagte der Mann. »Ich bin übrigens Paul, und das ist meine Frau Verena.«

»Ich bin Boris. Oh Mann! Ich weiß echt nicht weiter.«

»Warst du bei der Polizei?«

»Na klar. Sie haben die ganze Sache aufgenommen, aber mehr passiert nicht.«

»Geh zur Botschaft, da kriegst du neue Papiere.«

»Da war ich. Hab fünf Stunden gewartet, meinen Fall geschildert, und dann haben sie gesagt, ich müsste nach Paris. Die Behörden dort würden Kontakt mit den Deutschen aufnehmen und mir behelfsmäßige Papiere ausstellen. Das kann aber vier Wochen dauern. Und das mach ich nicht mit. Irgendwie schlag ich mich nach Deutschland durch, und dann beantrage ich alles neu. Jetzt will ich nur raus aus diesem Land.«

»Wir fahren übrigens nach Nizza«, sagte Paul. »Ist das okay für dich?«

»Das ist alles okay für mich. Schmeißt mich irgendwo raus. Ganz egal.«

Dann schlief er ein.

Zweieinhalb Stunden später erreichten sie Nizza.

Als Malte ausstieg, sagte Paul: »Na dann, mach's gut. Und halt die Ohren steif! Ich bin sicher, du schaffst es!«

Malte antwortete nicht und ging los. Irgendwohin.

12

Westliches Mittelmeer

Werner und Vivian legten am nächsten Morgen um sieben Uhr ab. Noch war die See ruhig, laut Wetterbericht sollte der Wind im Laufe des Tages zwar um drei Windstärken zunehmen, aber ansonsten war es ein sonniger schöner Tag, und weit und breit war auch kein Gewitter in Sicht.

Für die Überfahrt nach Korsika rechneten sie mit neun Stunden, wenn alles gut ging, sie ihren Kurs beibehalten und ihn nicht aufgrund der Wellenhöhen ändern mussten.

So würden sie gegen sechzehn Uhr in Port de Plaisance, dem Hafen von Macinaggio auf Korsika, eintreffen.

Das war eine gute Zeit, denn bis man einen Platz zugewiesen bekam und angelegt hatte, bis man Strom genommen, die Hafenformalitäten erledigt und das Städtchen erkundet hatte, bis frische Kleinigkeiten eingekauft waren und man schließlich gekocht hatte, vergingen Stunden. Aber so gab es wenigstens die Chance auf ein entspanntes Abendessen an Deck. Wenn man erst gegen Abend einen Hafen erreichte, wurde es meist sehr spät.

Wie jedes Mal, wenn sie losfuhren, spielte Vivian ihre Hymne vom iPod. Nicht nur um Elba Adieu zu sagen, sondern auch um die beiden Mädels zu wecken, denn noch war es totenstill in der Bugkabine.

»Weißt du eigentlich, wie die beiden heißen?«, fragte Vivian.

»Hannah und Leonie.«

»Ja, klar, das hab ich auch mitgekriegt. Und weiter?«

Werner zuckte die Achseln. »Ist das wichtig?«

»Nee, natürlich nicht, ich dachte bloß ... Da ist man vierundzwanzig Stunden mit jemandem zusammen, fährt übers Meer und weiß noch nicht mal, wer es ist.«

»Auf See ist alles anders«, meinte Werner. »Weißt du doch. Man trifft sich, hockt einen Abend zusammen, lässt es krachen und sieht sich nie wieder. Ende. Alles ist mehr oder weniger anonym. Von den Leuten, die wir im Hafen treffen, wissen wir keine Nachnamen, keine Adressen, nichts. Interessiert auch gar nicht. Und nach ein paar Stunden fährt jeder weiter. Ich finde das wundervoll. Und das ist unter anderem auch ein Aspekt, den ich an der Seefahrt so liebe. Du kannst monatelang unterwegs sein, und keiner weiß, wer du bist und woher du bist, kein blöder Brief erreicht dich. In unserer vernetzten, transparenten Welt ist das einfach genial.«

Vivian schwieg. Sie wusste, dass Werner so dachte und davon träumte, nur noch auf dem Boot zu leben, aber ihre Welt war dies ganz und gar nicht. Sie würde so ein Leben nicht aushalten. Im Alltag brauchte sie einen festen Wohnsitz, ein sicheres Zuhause.

»Stell dir vor, Vivian, du wirfst dein Handy über Bord, hast kein Internet mehr, aber für eine Weile genug Geld. Dann kannst du in der ganzen Welt unterwegs sein und kriegst von dem ganzen bürokratischen Irrsinn nichts mehr mit. Man kennt von dir nur den Bootsnamen und den Heimathafen. Und das sagt gar nichts. Du bist frei wie ein Vogel.«

»Ja, Werner, ich weiß.«

»Du hast doch mit dem Thema angefangen!«

»Gar nicht! Ich wollte nur wissen, ob du ein bisschen mehr über die beiden in unserer Bugkabine weißt.«

Eine Stunde später saßen zwei völlig verpennte Teenager auf den Backskisten und bissen abwechselnd in eine Salami und in ein bereits ziemlich hartes Weißbrot.

»Wann sind wir da?«, fragte Hannah.

»Wenn wir Glück haben, in acht Stunden.«

Der Himmel war diesig und zog immer mehr zu. Der Wind frischte auf.

»Geht nach unten und zieht Rettungswesten an, es wird ein bisschen ungemütlicher«, sagte Werner.

Leonie riss entsetzt die Augen auf. »Wird es gefährlich?«

»Nein, ich glaube nicht, aber sicher ist sicher. Ihr merkt ja selbst, wie das Boot schaukelt. Und wenn eine von euch über Bord geht, haben wir ein Problem. Man hat keine großen Überlebenschancen ohne Rettungsweste. Glaub's mir einfach.«

Hannah und Leonie gingen nach unten und erschienen Minuten später mit knallorangenen Schwimmwesten. Sie machten Gesichter, als hätte man sie gebeten, nackt zu erscheinen.

So ist das wohl, wenn man mal das tun muss, was andere sagen, dachte Werner amüsiert.

»Und du?«, fragte Hannah nach einer Weile. »Und Vivian? Warum habt ihr keine Westen an?«

»Du hast recht. Ich hol sie mal und gehe auch noch gleich auf die Toilette. Bleib bitte kurz am Steuer, Hannah, und beobachte das Meer. Der Autopilot steht auf 205 Grad und hält den Kurs präzise. Wenn ein anderes Boot auftaucht und im Weg ist, schaltest du hier an diesem Schalter den Autopiloten aus und steuerst per Hand. Dann weichst du aus oder nimmst Fahrt raus, bis das Schiff vorbeigefahren ist. Sehr vorsichtig sein musst du nur mit den Fähren, die sind schnell und haben immer Vorfahrt!«

»Aber warte, ich ...«, schrie Hannah, doch Werner war schon unter Deck verschwunden, und Vivian hackte im Salon irgendetwas in ihren Laptop.

»Ich weiß doch gar nicht, wie es geht!«, hatte sie rufen wollen, aber dazu war sie gar nicht mehr gekommen.

Leonie stellte sich neben sie. »Kommt ja grade keiner«, sagte sie mit klopfendem Herzen. »Und wenn, dann machst du einfach einen riesigen Bogen um das Schiff. Platz haben wir ja genug.«

Zwei Stunden später hatte sich der Wind gelegt und das Meer beruhigt. Hannah und Leonie konnten inzwischen am Steuer präzise den Kurs halten, den Autopiloten an- und ausschalten, das Schiff in voller Fahrt aufstoppen, rückwärtsfahren, Kreise ziehen und das Boot mithilfe der zwei Motoren auf der Stelle drehen.

»Bitte mehr!«, sagte Hannah, deren Gesicht vor Begeisterung glühte. »Bring uns alles bei, was in der kurzen Zeit geht. Bitte!«

»Okay, wenn ihr wollt – gerne.«

Vivian lag hinten auf den weichen, dicken Matratzen über den Backskisten und las. Jetzt hob sie den Kopf. »Werner, bitte, hör auf mit den Mätzchen. Das kostet uns zu viel Zeit. Wir sollten erst mal zusehen, dass wir nach Korsika kommen. Ich dachte eigentlich nicht, dass hier noch 'ne Nachtfahrt draus wird!«

»Vivian hat recht«, meinte Werner. »Wir haben noch mehr als sechs Stunden Fahrt vor uns. Aber vielleicht schaffen wir's ja morgen noch, das kommt ganz darauf an, wann wir nach Nizza rüberfahren.«

Er gab den Kurs Richtung Korsika ein und drückte den Gashebel runter.

13

Korsika, Port de Plaisance

Port de Plaisance in Macinaggio-Rogliano auf Korsika war sicher nicht so malerisch wie die Häfen mit ihren bunten alten Häusern auf Elba, aber dafür war der korsische Hafen weitläufig und übersichtlich, man musste sich nicht mühsam in enge Parkbuchten einfädeln, das Anlegen am langen Kai stellte gar kein Problem dar und ging schneller, als sie es von italienischen Häfen gewohnt waren.

Werner bunkerte Trinkwasser, Vivian ging Salat und Gemüse einkaufen und hoffte auf frischen Fisch, Leonie und Hannah machten Lustduschen in den sanitären Anlagen nahe der Hafenmeisterei.

Als sie zum Boot zurückkehrten, hatten sie gewaschene Haare, strahlende Augen und eine kleine Tüte unterm Arm.

»Das ist für euch«, sagte Leonie. »Es war echt geil, dass wir mit euch mitfahren durften.«

Vivian öffnete die Tüte. Darin war eine kleine Fahne, ein Wimpel von Korsika, den sich die Skipper an den Mast hängten, wenn sie die Insel besucht hatten oder um Korsika herum unterwegs waren. Er zeigte den Kopf eines Mohren oder eines Mauren – darüber waren sich die Experten uneinig – mit krausem Haar und einem weißen Stirnband. Die Fahne symbolisierte die Freiheit Korsikas von der Sklaverei.

Gerührt umarmte Vivian die Mädchen. »Danke, das ist wirklich lieb von euch. Wir hängen sie gleich auf. Werner wird sich riesig freuen. Übrigens: Wenn ihr wollt, könnt ihr noch eine Nacht bleiben. Wir fahren erst morgen oder übermorgen gegen Abend weiter.«

Leonie jubelte innerlich. Wieder eine Nacht, in der sie nicht am Strand schlafen musste und sich entspannen konnte. Noch einmal eine Nacht ohne Angst. Wunderbar.

Die beiden fielen Vivian erneut um den Hals. »Danke. Vielen, vielen Dank.«

Es war ruhig im Hafen. Wenn noch spät ein Boot hereinkam, plätscherten vom aufgewühlten Fahrwasser kleine Wellen an den Bug, in der Ferne spielte ein knarrendes Transistorradio.

Ich würde gerne hierbleiben, dachte Vivian schläfrig. Einfach nur dasitzen. Tagelang. Nichts wollen und nichts müssen. Nur den Augenblick genießen.

Werner hatte ganz recht. Die Arbeiterei war wahrhaftig nicht das Wichtigste im Leben.

Die Aussicht auf die Gewalttour nach Nizza machte ihr Angst. Mehr als hundert Seemeilen und ungefähr zwanzig Stunden auf See. Über eine so lange Zeit ließ sich das Wetter nicht präzise vorhersagen. Es konnte alles passieren: Gewitter, Sturm, Motorschaden, Feuer an Bord. In ihrer Fantasie war ein Szenario schlimmer als das andere.

In dieser warmen, friedlichen Nacht hätte sie alles darum gegeben, nicht nach Nizza fahren zu müssen.

Die beiden Mädchen saßen nebeneinander auf den Backskisten, Leonie hatte den Kopf an Hannahs Schulter gelehnt und summte leise vor sich hin.

»Was machst du eigentlich?«, fragte Hannah Werner. »Ich meine beruflich.«

»Nichts.« Werner grinste. »Ich weiß, das hört sich jetzt schrecklich dekadent an, aber so ist es nicht. Ich hatte vor einigen Jahren einen Herzinfarkt, bin dem Tod durch viel Glück gerade noch von der Schippe gesprungen und hab dann – als mein Arzt mir sagte, wenn Sie so weitermachen wie bisher, kommt der nächste Infarkt bestimmt –, tja, da hab ich dann wirklich die Notbremse gezogen und meine Firma verkauft. Ich hatte jeden Tag vierzehn bis sechzehn Stunden geackert wie ein Pferd, um den Laden am Laufen zu halten, hab meine Gesundheit ruiniert, und jetzt gestatte ich mir, kürzerzutreten und das Leben, das ich vorher gar nicht richtig kannte, zu genießen.«

»Du musst dich doch nicht verteidigen«, sagte Hannah.

Sie hat recht, dachte Vivian, Werner musste sich wirklich nicht verteidigen, obwohl er es immer wieder tat. Es fiel ihm schwer, im Sessel zu sitzen und ein Buch zu lesen, einen langen Spaziergang zu machen oder einfach nur aufs Meer zu schauen. Auch jetzt war er immer noch ein Getriebener. Und obwohl sie es nicht wollte, kam die Erinnerung an jenen kühlen Septembertag vor fünf Jahren wieder hoch, als sie von der Probe nach Hause kam und Werner im Bett sitzend vorfand, weiß wie die Wand, mit tiefen, dunklen Augenringen, die sie noch nie an ihm gesehen hatte, und nach Luft schnappend wie ein Fisch an Land.

»Was ist mit dir?«, schrie sie und versuchte seinen Puls zu tasten, den sie in der Aufregung aber nicht fand.

Werner konnte nicht sprechen. Er presste beide Hände auf die Brust, hatte die Augen geschlossen und stöhnte vor

Schmerz. Dann drückte er mit der Faust gegen sein Kinn, als wolle er es tiefer in den Kopf schieben.

Panik erfasste Vivian. Sie stürzte zum Telefon und rief die Feuerwehr.

Der Rettungswagen war nur wenige Minuten später da.

Weinend öffnete Vivian dem Notarzt die Wohnungstür. Werner war nicht mehr bei Bewusstsein.

Sie holten ihn ins Leben zurück, aber es war knapp gewesen.

Dass es jederzeit wieder passieren konnte, solange er seinen inneren Stress nicht loswurde, belastete Vivian jeden Tag. Das nächste Mal würden sie vielleicht nicht so ein Glück haben. Daher ließ sie ihn auch gar nicht gern zwei oder drei Wochen allein an Bord.

Werner stand auf und verschwand unter Deck, und einen Moment machte sich Hannah Sorgen, ob sie vielleicht etwas falsch gemacht und die Frage lieber nicht hätte stellen sollen.

Aber nach wenigen Minuten kam Werner zurück und lächelte. »Wir sollten den schönen Abend genießen. Es ist euer letzter hier an Bord, und vielleicht sehen wir uns nicht wieder. Man weiß ja nie.«

»Aber man trifft sich doch immer zweimal im Leben«, entgegnete Leonie.

»Du hast recht. Dann sollten wir darauf trinken«, meinte Werner und hob sein Glas.

Im warmen Abendwind flatterte das Wappen Korsikas am Mast.

14

Nachdem Malte in Nizza aus Pauls und Verenas Auto gestiegen war, wurde ihm erst so richtig bewusst, in welch auswegloser und beschissener Situation er sich befand.

Er hatte wirklich nichts mehr, besaß keine Jacke und keine Schuhe, nur noch das, was er am Leib trug, war ihm geblieben: eine Unterhose, eine Jeans und ein T-Shirt.

Und keinen Cent in der Tasche.

Es musste Tage her sein, dass er das letzte Mal etwas gegessen hatte.

Wenn es ihm gelang, sich irgendwo eine Flasche Schnaps zu klauen und sich heute Nacht hemmungslos zu betrinken, würde er morgen früh vielleicht auch noch vergessen haben, wie er hieß und wer er war.

Ihm war speiübel, und er hatte das Gefühl, sich jeden Moment übergeben zu müssen, aber in seinem Magen war nichts mehr, das er noch hätte hervorwürgen können. Die Übelkeit kam vom Hunger, das wusste er. Normalerweise aß er in solchen Momenten ein hartes Stück Brot oder Käse, und dann wurde ihm augenblicklich besser, aber seine Hosentaschen waren so leer wie sein Magen. Es war zum Verzweifeln.

Er schlenderte durch die Stadt. Als Erstes brauchte er ein paar Schuhe, Sandalen oder Flipflops, ganz egal, irgendwas, denn barfuß fiel man einfach zu sehr auf.

Zwanzig Minuten lief er ziellos umher, dabei taten ihm die Füße wegen des harten Pflasters mittlerweile so fürchterlich weh, dass er glaubte, keinen einzigen Schritt mehr gehen zu können. Und endlich sah er einen Andenkenladen mit Strandutensilien und Spielsachen für Kinder, der Unmengen Krempel auf der Straße vor dem Geschäft in vielen Drehregalen ausgestellt hatte. Das war genau das Richtige und seine Chance.

Er sah sich nach dem Verkäufer um, und als der mit einem kleinen Jungen, der eine Wasserpistole kaufen wollte, im Geschäft verschwand, fackelte er nicht lange, nahm ein Paar schwarze Männer-Flipflops in Größe 43 vom Haken, riss kurzerhand den Nylonfaden kaputt, mit dem sie aneinandergebunden waren, zog die Gummilatschen an und ging davon. Niemand hatte ihn bemerkt, und niemand hatte auf ihn geachtet.

Das hat ja wunderbar funktioniert, dachte er, dann wollen wir mal versuchen, uns noch weiter einzukleiden.

Mit genau derselben Methode besorgte er sich in einem weiteren Strandgeschäft eine blaue Baseballkappe. Diese Allerweltskappen waren zwar nicht gerade sein Fall, aber sie machten einen beinah unsichtbar, weil fast jeder mit so einem hässlichen Ding herumlief. Außerdem sah er jetzt schon fast wie ein Tourist aus, und das war genau das, was er bezweckte. Jetzt brauchte er nur noch eine Jacke, dann war er schon fast ein reicher Mann.

Auch das lief problemlos und leicht. Vor einem Bekleidungsgeschäft, das auf Ständern Pullover, Jacken, T-Shirts und Shorts auf den Bürgersteig geschoben hatte, zog er eine Jacke an, vergewisserte sich, dass sie wirklich ungesichert war, und schlenderte – wie immer – langsam und gelassen davon. Und wunderte sich, dass die Verkäufer nicht allesamt besser auf ihre Klamotten aufpassten.

Jetzt war das Schlimmste geschafft, nun brauchte er nur noch etwas zu essen und einen Unterschlupf für die Nacht.

Malte beschloss, sich gar nicht groß den Kopf zu zerbrechen und nach einer raffinierten Lösung zu suchen, sondern auch hier bei seiner bewährten Methode zu bleiben.

Er setzte sich in ein Straßenrestaurant und bestellte ein Steak mit Pommes frites und einen großen Salat. Dazu ein großes Bier.

Die Bedienung, eine kleine Schwarzhaarige mit Himmelfahrtsnase und einer unvorstellbar schmalen Taille, nahm die Bestellung auf und sagte: »Hier draußen servieren wir nur mit Vorkasse. Das macht dann siebenundzwanzig Euro fünfzig.«

Malte sah sie empört an und sagte in holprigem Französisch: »Und wenn es mir nicht schmeckt? Oder wenn das Fleisch hart oder verdorben ist? Ich kann doch nicht etwas bezahlen, was ich noch nicht einmal gesehen habe!«

Die Bedienung zog nur desinteressiert die Schultern hoch. Diese Leier kannte sie zur Genüge. Sie hatte schon lange keine Lust mehr, mit den Gästen zu diskutieren. Entweder sie zahlten, oder sie bekamen nichts zu essen. So einfach war nun mal die Order des Chefs.

Malte kapierte, dass es noch nicht einmal Zweck hatte, mit der Kleinen zu flirten, also stand er auf und sagte: »Es ist wirklich ein Unding, dass dieses Lokal seinen Gästen unterstellt, Zechpreller zu sein.« Dann ging er.

Durch die Bestellung hatte er erst richtig Hunger bekommen und gespürt, wie sich enorme Speichelbäche in seinem Mund sammelten. Aber er gab die Hoffnung nicht auf. In irgendeinem Straßenrestaurant würde es schon klappen.

Zwei Stunden später hatte er sich satt gegessen, hatte drei große Bier getrunken und sich dann schnell in einem unbeobachteten Moment unter die vorbeiflanierenden Passanten gemischt.

Malte war jetzt seit gut sechsunddreißig Stunden auf den Beinen, und das reichliche Essen machte ihn noch müder, als er ohnehin schon war.

Auf einem Platz mit einem kleinen Springbrunnen setzte er sich auf eine Bank unter einer Kastanie und schlief fast augenblicklich ein. Im Grunde konnte ihm nichts passieren. Man konnte ihn verjagen, aber nicht beklauen. Einen Moment lang fand er diesen Gedanken direkt beruhigend.

Malte wachte auf, als es bereits dunkel war. Er musste Stunden geschlafen haben. Aber noch war Betrieb in der Stadt, vielleicht war es zehn oder elf, später sicher nicht, aber auch das war ihm egal.

Er beschloss, ein wenig durch Nizza zu wandern. Nicht, um sich die Stadt anzusehen, sondern um Alkohol oder ein Bett für die Nacht aufzutreiben. Das war erst einmal das Wichtigste. Er lebte jetzt von Tag zu Tag. Ob er eine Zukunft hatte, konnte er in diesem Moment weniger denn je beurteilen.

Malte war vierundvierzig Jahre alt, hatte einen stahlharten, durchtrainierten Körper, tiefe Furchen im Gesicht, und man sah ihm an, dass er in seinem Leben schwer gearbeitet und vieles durchgemacht hatte. Sein dichtes, im Ansatz lockiges Haar war bereits fast vollständig ergraut. Aber das war ihm egal. Er interessierte sich nicht für sein Aussehen und erinnerte sich nicht daran, wann er das letzte Mal in einen Spiegel geschaut hatte.

Es gab überhaupt wenig, wofür er sich interessierte.

Jetzt ging es ihm nur um ein Bett und eine Flasche Wein oder Grappa oder was auch immer. Und um die Gewissheit, dass ihn dieser Scheißchinese nicht kriegen würde. Außerdem wollte er sicher sein, dass die französische Polizei noch nicht hinter ihm her war.

In Angst und Ungewissheit hatte er fast immer gelebt, denn seit er denken konnte, war er auf der Flucht.

Es kotzte ihn alles an. Jedes Land, jede Stadt, jeder Hafen kotzte ihn an, weil er nirgends hingehörte, weil er nirgends zu Hause war und nirgendwo auf der Welt eine Menschenseele auf ihn wartete.

Aber wenigstens ein paar Kleinigkeiten hatte er immer besessen: einen Seesack voller Klamotten, ein wenig Erspartes, ein Fahrtenbuch voller Erinnerungen, Ausweis, Führerscheine, ein Messer, ein Handy und einen kleinen Affen. Ein Stofftier, das ihm in seinem ganzen Leben der einzige Gefährte gewesen war.

Und jetzt hatte er alles verloren. Sogar den Affen.

15

Elba, Porto Azzurro

Mit viel Schwung und einem lauten Krachen stempelte Neri »SEGRETO« auf den Aktendeckel, den er anschließend mit zufriedenem Grinsen zuklappte.

Dreieinhalb Stunden hatte er damit zugebracht, den Bericht über die angeschwemmte Leiche im Hafenbecken zu schreiben, und hatte die Ermittlung der Todesursache beigelegt. Der Rechtsmediziner hatte mittlerweile festgestellt und schriftlich bestätigt, dass der Mann in den Hals gestochen wurde, an seinen Verletzungen starb und dann offensichtlich über Bord geworfen wurde, wo ein Hai die Leiche angegriffen und zerfetzt hatte.

Für ihn war die ganze Sache jetzt erledigt. Manuela hatte etliche Gespräche mit der Guardia Costiera geführt, sollten die Jungs sich doch mit dem Mord an diesem unbekannten Toten amüsieren. Neri bezweifelte, dass man die Identität des toten Asiaten jemals feststellen konnte. Wahrscheinlich war es irgendein armseliger Seemann, der an Bord eines Seelenverkäufers in Streit geraten und getötet worden war, und kein Hahn krähte nach ihm. Wenn er überhaupt Angehörige hatte, wussten sie sicher nicht, auf welchen Weltmeeren er gerade unterwegs gewesen war. Vielleicht würde es in ein paar Jahren eine Vermisstenanzeige geben. Wenn überhaupt. Seeleute hatten nur selten eine Familie. Sie waren Einzelkämpfer und versuchten zu überleben. Mehr nicht.

Der Haiangriff war somit erledigt, und er hoffte, dass sich ewiges Schweigen darüberlegen würde.

Denn Neri hatte ganz andere Probleme.

Die Wohnung, die Gabriella gemietet hatte, war wohl doch nicht so toll, wie sie gedacht hatten.

Seit zwölf Stunden hatten sie kein Wasser, und der Hydrauliker, der bereits da gewesen war, hatte nicht die geringste Ahnung, woran es liegen könnte. Sie hatten Strom, die Pumpen, die das Wasser ins Haus beförderten, waren in Ordnung – also wo lag das Problem?

Gabriella war nicht mehr ansprechbar, so genervt war sie, und Oma erzählte den ganzen Tag von all den unzähligen Malen in ihrem Leben, in denen sie und ihr Emilio aus irgendeinem Grund kein Wasser gehabt hatten und es eimerweise von den Nachbarn nach Hause schleppen mussten.

Neri konnte es nicht mehr hören, und als Oma dann auch noch verkündete, ins Meer gehen zu wollen, da Salzwasser ja sowieso sehr viel gesünder für die Haut sei, flüchtete er ins Büro. Manchmal konnte es ja ungeheuer wohltuend sein, sich auf einen öden Bericht konzentrieren zu müssen.

Am nächsten Morgen wanderte Neri in Zivil zu einer kleinen Piazza im Zentrum des Ortes, um in den öffentlichen Toiletten und Waschräumen die Toilette zu benutzen und zu duschen. Mit seiner grellbunten Badetasche mit aufgedruckten kleinen Delfinen, in die Gabriella Seife, Handtuch, Deo, Zahnbürste und Zahnpasta und sein Rasierzeug gepackt hatte, kam er sich ungeheuer dämlich vor.

Es war kurz nach acht, und in dem kleinen Ort herrschte bereits reger Betrieb. Bäcker, Bars und die meisten Geschäfte waren schon geöffnet, jetzt am Morgen zeigte das Thermometer bereits dreiundzwanzig Grad, und die Menschen tranken ihren Espresso auf der Straße.

Die öffentlichen Toiletten und Waschräume waren verschlossen, und an der Tür prangte ein großes Schild mit den Öffnungszeiten: zehn bis neunzehn Uhr.

Du lieber Himmel, noch zwei Stunden!

Dennoch rüttelte Neri an der Klinke, aber es tat sich nichts.

Zum Schluss trat er vor Wut gegen die Tür und ging wieder nach Hause.

Es war ein Unding. Um zehn musste er längst im Büro sein, wie sollte er denn da vor Dienstantritt oder nach Dienstschluss noch duschen? Meist arbeitete er bis zwanzig Uhr, hatte aber von eins bis drei Mittagspause. Die einzige Möglichkeit war, seine gesamte Körperpflege in die Mittagspause zu verlegen, was ihm zutiefst zuwider war, da ihm dann nicht genug Zeit für das Mittagessen und ein kleines Nickerchen blieb.

Um halb zehn probierte er es noch einmal. Die Tür war – wie zu erwarten – immer noch abgeschlossen. Der Inhaber vom Zeitungsgeschäft gegenüber fegte gerade die Straße und fragte Neri: »Wollen Sie zu Signora Rossi? Die hier die Duschen bewacht?«

Neri nickte. »Genau, zu der will ich.«

»Die sitzt da drüben in der Bar. Die Signora an dem Tisch ganz links mit den langen dunklen Haaren und der Glitzerbluse.«

Offensichtlich hatte der Edicola-Besitzer die Badetasche nicht als Badetasche interpretiert, denn Neri trug jetzt bereits seine Carabinieri-Uniform. Er wusste, dass es sehr unpraktisch sein würde, sie in einem engen Umkleideraum an- und auszuziehen, aber er hatte keine andere Wahl.

Signora Rossi sah nicht aus wie eine Putzfrau von Toiletten und Duschkabinen, sondern wie die Inhaberin eines Puffs. Sie trug eine hellblaue, knallenge und tief ausgeschnittene Paillettenbluse, und auf ihrer noch engeren Jeans stand mit Glitzersteinen geschrieben »Love«. Ihre Sandalen mit Tigermuster hatten schwindelerregend hohe Plateausohlen, ihren leuchtend blauen Lidschatten hatte sie bis an die Augenbrauen aufgetragen, und ihre toupierte lange Löwenmähne hielt sie notdürftig mit einer Glitzerspange zusammen.

Während sie ein Croissant aß, qualmte neben ihrem Teller eine Zigarette im Aschenbecher.

»Salve«, sagte Neri.

»Buongiorno«, antwortete sie gelangweilt und konzentrierte sich bewusst auf ihr Croissant.

»Sind Sie Signora Rossi?«

»Ja, warum?«

»Könnten Sie eventuell die Waschräume aufschließen? Bei uns ist das Wasser ausgefallen, und mein Dienst beginnt bereits um zehn.«

Ohne Neri anzusehen, machte die Signora schnelle, wischende Bewegungen mit dem Zeigefinger von links nach rechts und murmelte mit vollem Mund: »Chiuso.«

Dann zeigte sie mit ihren pinkfarben lackierten und beängstigend langen Nägeln auf ihre Armbanduhr. »Fino alle dieci.«

»Ich weiß«, sagte Neri mit einem flehenden Ton in der Stimme. »Lesen kann ich auch. Ich meine ja nur … Würden

Sie eventuell einfach für mich aufschließen? Sie können ja weiter frühstücken, gar kein Problem. Nur kurz aufschließen, bitte, ich bin auch in zehn Minuten fertig.«

Jetzt schüttelte sie den Kopf und schob die Unterlippe vor. Neri fand, dass sie aussah wie eine Unke.

»Dann krieg ich Ärger mit der Comune. Sie kennen doch sicher die Vorschriften, Commandante. Versichert sind die Gäste erst ab zehn. Wenn Sie in der Dusche ausrutschen und sich um Viertel vor zehn den Hals brechen, bin ich dran.«

Himmel, was ist das für eine eingebildete, sture Zicke, dachte Neri, und außerdem war er wütend, dass sie ihn mit dem albernen »Commandante« eindeutig auf den Arm nehmen wollte.

Aber er war machtlos. Dann blieb ihm also doch nur die Mittagspause zum Duschen.

Als er sich wegdrehte, fügte sie noch hinzu: »So ist das Gesetz, Maresciallo. Leider. Ich hätte Ihnen selbstverständlich gern geholfen.«

Das war der reinste Spott und Hohn. Neri platzte fast vor Wut, aber er beherrschte sich und ging ruhig davon. Er spürte, dass sie ihm hinterhersah, und verging fast vor Scham mit seiner bescheuerten Delfin-Badetasche in der Hand.

In der Mittagspause in dieser Bedürfnisanstalt zu duschen war eine Sache. Aber noch schlimmer war, diesem fürchterlichen Weib wieder begegnen zu müssen.

Eigentlich war dieser aufgetakelte Tuschkasten ein gefundenes Fressen für die Haie, fand Neri, und nur dieser Gedanke besserte seine Laune.

Um vierzehn Uhr dreißig war Neri wieder bei den öffentlichen Waschräumen.

Zu seinem Entsetzen kam ihm auf der Straße Manuela entgegen. Neben ihr ein – in Neris Augen – widerlicher Kerl. Er war ein wenig größer als sie, Typ Bodybuilder und trug ein so enges T-Shirt, dass man jeden Muskel einzeln nachzeichnen konnte.

Manuela blieb stehen. Ihr Blick fiel natürlich sofort auf die Delfin-Badetasche, die zu einer zackigen Carabinieri-Uniform wirklich mehr als dämlich aussah.

»Hallo, Donato!«, sagte sie fröhlich und schenkte ihm ihr strahlendstes Lächeln. »Warst du schwimmen?«

Neri spürte, dass er flammend rot wurde, und konnte nur mit zusammengekniffenen Lippen den Kopf schütteln. Er stand direkt neben dem Schild »Bagno comunale« – Manuela wusste ganz genau, was er hier wollte. Zumindest konnte sie es sich vorstellen.

»Na dann, lass dich nicht vom Hai fressen«, meinte sie noch, grinste und zwinkerte Neri zu. »Bis nachher.«

Sie lächelte ihren schweigsamen Begleiter an und ging mit ihm davon. Neri konnte nicht anders: Er musste ihr einfach hinterhersehen. Weil es in ganz Italien wahrscheinlich niemanden gab, bei dem die Carabinieri-Uniform so schön und sexy aussah wie bei Manuela.

Er seufzte und betrat das öffentliche Bad.

Signora Rossi hing in ihrem Bürostuhl, hatte ihre Füße auf die leer gefegte Schreibtischplatte gelegt und lackierte ihre Fingernägel.

Sie blickte kurz auf, als Neri hereinkam, und sagte: »Suchen Sie sich eine Kabine aus, Capo. Sind alle frei.«

Es dauerte nur Minuten, da stand Neri schon wieder wutentbrannt vor ihr. »Das kann ja wohl nicht wahr sein!«, schnaubte er.

»Was denn? Sind Sie schon fertig? Dann macht das drei Euro fünfzig.« Signora Rossi hatte ihre Haltung nicht verändert, pfiff aber, wenn sie nicht gerade etwas sagte, leise vor sich hin.

Eine derartige Provokation hatte Neri als Carabiniere noch nie erlebt. Und plötzlich wurde er gefährlich ruhig: »Wie wär's, wenn Sie die Duschen mal sauber machen? Das ist doch wohl Ihr Job, oder? Dafür werden Sie schließlich bezahlt!«

»Die Duschen sind okay.« Signora Rossi zupfte einen Fussel von ihrer Jeans.

»Ach ja? Der Abfluss sowie der gesamte Kabinenboden sind voller Haare, darum fließt auch das Wasser nicht ab. Wenn Sie fünf Minuten duschen, stehen Sie knöcheltief im Dreckwasser. Die Wasserhähne sind verrostet, die Wände verschimmelt, die Kacheln kleben ekelerregend, und der Duschkopf ist so verkalkt, dass nur noch ein winziger Pieselstrahl herauskommt. Darunter kann sich vielleicht ein Kanarienvogel duschen, aber kein Mensch. Diese Duschräume sind seit Monaten nicht mehr geputzt worden, Signora Rossi, und das finden Sie *okay?*«

Jetzt schwang die Signora ihre Füße vom Schreibtisch, beugte sich vor und sah Neri direkt in die Augen.

»Es tut mir sehr leid, wenn Ihnen die öffentlichen Duschen nicht behagen. Aber niemand zwingt Sie, herzukommen und sie zu benutzen, Maggiore.«

»Hören Sie auf mit diesen defätistischen Titeln, als wäre ich Befehlshaber der Streitkräfte, ich bin Carabiniere, und damit basta. Und ich verlange, so angeredet zu werden. Haben Sie das verstanden?«

Die Signora antwortete nicht.

»Ob Sie das verstanden haben?«, schrie Neri.

»Aber sicher doch, ich bin ja nicht taub.«

»Na, dann ist es ja gut. Und jetzt werde ich mit dem Bürgermeister sprechen und eine Meldung machen. Ihre offensichtliche Arbeitsverweigerung ist eine Schande für den Hafen und den Ort Porto Azzurro. Und wenn der Tourismus den Bach runtergeht, geht Italien pleite. So ist das, Signora, und es liegt nicht zuletzt an Ignoranten wie Ihnen.«

Damit drehte er sich um und stolzierte davon. Wo er nun eine Dusche finden sollte, war ihm ein Rätsel.

Signora Rossi seufzte kurz, so wie man seufzt, wenn jemand nur dummes Zeug erzählt und einfach nichts begreift. Sorgen um ihren Job machte sie sich nicht. Mit dem Bürgermeister war sie mehr als nur gut befreundet, und so würde sich nichts, aber auch gar nichts ändern.

Auch weiterhin konnte sie sich problemlos einen faulen Lenz machen. Sie lächelte, schob sich die drei Euro fünfzig in die Hosentasche und beschäftigte sich wieder mit ihren Nägeln.

16

Mittelmeer, Côte d'Azur

18 Uhr 20, Kurs 38°, 42° 57.68 N – 9° 27.40 E

Die Mädels sind weitergezogen, und wir haben drei herrliche, entspannte Tage auf Korsika verbracht.

Ausgeruht starten wir nun von Korsika nach Nizza. Ca. 105 sm liegen vor uns, zwanzig Stunden auf See.

Das Wetter ist gut, der böige Nachmittagswind ist abgeflaut und hat jetzt keine 2 Beaufort mehr. Sehr angenehm.

Die ersten 2,5 sm fahren wir auf Sicht, dann nehmen wir Kurs 307°. Nach weiteren 4,7 sm Kurs 292° um die Nordspitze Korsikas herum bis zu einer kleinen Insel am nördlichsten Punkt Korsikas, die wir auch nördlich umfahren. Marschgeschwindigkeit von 6 Knoten.

Werner sitzt am Steuer, er ist wach und freut sich auf die lange Fahrt. Bis ca. 21 Uhr werden wir Tageslicht haben.

19 Uhr 45, Kurs 290°, 43° 8.7 N – 8° 58.25 E

Wir sind mit Autopilot auf Kurs 290°. Alles ist ruhig. Ich habe zwar Angst vor der Nacht, beginne aber, mich zu entspannen.

Je weiter wir aufs offene Meer kommen, umso stärker wird die Dünung. Da kann einem richtig schlecht werden. Ich mache uns Weißbrote mit Schinken und Mozzarella mit Tomate. Das hilft gegen die Übelkeit. Gern würde ich zur Beruhigung ein Glas Wein trinken, aber ich weiß, dass ich dann noch schneller müde werde. Außerdem ist es Gesetz bei uns an Bord: niemals Alkohol auf See, erst zur Belohnung im Hafen.

22 Uhr 30, Kurs 290°, 43° 9.1 N – 9° 0.2 E

Mittlerweile ist es stockdunkel. Ich finde es fürchterlich bedrohlich, wenn Himmel und Meer schwarz sind. Wenn man nichts mehr sieht, nirgends ein Licht. Und wenn dann doch ein Licht auftaucht, bedeutet es eventuell Gefahr, weil man noch nicht weiß, wo das Schiff hinfährt. Der Spruch heißt ja: »Siehst du Grün und Rot, bist du tot.« Das heißt, wenn du beide Positionslichter siehst, kommt das Schiff direkt auf dich zu.

Ich versuche mich unter Deck eine Weile auszuruhen, denn irgendwann wird Werner abgelöst werden wollen, aber ich kann nicht schlafen. Bin viel zu aufgeregt.

00 Uhr 15, Kurs 295°, 43° 15.3 N – 8° 39.61 E

Werner kann nicht mehr. Ich eigentlich auch nicht. Wir sind beide dabei abzuknicken. O Himmel! Das ist genau das, was ich befürchtet hatte.

Werner hatte ganz kleine Augen, als er Vivian kurz umarmte. »Mach's gut, Liebes. Und wenn was ist, weck mich. Aber du musst wirklich nur Wache halten, alles andere macht das Schiff allein.«

»Ich weiß.«

»Fühlst du dich noch einigermaßen fit?«

»Ja, klar.«

»Ach – noch was.« Er huschte kurz unter Deck und kam nur Augenblicke später mit Vivians Rettungsweste in der Hand wieder. »Bitte, tu mir den Gefallen und zieh sie an, ja? Und wenn es sehr wacklig wird, dann hak dich mit dem Karabiner am Steuerstand ein, okay?«

Vivian nickte. »Okay.«

»Versprochen?«

»Versprochen.«

Jetzt erst war Werner beruhigt und legte sich in der Achterkabine aufs Bett.

Vivian saß still an Deck und sah übers Meer. Es war eine klare Nacht, und über ihr funkelten Milliarden von Sternen. Noch nie hatte sie so viele Sterne gesehen wie hier draußen auf dem Meer, wo kein künstliches Licht die Sicht nahm. Sie konnte es kaum fassen, wie viele glückliche Wendungen ihr Leben genommen hatte, sodass sie jetzt hier draußen allein in der Nacht am Steuerstand sitzen und fasziniert Sternschnuppen fallen sehen konnte.

Und sie wünschte sich, dass es so bleiben möge. Ihre harmonische Ehe mit Werner, die Erfolge an der Oper und die wunderschönen Tage auf See. Ich will nicht unverschämt sein, murmelte sie, als wäre es ein Gebet, aber bitte lass es so. Lass es so, wie es ist. Ich bin glücklich, weil ich weiß, dass ich glücklich bin.

Jetzt wäre es schön, wenn Hannah und Leonie hier wären, Musik machen und etwas singen könnten, dachte sie, dann wäre der Zauber des Augenblicks perfekt.

Sie vergewisserte sich, dass weit und breit kein anderes Schiff in Sicht war, und schlich unter Deck, um ihren iPod zu holen. Werner schlief fest, sie hörte ihn leise schnarchen.

Wieder an Deck, schaltete sie ihn an und ließ leise, um Werner nicht zu wecken, Verdi laufen, die richtige Musik für eine einsame Nacht auf See. Wellen, tiefschwarze Nacht und dann *Nabucco*, »Va pensiero«. Das nahm ihr die Angst, trieb ihr die Tränen in die Augen und machte sie glücklich.

Es war ein seltenes Gefühl, so völlig mit sich im Reinen zu sein, und eine Weile glaubte sie, nie mehr schlafen zu müssen und ewig so sitzen und in die Nacht sehen zu können.

Inzwischen war es windiger geworden, und die Wellen wurden höher. Das Schiff begann heftig zu rollen, aber selbst das schreckte Vivian in diesem glücklichen Moment nicht – im Gegenteil. Es machte sie nur noch stärker, sie hatte das Gefühl, jedem Wetter trotzen und jede Situation auf See bewältigen zu können. Der Autopilot hielt den Kurs, es konnte gar nichts passieren. Morgen Mittag würden sie bereits im Hafen von Nizza liegen.

Am Horizont sah sie eine Fähre. Ein langes Boot mit unglaublich viel Licht an Bord, sodass Positionslichter gar nicht mehr auszumachen waren. Oder war es gar keine Fähre, sondern ein Kreuzfahrtschiff? Und vielleicht fuhr es auch gar nicht am Horizont, sondern wesentlich näher vorbei? Entfernungen hatte Vivian noch nie gut einschätzen können. Und jetzt in der Dunkelheit war es noch schwieriger.

Auf jeden Fall war das Schiff so weit entfernt, dass es ihnen nicht gefährlich werden könnte, und insofern interessierte sie sich nicht weiter dafür.

Die Wellenhöhe nahm unaufhörlich zu. Vivian musste sich bereits mit beiden Händen am Steuerrad festklammern, um nicht umzufallen, der Bug des Schiffes nahm bereits Wasser.

Schlagartig war die romantische Stimmung verflogen.

Und dann ging alles sehr schnell. Offensichtlich trafen die Wellen, die durch die Fähre entstanden waren, so plötzlich und unerwartet auf die *Aurora*, dass das Boot stark seitwärts krängte. Die Rettungsweste, die Vivian völlig vergessen hatte, kam ins Rutschen.

Vivian wollte sie noch fassen, hätte dabei aber beinah selbst den Halt verloren. Sie erreichte sie nicht mehr, und die Weste rutschte unter der Reling durch ins Meer und öffnete sich explosionsartig zischend. Vivian konnte sie noch im fahlen Licht des Mondes wie einen knallorangefarbenen Ballon davontreiben sehen.

Erst in diesem Moment wurde ihr bewusst, in welcher Gefahr sie sich befand, denn sie schaffte es nur noch mit Mühe, sich festzuhalten. Sie stand breitbeinig wie ein Matrose, und bei jeder Krängung des Schiffes hatte sie das Gefühl, dass das Boot sich bei dieser extremen Schräglage nie und nimmer mehr würde aufrichten können.

Du lieber Himmel, dachte sie mit aufsteigender Panik, was ist denn bloß los? Fahren wir direkt in einen Sturm hinein? Aber der Wetterbericht hatte nichts Derartiges angekündigt. Es sollte die ganze Nacht keine außergewöhnlichen Wetterereignisse geben.

Vivian kämpfte gegen ihre Angst, kämpfte um ihren sicheren Stand und biss die Zähne zusammen.

Ich hasse Nachtfahrten, dachte sie. Nie wieder werde ich mich dazu hinreißen lassen. Nie wieder.

Und dann begann es unter Deck zu klirren und zu scheppern. Sie sah es förmlich vor sich, wie die Lampen durch die Gegend flogen, sich Schränke öffneten und Teller stapelweise auf dem Boden zerbrachen, wie die Whiskyflasche aus dem Regal kippte und zu Bruch ging. In einer anfangs so ruhigen Nacht hatten sie nichts, aber auch gar nichts gesichert.

Es gab einen fürchterlichen Schlag. Vivian glaubte, das Schiff sei auseinandergebrochen, aber da kam auch schon Werner mit verschlafenen Augen an Deck.

»Der Steuerstuhl vom zweiten Steuerstand ist eine Treppe tiefer bis in die Achterkabine gekracht. Das Boot sieht aus wie nach einem Bombenangriff. Ich hab so fest geschlafen und gar nicht gemerkt, dass wir solch einen Seegang haben. Warum hast du mich nicht geweckt?«

Er wirkte ärgerlich, besorgt und konzentriert zugleich.

»Die Welle kommt von der Seite«, fuhr er fort. »Verdammt noch mal, du weißt doch, dass das nicht geht und gefährlich ist. Wir müssen sofort den Kurs ändern!«

Vivian versuchte gar nicht, sich zu verteidigen, und hielt die Klappe.

Der Wind wehte mittlerweile mit einer Stärke von 6 bis 7, in Böen mit 8 Beaufort aus Nordost. Werner schaltete den Autopiloten aus, steuerte schräg gegen die Welle und korrigierte die Kurslinie auf 32°.

Das Schiff stampfte zwar immer noch, stabilisierte sich aber leicht.

»Du blutest!«, sagte Vivian auf einmal erschrocken. »Aber wie!«

»Ich weiß, ich bin in die Scherben der Lampe getreten, als ich nach oben gerannt bin. Hol mir mal Verbandszeug, bitte, ich saue hier sonst das ganze Teak ein.«

Dann sah er sie vorwurfsvoll an. »Du hast keine Rettungsweste an, verdammt noch mal!«

»Sie ist über Bord gegangen, und dann hab ich mich nicht mehr runtergetraut.«

»Hol dir eine der Gästewesten.«

Vivian war froh, dass sie etwas zu tun hatte und dass er sich nicht weiter aufregte. Nur mit Werners Hilfe gelang es ihr, die Luke nach unten zu erreichen. Werner hatte sich inzwischen mit einer Leine am Steuerstand eingeklinkt.

Unter Deck bewegte sie sich wie eine Betrunkene. Sie torkelte unkontrolliert und hielt sich an allem fest, was sicher verschraubt war: am Geländer, an Schränken, dem festgeschraubten Tisch, dem Steuerstand oder dem Haltegriff an der Decke.

Sie holte eine Rettungsweste aus der Gästekabine, legte sie sich um, nahm noch einen Lifebelt zum Einklinken am Steuerstand oder an der Reling mit nach oben und den Verbandskasten, der im Sitzkasten in der Pantry verstaut war.

Hoffentlich ist diese fürchterliche Nacht bald zu Ende, flehte sie. Hoffentlich!

Als sie nach oben kam, sagte Werner: »Es hat keinen Zweck, es wird an Deck zu gefährlich, wir müssen von unten steuern. Da kannst du auch meinen Fuß verarzten. Ich schalte die Instrumente um. Sind alle Bullaugen geschlossen?«

»Ja. Hab ich noch mal kontrolliert.«

»Okay. Dann aktiviere das AIS, damit wir wissen, was um uns rum los ist.«

2 Uhr 42, Kurs 28°, 43° 24.90 N – 8° 43.05 E, Wind 6–8 Beaufort

Werner ist wieder hellwach und steuert von unten, weil wir sonst über Bord geweht werden. Ich verstehe nicht, wie sich so schnell solche Wellen aufbauen können. Mich haben Wind und Wellen total überrascht, morgen früh werde ich sehen, was an Bord alles kaputtgegangen ist. Es war so schlimm, dass ich gar keine Zeit hatte, richtige Angst zu haben. Ich glaube, das kommt erst später.

Es ist fast unmöglich, bei diesem Wellengang zu schreiben. Ich krakle wie eine Geisteskranke, denn das Schiff rollt, dass einem angst und bange werden kann. Aber wir müssen da durch, und jetzt, wo Werner wach ist, fühle ich mich sicherer. Er steuert schräg gegen die Welle. Der Kurs ist im Moment egal. Wir werden ihn korrigieren, wenn der Wind abflaut. Wird es eben ein paar Stunden länger dauern, bis wir in Nizza sind.

Schlafen kann ich jetzt nicht. Ich fürchte, dann wird mir schlecht.

Eine heiße Brühe wäre gut, aber die kann ich nicht kochen bei dem Geschaukel. Niemand kann sich vorstellen, wie es in der Küche aussieht. Wie auf dem Schlachtfeld.

5 Uhr 23, Kurs 276°, 43° 30.82 N – 9° 8.95 E, Wind 4–6 Beaufort

Ich habe doch ein bisschen gedöst, Werner hat ausgehalten, sitzt mit tiefen Augenringen am Steuer und ist dankbar, dass der Morgen graut und diese trostlose, endlose Dunkelheit ein Ende hat. Er hat den Kurs mittlerweile auf 276° korrigiert. Wir haben durch die Wellen ganz schön Zeit verloren und immer noch 82 sm vor uns. Also ungefähr 12 Stunden, das heißt, wir sind erst spätnachmittags in Nizza.

Aber Gott sei Dank ist der Wind abgeflaut, und Werner kann wieder Kurs auf Nizza nehmen. Es schüttelt uns zwar noch, aber wir müssen die Wellen nicht mehr unbedingt schneiden.

8 Uhr 10, Kurs 276°, 43° 31.50 N – 8° 40.26 E

Werner hat durchgehalten, und mein Kaffee hat ihn gepuscht. Ich bin unendlich dankbar, dass ich nicht noch mal ranmuss.

Das Meer beruhigt sich zusehends. Die Sonne kommt raus, es ist diesig, aber es wird ein schöner Tag werden. Wir haben es wahrhaftig fast überstanden! Was für ein großartiges Gefühl.

Ich brate Spiegeleier mit Speck und schäle Äpfel. Werner erwacht aus seiner Starre und redet wieder. Auch er scheint erleichtert.

17 Uhr 47

Vor uns liegt der Hafen von Nizza. Wir machen uns bereit für die Anfahrt.

Was für ein tüchtiges Boot!

Und – danke, Werner. Ich liebe dich.

17

Nizza

Vivian wollte gerade den Hafen von Nizza anfunken, um ihre Ankunft anzukündigen, als ihr Handy klingelte. Auf dem Display erschien »Ingo«. Ihr Assistent.

Sie hob ab. »Ja, Ingo, was gibt's?«

»Vivian, mein Schatz, ich hab schon tausendmal versucht, dich anzurufen, aber man erreicht dich einfach nicht!«, tölte Ingo mit einem leicht beleidigten Unterton.

»Ich war auf See. Weißt du doch.«

»Ach so. Na ja. Ich bin jedenfalls seit vorgestern in Nizza«, meinte er, und Vivian sah vor sich, wie er mit gespreizten Fingern durch seine kunstvoll gegelten Haare fuhr, »und gestern ist der Lastwagen gekommen. Ich hab natürlich wie immer alles durchgecheckt, so wie sich das gehört, und dann hab ich schon auf den ersten Blick gesehen, dass zwei Kisten fehlen. Aber ich weiß nicht genau, welche und was darin ist.«

Vivian schwieg vor Schreck.

»Bist du noch da, Herzchen?«

»Ja … ja. Mammamia!«, stöhnte sie nach einer Pause. »Das ist eine Katastrophe, egal was fehlt! Ich werd wahnsinnig. Wie viele Kostüme sind das?«

»Mindestens zwölf.«

»Mindestens?«

»Können auch mehr sein, Süße, so genau weiß das ja niemand.«

»Alles Frauen?«

»Ja. Die Herrenkostüme sind komplett.« Vivian hörte, dass er vor sich auf eine Tischplatte trommelte.

Ihr brach der Schweiß aus. »Liste alles auf. Ich muss genau wissen, welche Kostüme fehlen. Und dann ruf in Berlin an. Frag, was los ist, warum die nicht alles aufgeladen haben, wer da gepennt hat oder was auch immer sonst passiert ist. Zwei Kisten können sich ja nicht einfach in Luft auflösen! Wo gibt's denn so was? Sie sollen sie verdammt noch mal nachschicken, und zwar per Express! So schnell wie möglich!«

»Das hab ich längst gemacht, Vivian. Aber in Berlin ist niemand mehr. Es sind Theaterferien, und da schläft nur noch ein Pförtner in seiner Loge. Du weißt, der Dicke mit den blöden Sprüchen.« Er kicherte. »Und der hat natürlich keine Idee, wo die Sachen sein könnten. Aber ich bleib dran. Weißt du doch!« Ingo redete nicht, Ingo sang die Sätze.

Vivian kannte seinen schwulen Singsang seit Jahren und ließ sich dadurch nicht beeindrucken. Sie hatte sich daran gewöhnt und mochte ihn sogar.

»Sieh alles genau durch, Ingo, ja? Schick mir die Liste mit den fehlenden Teilen per Mail. Noch heute Abend, wenn es geht. Irgendjemand wird in Berlin ja auch außer dem Pförtner noch in der Oper sein. Aber der hat natürlich keine Lust, nachzugucken und der Sache auf den Grund zu gehen, denn was nicht morgen Premiere hat, ist nicht wichtig und kann warten. Und die Kisten stehen in irgendeiner Ecke und sagen kein Wort.«

»Gut. Ich melde mich heute Abend noch bei dir. Wann kommst du?«

»Ich fahre gerade in den Hafen. Bitte hole mich morgen früh um neun Uhr ab. Ich simse dir heute Abend noch unseren Liegeplatz, damit du mich findest. Und dann werden wir das Kind schon schaukeln. Mach dir keine Sorgen.«

»Okay. Schößchen!« Das war Ingos Abschiedsgruß, den er seit Urzeiten, jedenfalls solange Vivian ihn kannte, jedem zum Abschied ins Ohr pustete oder ins Telefon flötete, und niemand wusste so recht, was er damit meinte.

Vivian ging zu Werner und legte ihm den Arm um die Schulter. »Jetzt sind unsere zehn Tage Urlaub auf acht Tage geschrumpft. Das tut mir so leid, aber kaum nähere ich mich Nizza, brennt die Luft«, sagte sie und hauchte ihm einen Kuss auf die Wange. »Bist du böse?«

Werner schüttelte den Kopf, was jedoch wenig überzeugend aussah.

»Aber die Probleme können alle bis morgen warten«, sagte sie und fuhr ihm liebevoll durch die Haare. »Heute machen wir uns noch einen schönen Abend.«

Als sie kurz nach Mitternacht im Bett lagen, strich sie unter der Bettdecke mit ihrer Hand über seinen Oberschenkel.

»Was ist?«, grunzte er im Halbschlaf.

»Nichts.« Aber ihre Berührungen gingen weiter und wurden drängender.

»Vivian, bitte!« Er wurde allmählich wacher und drehte sich zu ihr um. »Ich bin todmüde.«

»Aber es ist unser letzter Abend!«

»Nur weil wir jetzt mal eine Weile getrennt sind? Viv, wir werden hoffentlich noch Hunderte, Tausende schöne

Abende miteinander verbringen, aber heute bin ich einfach zu müde.«

»Werner, bitte!«

»Nein, Viv. Schlaf schön und mach dir keine Sorgen. Wenn wir uns wiedersehen, wird es umso schöner.«

Damit drehte er sich um, zog sich die Decke über die Schulter und verstummte. Vivian wusste, dass er in spätestens zwei Minuten eingeschlafen war.

Sie starrte an die Decke der Achterkabine, in die kein Lichtstrahl drang.

Es hätte ihr heute verdammt gutgetan. Dass Männer so etwas nicht begreifen konnten.

Auch sie drehte sich jetzt weg, auch sie zog sich die Decke über die Schulter, aber sie konnte nicht einschlafen, weil ihr zum Heulen zumute war.

18

Pünktlich um neun Uhr rollte die theatereigene Oldtimer-Limousine, ein schwarzer Jaguar Baujahr 58, in den Hafen, bis zu dem Steg, an dem Werner und Vivian mit ihrer *Aurora* lagen. Nach Werners Geschmack war dieser Auftritt reichlich überkandidelt, aber Vivian genoss es, von der Opéra de Nice hofiert zu werden. Ingo sprang heraus und tänzelte über den Steg. Er winkte mit seinem Schal.

»Bonjour, mon amour!«, flötete er und grinste breit.

Vivian ging die Gangway hinunter. »Hallo, Ingo«, sagte sie. »Prima, dass du mich abholst. Wie geht's?«

»Frage mich nicht!«, war die Standardantwort Ingos inklusive einer wegwerfenden Handbewegung. »Nur Stress und Ärger, sag ich dir. Aber das kriegst du noch früh genug mit. Ich hoffe, du hast dich in der einen Woche auf See schon mal gut erholt, damit du den ganzen Irrsinn hier ertragen kannst!« Er lachte hell und gekünstelt und begrüßte Werner, der Vivians Gepäck von Bord brachte, mit einem freundschaftlichen Klaps auf die Schulter.

Ingo schleppte das Gepäck zum Auto. Werner nahm Vivian in den Arm und küsste sie. »Mach's gut, Liebste«, flüsterte er. »Ich denke an dich, ich glaube an dich, und ich weiß, dass du deine Arbeit ganz wundervoll machst. Was auch passiert.«

In Vivians Augen schwammen Tränen. Sie waren jetzt seit fast genau zwanzig Jahren verheiratet, aber Vivian weinte bei jedem Abschied. Auch wenn sie nur übers Wochenende zu ihrer Freundin nach München fuhr. Das fand er so rührend und liebenswert an ihr, und der Abschied brach dann auch ihm regelmäßig das Herz.

»Spätestens in drei Wochen sehen wir uns auf Elba wieder, und dann heben wir die Welt aus den Angeln und machen den schönsten Urlaub unseres Lebens«, hauchte sie. »Holst du mich dort vom Flugplatz ab?«

»Aber sicher doch. Mail mir nur kurz vorher, wann du genau ankommst.«

»Das tu ich. Ich mail dir sowieso, so oft ich kann.« Sie küsste ihn. »Und bitte, bitte, bitte pass auf dich auf, ja? Fahr nur bei gutem Wetter, fahr keine weiten Strecken und mach wirklich nur das, was du dir sicher zutraust. Bitte, Werner!«

»Ganz bestimmt. Ich versprech's dir.«

»Und sei vorsichtig mit deinem Fuß! Wenn's schlimmer wird und sich entzündet, musst du zum Arzt.«

»Ja, na klar. Ich pass schon auf.«

Sie küsste ihn noch einmal und verschwand im Jaguar.

Als der Wagen anfuhr, konnte er ihr Gesicht hinter den getönten Scheiben kaum noch ausmachen.

Es waren immer die ersten Tage ohne Vivian, die ihm unsagbar schwerfielen. Später wurde es leichter, wenn er sich an das Alleinsein gewöhnt hatte.

Er hatte Freunde, bei denen war es genau umgekehrt: Sie konnten die ersten Tage des Alleinseins mit irgendwelchem Aktionismus gut ertragen, aber dann wurde es zäh und immer schlimmer.

Werner war dankbar, dass er nur am Anfang litt.

Doch der erste Abend allein war ein Problem und lag vor ihm wie ein Berg, den man geschwächt und wie im Fieberwahn besteigen musste.

Werner beschloss, sich hinzulegen und ein paar Stunden Schlaf nachzuholen. Auch wenn er in der letzten Nacht zusammen mit Vivian nicht schlecht geschlafen hatte, hatte ihn die Nacht auf See doch mehr Kraft gekostet, als er gedacht hatte.

Die imposanten Fassaden der herrschaftlichen Häuser im Stadthafen von Nizza waren bereits in warmes, orangefarbenes Abendlicht getaucht, als Werner erwachte.

Auch wenn durch die Bullaugen der Achterkabine nicht viel Licht fiel, spürte er, dass der Tag zu Ende ging. Er erhob sich ein wenig, um die Uhr im Salon sehen zu können.

Es war kurz vor sieben. Demnach hatte er fast neun Stunden geschlafen.

Er erschrak fast, denn wenn er jetzt nicht endlich aufstand, würde er sicher in der Nacht wach liegen.

Langsam ging er an Deck. Seine Glieder waren unbeweglich und steif, nach dem langen Schlaf fühlte er sich wie eingerostet. Tagsüber zu schlafen hatte ihm noch nie gutgetan. Er war hinterher meist müder als vorher und irgendwie depressiv.

Sein Fuß schmerzte ziemlich, aber noch wollte er den Verband, den Vivian ihm gestern Abend angelegt hatte, nicht wechseln. So kunstvoll würde er es allein niemals hinkriegen.

Auf dem Achterdeck streckte er sich und gähnte herzhaft. Im Grunde hatte er zu nichts Lust und wusste nichts mit sich anzufangen. Wenn Vivian nicht da war, waren die Abende an Bord trostlos.

Um sich nicht weiter den Kopf zerbrechen zu müssen, zog er eine leichte Leinenhose, ein dazu passendes Hemd und ein Jackett an und schlüpfte in weite Sandalen, die er trotz des Verbandes tragen konnte. Er steckte seine Brieftasche ein, schloss die Tür zum Salon ab, ging an Land, fuhr die Gangway mit einer Fernbedienung ein und lief einfach los. Die Côte d'Azur ging vornehm zugrunde, das wusste er, hier bezahlte man für alles das Dreifache, aber er war angemessen gekleidet.

Nizzas Hafen war ein Unikum, etwas ganz Außergewöhnliches, wie ein rechteckiges Stück Wasser mitten aus einer Stadt heraus gestanzt. Gewaltig und ungewöhnlich.

Umso eintöniger war die Promenade, die einfach kein Ende nehmen wollte, sich kilometerlang am Strand entlangzog und Werner unendlich langweilte. Kein Restaurant, kein Bistro und keine Bar summte ihn an, und obwohl er seit zwölf Stunden nichts mehr gegessen hatte, ging er nirgends hinein.

Mittlerweile war es dunkel, Nizza erschien ihm wie eine mondäne Frau im Paillettenkleid. Die Stadt funkelte und leuchtete, und das Meer reflektierte die tausendfach glitzernden Lichter der Stadt.

Werner humpelte langsam weiter. Irgendwann stand er vor dem Casino Ruhl und untersuchte seine Brieftasche, wie viel Geld er dabeihatte. Sechshundertfünfzig Euro. Das war einen Versuch wert. Vielleicht war heute seine Nacht.

Es musste schon über zwanzig Jahre her sein, seit er das letzte Mal in einer Spielbank gewesen war. Der Besuch war extrem kurz gewesen, und er wusste bis heute nicht, warum er damals überhaupt in die Spielbank gegangen war.

Er war auf Geschäftsreise in Berlin, hatte mit seinen Geschäftspartnern in einem sündhaft teuren japanischen Restaurant in der Nähe des Europacenters gegessen, und anschließend, als sie sich alle voneinander verabschiedet und für den nächsten Morgen verabredet hatten, stand er so unschlüssig auf der Straße wie heute Abend in Nizza. Er wusste damals in Berlin nur, dass er noch nicht schlafen konnte, und so ging er in die Spielbank, tauschte dreihundert Mark in Jetons und setzte zaghaft auf Rouge oder Noir, Impair oder Pair, Manque oder Passe. Mal gewann und mal verlor er, und sein Guthaben veränderte sich kaum.

Auf einmal sah er eine Zahl vor Augen, und augenblicklich ritt ihn der Teufel: Er wollte dieses zögerliche und langweilige Spiel beenden und setzte zweihundert Mark auf die 27.

Mit klopfendem Herzen sah er die Kugel rollen und hatte beinah einen Herzstillstand, als sie wirklich im Feld 27 liegen blieb.

Aus zweihundert Mark waren über siebentausend geworden. Er wusste, dass es ungeschriebenes Gesetz beim Roulette war, bei einem »Plein«, einem Gewinn auf einer Zahl, zumindest den Einsatz den Angestellten zu überlassen.

Daher opferte er zweihundert Mark für das Personal und ging zur Kasse, um seine Jetons zurückzutauschen.

Er taumelte fast, als er das Casino verließ, konnte sein Glück kaum fassen und war stolz auf sich, dass er gegangen war und den Gewinn nicht noch verzockt hatte.

Über zwanzig Jahre hatte er jetzt kein Casino mehr betreten. Vielleicht konnte er heute Abend in Nizza so eine kleine Sensation wiederholen. Und vielleicht hatte er wieder die geniale Eingebung einer Zahl.

Werner lieh sich eine Krawatte, holte sich für fünfhundert Euro Jetons und fand, dass es eigentlich eine verdammt hohe Summe war.

Das Casino Ruhl lebte vor allem von seinen Spielautomaten, aber diese interessierten ihn nicht. Auch das futuristische »American Café« mit Pop-Art-Design behagte ihm gar nicht, sodass er darauf verzichtete, dort einen Campari zu trinken.

Der ganz in Blau gehaltene Raum mit seiner Spiegeldecke und seinen breiten goldenen Bordüren im oberen Drittel der Wand, in dem unter riesigen Kronleuchtern die Roulette-Tische standen, gefiel ihm da schon wesentlich besser.

Auch diesmal begann er vorsichtig auf einfache Chancen zu setzen. Und genau wie damals hielten sich Gewinn und Verlust die Waage.

Er begann sich zu langweilen. Der eintönige Singsang des Croupiers machte ihn schläfrig und ging ihm auf die Nerven.

Als er sich entschloss, auf Zahl zu setzen, hatte er noch vierhundertzwanzig Euro in Jetons und setzte dreihundert Euro wie damals auf die 27.

Werner schloss die Augen.

Sein Puls tobte hinter den Schläfen.

»Vingt-sept«, nölte der Croupier, und in Werners Kopf dröhnte es, als würde er im Turm die Glocken von Notre Dame läuten. Als er die Augen aufschlug, lag die Kugel auf der Siebenundzwanzig in der Roulette-Maschine. Seine Glückszahl.

Aus 300 Euro waren 10 800 Euro geworden, das 36fache.

Ihm brach der Schweiß aus. Er spendierte 500 Euro für die Angestellten und spielte weiter. Heute war seine Nacht. Heute konnte er die Welt aus den Angeln heben.

Darum dachte er auch nicht im Traum daran aufzuhören.

Die übrigen Mitspieler an seinem Tisch blickten neidvoll

auf seinen Gewinn, aber niemand sagte etwas. Eine sehr alte hagere Dame mit zerknittertem Gesicht fing an zu zittern, ein Grandseigneur mit perfekt gestutztem, schneeweißem Bart stand auf, verbeugte sich leicht, nahm seine Jetons und entfernte sich, ein beleibter Pensionär im grauen Anzug wurde plötzlich geschäftig und fing an zu setzen wie ein Verrückter. Nach dem Motto: Wenn andere gewinnen können, kann ich das auch.

Werner gegenüber saß eine Frau, die er auf Anfang dreißig schätzte. Ungewöhnlich jung im Vergleich mit den Gästen, die normalerweise eine Spielbank besuchten. Außerdem war sie mit einem gerade geschnittenen, schmalen beigefarbenen Kleid, das keinerlei Raffinesse zu bieten hatte, auffallend schlicht gekleidet. Der einzige Schmuck, den sie trug, waren relativ große, schwere Kreolen.

Sie starrte ihn unverwandt an. Wenn sie überhaupt setzte, dann vollkommen ungeplant, sie schien keinerlei System zu haben und schob bei jedem Spiel einen Fünf-Euro-Jeton irgendwohin. Mal auf eine einzelne Zahl, mal auf ein Pärchen, ein Karree, eine Reihe oder eine einfache Chance. Und ihr Jeton-Stapel wurde immer kleiner.

Aber als Werner seine ersten zehntausend Euro gewann, lächelte sie.

Werner fühlte sich fiebrig, nervös und hochgradig erregt. Er spürte diesen herrlichen Zustand der leichten Unzurechnungsfähigkeit, der einen alles wagen und alles gelingen lässt. Und er spielte leidenschaftlich, ungeduldig und mutig, setzte instinktiv und aus dem Bauch heraus, fühlte sich wie ein Ertrinkender, wenn er verlor, und wie ein Gott, wenn er gewann.

Die junge Frau war flink. Den Bruchteil einer Sekunde, bevor der Croupier »Rien ne va plus« rief, setzte sie genau dorthin, wo auch Werner gesetzt hatte.

Und sie gewann. Nicht so viel wie Werner, aber immerhin.

Drei Stunden später, als die Jetons vor Werners Platz überquollen, kam er zu sich und stand auf. Er fühlte sich wie ein alter Mann. Das Spiel hatte seine gesamte Kraft gekostet. Er konnte und wollte nicht mehr.

In einer Tüte brachte er die Jetons zur Kasse und bekam 121 890 Euro in bar.

Einige Casinogäste sahen ihm ungläubig zu, als er das Geld einsteckte.

Er konnte es selbst nicht begreifen.

Als er das Casino verließ, ging die junge Frau an ihm vorbei und streifte leicht seine Schulter.

»Merci«, sagte sie. »Ich wünsche Ihnen noch ein gutes Leben.«

Bevor er etwas erwidern konnte, war sie verschwunden.

Werner fühlte sich wie in einem Traum, aus dem er gleich erwachen würde.

In einem kleinen Bistro aß er im Stehen ein gefülltes Baguette, dann ging er zurück an Bord.

An Deck, bei einer Flasche Rotwein, wurde er ruhiger.

Auch im Hafen wurde es immer stiller, der Wind hatte sich gelegt, das Wasser war spiegelglatt, und die Schäkel der Segelboote schwiegen.

Allmählich wurde ihm klar, dass er wirklich ein kleines Vermögen gewonnen hatte.

Nizza brachte ihm Glück, und er überlegte, wo er das Geld an Bord lassen sollte. Aber das war nicht wichtig, das konnte er später entscheiden.

Werner atmete die leicht salzige Meeresluft und sah in die Sterne. Er genoss die Ruhe, aber vermisste Vivian. Erst mit ihr wurde ein stiller Moment zum Erlebnis.

Morgen würde er entscheiden, ob er nach San Remo fuhr oder noch einen Tag wartete. Morgen. Heute Abend nicht mehr. Heute Abend trank er nur noch den Rotwein aus, damit er schlafen konnte.

Die Lichter des Hafens glitzerten und spiegelten sich im tiefschwarzen Wasser. Auch das Meer war zur Ruhe gekommen.

Auf einer Bank am steinernen Kai sah er einen Mann. Er trug eine Baseballkappe tief ins Gesicht gezogen, Flipflops und eine Fleecejacke. Offensichtlich schlief er fest. Sein Kopf war nach hinten gekippt und hing über der Rückenlehne, die leere Bierdose hielt er noch in der Hand. In diesem Moment wurden seine Finger schlaff, die Dose kullerte über den Steg und fiel ins Wasser.

Der Mann merkte nichts davon und schlief weiter. Er sah beinah aus wie ein Toter.

Werner goss den Rest des Rotweins aus der Flasche in sein Glas. Wenn man so viel Glück gehabt hatte wie er heute, sollte man aufhören, sich Sorgen zu machen.

Alles wird gut, dachte er, alles wird gut.

19

Am nächsten Tag war das Wetter drückend. Es war, als habe der Himmel eine schmutzige Glocke aus Milchglas über den Hafen gestülpt.

Werner kroch um kurz vor zehn aus seiner Koje. So richtig erholt fühlte er sich immer noch nicht.

Wegen seines verbundenen Fußes verzichtete er an diesem Morgen auf eine Dusche, kochte sich Kaffee und überlegte, wie der Tag sinnvoll zu nutzen wäre, denn heute wollte er noch nicht weiterfahren.

In Gedanken ging er durchs Boot und stellte sich vor, in welcher Nische, welcher Ecke, welchem Kästchen oder unter welchem Bodenbrett er hundertzwanzigtausend Euro sicher lagern konnte. Vivian hatte für so etwas immer sensationelle Ideen, sie versteckte und suchte auch gern, aber ihm fiel nichts Originelles ein. Er war da völlig fantasielos, und wenn er den Wäscheschrank oder die leere Zuckerdose wählte, würde mit hundertprozentiger Sicherheit auch jeder Einbrecher dort zuerst nachschauen.

Liebste, schrieb er in einer Mail an Vivian, *ich war gestern im Casino, hatte eine Glückssträhne und bin mit über hundertzwanzigtausend Euro in den Geldtopf gefallen. Un-*

glaublich, oder? Das feiern wir, wenn wir wieder zusammen sind! Aber hast du eine Idee, wo ich das Geld hier an Bord sicher verstecken kann? Du bist doch immer genial bei so was. Schenk mir ein bisschen von deiner Fantasie, bitte!

Und wie geht's ansonsten? Sind die Kostüme wieder da? Wie ist deine Unterkunft? Hoffentlich zumindest erträglich.

Ich bin in Gedanken und in Liebe immer bei dir.

Dein alter Bootsmann Werner

Die Antwort kam prompt, da war sein Kaffee noch heiß.

Hej, Süßer, das ist ja irre! Ich fasse es nicht! So viel! Ich liebe Männer, die in den Geldtopf fallen, und ich hätte auch eine Idee, wo du es an Bord lassen kannst. Darauf gekommen bin ich, als ich bei unserer Messingschiffsuhr neben dem Innensteuerstand die Batterien ausgewechselt hab. Da hab ich mich gewundert, dass die Mechanik der Uhr so klein ist und sie dennoch so ein großes Gehäuse hat. Jede Menge Platz. Ich würde sagen, mach die Uhr auf und leg das Geld da rein. Das ist ein Superversteck. Da kommt keiner drauf. Und du brauchst dir keine Sorgen mehr zu machen und kannst die Sache vergessen. Ich weiß ja, wo das Geld ist, wenn du dich nicht mehr erinnerst!!! (War ein Scherz, Hase!)

Hier ist alles okay. Ingo ist nach Berlin abgedüst und will die Kisten suchen. Hoffentlich kann er am Dienstag mit den Kostümen wieder hier sein. Bis dahin kümmere ich mich ums Bühnenbild. Die Jungs bauen schon auf.

Meine Unterkunft ist in Ordnung. Nahe der Oper, im zweiten Stock eines schnuckeligen alten Hauses in der quirligen Altstadt. Sieht von außen ziemlich heruntergekommen aus, aber innen ist alles vom Feinsten. Ich fühl mich sauwohl, honey, und es ist toll. Ich brauche einfach nur auf die Straße zu gehen und falle sofort in diverse Bars und Restaurants. Alles ganz, ganz prima. Ich werde es also überleben, und es gibt eigentlich nur einen Ort auf der Welt, wo ich lieber wäre: bei dir an Bord!

Was macht dein Fuß? Pass auf dich auf und schreib mir, wenn du losfährst.

In Liebe, deine Vivian

Werner ging sofort in den Salon und schraubte das Gehäuse der Uhr auf. Und wahrhaftig: Es hatte einen Durchmesser von fünfzehn Zentimetern, aber das Uhrwerk nur von fünf. Rund um das Werk war jede Menge Platz. Er rollte zwei Mal hundert Fünfhunderter-Scheine eng mit einem Schnipsgummi zusammen und verstaute sie in der Uhr. Den Rest der Gewinnsumme behielt er zum täglichen Bedarf und verstaute ihn im Schrank hinter der Koje in der Eignerkabine.

Wunderbar. Vivian war echt clever und ein Schatz.

Als Malte erwachte, konnte er sich kaum bewegen. Nie wieder würde er auf so einer harten Bank schlafen, dann lieber am Strand im Sand.

Mühsam stand er auf, streckte sich und ging los. Der Kaffeegeruch nach frisch gemahlenen Bohnen, der aus den Bars bis auf die Straße drang, machte ihn schwach, aber er wollte jetzt nicht schon wieder die Zeche prellen, sondern nur irgendwo Wasser trinken.

Der Yachthafen von Nizza zeigte sich ihm als ein Meer von herrlichen weißen Segelbooten und luxuriösen Motoryachten, die im frühen Sonnenlicht glänzten. Es war ein Bild, das sofort Sommer und Urlaub assoziierte und Sehnsüchte aufkommen ließ.

Hab ich eigentlich schon jemals in diesem Leben Urlaub gemacht und Freizeit genossen?, fragte er sich.

Nein, dachte er. Niemals. Wenn er an Bord ein oder zwei Tage freigehabt hatte, war er immer in einer schäbigen Kneipe versackt oder in seiner Koje geblieben und hatte sich ausgepennt. Das war's dann.

Wie schon vor ein paar Tagen, als er sich den Dreck des Hafens von Marseille vom Körper gewaschen hatte, ging er auch heute wieder zu den Waschräumen am Hafen, die leider wie immer gesichert waren. Nur die Inhaber der Yachten, die eine Chipkarte besaßen, konnten die Türen öffnen.

Zwei Männer kamen. Der eine im Bademantel, der andere in Boxershorts und T-Shirt. Aber beide mit Kulturtasche unterm Arm und Handtuch über der Schulter.

»Können wir Ihnen helfen?«, fragte einer der beiden.

»Nein danke, alles klar«, sagte Malte und lächelte.

»Okay.« Die beiden verschwanden im Waschraum.

Malte sah über den Hafen wie einer, der auf jemanden wartet. Und das tat er auch. Er wartete auf seine Chance.

Fünfzehn Minuten später, als die beiden Männer schon längst wieder weg waren, kam ein kleines Mädchen zu den Duschen.

»Hej, Prinzessin«, sprach er die kleine Person mit wildem, lockigem Haar so freundlich wie möglich an und schenkte ihr sein strahlendstes Lächeln. »Kannst du mir mal die Tür der Männer öffnen? Ich hab mein Handtuch und meine Karte drin liegen lassen.«

Die Kleine sah ihn misstrauisch von der Seite an, hielt aber ihren Chip, der ihr um den Hals hing, vor den Sensor zu den Männerduschräumen, und schon sprang die Tür auf.

Malte ging hinein und schloss die Tür. Eine Frau oder ein Mädchen konnten nicht kontrollieren, ob er wirklich seine Sachen vergessen hatte.

Auf einer Ablage unter dem Fenster fand er eine halb volle Shampooflasche. Heute war offensichtlich sein Glückstag. Er ging auf die Toilette, duschte ausgiebig, wusch sich die Haare und seine Klamotten und zog sie nass wieder an, da er keine fünfzig Cent besaß, um den Trockner zu aktivieren.

Dann trank er aus dem Hahn am Waschbecken, füllte eine leere Wasserflasche, die er aus einem Mülleimer gefischt hatte, und verließ die Duschräume. Eine halbe Stunde später, als seine Sachen in der Sonne getrocknet waren, ging er auf die Stege.

Malte hatte vor, bei den großen Yachten nachzufragen. Vielleicht konnte er irgendwo das Boot waschen, das Teakdeck schrubben oder Chrom polieren. Auch kleinere Reparaturen waren für ihn kein Problem. Auf jeden Fall brauchte er unbedingt Geld.

Werner räumte das Frühstücksgeschirr weg, sah prüfend in den Himmel und spielte mit dem Gedanken, vielleicht doch heute schon nach San Remo zu fahren. Einfach nur um die aberwitzigen Liegeplatzgebühren in Nizza zu sparen. Das waren siebenundzwanzig Seemeilen, im Grunde ein Katzensprung, und das Wetter sah gut aus. Heiß und ruhig. Kaum Wind. Mit seinem kaputten Fuß wollte er auch keine allzu großen Touren machen.

Er ließ den ersten Motor an. Automatisch galt sein Blick dem Kontrollstrahl, ob der Motor regelmäßig Wasser spuckte. Steuerbord war alles in Ordnung. Dann startete er den zweiten Motor, wartete, aber backbord kam kein Kontrollstrahl.

Werner fluchte, schaltete beide Motoren ab, öffnete die Bodenklappen im Salon und stieg mit seinem schmerzenden Fuß mühsam in den Motorraum. Gut, er war nun nicht der geborene Bootsmechaniker, aber ein wenig kannte er sich schon mit Motoren aus.

Er sah nach dem Kühlwasser, aber es war genügend da, das hieß, dass der innere Kühlkreislauf in Ordnung war. Also musste der äußere Kühlkreislauf der Backbordmaschine defekt sein. Das konnte wiederum bedeuten, dass das Seeventil verstopft war, zum Beispiel durch eine Plastiktüte, oder dass der Ventildeckel Luft zog.

Werner legte die Hand auf das Impellergehäuse und zuckte zurück: Es war knallheiß, ein Zeichen, dass sich der Impeller bereits festgefressen hatte.

Das alles hatte ihm gerade noch gefehlt.

In diesem Moment bemerkte er, dass ein Mann auf dem Steg stand und ihn beobachtete. Er hatte beide Hände in den Hosentaschen und grinste, was Werner in dieser Situation überhaupt nicht vertragen konnte.

»Probleme?«, fragte der Mann.

Werner nickte.

»Mit dem Impeller?«

Werner sah ihn überrascht an. »Woher wissen Sie denn das?«

»Na ja, wenn kein Kontrollstrahl kommt, ist das meist der Impeller. Dazu muss man kein großer Hellseher sein. Haben Sie denn einen neuen an Bord?«

»Ich glaub schon, aber ich bin mir nicht so sicher«, antwortete Werner.

»Dann gucken Sie doch mal. Ich kann Ihnen den einbauen, wenn Sie wollen. Das ist keine große Sache, dauert zwanzig Minuten. Höchstens.« Jetzt grinste er noch breiter.

»Kennen Sie sich mit Motoren aus?«

Der Mann lachte. »Ich fahre beruflich zur See. War zwar immer auf großen Pötten unterwegs, aber ein Motor ist wie der andere.«

»Tja, wenn Sie mir wirklich helfen wollen? Das wär natürlich prima!«

»Für 'ne Flasche Bier mach ich das gerne.«

»Bitte, kommen Sie doch an Bord!«

Er ließ seine Flipflops auf dem Steg stehen, kam an Bord und gab Werner die Hand.

»Ich bin Malte.«

»Und ich bin Werner.«

»Darf ich mal?«, fragte Malte und deutete in Richtung Motorraum.

»Bitte.« Mit einer Geste lud Werner den Fremden ein, unter Deck zu gehen.

Malte sprang die wenigen Stufen hinunter in den Salon, verschwand im Motorraum, und Werner schaltete die Motorbeleuchtung ein und reichte ihm zusätzlich eine Taschenlampe.

Schweigend leuchtete Malte Ventile und Filter ab.

Nur Sekunden später kam er wieder herausgeklettert. »Klarer Fall«, sagte er. »Wie sieht's aus? Hast du einen neuen Impeller?«

Während Werner in den Sitzkästen unter den Sitzkissen im Salon suchte, sagte Malte: »Sei froh, dass du es bis in den Hafen geschafft hast. Es hätte dir sonst auf See tierisch in die Bude regnen können.«

»Aber wie kann das passieren?«, fragte Werner irritiert.

Malte zuckte mit den Schultern. »Weiß ich nicht. Muss man beobachten. Kann schon mal vorkommen, nur wenn es ständig passiert, ist irgendwo ein Leck im Schlauch, und die Leitung zieht irgendwo Luft im äußeren Kreislauf. Kein Grund zur Panik. Wäre nur gut, dass du genug Kühlflüssigkeit bunkerst, wenn du 'ne größere Tour planst. Falls der innere Kreislauf mal Probleme macht.«

»Okay! Ich werd drauf achten.«

Während Werner weitersuchte, wartete Malte. Was für ein Kahn! Der hatte wirklich alles. Sein Herzschlag erhöhte sich.

Nach wenigen Minuten hatte Werner zwei Ersatzimpeller gefunden und gab einen davon Malte.

»Super. Dann regel ich das jetzt mal.« Malte stieg erneut in den Motorraum.

Werner konnte sein Glück kaum fassen. Da schneite ihm ein wildfremder Mann herein, der aus reiner Freundlichkeit und Hilfsbereitschaft seinen Impeller wechselte und sich dabei im Motorraum auch noch fürchterlich einsaute. Und es war natürlich viel besser, wenn ein Fachmann sich der Sache annahm, als wenn Werner selbst anfing rumzubasteln.

Werner sah nicht auf die Uhr, aber er glaubte, dass erst eine halbe Stunde vergangen war, als Malte von unten rief: »Füll mir mal 'ne Flasche mit Wasser!«

Werner reichte ihm eine. Er wusste, dass Malte jetzt das Seeventil geschlossen hatte und die Wassersäule wieder aufbaute.

»Noch eine!«

Die Prozedur wiederholte sich.

Nur Sekunden später brüllte Malte: »Lass mal laufen!«

»Jawoll!«

Werner startete den Motor, es dauerte eine Weile, denn der Motor benötigte eine höhere Umdrehung – aber dann kam der Kontrollstrahl.

»Alles in Ordnung.« Malte kletterte aus dem Motorraum und schloss die Bodenklappen.

»Jetzt kriegste dein Bier«, sagte Werner und stellte den Motor wieder ab.

»Gerne.« Malte grinste.

Werner holte zwei Bier aus dem Kühlschrank. »Setz dich! Wenn du dir die Hände waschen willst ... Hier in der Küche, oder dort ist das Bad.«

Malte wusch sich die Hände direkt in der Küche, setzte sich, und die beiden stießen mit ihren Bierbüchsen symbolisch an, indem sich nur die Böden leicht berührten.

»Danke, Malte!«, sagte Werner.

»Kein Problem. War 'ne Kleinigkeit.« Malte sah sich um. »Toller Kahn. Kompliment. Was verbraucht der in der Stunde?«

»Bei Marschfahrt sieben Liter pro Maschine.«

»Und wie viel Liter haste im Tank?«

»Hab zwei getrennte Tanks. Insgesamt tausendfünfhundert.«

»Das ist ja der Hammer. Damit kommste ja durchs gesamte Mittelmeer!«

»Nicht ganz, aber fast.« Werner lächelte. Er genoss es immer, wenn sich jemand so für sein Boot interessierte.

»Und was ist die Marschgeschwindigkeit?«

»Sechs bis sieben Knoten. Spitze neun. Ist ein gemütliches Schiff.«

Malte lächelte. »Herrlich. Gefällt mir. Und Wasser?«

»Siebenhundert Liter. Und dann natürlich Generator, Klimaanlage – was das Herz begehrt.«

»Wie groß ist das Schiff?«

»Fünfundvierzig Fuß. Also knapp fünfzehn Meter, Breite vier fünfzig und Tiefe eins fünfundzwanzig.«

Malte wurde fast schwindlig, aber er ließ sich nichts anmerken. Er warf einen Blick auf den Außensteuerstand. »Du hast ja sogar 'nen Plotter. Wunderbar. Und der Autopilot ist kombiniert mit dem Radar?«

»Normalerweise schon, aber ich benutze es nicht. Komm nicht so gut damit klar. Aber wir haben AIS, das ist sogar noch besser. Da sehe ich, was um mich rum los ist, welches Schiff welchen Kurs mit welcher Geschwindigkeit fährt und welches mir in die Quere kommen könnte.«

Malte konnte es kaum fassen. »Es ist ja unglaublich, was diese kleinen Boote heutzutage alles draufhaben! Die Schiffe, auf denen ich in den letzten dreißig Jahren gefahren bin, waren zwar alle zwischen hundertfünfzig und dreihundert Meter lang, aber technisch und elektronisch lange nicht so auf Zack.«

»Was machst du?«

»Ich war jahrelang Binnenschiffer, aber irgendwann hatte ich die Schnauze voll von dem Rumschippern auf Flüssen und Kanälen, und jetzt bin ich Bootsmann auf Fracht- und Containerschiffen und fahre übers Meer.«

»Und was treibt dich dann nach Nizza? Hier gibt es ja alles andere, aber keinen Industriehafen.«

Malte lächelte. »Ich hab Urlaub, bin an der Côte d'Azur unterwegs. Und will eigentlich rüber nach Korsika. Die Frachtschiffe hängen mir allmählich zum Hals heraus, und die

Fährgesellschaft *Corsica Ferries* hat mich zu einem Vorstellungsgespräch eingeladen. Mal sehn, ob ich mich mal wieder verändern kann.«

Werner schwieg und überlegte. Es gab einfach unglaubliche Zufälle im Leben. Wenn er mit diesem Malte zusammen nach Korsika zurückfahren würde, hätte er sich die anstrengende und langwierige Tour an der französischen und italienischen Küste entlang bis nach Elba gespart.

Er könnte Korsika genießen und sich dort umsehen. Vielleicht fand er ja auch einen Liegeplatz, um der völlig aberwitzigen italienischen Neidsteuer für Boote zu entgehen. Bootsbesitzer mussten, je nach Größe des Bootes, mehrere Tausend Euro pro Jahr bezahlen. Es sollte die Reichen treffen, aber in Wahrheit fegte die Steuer die italienischen Häfen leer und trieb alle damit verbundenen Gewerke, Läden, Reparaturwerkstätten, Restaurants und so weiter in die Pleite. Der Leidtragende war wie immer der kleine Mann, die Steuer war nach hinten losgegangen, denn die reichen Italiener gingen nach Frankreich, nach Kroatien oder sonst wohin. Bereits jetzt lagen in Korsika schon jede Menge italienische Boote. Daher würde es sicher nicht schaden, sich Korsika einmal anzusehen.

»Nur mal 'ne Frage«, begann Werner vorsichtig, während er zwei weitere Bierbüchsen aus dem Kühlschrank und eine Tüte Erdnüsse aus dem Schrank holte, »ich weiß ja nicht, wann du auf Korsika sein musst … aber wie wär's denn, wenn ich dich hinbringe? Ich bin natürlich nicht so schnell wie die Fähre, aber es würde mich freuen, und vielleicht könnte ich mich so ein bisschen erkenntlich zeigen?«

Malte sah aus, als würde er einen Moment überlegen. Dann lächelte er. »Keine schlechte Idee. Ja, warum eigentlich nicht?

Das hier ist ein tolles Boot, klar. Wenn du das wirklich ernst meinst?«

»Ich mein es ernst.« Werner hielt Malte die offene Hand hin, und Malte schlug ein.

»Bist du denn mit dem Boot immer allein unterwegs?«

»Nein.« Werner lächelte. »Nur manchmal. Meine Frau ist Kostüm- und Bühnenbildnerin, und im Moment arbeitet sie an der Oper hier in Nizza. In spätestens drei Wochen wollen wir uns auf Elba wieder treffen, da hol ich sie ab, und dann machen wir gemeinsam Urlaub.«

»Mmhh. Nicht schlecht.«

»Was meinst du, Malte? Wann fahren wir los? Heute oder morgen Abend?«

»Mir wäre es ganz recht, wenn wir heute Abend losfahren. Aber ich kann natürlich auch bis morgen warten. So eilig hab ich's nicht.«

»Okay. Dann starten wir heute Abend. In der Nacht können wir uns ja am Steuer abwechseln, da ist die Müdigkeit nicht so ein Problem. Wo ist denn dein Gepäck?«

»Ich hol's nachher.«

»Okay. Komm, ich zeig dir kurz das Boot.«

Werner zeigte ihm die Bugkabine, in der Malte sich ausruhen konnte.

Malte war begeistert. So komfortabel hatte er es in all den Jahren als Binnenschiffer und auch als Bootsmann nicht gehabt.

Während Werner redete, erzählte und erklärte, strich Malte beinah zärtlich über die glatten dunkelbraunroten Kirschholzschränke mit großen und kleinen Fächern, mit Schubladen und sturmsicheren, versenkbaren Messingverschlüssen. Und je länger er sich umsah, umso mehr entdeckte er. Am meisten begeisterte ihn die Messinglampe mit dem schwenkbaren Arm über seiner Koje.

Direkt vor der Bugkabine war ein kleines Bad mit Toilette, Dusche und Waschbecken nur für ihn. Und auch hier genügend Schränke, Spiegel, Ablagen. Selbstverständlich überall Bullaugen mit dem Blick aufs Meer oder in den Hafen.

Auch das Bad ließ keine Wünsche offen.

Wenn dies alles nur für Gäste gedacht war, überlegte Malte, wie mochte dann wohl die Eignerkabine aussehen?

Schon beim Gang durchs Boot war ihm die perfekte Küche aufgefallen, mit einem vierflammigen Herd und einem Glas-Ceranfeld, mit Mikrowelle, Backofen, Geschirrspüler, einer Spüle, ausreichend Arbeitsplatte und wie überall genügend Stauraum und Schränken. Selbst eine Waschmaschine hatte Werner erwähnt und gemeint, falls Malte dringend ein paar Sachen waschen müsste – kein Problem.

Malte konnte es nicht fassen.

In diesem Boot waren jeder Schrank, jeder Tisch oder jede Couch, jede Lampe und jedes Bett ein Vermögen wert. Und dennoch sah es aus wie ein richtiges *Schiff*. Nicht wie diese futuristischen Yachten, die übers Wasser flogen und mehr an ein Zäpfchen erinnerten als an ein Boot.

Dieses Schiff war ein Traum.

Ein Gedanke durchzuckte ihn wie ein Blitz. Die *Aurora* konnte sein Leben und seine Perspektive sein.

Und dann hörte er gar nicht mehr auf, daran zu denken.

Als Werner sich kurz hingelegt hatte, zog er los.

Eigentlich kotzte es ihn an, jetzt diesen Stress zu haben, aber was blieb ihm übrig. Wenn er ganz ohne Gepäck an Bord ging, würde Werner misstrauisch werden.

Bis zum Fähranleger war es nicht weit. Und dort war im wahrsten Sinne des Wortes die Hölle los.

Es gab acht Spuren nebeneinander, wo die PKWs warteten, um auf die Fähre zu fahren, sechs waren belegt, zwei gesperrt. Überall standen Familien neben ihren Autos, die Leute fächelten sich Kühle zu, beruhigten quengelnde Kinder, tranken Wasser, aßen Eis oder plünderten ihre Kühltaschen. Vor den Ticketschaltern bildeten sich lange Schlangen, zig Autos kurvten auf der Suche nach einem Parkplatz hilflos in der Gegend herum.

Das Chaos war grandios, und genau so hatte es sich Malte erhofft.

Er konzentrierte sich auf den Ticketschalter, und es ging schneller und leichter, als er gedacht hatte.

Er vermutete gleich, dass es Deutsche waren, und an einem Wortfetzen hörte er, dass er recht gehabt hatte. Der Vater kaufte die Fahrscheine für die Fähre, die Mutter bewachte das Gepäck, hatte ein kleines Kind auf dem Arm und eine ungefähr vierjährige Tochter an der Hand. Plötzlich riss sich das Mädchen los und lief weg. Mit dem kleinen Kind auf dem Arm rannte die Mutter hinterher. Der Vater, der am Schalter gerade bezahlte, bekam von all dem nichts mit, für Augenblicke war das Gepäck unbewacht.

Malte überlegte nicht lange, griff nach einem Allerweltsrollkoffer in Dunkelblau und verschwand mit ihm in der Menge.

Er entfernte sich zügig. Niemand hatte auf ihn geachtet, und wahrscheinlich bemerkte die Familie auch erst in einigen Minuten, dass ein Koffer fehlte.

Wunderbar. Werner würde keinerlei Verdacht schöpfen.

20

Mittelmeer

Der Wind begann abzuflauen, und gegen achtzehn Uhr verließen sie den Hafen von Nizza.

»Ich habe mir vor einer halben Stunde im Internet noch mal den Wetterbericht angesehen«, sagte Werner. »Ich denke, wir werden eine ruhige Nacht haben. Und auch morgen bleibt uns das schöne Wetter erhalten. Mehr als vier Windstärken haben wir nicht zu befürchten.«

»Das ist ja prima«, meinte Malte.

Dabei dachte er, was machte sich dieser Werner eigentlich in die Hose? Diesen bonfortionösen Kahn hier konnte doch nichts erschüttern. Er hatte da ganz andere Boote in schwerer See erlebt und würde hier selbst bei Windstärke sechs oder sieben keine Bedenken haben. Da musste schon eine Monsterwelle oder ein Tsunami kommen, um ihn aus der Fassung und das Boot in ernste Schwierigkeiten zu bringen.

Werner nahm Kurs auf Korsika und stellte den Autopiloten ein.

»Haste 'n Bier?«, fragte Malte.

»Ich trinke nie während der Fahrt. Ich will nicht müde werden. Aber nimm dir eins. Ist im Kühlschrank.«

Malte ging in die Kombüse und holte sich ein Bier. Auf der *Odessa* hatten sie nächtelang Wodka getrunken, und es hatte keinen gestört. Da wurde einfach nicht drüber geredet. Man hielt seinen Kurs, machte seine Arbeit, und das war's.

Und auf der *Esmeralda* gab es Whisky. Jeden Tag. Oder besser: jede Nacht. Die Bezahlung war zwar unter aller Kanone, aber der Alkohol floss. So blieben die Leute bei der Stange, weil der Kapitän seine Schnauze hielt und keinen deswegen anpfiff. Nie war jemand, der Wache hatte, so besoffen, dass er nicht mehr geradeaus gucken oder bis zwei zählen konnte, aber man musste auch nicht die halbe Nacht Milch trinken und Kirchenlieder singen.

»Wollen wir was essen?«, rief Malte. »Ich glaube, ich hab schon ein paar Tage nichts Anständiges mehr zwischen die Kiemen gekriegt. Soll ich uns was hochholen?«

»Ja, mach das.«

Als Malte zehn Minuten später mit einem Tablett mit Brot, Käse, Schinken, Gurken und Oliven wieder nach oben kam, setzte sich Werner auf die Deckskisten am Heck und goss beiden Mineralwasser ein.

Dann stand er auf. »Bevor wir anfangen zu essen … Kannst du mal eine Weile die Augen offen halten? Ich muss meiner Frau Vivian nur kurz 'ne Mail schicken, damit sie weiß, dass ich gestartet bin.«

»Macht sie sich Sorgen?«

»Immer. Und zwar ganz extrem. Darum schicke ich ihr auch alle paar Stunden eine Mail.«

Malte unterdrückte einen Seufzer. »Was machst du denn so? Ich meine, wenn du nicht gerade auf dem Wasser unterwegs bist oder Mails schreibst?«

»Ich habe meinen Beruf aufgegeben und arbeite nicht mehr. Und insofern bin ich ziemlich viel auf dem Wasser. Wo ich kann, unterstütze ich meine Frau, bin bei ihren Premieren dabei, aber ansonsten habe ich nicht viele Verpflichtungen. Wir haben keine Kinder, tja, und mein einziges Hobby ist das Bootfahren. Die *Aurora* hab ich mir vor fünf Jahren gekauft. Das hört sich jetzt saublöd und pathetisch an, aber eigentlich kann man sagen, dass dieses Boot meinem Leben einen Sinn gibt. Verstehst du das?«

»Klar versteh ich das. Aber es würde mich nerven, wenn ich andauernd meiner Frau mailen müsste, wo ich bin, was ich grade mache und, und, und. Das ist Stress, finde ich. Und völlig überflüssig. Wenn du über Bord gehst, wird sie es früh genug erfahren. Da muss man nicht alle fünf Minuten sagen: Schatz, ich lebe noch!«

»Meine Frau ist so. Sie macht sich einfach immer Sorgen.«

»Puuuhh«, stöhnte Malte und verdrehte kurz die Augen.

»Würdest du dir denn keine Sorgen machen, wenn deine Freundin von Nizza nach Korsika fährt?«, fragte Werner.

»Nee, würd ich nicht.«

»Hast du eine Freundin?«

»Nee, hab ich nicht.«

Werner lachte. »Ach so, darum machst du dir keine Sorgen. Und bei einem Freund? Würdest du dir da Sorgen machen?«

»Nee, würd ich nicht.«

»Und warum nicht?«

Malte lächelte. Seine Augen spiegelten sich im Licht der Abendsonne und schienen zu brennen. »Weil ich keinen Freund hab und weil einem alles Angst machen kann. Aber nicht das Meer.«

»Na gut«, sagte Werner verunsichert, »ich schreib dann mal die Mail. Schieb bitte einen Moment Wache.«

Liebste, schrieb Werner. *Es gibt Neuigkeiten! Ich habe in Nizza einen Seemann kennengelernt, der nach Korsika wollte. Wir haben uns zusammengetan, und jetzt fahre ich rüber und zum Glück nicht ganz allein. So spare ich mir das anstrengende Hafenhopping und kann mich in Korsika in Ruhe umsehen. Wir wollten doch eventuell unser Boot dorthin legen … Stell dir vor, wir sind schon unterwegs, wechseln uns ab, und es läuft prima! Der Mann ist Mitte vierzig und heißt Malte, kommt aus Norddeutschland und war sein Leben lang als Bootsmann unterwegs. Ich hab das Gefühl, der Himmel hat ihn mir geschickt. Du brauchst dir also keine Sorgen zu machen, wir beide kriegen die Überfahrt locker hin. Hab einen schönen Abend! Ich melde mich wieder, alles Liebe, Werner*

Langsam senkte sich die Nacht über das Meer. Es war um diese Zeit kaum Schiffsverkehr auf dem Wasser, sodass Malte und Werner den Autopiloten arbeiten lassen konnten, auf dem Achterdeck saßen und Abendbrot aßen.

Die *Aurora* pflügte ruhig durch die See.

Ich hätte hier alles, dachte Malte, alles, was ich mir mein Leben lang gewünscht habe. Sogar einen verfluchten Generator, damit ich mir auch in einer einsamen Bucht ohne Landstrom noch Spiegeleier braten und heiß duschen kann.

Beinah hätte er laut gelacht.

Malte Andresen gab es nicht mehr, er hatte keine Papiere, nichts mehr.

Wenn man doch bloß tauschen könnte, dachte er. Wenn ich Werner wäre, ich würde nur auf dem Boot leben, von Hafen zu Hafen fahren und bleiben, wo's mir gefällt. Verdammt, wär das toll! Man wird ja sowieso nie kontrolliert, ich könnte auch mit Werners Papieren unterwegs sein, es würde niemandem auffallen.

An der ganzen Idee störte eigentlich nur Werner …

Ja, überlegte er. Ja, klar! Warum eigentlich nicht?

Er spürte, dass er immer aufgeregter wurde. Er würde auf dem Meer unterwegs und endlich sein eigener Herr sein.

Alles war wieder möglich, auf einmal hatte er alle Perspektiven dieser Welt.

Doch wenn er seinen Plan wirklich in die Tat umsetzen wollte, hatte er nicht mehr viel Zeit.

21

Durch den bedeckten Nachthimmel waren nur vereinzelt ein paar Sterne zu erahnen.

Sie fuhren ins Nichts. Ins absolute Schwarz. Nur der Kurs deutete noch darauf hin, dass sie ein Ziel hatten.

Ein Absturz in das schwarze Loch des Universums würde sich wahrscheinlich nur durch das Tempo unterscheiden.

Mittlerweile war es kurz nach Mitternacht, und sie waren gut vierzig Seemeilen von der Küste entfernt auf dem offenen Meer. Handyempfang gab es hier nicht mehr, nur noch Funkkontakt zu einem sich eventuell in der Nähe befindenden Schiff.

Werner schwieg bereits seit anderthalb Stunden und starrte aufs Meer.

Malte ging zum Bug und ordnete die Taue. Sie waren lang genug, aber er ordnete sie neu, verzurrte die beiden Bugtaue fest mit den Klampen backbord und steuerbord und ließ zwei Schlaufen der Tauenden mit Zimmermannsschlägen an Deck liegen.

»Kannst du noch?«, fragte er Werner, der offensichtlich gar nichts davon mitbekommen hatte.

»Ja, ja.«

»Soll ich dich ablösen? Dann kannst du ein paar Stunden pennen.«

»Später, gerne. Ich glaube, ich schaffe noch eine Weile. Ruh dich aus, bis du dran bist.«

»Okay. Dann geh ich jetzt runter. Ruf mich, wenn du was brauchst.«

Werner nickte nur.

»Gut, bis dann.«

Malte verschwand unter Deck, und Werner war dazu verdammt, schweigend und wie hypnotisiert in das undurchdringliche Dunkel zu starren, das nur wenige Meter entfernt zwischen Meer und Himmel keinen Unterschied mehr machte.

Malte schlief nicht. Bald hatten sie die Hälfte der Strecke bis nach Korsika geschafft. Sie waren auf dem offenen Meer, weit vom nächsten Ufer entfernt.

So eine Gelegenheit gab es so schnell nicht wieder.

Warum überlegte er überhaupt noch?

So leise wie möglich ging er noch einmal durchs Boot und sah sich um, ob da irgendetwas war, wonach er Werner unbedingt fragen musste.

Die Küche war perfekt, er sah, dass die Kontrolllampe des Kühlschranks grün blinkte, darunter war der An- und Ausschaltknopf. Die Klimaanlage hatte Werner unter der Sitzbank in der Küche einbauen lassen, aber die brauchte er nicht. Das war so ein Schickimickiteil, ein Extra für überkandidelte Damen, denen die Schminke verlief, wenn es unter Deck mal ein bisschen warm wurde. Im Grunde konnte er sie auch rausreißen und verkaufen. Dann hatte er mehr Stauraum für Vorräte.

Am Steuerstand überflog er noch einmal die Instrumente: Plotter, Radar, Autopilot, Echolot, Tank- und Wasserstandsanzeiger, Drehzahlmesser, Kompass – alles prima.

Und unter dem Steuerstand befanden sich Batterieanzeige, Schalter für den Umwandler und den Generator, Anzeige für Grau- und Schwarzwasser, über der Sitzbank in der Küche das Thermostat für die Heizung, auch das alles kein Problem.

Dann die Schalterleiste neben dem Steuerstand. Himmel, wie praktisch, von dort konnte man fast alles, was man brauchte, an- und ausschalten. Wunderbar.

Im Salon öffnete er den Schrank über der Sitzbank. Ah ja, hier hingen fein säuberlich sämtliche Schlüssel, die an Bord gebraucht wurden. Nun gut, er würde sie in Ruhe alle ausprobieren.

Gab es einen Tresor? Wenn Werner lange unterwegs war, hatte er sicher jede Menge Knete an Bord. Ein Typ wie er konnte nachts nur ruhig schlafen, wenn er seine Wertsachen im Tresor verstaut hatte. Und den Tresorschlüssel hängte er ganz sicher nicht ans Schlüsselbrett. Verdammt. Aber danach konnte er ihn schlecht fragen. Er würde suchen müssen.

Malte inspizierte den Schrank mit den Sicherungen. Du lieber Himmel, so eine kleine Schrippe hatte ja fast so viele Sicherungen wie ein Ozeandampfer! Das war ja nicht zu glauben. Auch damit musste er sich mithilfe des Bordbuches in aller Ruhe beschäftigen.

Ihm war klar, dass eine Menge Probleme und ungelöste Fragen auf ihn zukommen würden, aber die waren dazu da, aus der Welt geschafft zu werden. Und er konnte sich im Moment keine schönere Aufgabe vorstellen.

Ganz ruhig stand er da und überlegte. Er wusste viel zu wenig über Werner. Eigentlich fast nichts. Das machte die ganze Sache so schwierig und letztendlich auch gefährlich. Wie konnte man einen Menschen wirklich von Grund auf kennenlernen? Nicht, indem man sich auf einer einsamen Insel drei Monate mit ihm unterhielt. Kennenlernen konnte man einen Menschen nur, wenn man in seinen Computer schaute.

Auf dem Tisch im Salon lag Werners Laptop. Aber er war ausgeschaltet.

Malte brauchte das Passwort. Unbedingt. Das war das Wichtigste überhaupt.

Um kurz vor zwei beschloss er, dass es Zeit war. Bis auf das gleichmäßige Brummen der Motoren war alles ruhig. Vielleicht war Werner eingeschlafen.

Egal. Das war jetzt nicht wichtig.

Malte ging nach oben an Deck.

Werner hatte den Kopf auf seinen angewinkelten Arm gestützt und starrte in die Nacht. Er war weiß wie die Wand und vollkommen übermüdet. Lange würde er nicht mehr durchhalten, das sah Malte sofort.

Werner lächelte erleichtert, als er Malte sah.

»Gut, dass du kommst, ich fall gleich vom Stuhl.«

»Kein Problem, ich lös dich jetzt ab«, sagte Malte. »Aber sag mal, was ist denn das Weiße da hinten im Wasser? Könnte das ein Container sein?«, fragte er und ging nach vorn zum Bug.

Werner folgte ihm und versuchte die innere Panik, die augenblicklich in ihm aufstieg, zu unterdrücken. Im Meer treibende Container waren für eine Yacht eine der größten

Gefahren überhaupt. Sie konnten ein Boot aufschlitzen und binnen Minuten zum Sinken bringen. Diese Gefahr war bei einem Stahlboot zwar nicht gegeben, aber brisant war so eine Situation in jedem Fall.

»Wo?«

»Da, steuerbord. Auf drei Uhr.«

Werner konzentrierte sich und sah in die angegebene Richtung.

Währenddessen griff Malte blitzschnell die Schlinge des Zimmermannschlages, die er vorbereitet hatte, warf sie Werner über den Kopf und stieß ihn kraftvoll mit beiden Händen über die Reling ins nachtschwarze Meer.

Werner kam gar nicht dazu zu schreien.

Er trudelte durchs Wasser.

Malte rannte zum Steuerstand und stoppte die Maschinen auf.

Als das Schiff zum Stehen kam, war kein Zug mehr auf dem Seil, Werner tauchte auf, schnappte verzweifelt nach Luft und versuchte, das Seil um seinen Hals zu lockern, was ihm auch etwas gelang. Todesangst stand in seinem Blick.

»Bist du verrückt?«, schrie er. »Willst du mich umbringen?«

»Das Passwort!«, rief Malte. »Sag mir das verdammte Passwort von deinem Laptop, oder du wirst jämmerlich absaufen!«

»Wozu?«

»Ich stelle hier die Fragen. Also, ich will nur das eine Wort, und dann zieh ich dich wieder an Bord.«

»Aber wozu? Was hast du vor? Du willst mich doch in jedem Fall umbringen.« Werner keuchte, und die Panik nahm ihm die Kraft.

Malte ging zurück zum Steuerstand und zog die Motoren leicht hoch. Das Schiff fuhr los, Werner wirbelte durchs

Wasser, die Schlinge um seinen Hals zog sich wieder zu, er konnte kaum atmen.

Malte stoppte wieder auf.

Werner spuckte Wasser, er wusste, dass er dem Tod schon verdammt nahe gewesen war, riss an dem Seil um seinen Hals, schrie regelrecht nach Luft.

»Na?«, fragte Malte kalt, als Werner sich beruhigt hatte. »Fällt dir das Passwort, das du jeden Tag fünfundzwanzig Mal eingibst, noch ein?«

Es war der schlimmste Albtraum überhaupt. Werner wusste, dass Malte ihn töten wollte. An die geringe Chance zu überleben, wenn er das Passwort sagte, glaubte er kaum. Aber es war ein klein wenig mehr als nichts, eine wenn auch noch so geringe Hoffnung. Falls er das Passwort verweigerte, würde er unweigerlich qualvoll sterben.

Vivian, dachte er, Vivian, ich liebe dich!

Dann brüllte er aus voller Kehle: »Morgenröte«, und merkte, dass er im Wasser, das ihm unentwegt ins Gesicht spritzte, weinte.

»Okay, ich probier mal, ob's auch stimmt.«

Malte ließ das Boot sehr langsam weiterfahren und verschwand unter Deck.

Werner wusste, dass er allein nicht an Deck klettern konnte. Das Seil, das ihm durch die Fahrt die Luft abschnürte, war an den Klampen am Bug festgebunden und reichte nicht bis zur Badeinsel. An der glatten Seite des Schiffes kam er nicht hoch. Malte konnte ihn zappeln lassen, solange er wollte.

Verzweifelt riss er am Seil, versuchte es zu lockern, um den Kopf aus der Schlinge ziehen zu können – aber es gelang ihm nicht.

Malte erschien endlose Minuten später wieder an Deck, als Werner schon fast erstickt war, und leuchtete ihm mit dem Deckscheinwerfer grell ins Gesicht.

»Bingo, Käpt'n«, sagte er und grinste. »Das Passwort stimmt sogar.«

Dann fasste er sich grüßend an eine imaginäre Mütze, ging zum Ruder und zog die Motoren hoch.

Das Schiff nahm Fahrt auf. Werner trudelte wieder hilflos durchs Wasser, das Seil zog sich fester zu, er konnte den Kopf kaum noch über Wasser halten.

Der Verband um seinen Fuß löste sich, blieb hinter dem Boot zurück und trieb wie ein letzter Gruß auf den Wellen, bis der Stofffetzen versank und im Meer verschwunden war.

Malte erhöhte das Tempo. Jetzt war *er* Werner Faenzi, der Kapitän der *Aurora*, und würde ein völlig neues Leben beginnen.

Seine Vergangenheit konnte man nur als Katastrophe bezeichnen, denn seine Kindheit war eine schreckliche Qual und sein Erwachsenendasein ein Desaster gewesen.

Er stellte sich an den Bug und schrie aus voller Kehle gegen den Wind: »Hier kommt Käpt'n Werner Faenzi mit seinem Traumschiff! Ahoi, Matrosen, ohe! Wir befinden uns im westlichen Mittelmeer, ich befehle: Kurs 192 Grad beibehalten und volle Fahrt voraus!«

Zum ersten Mal sah er zuversichtlich in die Zukunft, er schnappte fast über vor Glück und sang aus voller Kehle: »Wenn der Sturmwind sein Lied singt, dann winkt mir der großen Freiheit Glück!«

ZWEITES BUCH

DIE STADT

22

Nordstrand, November 1976

Er horchte angestrengt in die Stille. Nichts. Kein Laut. Normalerweise hörte er immer den leisen Ton des Fernsehers oder die Stimmen seiner Eltern in der Küche, wenn sie miteinander redeten. Und nachdem sie abends weggegangen waren, unterhielten sie sich hinterher immer noch lange miteinander. Dann konnte er ganz beruhigt wieder einschlafen.

Aber vielleicht waren seine Eltern auch schon längst zu Hause und schliefen? Und deswegen war es so still?

Nein, es brannte ja noch Licht in seinem Zimmer. Da konnten sie noch nicht da sein, denn wenn seine Eltern nach Hause kamen, gaben sie ihm immer als Erstes einen Kuss und knipsten die Nachttischlampe aus. Manchmal wurde er davon wach, aber das ließ er sich nicht anmerken, denn er genoss es, wenn sie ihm »Schlaf gut, Schatz« oder »Träum was Schönes, mein kleiner Liebling« ins Ohr flüsterten, über die Haare strichen und ihn wieder richtig zudeckten.

Dennoch stand er jetzt auf und tapste auf seinen kleinen nackten Füßen zur Tür und rüttelte an der Klinke. Als er begriff, dass immer noch abgeschlossen war, war die Enttäuschung so groß, dass er einen Moment regelrecht erstarrte.

Mama und Papa waren noch nicht zu Hause.

Er war ganz allein in dem großen Haus.

Seine Eltern schlossen ihn immer im Kinderzimmer ein, wenn sie weggingen. Nicht, weil er böse war, sondern weil sie Angst hatten, dass er irgendeinen Blödsinn machte.

Dabei machte er keinen Blödsinn. Niemals. Er wusste ganz genau, dass man nicht mit Feuer spielen und nicht in Steckdosen fassen durfte, weil das Haus abbrennen konnte oder man vielleicht einen Stromschlag bekam und tot umfiel, und er wusste, dass man sich in der Küche mit Messern oder der Brotschneidemaschine verletzen konnte. Das wusste er alles, aber seine Mutter hatte eben trotzdem Angst um ihn.

Er hatte sie so lieb, so unendlich lieb, dass ihm direkt der Bauch wehtat. Dabei war es nur sein kleines Herz, das sich zusammenzog und heftig zu schlagen begann, als er an seine Mutter dachte.

Seine Mutter hatte lange blonde Haare, die er unheimlich toll fand. Manchmal sah sie aus wie eine Prinzessin, aber sie trug sie meist ganz wüst zusammengesteckt und gehalten durch eine große Klammer, die aussah wie eine riesige fleischfressende Pflanze. Er hätte die Klammer gern gehabt und damit gespielt, aber seine Mutter benutzte sie jeden Tag. Nur wenn sie ab und zu mal abends mit seinem Vater wegging, ließ sie die Haare offen. Das sah wunderschön aus. Aber auch dann konnte er nicht mit der Spange spielen, weil er ja eingesperrt war, und die Spange lag im Badezimmer.

Sein Vater war unglaublich geduldig und noch viel sanfter als seine Mutter. Wenn er etwas falsch gemacht hatte oder böse gewesen war, sah sein Vater ihn immer nur mit ganz traurigen Augen an. Das war für ihn das Schlimmste überhaupt. Und dann machte er das, was er getan hatte, nie wieder.

Seine Eltern waren ihm das Allerliebste auf der ganzen Welt, und jetzt weinte er noch heftiger, weil sie immer noch nicht da waren.

23

»Nein, Kinder, wirklich nicht. Mach nicht noch 'ne Flasche auf, Gerd. Wir müssen nach Hause, der Lütte ist allein.«

»Ach, der schläft doch süß und selig. Wenn ihr eine halbe Stunde später kommt, merkt er das gar nicht.«

»Trotzdem. Komm, Jan, lass uns gehen.«

Gerd zog dennoch mit einem lauten »Plopp« den Korken aus der Flasche und schenkte Jan das Glas noch einmal voll.

Ines schluckte ihren Ärger hinunter, aber man merkte ihr an, dass sie wütend war.

»Das trink ich noch aus, und dann gehen wir sofort, okay?« Jan sah sie liebevoll bittend an, aber Ines reagierte gar nicht. Sie sagte nichts, sie nickte nicht einmal.

Fünf Minuten später kam sie sich albern vor, hatte keine Lust mehr zu schmollen und goss sich selbst ihr Weinglas wieder halb voll.

Jan lächelte. »Gleich hauen wir ab. Es ist ja erst zehn nach elf.«

Ines und Jan waren seit über zehn Jahren mit Birte und Gerd eng befreundet. Alle vier hätten sich wahrscheinlich unabhängig voneinander als beste Freunde bezeichnet. Sie trafen sich bestimmt zweimal in der Woche, kochten, aßen und tranken zusammen und wussten ganz genau, dass die

Qualität ihrer Beziehung nicht nur darin bestand, dass jeder für den anderen ohne nachzudenken durch die Hölle gegangen wäre, sondern vor allem, dass sie miteinander lachen konnten. Wenn die vier zusammen waren, war immer was los. Es gab keine schöneren Abende.

Natürlich tranken sie dabei alle miteinander regelmäßig einen über den Durst, doch das war nicht weiter schlimm. Birte und Gerd wohnten in einem Haubarg ganz in der Nähe, nur zehn Autominuten entfernt, wenn man auf den Wirtschaftswegen Schritttempo fuhr. So mussten Ines und Jan keine Bundesstraße, keine Hauptverkehrsstraße fahren oder überqueren, wenn sie zu Birte und Gerd wollten, sie fuhren dort, wo normalerweise nur Kühe und Trecker unterwegs waren und nachts niemand. Keine anderen Autos und natürlich auch ganz bestimmt keine Polizei.

»Das Auto kennt den Weg«, sagte Jan immer, wenn er nach einem Abend bei Birte und Gerd nicht mehr ganz sicher und aufrecht über die Wiese vor dem Haus zum Auto ging. Fahren konnte er immer noch. Man durfte sich nur nicht erwischen lassen.

Fünf Minuten nach halb zwölf verabschiedeten Ines und Jan sich, indem jeder jeden umarmte.

»Wir sehen uns dann Samstag bei uns«, erinnerte Ines. »Besorgt ihr den Matjes?«

»Na klar, wir bringen alles mit, bis denn!« Birte drückte Ines noch einen Kuss auf die Wange. »Kommt gut nach Hause!«

Jan und Ines stiegen ins Auto, winkten und fuhren los.

In den Senken zwischen den Wiesen lag dichter Nebel. Jan versuchte es mit Nebelscheinwerfern, mit Abblendlicht und mit Fernlicht und entschied, dass er mit Abblendlicht noch am weitesten sehen konnte, was aber nur höchstens fünf Meter ausmachte.

Dennoch fuhr er zu schnell. Beschwingt durch den Alkohol, wurde er leichtsinnig.

»Musst du so rasen?«, fragte Ines und fühlte sich alles andere als wohl auf dem Beifahrersitz. Sie ärgerte sich, dass sie nicht darauf bestanden hatte, selbst zu fahren. Jan hatte erheblich mehr getrunken als sie.

»Ich denke, du willst schnell nach Hause!«

Ines schwieg. Diesen Ton kannte sie nur zu gut. Wenn sie jetzt antworten würde, würden sie sich streiten, aber das brachte nichts. Mit Wein im Kopf liebte Jan es manchmal zu provozieren und feuerte grundlos kleine Spitzen ab. Sie fragte sich gerade, warum das so war, als der Wagen in einer Kurve mit zwei Rädern vom gepflasterten Weg auf das feuchte, glitschige Gras des Seitenstreifens kam und anfing zu schliddern.

»Pass auf!«, schrie Ines.

Jan versuchte zu bremsen und zu lenken und den Wagen wieder auf die Spur und unter Kontrolle zu bringen, aber es gelang ihm nicht. In vollem Tempo geriet das Auto auf die Schräge des Grabens, überschlug sich, blieb mit dem Dach nach unten im Wassergraben liegen und sank.

Ines schrie immer noch.

24

Die Straße vor dem Haus war menschenleer, und es war gespenstisch still. Jetzt in der Nacht fuhr hier niemand mehr vorbei, denn es war eine Sackgasse, die am Deich endete. Und wer wollte im November mitten in der Nacht noch zum Deich? Eigentlich niemand.

Im Sommer war hier manchmal viel Betrieb. Bei schönem Wetter brauste ein Auto nach dem anderen am Haus vorbei, denn alle Touristen und auch die ständigen Bewohner von Nordstrand wollten ans Meer.

Sein Vater war Arzt, aber mittwochs, samstags und sonntags hatte er keine Sprechstunde. Und wenn er auch keinen Bereitschaftsdienst hatte, fuhren sie manchmal alle drei mit den Fahrrädern ans Meer. Mama, Papa und er. Dort konnte er auf der kleinen Sandbank buddeln, oder sie stapften durchs Watt oder lagen am Deich, blinzelten in die Sonne, sahen übers Wasser, und Mama las Geschichten vor, die alle irgendwas mit dem Meer und der Seefahrt zu tun hatten. Und dabei aßen sie Nudelsalat mit Würstchen.

Er konnte sich nichts Schöneres auf der Welt vorstellen als diese Tage am Meer.

Er sah auf die Uhr. Es war eine große, runde Uhr, deren Zeiger und Zahlen in der Nacht grün leuchteten. Seine Eltern hatten ihm mal erzählt, dass sie die Uhr für ihn noch vor seiner Geburt gekauft hatten, und er fand sie wunderschön. Unter jeder Zahl war außerdem noch ein Bild von einem Tier. Die Zahlen eins bis zwölf kannte er schon, aber seine Mutter erwähnte immer zur Sicherheit beides. Heute Abend hatte sie gesagt: »Wenn der kleine Zeiger auf der Elf, also beim Elefanten ist, dann sind wir zurück.«

Und jetzt war der kleine Zeiger beim Zebra und der Zwei. So viel weiter schon! Und Mama und Papa waren immer noch nicht da!

Was sollte er bloß tun?

Aus dem Fenster springen und Mama und Papa suchen?

Nein, das ging nicht, denn er hatte vergessen, ob sie bei Birte und Gerd oder bei Ingrid und Lars waren. Außerdem würden seine Eltern furchtbar böse werden, wenn er mitten in der Nacht weglief. Sein Zimmer lag im ersten Stock, und er traute sich ohnehin nicht, so tief zu springen. Und selbst wenn er es schaffte, stand er dann unten im Wind bei diesen eisigen Temperaturen und kam nicht mehr rein.

Es war unmöglich, er konnte sie nicht suchen, er musste weiter warten.

Er hatte schrecklichen Durst. Und je mehr er daran dachte, umso schlimmer wurde der Durst. Aber in seinem Zimmer hatte er nichts zu trinken.

Außerdem musste er ganz dringend aufs Klo. Und das war genauso wie mit dem Durst. Je mehr er daran dachte, umso nötiger musste er.

Draußen wurde der Wind stärker. Er hörte, wie der Wind in den Bäumen vor dem Haus heulte und die Blätter rauschten.

Ängstlich kroch er zurück in sein Bett. Doch unter der Decke wurde seine Furcht noch schlimmer. Dann war es schon besser, im Zimmer rumgucken zu können. Er nahm das Kinderbuch mit den Tiergeschichten und sah sich die Bilder an, ohne sie jedoch richtig zu sehen oder sich an die Geschichten zu erinnern.

Mama und Papa waren noch nie so spät gekommen, wenn sie abends zu Freunden oder woanders hingegangen waren. Noch nie!

Was war, wenn sie tot waren und nie mehr wieder kommen würden? Was wurde dann aus ihm?

Er schlang seine dünnen Ärmchen um seinen Kopf und hörte gar nicht mehr auf zu weinen.

»Mama!«, schrie er, so laut er konnte. »Mama! Papa! Bitte, bitte, bitte, kommt nach Hause! Bitte!«

Er nahm sein Lieblingskuscheltier, einen kleinen Affen, und drückte ihn sich fest an die Brust. »Sie kommen wieder«, flüsterte er. »Ganz bestimmt. Sie haben einfach nur vergessen, dass es schon so spät ist.«

Er dachte daran, wie schnell manchmal beim Spielen die Zeit verging und er gar nicht merkte, dass es schon wieder halb sieben war und das Abendessen auf dem Tisch stand. Mama und Papa ging es bei ihren Freunden sicher auch so. Seine Eltern waren groß und klug und stark. Ihnen konnte gar nichts passiert sein. Das war einfach unmöglich.

Aber so gut er sich und dem Affen auch zuredete – Angst und Verzweiflung waren übermächtig und schnürten ihm den Hals zu.

Und obwohl er fest zugedeckt im warmen Bett lag, fing er am ganzen Körper an zu zittern.

25

Kurz – kurz – kurz – lang – lang – lang – kurz – kurz – kurz.

Die Hupe eines Wagens dröhnte durch die Nacht, und hier am Meer hätte man das SOS-Zeichen wohl auch verstanden, aber niemand hörte den Hilfeschrei. Die einzelnen Häuser lagen verstreut und zu weit entfernt.

SOS – save our souls! Rette unsere Seelen! Verzweifelter konnte man nicht sein.

Immer und immer wieder der Hilferuf.

Bis die Hupe schwieg.

Sie waren in einen Graben gerutscht, der nur unwesentlich breiter als der Wagen war, und saßen kopfüber unter Wasser fest. Ihre Köpfe waren unterhalb der Wasserlinie, durch die Seitenscheiben sahen sie, dass das Wasserniveau draußen vierzig Zentimeter höher war. Das Auto lief ganz langsam mit Wasser voll, ihre Köpfe waren am tiefsten Punkt, sie bekamen bereits nasse Haare.

Ines hatte geweint und geschrien, jetzt war sie verstummt. Das eiskalte Wasser umspielte ihre Stirn. Sie schafften es einfach nicht, sich im Sitz umzudrehen und aus dem Kopfstand herauszukommen. Es war schlicht unmöglich.

Jan versuchte alles, kämpfte, aber auch er schaffte es nicht.

Er weinte vor Verzweiflung.

Es blieben ihnen höchstens noch zwei Minuten, dann waren sie ertrunken.

Jan tobte, schlug mit seinen Händen immer wieder gegen das Lenkrad. »Es muss eine Möglichkeit geben«, schrie er immer wieder, »es muss doch verdammt noch mal irgendeine Möglichkeit geben! Wir können doch hier nicht warten, bis wir verrecken!«

Er hob den Kopf, versuchte sich hochzuziehen und umzudrehen, aber es gelang ihm nicht.

Vor Verzweiflung und Enttäuschung heulte er laut auf.

Ines bibberte vor Angst und Kälte und fing an zu beten. Das Wasser schwappte ihr bereits bis zur Nase. »Hilf, Maria, es ist Zeit, hilf, Mutter der Barmherzigkeit«, betete sie schluchzend und zitternd. »Du bist mächtig, uns aus Nöten und Gefahren zu erretten. Denn wo Menschenhilf gebricht, mangelt doch die deine nicht … Oh Gott, ich weiß nicht weiter. Hilf, Maria, bitte, bitte, bitte!«

Ines fasste sein Bein und streichelte es. »Ich liebe dich«, flüsterte sie.

Jetzt weinten sie beide. »Ich dich auch. So sehr.« Er sah sie an. Im fahlen Mondlicht war ihr Gesicht gespenstisch blass, fast weiß, und ihre Lippen vollkommen farblos. Das Wasser erreichte bereits ihre Nasenlöcher, sie spuckte, prustete und röchelte in Todesangst.

»Wir müssen hier raus, Ines, wir müssen hier irgendwie raus!«

Er stemmte sich erneut hoch, krümmte sich, trampelte vor Wut und Verzweiflung und schrie um Hilfe.

Noch nie hatte Ines einen Menschen derart schreien hören, und die Todesangst legte sich um ihr Herz wie eine eiskalte

Hand. Sie konnte einfach nicht glauben, dass jetzt hier in dieser Nacht, in diesem Auto, nur Minuten von ihrem Haus entfernt, alles vorbei sein sollte! Es war so sinnlos! Eine so dumme Art zu sterben! Dabei hatten sie noch so viel vor. Vor allem wollten sie ihren Sohn aufwachsen sehen, ihr liebes, zärtliches Kind. Und sie hatten auch schon einmal angedacht, vielleicht noch ein weiteres Kind zu bekommen, auch wenn der Lütte schon sieben war.

Und das sollte jetzt alles nicht mehr sein dürfen? Lieber Gott, tu uns das bitte nicht an, schrie sie innerlich, rette uns, nur dieses eine Mal, ich werde alles, was wir auf dem Konto haben, unsere ganzen Rücklagen für wohltätige Zwecke spenden, ich tu, was du willst, aber lass mich noch einmal zu meinem Kind, lass mich mein Kind wiedersehen.

Und sie dachte an die Wärme, die er ausstrahlte, wenn sie sich zu ihm ans Bett setzte und ihn an sich drückte, an seine zarte Haut und den wunderbaren kindlichen Geruch, den er an sich hatte. Er genoss es, wenn er spürte, dass sie Zeit für ihn hatte, und dann stellte er unzählige Fragen, wie: »Warum wird es nachts eigentlich dunkel?« oder: »Können Tiere traurig sein?« oder: »Wie merkt man denn, dass unsichtbare Tinte alle ist?«

Dann redeten sie und lachten und überlegten gemeinsam, denn auch Ines war bei der Suche nach einer einleuchtenden Antwort mit ihrem Latein oft schnell am Ende.

Was sollte bloß aus ihm werden, wenn er keine Eltern mehr hatte?

Jan und Ines horchten, ob da draußen irgendein Laut war, ein Auto vielleicht, das vorbeifuhr, dann konnten sie beide noch einmal um Hilfe schreien. Aber da war nichts. Nur grausame, unwirkliche Stille. Niemand fuhr nachts zum Deich.

Sie hatten die Scheinwerfer des Wagens angelassen, um vielleicht gesehen zu werden, doch jetzt erloschen die Lichter.

Beide empfanden es wie ein Zeichen, dass sie verloren hatten, aber keiner sprach es aus.

»Ich will nicht sterben, Jan, ich will mit dir leben«, flüsterte Ines, und Jan legte ihr den Finger auf die Lippen. »Pssst. Es wird alles gut.«

Das Wasser drang ihr in Nase und Mund, Ines wurde ohnmächtig.

»Bitte, bleib bei mir«, weinte Jan und hielt krampfhaft den Kopf über Wasser, obwohl er längst keine Kraft mehr hatte. »Bitte, Ines, verlass mich nicht. Du darfst nicht gehen, hörst du, du musst bleiben. Hier bei mir. Es wird alles gut!«

Aber Ines antwortete nicht mehr.

Ein paar Luftblasen stiegen im Wasser empor.

26

Jetzt war der kleine Zeiger schon bei dem Fuchs auf der Fünf. Was sollte er bloß machen? Er rüttelte an der Kinderzimmertür, aber sie gab keinen Millimeter nach, er öffnete auch das Fenster und schrie nach draußen, aber niemand hörte ihn, und dann schloss er das Fenster schnell wieder, denn der eisige Novemberwind fegte ins Zimmer.

Sie kamen einfach nicht nach Hause. Vielleicht kamen sie nie wieder.

Aber noch schlimmer als der Gedanke an seine Eltern waren im Moment seine Bauchschmerzen. Er musste unbedingt aufs Klo und durchsuchte jetzt sein Kinderzimmer nach irgendeinem Ding, in das er hineinmachen konnte. Vielleicht in die große Schachtel, wenn er die Legosteine einfach auskippte? Aber dann würden wahrscheinlich wieder ganz viele klitzekleine Teilchen verschwinden, weil sie durchs ganze Zimmer kullerten und in irgendwelchen Ecken oder zwischen anderem Spielzeug verschwanden. Und dann fehlten sie ihm, wenn er Fenster ins Haus einsetzen oder mit Papas Hilfe einen Trecker bauen wollte.

Und in diesem Augenblick kam ihm eine Idee! Er hatte ja noch den Trecker, den ihm Oma zu Ostern geschenkt hatte. Der hatte eine große Ladefläche …

Gesagt, getan. Als er fertig war, waren die Bauchschmerzen weg, er war unendlich erleichtert und entspannte sich.

Den Trecker mit seiner Ladung schob er unter den Schrank und kroch zurück ins Bett. Er hatte keine Kraft mehr, an seine Eltern zu denken und zu betteln, dass sie endlich nach Hause kommen mögen, er konnte überhaupt nicht mehr denken, weil er so schrecklich müde war und augenblicklich in tiefen Schlaf fiel.

27

Enne Brachman war jeden Tag früh auf den Beinen. So auch an diesem Mittwochmorgen. Die Sonne war gerade aufgegangen und tauchte den Horizont in ein zartes orangefarbenes Licht. Bodennebel lag wie ein Schleier über den Fennen, und man konnte die Kälte der Nacht, die sich jetzt langsam auflöste, erahnen.

Noch lag das Land in tiefer Ruhe. Enne war der Erste an diesem Morgen, der sich auf den Weg zum Deich machte, um nach seinen Schafen zu sehen.

Seit beinah einem halben Jahrhundert fuhr er fast jeden Tag diesen Wirtschaftsweg zum Deich und registrierte sofort, wenn etwas anders war als sonst. Er bemerkte, wenn die Kühe unruhig waren, wenn eine von ihnen kurz davor stand zu kalben, wenn ein Gewitter drohte oder wenn einer der Nachbarn vergessen hatte, seine Mülltonne rauszustellen.

Und so sah er den Wagen, von dem nur die Räder aus dem Wasser ragten, sofort.

»Teufel noch mal!«, fluchte er, drehte um und radelte so schnell nach Hause wie noch nie zuvor. Von seiner Küche aus, wo sein einziger Telefonapparat stand, rief er Feuerwehr und Polizei.

Mit schwerem Gerät und der Hilfe von großen Traktoren zweier Bauern aus der Nachbarschaft wurde der voll gelaufene Wagen ans Tageslicht gezogen.

Niemand sprach ein Wort, als die vornübergesunkenen Leichen sichtbar wurden. Enne hatte die ganze Zeit gehofft, dass vielleicht nur das Auto abgesoffen, Ines und Jan es jedoch geschafft hatten, noch rechtzeitig rauszukommen, aber jetzt sah er, dass das Schlimmste passiert war. Ines und Jan waren tot.

Langsam bahnte er sich durch die Nachbarn und Hilfskräfte einen Weg bis zu dem Verantwortlichen der freiwilligen Feuerwehr und fand als Erster seine Sprache wieder.

»Ole«, sagte er, »Ole, bitte vergiss nicht, wenn er nicht bei der Oma ist, dann ist der kleine Malte jetzt seit Stunden allein zu Haus.«

Ole nickte, und es wirkte ziemlich kühl und unbeteiligt. Dabei traf ihn das, was Enne gesagt hat, tief bis ins Mark.

Er kannte den kleinen Malte flüchtig, hatte ihn aber in diesem Moment wahrhaftig völlig vergessen.

Imke Schober war Polizistin in Husum und eigens für diesen Fall von Nordstrand angefordert worden, da es dort nur männliche Polizisten gab. Imke hatte sehr kurz geschnittene, dunkle Haare, war nie um eine schlagfertige Antwort verlegen und arbeitete an den Wochenenden neben ihrem Fulltime-Job noch ehrenamtlich für die Telefonseelsorge, da sie trotz ihres burschikosen Äußeren eine weiche mitfühlende Seele und einen klaren Verstand hatte. So fand sie oft Auswege oder Lösungen, die so schnell niemandem eingefallen wären.

Imke brauchte nur zwanzig Minuten. Dann war sie an der Unfallstelle und fuhr unverzüglich zusammen mit ihrem Kollegen Thorsten Kieling von Nordstrand zum Haus der Andresens.

Bevor Imke klingelte, horchte sie an der Tür. Nichts. Im Haus war es totenstill.

Imke und Thorsten sahen sich an. Das war kein gutes Zeichen.

Der Türgong ertönte. Im Haus blieb es still, und Imke drückte erneut auf den Klingelknopf.

»Hast du die Nummer der Oma? Vielleicht hat die einen Schlüssel?«, fragte sie.

Thorsten schüttelte den Kopf. »Ich hab keine Nummer, und meines Wissens wohnt die Oma in Lübeck.«

»Das dauert alles zu lange. Wir müssen die Tür aufbrechen.«

Thorsten nickte.

Die Tür hatte nur ein Allerweltsschloss, war auch nicht extra gesichert, und in weniger als einer halben Minute hatte es Thorsten geknackt.

Die beiden Beamten betraten vorsichtig das Haus.

»Malte!«, rief Imke. »Malte, bist du da? Du brauchst keine Angst zu haben!«

Kein Laut.

Imke öffnete alle Türen im Erdgeschoss. Küche, Wohnzimmer, Gästebad. Von Malte keine Spur.

»Lass uns nach oben gehen. Er ist sicher im Kinderzimmer.«

Im oberen Stockwerk gab es ein weiteres Bad, das Elternschlafzimmer, einen Hauswirtschaftsraum und ein Zimmer, das abgeschlossen war. Der Schlüssel steckte von außen.

Imke klopfte. »Malte, bist du da drin?«

Nichts rührte sich.

Thorsten schloss auf und öffnete langsam die Tür.

Auf den ersten Blick war Malte nirgends zu sehen. Aber dann ging Imke zu einem Bettenhaufen in einer Ecke und zog die Decke weg. Darunter saß ein völlig verschüchterter kleiner Junge und starrte die Frau und den Mann vor sich mit angstgeweiteten Augen an.

»Malte …« Imke setzte sich auf die Bettkante und strich ihm über den Kopf.

Und in diesem Moment explodierte der kleine Junge. Er schlug und boxte mit seinen mageren Fäusten wild um sich.

Imke versuchte, ihn festzuhalten und in den Arm zu nehmen.

Aber Malte tobte wie eine kleine Katze im Sack. Thorsten stand ziemlich hilflos daneben.

»Pscht, pscht, pscht …«, machte Imke immer wieder. »Beruhige dich, Malte. Ganz ruhig, ganz, ganz ruhig.«

Allmählich verebbte Maltes Widerstand, und so plötzlich, wie er angefangen hatte zu kämpfen, erschlaffte er.

»Du brauchst keine Angst zu haben«, flüsterte Imke. »Wir tun dir nichts, wir sind von der Polizei und wollen dir nur helfen.« Völlig hilflos ließ sich Malte in den Arm nehmen.

»Wo sind Mama und Papa?«, stammelte er.

Imke wollte nicht sofort darauf antworten, es war jetzt wichtiger, erst einmal eine Spur von Vertrauen aufzubauen, daher sagte sie mit weicher Stimme: »Was hältst du davon, wenn wir in die Küche gehen und ein bisschen frühstücken? Du hast doch bestimmt großen Hunger und Durst! Was hast du denn am liebsten? Kakao? Oder ein Nutellabrot?«

Malte antwortete nicht, sondern krallte sich nur noch fester an seiner Decke fest.

»Komm Malte, zieh dir schnell was an, und dann gehen wir nach unten. Oder willst du erst mal aufs Klo?«

Jetzt nickte Malte, kroch unter seiner Decke hervor und lief ins Bad.

»Sie haben ihn wahrscheinlich im Kinderzimmer eingeschlossen, damit er nicht im Haus herumgeistert«, überlegte Thorsten. »Find ich extrem gewöhnungsbedürftig. Würdest du so was machen?«

»Ich hätte wahrscheinlich einen Babysitter …«

Imke öffnete Maltes Schrank, suchte Kleidung für ein paar Tage heraus und drückte den Stapel Thorsten in den Arm. »Bitte bring das schon mal ins Auto, ich seh mal nach dem Jungen.«

Imke machte Frühstück. Malte saß am Tisch und sah Thorsten fragend an.

»Wo sind Mama und Papa?«

Bevor Thorsten antworten konnte, stellte Imke einen großen Becher dampfenden Kakao auf den Tisch.

»Trink einfach ein bisschen, das tut gut.«

Aber Malte schüttelte wieder den Kopf. »Wo sind Mama und Papa? Wieso kommen sie nicht? Warum sind sie nicht hier?«

Imke legte ihm sanft ihre Hand auf den Unterarm und setzte sich neben ihn.

»Sie können nicht kommen, Malte, es tut mir so leid, aber sie hatten einen schlimmen Unfall.«

»Aber morgen kommen sie? Oder wann?« Tief in seiner Seele ahnte er, was die Polizisten ihm zu sagen versuchten.

Aber er wollte es nicht wahrhaben und stellte diese Fragen, um sich noch an einen winzigen Zipfel Hoffnung klammern zu können.

»Malte, sie kommen nicht wieder. Sie sind im Himmel, aber in Gedanken sind sie immer bei dir. Und wahrscheinlich sind sie ganz stolz auf ihren kleinen, aber doch schon so großen, tapferen Sohn.«

»Nein!«, schrie Malte. »Das stimmt nicht! Das ist nicht wahr! Ihr lügt! Sie sind nicht tot! Niemals! Mama kann gar nicht tot sein, und Papa auch nicht!« Er sprang auf, nahm den vollen Kakaobecher und knallte ihn auf den Steinfußboden. »Ihr lügt!«, schrie er wieder und trommelte mit seinen kleinen Fäusten gegen den Küchenschrank.

Imke nahm ihn wieder in die Arme und drückte ihn fest an sich.

»Ganz ruhig, mein Schatz, ganz, ganz ruhig.«

»Ich bin nicht dein Schatz!«, brüllte Malte.

»Es wird alles gut, Malte. Wir fahren jetzt erst mal zusammen aufs Revier, und dann sehen wir weiter. Mach dir keine Sorgen.«

Malte sackte in sich zusammen wie ein Ballon, aus dem die Luft entweicht. Er hing in Imkes Arm und begann bitterlich zu weinen. Imke setzte sich, zog ihn auf ihren Schoß und wiegte ihn sanft hin und her. Malte weinte immer heftiger und immer verzweifelter.

Thorsten sammelte die Scherben ein und wischte den Kakao auf.

Erst zehn Minuten später hatte sich Malte so weit beruhigt, dass Thorsten ihn zum Auto tragen konnte. Imke holte noch Maltes Schmuseaffen aus dem Kinderzimmer, zog die Stecker aus den Steckdosen, kontrollierte, ob alle Fenster geschlossen waren, löschte das Licht in der Küche und zog schließlich die Haustür hinter sich zu.

Als sie in den Streifenwagen stieg, gab sie dem kleinen Jungen, der nur noch schluchzte, den Affen in den Arm.

Malte drückte ihn an sich. Dass er das Einzige war, was er aus seinem alten Leben in sein neues hinüberretten konnte, ahnte er zu diesem Zeitpunkt noch nicht.

28

Hamburg

Mit allem hatte Greta Meder gerechnet – damit nicht.

Der Anruf kam kurz vor eins, als der letzte Patient gegangen war und Dr. Thormann gerade seinen Kittel auszog. Ihre Kollegin Vanessa reichte ihm die Liste mit den anstehenden Hausbesuchen am frühen Nachmittag.

Greta ging ans Telefon und meldete sich mit der obligatorischen und halb gesungenen Ansage: »Praxis Dr. Thormann, schön guten Tag.«

Kurz darauf meinte sie: »Ach, Mama, du bist's. Ist was passiert?«

Und dann erstarrte sie, schien nicht mehr zu atmen, hörte nur noch zu, und die Farbe wich aus ihrem Gesicht. Quälend lange sagte sie keinen Ton.

Dr. Thormann und Vanessa waren aufmerksam geworden und warteten schweigend ab.

Schließlich meinte sie: »Ja, ich hab das verstanden, ich weiß jetzt aber auch nicht … Lass mir ein bisschen Zeit, ich ruf dich heute Abend an. Oder morgen. Ja? Und bitte: Hör auf zu weinen. Tschüss, Mama.«

Als sie auflegte, sah Greta Dr. Thormann und Vanessa völlig entgeistert und regungslos an.

»Was ist passiert?«, fragte Dr. Thormann leise.

»Es ist … Ich habe … oh Gott«, stotterte Greta. Und trotz des Entsetzens, das ihr wirklich in den Knochen saß, begann sie die Situation zu genießen. Sie war der absolute Mittelpunkt. Das Unglück machte sie zu einer interessanten Person.

»Meine Schwester und ihr Mann sind verunglückt. Haben sich mit ihrem Wagen überschlagen, sind in einen Graben gerutscht und ertrunken.«

Die Stille nach diesem Satz dauerte nur drei Sekunden, aber Greta kostete den Moment aus.

»Oh, das tut mir sehr, sehr leid«, sagte Dr. Thormann. »Mein herzliches Beileid.«

Vanessa streichelte ihr tröstend den Rücken, ihr fehlten die Worte.

»Meine Schwester hatte einen kleinen Sohn. Meinen Neffen Malte. Jetzt ist er Vollwaise. Meine Mutter kann ihn nicht zu sich nehmen, sie ist zu alt und zu krank. Und da hat sie mich eben gefragt, ob ich vielleicht …«

In diesem Moment explodierte die sehr einfach gestrickte Vanessa geradezu. »Aber Greta! Selbstverständlich nimmst du ihn zu dir! Das arme Kind würde doch sonst ins Heim kommen, oder? Wie alt ist er denn?«

»Sieben«, antwortete Greta tonlos.

»Natürlich will so eine Entscheidung gut überlegt sein, Frau Meder, und Sie müssen sicher auch noch ein paarmal darüber schlafen, aber überlegen Sie, ob Sie Ihrem Neffen nicht ein neues Zuhause geben können. Das wäre doch eine wunderschöne, erfüllende Aufgabe für Sie, zumal Sie ja selbst keine eigenen Kinder haben.«

Nun genoss sie es nicht mehr, im Mittelpunkt zu stehen, sie wollte nur noch nach Hause und sich die ganze Sache allein und in Ruhe überlegen. Sie wollte nichts mehr hören: keinen Rat, kein gutes Wort und keine salbungsvolle Mitleidsbekundung.

Malte war dabei, in ihr wohlgeordnetes Leben einzubrechen, und das machte sie ängstlich und wütend zugleich.

Sie sah sich in ihrer Zweizimmerwohnung um. Hier sollte ein Kind einziehen? Das war ja Wahnsinn! Ein Kind brauchte ein Bett, einen Schrank, Regale, einen Schreibtisch und ein bisschen Platz für sich allein zum Spielen. Dies alles war hier völlig unmöglich. Und sie konnte sich Besseres vorstellen, als blökende Schulkameraden zu ertragen, Hausaufgaben zu kontrollieren und auf Elternabende zu gehen.

Zu all dem hatte sie nicht die geringste Lust.

Außerdem kannte sie Malte kaum. Vielleicht mochte er sie nicht, ganz gleich wie viel Zucker sie ihm in den Hintern pustete, und machte nur Ärger. Man wusste es nicht. Im Grunde kaufte sie die Katze im Sack.

Es war still in der Wohnung. Nur die Digitaluhr des Bratofens klapperte leise. Greta konnte jetzt nichts essen, aber sie musste unbedingt etwas trinken. Normalerweise trank sie mittags niemals Wein, doch heute war alles anders. Daher stand sie auf und öffnete eine Flasche.

Ines war tot. Und Jan auch. Ines und Jan gab es nicht mehr. Das war einfach unfassbar. Ihre kleine Schwester wurde Ende der Woche beerdigt. Ines, die Tolle, die Liebe, die Nette, die Schöne. Das Sonnenscheinchen, das geboren wurde, als Greta schon zehn war. »Unser Nesthäkchen«, hieß es immer, »was für ein Glück!«

Ines wurde verhätschelt, auf Händen getragen und verwöhnt. Ines vorne und Ines hinten. Und Greta musste unentwegt Rücksicht nehmen. »Pass doch auf! Siehst du nicht, dass deine kleine Schwester da steht!« – »Sei still, deine kleine Schwester schläft!« – »Wir haben nur noch *ein* Eis im Kühlschrank. Du bist die Ältere, du wirst doch wohl zugunsten deiner kleinen Schwester verzichten können!«

So ging es den ganzen Tag. Greta konnte die Worte »deine kleine Schwester« schon nicht mehr hören.

Wenn Ines wie eine Wildgewordene durch die Wohnung tobte, dabei eine kostbare Bodenvase umriss und diese in tausend Stücke sprang, wurde Greta dafür verprügelt.

»Aber ich war es doch nicht! Ines war's!«, heulte Greta.

»Das ist egal«, sagte ihr Vater und schlug weiter zu. »Wenn du es warst, bekommst du die Tracht Prügel zu Recht, wenn nicht, hättest du eben besser auf deine kleine Schwester aufpassen sollen. Verdient hast du es in jedem Fall. Hast du das verstanden?«

Greta heulte noch lauter, steckte die Schläge ein und hasste ihre kleine Schwester.

Das Sonnenscheinchen konnte schon mit fünf Jahren lesen und natürlich auch bis fünf zählen. Und als sie in die Schule kam, bescheinigten ihr die Lehrer eine außergewöhnliche Intelligenz. Sie machte selten Schularbeiten, tobte lieber draußen auf dem Deich herum, lernte fast nie für Klassenarbeiten und schrieb eine Eins nach der anderen.

»Was haben wir für ein Glück mit unserem kleinen Goldschatz«, sagte die Mutter, als sie mit einer Nachbarin sprach und Greta an der Tür lauschte. »Dafür haben wir mit Greta nur Pech. Sie hat zwei linke Hände, zwei linke Füße und nichts im Kopf. Es ist wahrhaft ein Kreuz mit ihr.«

»Da sieht man mal, wie unterschiedlich die Kinder sein können, obwohl sie dieselbe Mutter und denselben Vater haben. Haben sie doch, oder?«, fragte die Nachbarin scherzhaft.

Und beide Frauen mussten lachen.

Von diesem Tag an war Greta überzeugt, gar nicht die Tochter ihres Vaters zu sein. Denn sie war nicht hellblond wie Ines, sondern hatte braunes, dickes Haar. Sie war nicht schlank und sportlich wie Ines, sondern plump und behäbig. Sie hatte kein schönes, strahlend weißes Gebiss wie Ines, sondern schief stehende, kariöse Zähne und musste eine Spange tragen. Sie war einfach hässlich. Wäre Ines nicht geboren worden, wäre ihr das niemals aufgefallen.

Nicht die Tochter ihres Vaters zu sein belastete sie gar nicht. Im Gegenteil. So fiel es ihr bedeutend leichter, ihn zu hassen, wenn er sie schlug.

Greta blieb zweimal sitzen, schaffte mit Ach und Krach die mittlere Reife und wurde Arzthelferin. Ines war noch in der Grundschule, da zog Greta von zu Hause aus und suchte sich eine kleine Zweizimmerwohnung in Hamburg-Billstedt. Und war zum ersten Mal in ihrem Leben glücklich.

Aber das änderte sich bald. Abend für Abend saß Greta nun allein zu Hause, und da sie es nicht gewohnt war, fing sie an, sich vor allem zu fürchten: Sie traute sich bei Dunkelheit nicht mehr auf die Straße, weil sie in ihrer Fantasie in jedem Hauseingang den Schwarzen Mann sitzen sah, der auf sie wartete, um sie zu überfallen. Sie wagte sich nicht in die U-Bahn, weil sie Angst hatte, der Tunnel könnte einstürzen, auch nicht in die S-Bahn, weil sie sich vorstellte, beim Einsteigen zwischen Bahn und Bahnsteig zu rutschen. Die vielen Menschen im Kino oder Theater waren eine Horrorvorstellung für sie, sie sah überall Feuer ausbrechen und wusste, die darauffolgende Massenpanik würde sie nicht überleben, da sie auf der Verliererseite geboren war. Bei Eis und Schnee befürchtete sie, zu stürzen und mit einem gebrochenen Bein allein nicht zurechtzukommen, auch an warmen Sommertagen sah sie hinter jedem blühenden Busch einen potenziellen Vergewaltiger.

Sie fürchtete sich vor allem, hastete morgens zur Arbeit, nachmittags wieder zurück und verkroch sich in ihrer winzigen Wohnung.

Währenddessen machte Ines ein glänzendes Abitur, studierte, verliebte sich in Jan, heiratete, zog in ein herrliches friesisches Haus und bekam einen gesunden, blonden, niedlichen Sohn, der aussah wie seine Mutter als Kind.

Vom Tag seiner Geburt an tat Greta das Herz weh. Vor Neid.

Und jetzt hatte ihr die kleine Schwester noch im Tod so ein Ei gelegt.

Aber hatte sie überhaupt noch eine Wahl? Nein. Denn was würden Dr. Thormann, Vanessa, ihre Mutter, Bekannte, was würde die ganze Welt von ihr denken, wenn sie Malte nicht zu sich nahm? Wenn er ins Heim wanderte, nur weil sie so herzlos und egoistisch war und ihr gewohntes Leben für ein ihr im Grunde fremdes Kind nicht opfern wollte?

Sie würden sie verfluchen und verachten.

Ich will nicht, dachte sie, aber ich muss es tun. Ich kann gar nicht anders.

29

NORDSTRAND

Malte wusste, dass diese Frau, die ihm da jetzt gegenübersaß, seine Tante Greta war, zu der man aber nicht Tante sagen durfte, da wurde sie wütend. Daran konnte er sich noch erinnern, als sie einmal auf Nordstrand zu Besuch gewesen war. Aber da hatte sie nicht so komisch krause Haare gehabt und ganz anders ausgesehen. Darum hätte er sie niemals wiedererkannt, wenn er sie auf der Straße getroffen hätte. Er hätte sie auch nicht wiedererkannt, wenn sie zu Hause auf dem Sofa gesessen hätte.

Sie trug einen grauen Pullover und eine schwarze Hose und war viel dicker als seine Mutter. Und sie hatte hellrosa Nagellack und einen ganz krummen Finger.

Er fand sie hässlich. Er mochte sie nicht. Er würde sie nie mögen. Und er würde niemals »Mama« zu ihr sagen.

In den vergangenen zwei Wochen hatte er hier bei den Nachbarn Anna und Otto Börner gewohnt, die drei Höfe weiter auf einer Warft wohnten und zwei Söhne hatten: Tom und Nico. Malte hatte bei ihnen im Zimmer auf einer Luftmatratze geschlafen, und es war ganz okay.

Mit Nico und Tom konnte man flüstern und heimlich unter der Decke Quartett spielen, auch wenn Anna schon

»Feierabend« und »Gute Nacht« gesagt hatte, bis man ganz von allein einschlief.

Hier auf dem Börner-Hof hatte er keine Angst und war – wenn er nicht wollte – nie allein. Und es hatte sogar Tage gegeben, an denen er ganz kurz mal vergessen hatte, dass Mama und Papa für immer weg waren.

Er wollte einfach nicht zu seiner Tante.

»Ich weiß, du bist immer noch sehr oft sehr traurig, weil du an deine Eltern denken musst«, sagte Anna in diesem Moment, »aber es wird besser, glaub mir, Malte. Du hast jetzt eine Tante, die sich liebevoll um dich kümmern wird. Das Vormundschaftsgericht hat entschieden, dass du von nun an bei deiner Tante leben wirst. Und irgendwann wirst du wieder froh und glücklich sein, Malte, davon bin ich überzeugt.«

»Ja«, sagte Malte.

Greta hüstelte.

»Ist irgendwas?« Anna sah ihm wohl an, dass etwas nicht stimmte.

»Nee«, sagte Malte.

Anna ging hin und nahm den kleinen Jungen in den Arm. »Sag's mir«, flüsterte sie.

Malte schossen die Tränen in die Augen. »Ich will hier bei euch bleiben. Bitte!«, flüsterte auch er.

»Das geht nicht, Malte. Das hast du doch gesehen. Wir haben nicht genug Platz. Du kannst nicht immer auf einer Luftmatratze bei Tom und Nico schlafen! Für drei ist das Zimmer viel zu klein.«

»Doch, kann ich.«

»Und wir haben nicht genug Geld. Wir kommen ja so zu viert kaum über die Runden.«

»Ihr kriegt doch Kindergeld für mich!«

»Ach, Malte. Glaub mir, Schatz, es ist nicht gut. Bei deiner Tante hast du es viel besser.«

»Aber ich will zu euch!«

»Malte, bitte!« Anna drückte ihm einen Kuss auf die Stirn. »Mach es doch uns und dir und deiner Tante nicht noch schwerer, als es ohnehin schon ist. In den Ferien kommst du zu uns. Okay? Wie findest du das?«

Malte nickte traurig. Er hatte schon kapiert. Keiner wollte ihn. Keiner mochte ihn. Er war allen nur ein Klotz am Bein.

Seine Tante hatte ihm als Begrüßungsgeschenk eine kleine Plüschente mitgebracht, die jetzt auf dem Couchtisch stand. Er hatte sie sich noch nicht einmal genau angesehen.

Bisher hatte Greta die ganze Zeit noch kein einziges Wort gesagt.

Anna fiel allmählich auch nichts mehr ein, was sie noch hätte sagen können. Lange Reden oder großartige Argumentationen waren nie ihre starke Seite gewesen.

Daher sagte sie nur »Tja« und rieb sich die Stirn.

»Ich würde sagen, wir gehen jetzt allmählich«, meldete sich Greta zu Wort. »Es wird langsam dunkel, und wir haben noch einen weiten Weg vor uns. Ich denke auch, alles Weitere wird sich finden. Wir kennen uns ja eigentlich noch gar nicht. Wie soll sich Malte für jemanden entscheiden, den er gar nicht kennt?«

»Stimmt«, sagte Anna. »Wenn wir uns in einem halben Jahr unterhalten, sieht wahrscheinlich alles ganz anders aus.«

Greta erhob sich. »Komm, Malte. Deine Sachen hab ich schon im Auto. Lass uns fahren.«

»Nein!« Malte presste die Lippen aufeinander, machte ein störrisches Gesicht und verschränkte die Arme. »Ich will nicht. Ich will hierbleiben!«

»Wolltest du nicht immer schon einen Hund haben? Einen kleinen, ganz für dich allein?«

Malte nickte und sah Greta mit großen Augen an.

Diese lächelte. »Na, dann komm.«

Malte stand auf und wehrte sich auch nicht, als sie seine Hand ergriff und ihn mit sich aus dem Zimmer zog. Die Plüschente ließ er auf dem Couchtisch stehen.

»Wann krieg ich den Hund?«, fragte Malte, als sie auf der Autobahn in Richtung Hamburg fuhren.

»Gar nicht«, antwortete Greta. Und dann sah sie sich sogar einen Moment um. »Aber das weißt du doch selbst, dass ein Tier in einer Stadtwohnung nicht geht. Und ein Hund schon gar nicht. Oder willst du dreimal am Tag mit ihm Gassi gehen?«

»Ja. Will ich.«

»Kommt nicht infrage.«

»Aber du hast es versprochen.«

»Malte, du hast vorhin nicht richtig zugehört.« Greta seufzte. »Ich hab dich gefragt, ob du gerne einen kleinen Hund haben würdest. Und du hast genickt. Dazu hab ich gar nichts gesagt. Nicht das Geringste. Ich habe einfach nur gesagt: ›Na, dann komm‹, damit wir gehen können. Das bezog sich nicht auf den Hund. Das Thema war für mich beendet, weil du mir die Frage mit Ja beantwortet hattest. Denn wenn ich sage: ›Komm mit!‹, dann ist das kein Versprechen, einen Hund anzuschaffen. Ich weiß gar nicht, wie du darauf kommst. Du musst schon ein bisschen besser aufpassen auf das, was ich sage. Sonst kriegen wir ein Problem. Und das wollen wir doch nicht, oder?«

Malte antwortete nicht.

»Ich glaube, wir beide haben noch viel Arbeit vor uns. Du musst noch ’ne Menge lernen, mein Freund.«

Niemals werde ich dein Freund sein, dachte Malte, und jetzt wusste er, dass er Greta niemals glauben durfte. Sie log wie gedruckt.

Er musste sich vor ihr in Acht nehmen.

Und das Gefühl der Verlassenheit, das in diesem Moment mit aller Macht über ihm zusammenschlug, war kaum zu ertragen.

Die ganze Autofahrt über sagte er kein Wort mehr, sondern weinte nur stumm vor sich hin.

30

Hamburg

Malte war übel. Bei jeder noch so kleinen Kurve drehte sich sein Magen um, und gleichzeitig drehte sich die Welt vor seinen Augen. Er schluckte unentwegt, versuchte einen Punkt im Auto zu fixieren, dann starrte er wieder auf die Straße – aber es half alles nichts. Die Übelkeit wurde immer schlimmer.

Schließlich konnte er nichts mehr dagegen tun und erbrach sich auf den Fußboden zwischen Beifahrer- und Rücksitz. Augenblicklich entwickelte sich ein beißend saurer Geruch, der durch das ganze Auto zog.

»Meinst du nicht, dass du dich noch zehn Minuten hättest beherrschen können?«, zischte Greta. »Wir sind gleich da!«

Malte meinte gar nichts, er schwieg und hoffte inständig, sich nicht gleich noch einmal übergeben zu müssen.

Er ist ein mieses kleines Dreckschwein, dachte Greta. Unerzogen und ignorant. Denn das alles macht er doch nur, um mich zu provozieren. Aber wir sprechen uns noch, Freundchen.

Und dann schwieg auch sie.

Seit der Sache mit dem Hund hatte sie sowieso schon kein einziges Wort mehr zu ihm gesagt, anderthalb Stunden herrschte im Auto Totenstille.

Die Hamburger Straßen, durch die Greta jetzt mit ihm fuhr, hatte er noch nie im Leben gesehen. Es war hässlich hier. Hochhäuser und lang gezogene drei- bis vierstöckige Häuser, die in sämtlichen Straßenzügen alle gleich aussahen. Ihm wurde kalt, wenn er aus dem Fenster sah.

Gleich hinter dem U-Bahnhof Mümmelmannsberg in Billstedt parkte Greta vor einem Hochhaus.

»Hier ist es«, sagte sie und holte seine Sachen aus dem Kofferraum. »Hier ist dein neues Zuhause.«

Stumm folgte Malte seiner Tante ins Treppenhaus, das hellgrün gestrichen und an einigen Stellen mit schwarzen Hieroglyphen besprüht war.

»Nicht schön, aber was soll's?«, sagte Greta, als sie bemerkte, dass Malte die Schmierereien anstarrte. »Es kann uns egal sein. Wir schlafen ja nicht im Treppenhaus. Komm, wir nehmen den Fahrstuhl, wir müssen in den siebten Stock.«

Als der Fahrstuhl kam, öffnete Greta die metallene Tür und schob Malte hinein. Es gab insgesamt elf Stockwerke, Greta drückte auf die Sieben, und der Fahrstuhl setzte sich rumpelnd und knatternd in Bewegung.

Die Wände des Fahrstuhls waren von oben bis unten mit Sprüchen, Bemerkungen, Liebeserklärungen oder unverständlichen Krakeleien beschmiert, die ehemals ebenfalls grüne Farbe war fast vollständig abgeplatzt, und der kleine Spiegel gegenüber der Tür war zerbrochen.

»Was ist Fotze?«, fragte er, und augenblicklich haute ihm Greta eine runter, dass seine linke Wange wie Feuer brannte.

»Das Wort will ich nie wieder hören! Ist das klar?«

Malte schloss die Augen. Das war alles nur ein böser Traum.

Er musste jetzt einfach nur aufwachen, und dann waren da wieder sein helles Zimmer, in das die Morgensonne schien, die Kastanie vor dem Haus, die im Wind rauschte, und der weite Blick übers Land bis hin zum Deich. Und Mama, die morgens auf Zehenspitzen ins Zimmer kam, obwohl sie ihn doch wecken wollte. Die sich dann auf sein Bett setzte, ihn in den Arm nahm, aufs Haar küsste und flüsterte: »Aufwachen, mein Spatz. Die Sonne scheint, und die Schule ruft. Geh dich waschen und zieh dich an, der Kakao ist schon fertig.«

Und dann drückte sie ihn an sich. Er hatte sich die ganze Zeit schlafend gestellt, aber dann schlang er seine dünnen Ärmchen um sie und drückte auch, so fest er nur konnte, und wollte nie mehr damit aufhören.

Bis seine Mutter lachte, sich aus der Umklammerung befreite, aufstand und meinte: »In zehn Minuten in der Küche, okay?«

Das war sein Leben. Alles andere war einfach nicht wahr.

Als er seine Augen wieder aufschlug, schob ihn Greta aus dem Fahrstuhl.

Sie standen vor einer grauen Tür mit einem mit Blümchen verzierten, ovalen Klingelschild.

»Guck mal«, sagte Greta, »hier steht *Greta Meder*. Kannst du das schon lesen?«

Malte zuckte die Achseln, und Greta ging nicht näher darauf ein.

»Wenn du willst, lasse ich *Malte* mit draufschreiben.«

»Aber ich heiße nicht *Meder*«, sagte Malte leise. »Ich heiße *Andresen*.«

Greta warf ihm einen entnervten Blick zu, kommentierte Maltes Bemerkung jedoch nicht.

»Ich wollte nur, dass du dir das Klingelschild merkst«, bemerkte sie spitz. »Nicht, dass du hier unentwegt das ganze Haus verrückt machst, nur weil du die Tür zu unserer Wohnung nicht wiederfindest. Also: siebter Stock, das Schild mit den Blümchen.«

Malte nickte stumm. Wenn er keinen Hund bekam, wollte er auch nicht aufs Klingelschild. Er würde sowieso abhauen.

»Du kannst nachher gleich noch mal runter, das Auto sauber machen. So ist das hier bei uns. Wer Dreck gemacht hat, macht ihn auch weg.«

Malte nickte wieder.

»Wir stellen erst einmal deine Sachen in den Flur«, sagte Greta, als sie die Wohnung betraten. »Später suchen wir dann für alles einen Platz. Das wird schwer genug, weil hier alles vollgestopft ist. Ich weiß wirklich nicht, wo ich dich unterbringen soll.«

Er hatte nichts mehr. Keine Eltern, kein Zuhause, nirgendwo einen Platz auf der Welt und niemanden, der ihn haben wollte, für ihn sorgte und der ihm half. Wenn er tot wäre, würde es niemandem auffallen.

Mama, bitte komm zu mir zurück!

Maltes Traurigkeit war so übermächtig, dass er sie kaum noch spürte. Er bestand nur noch aus Traurigkeit.

»Tja«, sagte Greta und führte ihn durch die Wohnung, »du siehst, hier hab ich ein kleines Schlafzimmer und ein Wohnzimmer. Ein Bad und eine Küche. Mehr ist nicht. Was machen wir denn da?«

Malte blieb stumm.

»Aber ich hab auch einen Balkon! Der wird dir gefallen. Komm mit!«

Es schien eine Angewohnheit von Tante Greta zu sein, ihn durch die Gegend zu schieben, denn jetzt schob sie ihn auf den Balkon.

»Guck mal. Ist das nicht toll?«

Malte blieb fast das Herz stehen.

Er sah nur noch Himmel und vor ihm eine entsetzliche Tiefe. Vor seinen Augen begann sich alles zu drehen, und er musste sich an die Wand drücken, da er das Gefühl hatte, davonzufliegen und nach unten zu stürzen. Er rang nach Luft, warf sich auf den Boden, krallte seine Finger in den künstlichen Rasen, schloss die Augen und hoffte inständig, dass Greta ihn an den Füßen packen und wieder zurück ins Zimmer ziehen würde.

Aber natürlich tat sie das nicht, sondern packte ihn am Pullover und zog ihn hoch.

»Was ist denn in dich gefahren?«, fragte sie. »Ich wette, du hast noch niemals in deinem Leben eine so herrliche Aussicht gesehen.«

Malte stieß einen kurzen, hohen Schrei aus, nahm all seinen Mut zusammen, riss sich los und sprang mit zwei riesigen Schritten zurück ins Zimmer.

Dort ließ er sich in einen Sessel fallen, schlug die Hände vors Gesicht und atmete schwer.

»Nun stell dich mal nicht so an«, sagte Greta kopfschüttelnd. »Der Balkon ist einfach herrlich, und was meinst du, wie schön ich ihn im Sommer bepflanze. Da blüht und grünt es hier, dass es eine wahre Freude ist und du vergisst, dass du in einem Hochhaus wohnst. Da guckst du aus dem Garten Eden über die ganze Welt. Ist das nicht ein Traum?«

Malte war kalkweiß im Gesicht. Nie mehr gehe ich auf diesen Balkon, dachte er. Nie mehr! Lieber bin ich bei Sturm und Windstärke zwölf auf einem Kutter weit draußen in der Nordsee.

Mit Peter Petersen, der auf Nordstrand nur drei Häuser weiter wohnte, war er schon einige Male auf dessen Krabbenkutter mit rausgefahren. Für ihn gab es nichts Schöneres als dieses Gefühl, auf eine ganz große Reise zu gehen, auch wenn sie nur ein paar Stunden draußen bleiben würden.

Eins wusste er ganz sicher: Er wollte nicht nur die Nordsee, sondern alle großen Ozeane kennenlernen und die Inseln unter dem Wind, von denen er nicht wusste, wo sie waren.

»Wir werden hier im Sommer eine schöne Zeit haben, Malte. Wir werden auf dem Balkon sitzen, Tee trinken und *Mensch ärgere dich nicht* spielen. Wie findest du das?«

Entsetzlich, dachte Malte, aber er hielt lieber den Mund und blieb stumm.

Greta stand in der Mitte des Wohnzimmers, hatte ihren linken Arm vor der Brust verschränkt, stützte ihr Gesicht auf den rechten Arm und schien nachzudenken.

»Vorerst schläfst du einfach bei mir im Bett, und irgendwo werden wir schon deine Sachen unterbringen und ein Plätzchen für dich finden. So was kann man nicht erzwingen. Das ergibt sich«, murmelte sie.

»Ich hab Hunger«, sagte Malte leise. »Ganz dollen Hunger.«

»Heute Abend gibt's nichts mehr«, antwortete Greta. »Du hast dir den Magen verdorben, sonst hättest du ja nicht ins Auto gekotzt. Geh jetzt runter und mach den Wagen sauber. Der Schlüssel liegt im Flur.«

Damit ließ sie Malte stehen, verschwand im Bad und schlug die Tür hinter sich zu.

Die Luftmatratze bei Tom und Nico war wirklich das Paradies gewesen.

31

Der Direktor sah gar nicht aus wie ein Direktor.

Er war klein und dick, hatte ein rosiges, faltenfreies Gesicht und einen Haarkranz um eine Glatze, die im Licht seiner Schreibtischlampe glänzte und wie poliert schien. Zu seinem dunkelgrauen Anzug trug er eine himmelblaue Weste, und sein Bauch spannte sich darin wie ein Medizinball.

Für Malte wirkte er wie ein Clown. Zumal der Direktor nach jedem Satz, den er sagte, lachte.

»Du bist also der Malte«, sagte Direktor Hübner und kicherte. »Das freut mich aber, dass du jetzt in unsere Schule gehst. Ich bin sicher, es wird dir hier bei uns gefallen.«

Malte sagte nichts, der Direktor schien sich zu amüsieren.

»Wie alt bist du denn, Malte?«

»Sieben.«

»Dann kommst du jetzt bei uns in die erste Klasse. Hab ich da richtig gerechnet?«

Malte zuckte die Achseln, der Direktor lachte.

Greta saß mit übereinandergeschlagenen Beinen vor dem Schreibtisch des Direktors, hatte die Hände im Schoß gefaltet und schwieg.

»Kannst du denn schon rechnen?«

Malte nickte.

»Du weißt also, wie viel Geld du ausgeben kannst, wenn du drei Mark Taschengeld bekommst und noch zwei Mark vom letzten Monat übrig hast?«

Malte nickte.

»Na, dann ist ja alles gut.«

Der Direktor wollte also gar nicht wissen, dass er dann fünf Mark ausgeben konnte, er glaubte ihm einfach, dass er es wusste. Das war ja toll. Der Direktor war anscheinend ein wirklich netter Mann.

»Dass du am liebsten in die Schule gehst, setze ich mal voraus. Und was machst du am zweitliebsten?«

»Bootfahren«, flüsterte Malte.

»Beim Spielen in der Badewanne?«, lachte der Direktor.

»Nein. Mit einem richtigen Kutter. Mit dem von Peter Petersen zum Krabbenfischen.«

»Oh!« Jetzt machte der Direktor große Augen. »Das ist ja toll. Bist du denn auch schon mal ins Wasser gefallen?«

Malte schüttelte den Kopf und dachte sich, dass das eine ziemlich dumme Frage des Direktors war, denn wenn man vom Kutter in die Nordsee fiel, war man schon fast tot. Weil der Kapitän vielleicht gar nicht merkte, dass einer über Bord gegangen war, und weil das Boot überhaupt erst nach einer ganzen Weile zum Stehen kam. Und dann war man in den Wellenbergen der Nordsee nicht zu sehen und meist nicht mehr zu finden.

»Bisher hat er auf Nordstrand gewohnt«, mischte sich Greta ein.

»Ja, ja, ja ...« Hübner setzte sich eine Lesebrille auf und blätterte in einer Akte. Einen Moment wirkte er ernst, aber als er aufsah, war er schon wieder fröhlich und grinste.

»Wir haben hier ziemlich strenge Regeln, Malte«, sagte er. »Und wer die nicht befolgt, den werden wir zur Strafe auf unserem Schulschiff kielholen. Weißt du, was das bedeutet?«

Malte nickte erschrocken. »Da wird man an einer Leine unter dem Schiff durchgezogen. Und wenn das Boot groß ist, ertrinkt man.«

»Schau mich nicht so ängstlich an«, lachte der Direktor, »war nur ein Scherz. Aber du solltest wissen, dass Hunde, Katzen, Meerschweinchen und Wellensittiche in der Schule verboten sind, und selbstverständlich auch Elefanten, Giraffen und Dinosaurier. Deine Haustiere musst du also zu Hause lassen. Außerdem sehen wir es nicht so gerne, wenn die Schüler mit Sahnetorten nach den Lehrern werfen, sich untereinander mit Wasserpistolen nass spritzen und die Klassenarbeiten mit unsichtbarer Tinte schreiben. Alles klar?«

Jetzt musste auch Malte grinsen.

»Na, dann wäre ja soweit alles geklärt.« Jetzt wandte sich Direktor Hübner direkt an Greta. »Haben Sie noch irgendwelche Fragen?«

»Ja, ich wüsste gern, wann es morgen früh losgeht und wie viele Stunden Malte hat.«

»Moment, da muss ich nachsehen.« Hübner stand auf und ging zu einem riesigen Plan, dem Stundenplan der gesamten Schule.

»Es beginnt für ihn um neun, und um fünf Minuten vor halb eins ist Mittagspause. Dann beginnt der Unterricht wieder um zwei, und um Viertel nach vier ist morgen für Malte Schluss. Seine Klassenlehrerin ist übrigens Frau Senftenberg, sie wird Ihnen morgen früh den Stundenplan für Malte aushändigen und Ihnen alles Weitere erklären. Was er für den Schulsport braucht und so.«

»Gut.«

Der Direktor reichte Malte die Hand. »Na, dann wünsche ich dir alles Gute und viel Spaß bei uns. Und wenn du ein Problem hast, kommst du zu mir und erzählst es mir. Versprochen?«

»Versprochen«, hauchte Malte und dachte, dass er das ganz bestimmt auch tun würde.

»Na, wie fandest du den Direktor?«, fragte Greta, als sie wieder auf der Straße standen.

»Ganz nett.«

»Mehr nicht?«

»Vielleicht auch sehr nett. Das weiß ich noch nicht.«

»Netter als mich?«

Malte antwortete nicht, und Greta fragte nicht noch einmal.

»So, wir üben jetzt deinen Rückweg von der Schule nach Hause. Wie du hinkommst, hast du dir gemerkt?«

»Ja.«

Greta nahm Malte an die Hand. »Dann pass jetzt wieder schön auf, denn wenn man in die andere Richtung geht, sieht alles ganz anders aus. Nicht, dass du durch die ganze Stadt irrst und unser Hochhaus nicht mehr findest.«

»Das finde ich schon. Bin ja nicht blöd.«

»Das hab ich auch gar nicht gesagt. Ich kann dich nämlich so gut wie nie von der Schule abholen, denn ich arbeite bis sieben in der Arztpraxis, und bis alle Patienten weg sind und ich alles erledigt habe, ist es immer halb acht. Manchmal auch acht. Und so lange kannst du ja nicht ganz allein auf der Straße stehen.«

»Ja, ja«, knurrte Malte.

Greta war bei allem, was sie tat, so furchtbar genau und kompliziert. Und alles, was sie erklärte, war schrecklich langweilig. Sie sagte zum Beispiel: »An der Tankstelle biegst du dann rechts ab.« Aber das konnte man ganz schnell wieder vergessen.

Seine Mutter hatte ihm auch den Schulweg erklärt. Aber ganz anders. Sie hatte gesagt: »Siehst du da den schiefen Baum vor dem kleinen Haus mit den roten Klinkern? Wahrscheinlich hat da mal ein Riese draufgesessen und ihn mit seinem Gewicht ganz verbogen. Fass den Baum kurz an – das bringt Glück –, und dann gehst du nach rechts. Alles klar?«

Ständig hatte er an den Riesen gedacht und niemals vergessen abzubiegen.

32

Jeden Morgen trottete er nun allein in die Schule.

Das einzig Gute war, dass er neben Bastian saß. Bastian war acht Jahre alt und wog schon siebzig Kilo. Er war so fett, dass er kaum laufen konnte. Niemand konnte ihn leiden, und darum war auch nur neben ihm noch ein Platz frei.

Bastian hatte ein unglaublich verschmitztes Grinsen, weil dabei seine Augen ganz klein und seine Wangen ganz prall wurden.

Malte mochte ihn sofort, und die beiden waren bereits nach wenigen Tagen dicke Freunde.

Von nun an waren sie in der Klasse für die anderen »Dick und Doof«, und damit begann das Martyrium. Niemand sagte mehr: »Malte, hör mal zu!« oder: »Malte, komm mal her!« Sondern es hieß nur noch: »Doof, guck mal, was gleich passiert.«

Es war die Hölle.

Malte hatte nur noch Bastian.

Da Bastian fast direkt neben der Schule wohnte, ging Malte nach dem Unterricht meistens mit zu ihm, wenn er wusste, dass Greta ganz bestimmt noch nicht zu Hause war. Dann aßen sie Kuchen, spielten Memory mit Bastians

Mutter, die genauso fett war wie Bastian, oder Verstecken in der gesamten Wohnung. Bastian hatte vier weitere Geschwister. Zwei ältere Schwestern und zwei jüngere Brüder, die sich wegen ihres enormen Gewichtes auch nur so dahinschleppten.

Es war ein eiskalter Januartag. Als Malte von der Schule nach Hause ging, dämmerte es bereits leicht. Gefrorene Schneereste knirschten unter seinen Schuhen, und sein deutlich sichtbarer Atem schien ihn regelrecht einzunebeln. Mit gesenktem Kopf stapfte er durch die Kälte. Er hatte in »Schreibschrift« nur eine Drei minus bekommen, und Greta würde wütend werden. Vielleicht bekam er deswegen auch kein Abendbrot. Seine Mutter hätte in so einem Fall nur traurig geguckt, dann gelächelt und gesagt: »Das machst du das nächste Mal besser, oder?« Aber böse wäre sie nie geworden.

Der Wind pfiff ihm so eisig um die Ohren, als hätte er keine Mütze auf. Er hatte außerdem kalte Hände und kalte Füße, fühlte sich überhaupt wie ein einziger Eisklumpen. Nur die Aussicht auf die warme Wohnung und eine Tasse heißen Kakao ließ ihn schnell weiterlaufen.

Als er endlich vor der Haustür ankam, war es schon dunkel. Er zog seine Handschuhe aus und wollte seinen Haustürschlüssel aus der Jackentasche ziehen, aber da war kein Schlüssel. Da war nichts. Die Tasche war leer.

Malte konnte das gar nicht verstehen, denn er hatte den Schlüssel immer in der rechten Tasche. Dennoch fühlte er auch in der linken. Nichts. Langsam geriet er in Panik. Er schob die warme Jacke hoch und fuhr vorn und hinten in die Hosentaschen seiner Jeans, aber auch da war kein Schlüssel. Dann kippte er vor der Haustür seine gesamte Schultasche aus und durchsuchte sie im Licht der grellen Neonröhre. Aber auch da war nirgends ein Schlüssel. Er musste ihn verloren haben. Vielleicht, als er die Handschuhe aus den Jackentaschen rausgeholt und anzogen hatte.

Vor Angst sprangen ihm die Tränen in die Augen. Greta würde ihn in der Luft zerreißen. Sie konnte so furchtbar sauer werden.

Es war zwar schon dunkel, aber er hatte noch etwa zwei Stunden, bis sie aus der Praxis nach Hause kam. Er musste den Schlüssel finden, sonst war alles aus. Und der einzige Mensch auf der Welt, der ihm helfen konnte, war Bastian. Bastian und seine genauso dicke Mutter, die immer fröhlich war und ganz viel lachte.

Malte packte seine Schultasche wieder ein und rannte los. Den ganzen Schulweg wieder zurück zu Bastian.

Die eiskalte Luft schmerzte in seinen Lungen. Er hustete und musste stehen bleiben. Der Husten machte den Schmerz in seiner Lunge nur noch schlimmer. Aber als sich sein Atem wenigstens ein bisschen beruhigt hatte, rannte er weiter.

Bereits nach einer Viertelstunde war er bei Bastian. Dessen Mutter öffnete und lachte sofort, als sie Malte sah.

»Das ist aber eine Überraschung! Basti hat mir gar nicht gesagt, dass ihr verabredet seid. Komm doch rein!«

Bastian kam aus seinem Zimmer und stopfte sich gerade ein paar Gummibären in den Mund. Er machte ganz große Augen, als er Malte sah.

»Hej! Is' was?«

»Basti! Mein Schlüssel ist weg. Mein Hausschlüssel. Ich komm zu Hause nicht rein. Und meine Tante bringt mich um, wenn sie es erfährt.«

Bastians Mutter hatte gehört, was Malte in seiner Verzweiflung ziemlich laut herausgestoßen hatte.

»Wann kommt denn deine Tante nach Hause?«, fragte sie ruhig.

»Um halb acht. Wenn in der Praxis nichts dazwischenkommt. Kein Notfall oder so. Sonst um acht.«

»Gut. Dann trinkst du jetzt erst mal was Heißes, wärmst dich auf, wartest hier, und nachher geh ich mit dir mit und rede mit deiner Tante. Es gibt Schlimmeres als einen verlorenen Schlüssel.«

»Nein!«, schrie Malte. »Nein, das geht nicht. Ich darf woanders nichts erzählen. Nichts von mir und nichts von zu Hause. Das kann sie nicht ausstehen. Dann wird sie erst richtig wütend.«

»Versteh ich nicht. Was soll das denn?« Bastians Mutter verschränkte die Arme und runzelte die Stirn.

»Ich weiß nicht«, weinte Malte, »aber das mit dem Schlüssel darf keiner wissen. Wir müssen ihn suchen. Wir müssen ihn finden, bevor sie nach Hause kommt. Vielleicht ist er ja in der Schule. Auf dem Schulhof oder so. Irgendwo. Ich weiß nicht ...«

»Wie sah denn der Schlüssel aus?«

»Es war nur einer. So ein kleiner, silberner. Und er war an einem dicken, orangefarbenen Band.«

Bastian hielt Malte die Tüte mit den Gummibärchen vor die Nase, und Malte griff dankbar zu.

»Malte, hör zu«, sagte Bastians Mutter, nachdem sie einen Moment überlegt hatte. »Es ist vollkommen zwecklos, jetzt im Dunkeln durch die Gegend zu ziehen und einen Schlüssel zu suchen. Den finden wir nie. Außerdem hat ihn vielleicht längst jemand beim Fundbüro oder bei der Polizei abgegeben. Denn es steht doch kein Name und keine Adresse dran, richtig?«

Malte nickte.

»Gut. Dann kann ja nichts passieren. Denn wer den Schlüssel findet, weiß nicht, wem er gehört. Da müsst ihr euch morgen erkundigen. Aber ich kann gern mal beim Hausmeister in der Schule anrufen, ob er einen Schlüssel gefunden hat. Soll ich das machen?«

Malte nickte wieder.

Bastians Mutter ging zum Telefon.

Nach zwei Minuten kam sie wieder, machte ein trauriges Gesicht und zuckte die Achseln.

»Es tut mir leid, Malte, aber der Hausmeister hat keinen Schlüssel gefunden.«

Bastian legte seinen dicken, schweren Arm um Maltes Schulter. »Morgen kriegst du ihn wieder. Ganz bestimmt. Mach dir bloß keinen Kopp.«

Als Malte anderthalb Stunden später in der Dunkelheit bibbernd vor seiner Haustür stand und auf Greta wartete, wusste er nicht, ob er vor Kälte oder vor Angst so fürchterlich zitterte. Er hatte noch eine Weile mit Bastian gespielt, heißen Tee getrunken, Kekse gegessen und sich etwas beruhigt.

Aber hier draußen, vor der Tür, war die Angst wieder da.

Greta kam eine halbe Stunde später. Da war Malte bereits völlig durchgefroren und hatte blaue Lippen.

»Was machst du denn hier?«, fragte sie ihn, als sie ihn erst ungläubig ansah und dann ihren Schlüssel aus der Handtasche nestelte. »Warum bist du denn nicht oben, im Warmen?«

»Ich habe meinen Schlüssel verloren«, flüsterte Malte und fühlte sich sterbenselend.

»Na, das ist ja eine schöne Bescherung!«, zischte Greta wütend und stieß die Tür mit dem Fuß auf.

Malte folgte ihr wie ein Häufchen Unglück.

In der Wohnung zog Malte als Erstes seine gesteppte Winterjacke aus und konnte es kaum fassen, wie mollig warm es drinnen war. Es war einfach herrlich. Hier in der Wärme würde er jedes Donnerwetter von Tante Greta ertragen.

Bisher hatte sie noch keinen Ton gesagt. Aber sie sah nicht gerade friedlich aus.

Greta zog ihre rosa »Pantöffelchen« an, wie sie sie nannte, und ging ins Wohnzimmer. Malte wollte im Schlafzimmer verschwinden, doch sie hielt ihn auf.

»Kommst du mal bitte!«

Malte erschrak und fühlte sich so elend, dass er ins Wohnzimmer schlich.

Greta stand am Fenster und kehrte ihm den Rücken zu, während sie mit ihm redete.

»So. Du hast also deinen Hausschlüssel verloren.«

»Ja.«

»Weißt du, wo und wie?«

»Vielleicht, als ich meine Handschuhe aus der Jackentasche geholt habe. Oder in der Schule irgendwie.«

»Irgendwie?«

»Na ja, vielleicht auf dem Schulhof oder unter der Bank? Vielleicht liegt er ja unter der Bank!«

»Hast du eine Ahnung, wie wichtig dieser Schlüssel ist?«

»Ja.«

»Er passt zur Wohnungs- und zur Haustür. Wir haben hier eine zentrale Schließanlage, und die ist sehr kompliziert. Wenn man seinen Schlüssel verliert und einen nachmachen möchte, muss man die gesamte Schließanlage erneuern, und alle Mieter bekommen neue Schlüssel. Das kostet Tausende«, log Greta, und es jagte Malte einen Heidenschreck ein.

Er fing an zu weinen.

»Auf so einen wichtigen Schlüssel muss man aufpassen. Verstehst du das?«

»Ja.«

»Aber du hast nicht aufgepasst?«

»Nein.«

»Wenn du Nein sagst, dann hast du ja aufgepasst. Aber ich nehme an, du wolltest sagen: Ja, ich hab nicht aufgepasst. Stimmt das?«

In Maltes Kopf drehte sich alles, und er verstand überhaupt nichts mehr. »Ja.«

»Sag's mir noch mal.«

»Ich hab nicht aufgepasst.«

»Du weißt, dass der liebe Gott einen bestraft, wenn man nicht aufpasst, wenn man etwas falsch macht oder wenn man etwas Böses tut.«

Malte nickte und schlotterte vor Angst.

»Wir müssen den Schlüssel also wiederfinden. Du musst versuchen, dich daran zu erinnern, wo du ihn verloren hast. Wo du ihn mit großer Wahrscheinlichkeit verloren haben könntest.«

»Ja.« Malte wollte nur noch weg. Er konnte das Verhör nicht mehr aushalten.

»Hier in der überheizten Luft kann man nicht denken. Daher möchte ich, dass du auf den Balkon gehst. Bis dir eingefallen ist, wo der Schlüssel ist.«

»Nein!«, schrie Malte in Panik. Nicht auf den Balkon! Nicht in der Kälte und nicht im Dunkeln! Vor Angst wurde ihm schwarz vor Augen, und er sackte auf dem Couchtisch zusammen.

Greta ging zu ihm, hob ihn ungerührt hoch und sagte: »Stell dich nicht so an und bete lieber, dass wir den Schlüssel wiederfinden«, öffnete die Balkontür und schob ihn hinaus.

Dann ging sie zurück ins warme Zimmer und verriegelte die Balkontür.

Malte stand in der Kälte. In dieser Nacht waren in Hamburg fünfzehn Grad unter null. Er kauerte sich in eine Ecke, um den Abgrund nicht sehen zu müssen.

Es war so furchtbar kalt, dass er sich wie betäubt fühlte. Wie ein Hähnchen, das in der Tiefkühltruhe schockgefrostet wird.

Seine Gedanken wurden langsamer.

Mama, dachte er noch, bevor ihm die Sinne schwanden.

Seit zehn Minuten hustete Greta ohne Unterbrechung, und die Attacken wurden immer schlimmer. Die Kälte machte ihr zu schaffen. Schließlich sprühte sie ihr Asthmamittel, sog es tief ein und hielt die Luft eine Weile an. Allmählich normalisierte sich ihre Atmung. Jetzt überlegte sie, ob sie erst einmal ein heißes Bad nehmen sollte. Sie war jeden Tag regelrecht geschafft, wenn sie von der Praxis nach Hause kam. Der Weg zu ihrer Arbeitsstelle wäre für andere vielleicht ein Katzensprung, sie empfand ihn als weit. Wenn sie stramm marschierte, brauchte sie zwanzig Minuten, wenn sie langsam ging oder schlenderte, eine halbe Stunde. In der kalten Winterluft war sie bereits nach fünf Minuten am Ende ihrer Kräfte.

Natürlich hätte sie auch den Wagen nehmen können, aber in der Nähe der Praxis gab es so gut wie überhaupt keine Parkplätze, und außerdem ging es auf die Dauer ins Geld, wenn sie jeden Tag mit dem Auto zur Arbeit fuhr.

Ja, ein heißes Bad wäre jetzt sehr schön. Und hinterher würde sie Abendbrot machen.

Als sie noch vor dem Spiegelschränkchen im Bad stand und sich einfach nicht entscheiden konnte, welchen Badezusatz sie nehmen sollte, ob sie Lust auf Rosenöl, Honig, Jasminblüte oder Ananas-Fantasy hatte oder vielleicht doch lieber Ingwer-Patschuli oder Lavendel, klingelte das Telefon.

»Hör zu, Kind«, sagte ihre Mutter statt einer Begrüßung, »wir müssen einiges bereden. Ich habe mit einem Anwalt den gesamten Nachlass von Ines und Jan durchgesehen und bin endlich fertig. Wir haben im Haus jeden Zentimeter durchsucht, haben jedes Buch durchgeblättert, jede Akte gelesen, alle Schränke durchgesehen. Es war eine Heidenarbeit. Und es war furchtbar, das kannst du mir glauben.«

Sie stockte, und Greta wusste, dass sie mit den Tränen kämpfte.

»Komm zur Sache.«

»Greta«, ihre Mutter schnaubte sich kurz die Nase, »das Vormundschaftsgericht hat dir zwar das Sorgerecht übertragen, aber das Jugendamt wird kommen, und die werden sich angucken, wie Malte bei dir lebt, und die werden ihn fragen, wie es ihm gefällt und wie es ihm geht. Als Kontrolle sozusagen.«

»Ja, und? Was hat denn das damit zu tun, dass du in Ines' Haus jede Akte durchgesehen und gelesen hast?«

»Gar nichts. Es fiel mir nur so ein. Die Behörden wird man nie los.«

»Danke für den Tipp.«

»Ich wollte dir nur raten: Bringe deine Wohnung in Ordnung, sieh zu, dass sich Malte wohlfühlt und er alles hat, was er braucht, damit du keine Probleme kriegst. Mach's gut, mein Kind.«

Damit legte ihre Mutter auf.

Greta sah völlig konsterniert Richtung Badezimmer und wusste nicht, was sie denken sollte. Die Lust am Baden war ihr jedenfalls gehörig vergangen.

Und da erst fiel ihr Malte wieder ein. Du lieber Himmel, Malte!

Die Luft war schneidend, als sie die Balkontür aufriss.

Malte kauerte in einer Ecke des Balkons und bewegte sich nicht. Auch als sie zu ihm ging und ihn schüttelte, zeigte er keine Reaktion.

Mein Gott, das Kind hatte ja nichts weiter als einen dünnen Pullover an!

»Malte!«, schrie sie. »Malte, los komm, steh auf! Komm wieder rein, es gibt Abendbrot!«

Malte rührte sich nicht.

Sie berührte ihn an der Wange, die eiskalt war und sich so starr anfühlte wie ein Element in der Tiefkühltruhe.

Auch hochheben konnte sie ihn nicht, da sie sich mit ihm auf dem Arm hätte hochstemmen müssen, und das schaffte sie nicht. Sie kam auch aus der Hocke nicht hoch, ohne sich mit der Kraft ihrer Arme irgendwo hochzuziehen.

Das ging alles nicht.

Also öffnete sie die Balkontür so weit wie möglich, auch wenn das Wohnzimmer dann sehr schnell auskühlte, packte Malte unter den Schultern und zog ihn Zentimeter für Zentimeter in die Wohnung, während sie auf allen vieren rückwärtskroch.

Als er endlich im Wohnzimmer auf dem Teppich lag, schloss sie die Tür und beugte sich über ihn. Seine Lippen waren bläulich grau, und als sie ihm die Lider hochzog, sah sie, dass seine Augen glasig waren und weite Pupillen hatten. Puls und Atmung waren extrem schwach.

Greta ging ins Bad und holte ein Fieberthermometer, dann zog sie ihm die Hose herunter und schob es ihm in den Hintern.

Noch immer rührte sich Malte nicht.

Nach einer Minute las sie das Thermometer ab. Malte hatte nur noch 33 Grad Körpertemperatur.

Greta begann ihn zu massieren und seine Haut zu reiben. Sie beatmete ihn von Mund zu Mund, da er pro Minute nur noch acht Atemzüge machte.

Sie keuchte vor Anstrengung. Schließlich legte sie eine Wolldecke über ihn und rannte ins Bad, um lauwarmes Badewasser einzulassen.

Es dauerte noch mehrere Minuten, bis Malte langsam zu sich kam. Greta sah an seinem flackernden Blick, dass er überhaupt nicht wusste, wo er war.

»Ich bin Greta«, flüsterte sie. »Du bist zu Hause, und alles ist in Ordnung.«

Allmählich wurde sein Blick klarer. Sie hörte nicht auf, ihn zu massieren.

»Ich weiß nicht, wo der Schlüssel ist, und der liebe Gott weiß es auch nicht«, war das Erste, was er schließlich sagte.

33

Das Fieber kam zwei Tage später. Und zwar mit Macht.

Im Rechenunterricht lag er mit dem Kopf auf dem Arm auf dem Tisch.

»Schlaf nicht, Malte«, sagte Frau Kühne. »Schlafen kannst du zu Hause. Wie viel ist denn sieben weniger drei?«

Malte hob den Kopf. Sein Gesicht war flammend rot, seine Augen glänzten fiebrig und flimmerten. Er konnte gar nicht mehr richtig geradeaus gucken.

»Malte, was ist denn los mit dir?« Die Lehrerin ging zu ihm und legte ihm die Hand auf die Stirn.

»Du lieber Himmel! Du hast ja Fieber! Bastian, bitte bring Malte ins Lehrerzimmer. Seine Mutter muss kommen und ihn abholen.«

»Ich habe keine Mutter«, hauchte Malte schlapp.

Frau Kühne erschrak. Den Satz hatte sie so dahingesagt, jetzt erst erinnerte sie sich wieder daran, dass Malte ja der Waise war, der bei seiner Tante lebte.

»Ach, entschuldige, dann soll Frau Brehme natürlich deine Tante anrufen.«

Bastian schleppte Malte aus der Klasse.

»Für dich!«, sagte Vanessa und hielt Greta den Hörer hin. »Maltes Schule.«

Greta erschrak. Sie sah ihre Kollegin ungläubig an, nahm den Hörer und sagte: »Ja? Hier ist Greta Meder.«

»Frau Meder, mein Name ist Brehme, ich bin die Schulsekretärin. Bitte holen Sie Malte so schnell wie möglich ab, denn er ist krank. Wahrscheinlich hat er hohes Fieber und muss dringend zum Arzt.«

»Ja, ist gut. Ich komme.«

Greta legte auf und war völlig durcheinander. Wenn die Schule anrief, musste es schon schlimm sein. Aber was sollte sie jetzt machen? Sie war wieder zu Fuß unterwegs. Sollte sie jetzt eine gute Viertelstunde zur Schule laufen und dann mit ihm wieder zurück in die Praxis, damit Dr. Thormann ihn untersuchen konnte? Und dann von hier aus nach Hause? Das war ja noch mal eine halbe Stunde! Sie konnte doch mit einem kranken Kind nicht fast eine Stunde durch die Stadt und die Kälte laufen? Oder sollte sie ihn abholen und mit ihm direkt nach Hause gehen? Das waren auch zwanzig Minuten Fußmarsch. Sie musste mit ihrem Chef sprechen.

Als der Patient, der gerade beim Doktor gewesen war, aus dem Sprechzimmer kam, ging sie hinein und schilderte ihr Problem.

Dr. Thormann hörte ihr ruhig zu. »Gut«, sagte er schließlich. »Sie holen ihn jetzt von der Schule ab, fahren im Taxi mit ihm nach Hause, bringen ihn ins Bett und messen Fieber. Wenn es über neununddreißig ist, rufen Sie mich an und machen Wadenwickel. Geben Sie ihm viel zu trinken. So viel wie überhaupt möglich. Wenn er nicht essen will, muss er nicht. Ich komme, sobald ich hier fertig bin.«

Greta nickte. Sie sah aus, als wäre sie gerade verprügelt worden.

»Alles Gute«, sagte Dr. Thormann. »Wir sehen uns wahrscheinlich nachher. Und machen Sie sich nicht allzu viele Sorgen. Fieber ist bei Kindern nichts Ungewöhnliches. Auch hohes Fieber nicht. Kinder brüten ständig irgendetwas aus.«

»Danke, Herr Doktor.«

Dr. Thormann lächelte, was bei ihm eine absolute Seltenheit war.

Malte lag im Sekretariat auf der Besuchercouch.

»Es geht ihm wirklich nicht gut«, sagte Frau Brehme, als Greta hereinkam. Sie ging sofort zu ihm und kniete sich vor ihn hin.

»Schätzelchen, was machst du denn für Sachen?«, flüsterte sie und erwartete keine Antwort.

Greta sah Frau Brehme an. »Bitte, rufen Sie mir eine Taxe. Ich bringe ihn jetzt so schnell wie möglich nach Hause, und nachher kommt der Doktor. Ich habe bereits mit ihm gesprochen.«

»Das ist gut.« Frau Brehme griff zum Telefon.

Zwanzig Minuten später lag Malte bereits in seinem Bett. Greta hatte auch schon Fieber gemessen: 40,5 Grad.

Malte lag apathisch da und sagte gar nichts. War einfach nur froh, endlich ruhig liegen zu können.

Greta rannte durch die Wohnung, holte Geschirrhandtücher, die sie in kaltes Wasser tauchte, auswrang, um Maltes Waden legte, und außerdem noch ein dickes Frotteehandtuch darumwickelte, damit das Bettzeug nicht nass wurde.

Diese Wadenwickel erneuerte sie alle Viertelstunde. Außerdem kochte sie Tee, kühlte ihn ab, bis er nur noch lauwarm war, und flößte ihn Malte langsam und kontinuierlich ein. Zusätzlich legte sie ihm ständig feuchte, kühle Waschlappen auf die Stirn.

Trotz seines hohen Fiebers spürte Malte, dass ihm das, was Greta machte, half und guttat. Er begann sich zu entspannen.

In der Mittagspause kam Doktor Thormann.

Malte nahm nur undeutlich den Schatten eines großen Mannes wahr, der seinen Schlafanzug hochzog, ihn abhörte, abklopfte und ihm eine Spritze gab.

Und dann schlief Malte ein.

Malte fieberte und fantasierte, hörte den Nordseewind in den Bäumen vor dem Haus toben und sah, wie sich die Wellen am Strand brachen. Er fuhr mit Peter Petersen aufs Meer hinaus und ließ oben auf dem Deich mit seinem Vater Drachen steigen. Und in seinen Träumen hörte er die warme Stimme seiner Mutter, die ihm Märchen und Geschichten erzählte.

»Er hat eine Lungenentzündung«, sagte Dr. Thormann zu Greta. »Er muss sich irgendwo stark verkühlt haben, und das ist ihm auf die Lunge geschlagen.«

Greta nickte zustimmend. »Tja, das hat er nun davon. Wenn ich nicht fürchterlich aufpasse, geht er bei diesen Temperaturen sogar ohne Jacke aus dem Haus. Er scheint die Kälte überhaupt nicht zu spüren.«

Dr. Thormann kommentierte das nicht. »Ich hab ihm bereits ein Antibiotikum gespritzt, aber das Kind muss ins Krankenhaus. Ich rufe jetzt den Krankenwagen.«

»Kann er nicht hierbleiben?«

»Völlig unmöglich. Sie können ihn auf gar keinen Fall allein lassen.«

Greta nickte. Im Grunde war ihr das ganz recht. Hatte sie endlich mal wieder eine Weile ihre Ruhe.

34

Als Malte nach zehn Tagen aus dem Krankenhaus kam, hatte sich Greta fürs Wohnzimmer statt ihrer alten Couchgarnitur eine schicke Schlafcouch mit zwei kleinen Sesseln dazu gekauft, die man leicht zur Seite schieben konnte. Jetzt schlief sie im Wohnzimmer, was den Vorteil hatte, dass sie abends im Bett fernsehen konnte. Das große Doppelbett aus dem Schlafzimmer ließ sie von der Müllabfuhr abholen und kaufte stattdessen für Malte eine Bett-Schrank-Schreibtisch-Kombination, die billigste und einfachste, die es gab. Jetzt hatte Malte sogar ein eigenes Zimmer.

Aber wütend war sie dennoch und wurde immer wütender, dass sie dazu verdonnert war, ihr gesamtes Leben umzukrempeln, nur wegen dieser kleinen Kröte, die ihr Leben nicht bereicherte – im Gegenteil. Er kostete nur Zeit, Geld, Nerven, machte einen Haufen Arbeit und war dauernd krank.

Greta fand ihre Situation zum Heulen.

Malte konnte sein Glück gar nicht fassen: ein eigenes Zimmer! Endlich musste er nicht mehr mit Greta in einem Bett schlafen, in dem er sich kaum traute, zu atmen oder zu husten, wenn sie neben ihm lag. Aber jetzt konnte er endlich wieder ab und zu allein sein und träumen und stand nicht mehr unter permanenter Beobachtung.

Es war vielleicht drei Wochen her, da hatte er geträumt, dass er mit Greta in einem riesigen Haus unterwegs war. Es hatte unzählige Räume und unendlich lange Flure und sah aus wie ein heruntergekommenes Schloss. Seit Stunden hastete Greta durch die Gänge, und er rannte hinterher, ohne zu wissen, wo sie überhaupt hinwollte.

Er musste dringend auf die Toilette. »Greta, ich muss mal!«, schrie er, aber Greta reagierte nicht, sondern lief weiter.

»Greta, bitte halt an, ich kann nicht mehr, ich muss mal aufs Klo!«

»Das geht jetzt nicht.«

»Aber ich platze!«

»Du platzt nicht.« Sie rannte weiter. Malte hatte Angst, sie zu verlieren, und lief ihr nach, obwohl er kaum noch laufen konnte.

Vor einer großen Bodenvase blieb er stehen. »Bitte, Greta, kann ich hier reinmachen?«

»Nein, das gehört sich nicht!«

Sie lief weiter.

Völlig verzweifelt riss Malte eine der unzähligen Türen auf. In dem Raum stand seine Mutter und lächelte. Sie hatte einen Kittel an und einen Scheuereimer in der Hand und deutete auf eine weitere Tür. »Geh da rein, mein Schatz«, sagte sie.

Es war eine Toilette. Malte ließ sich auf die Brille fallen und war so erleichtert wie noch nie in seinem Leben. Es war ein Genuss, es einfach laufen zu lassen.

In diesem Moment erwachte Malte, weil es ganz warm und nass um seine Beine wurde.

Erst allmählich begriff er, dass er ins Bett gemacht hatte, und fing an zu weinen.

»Das kann ja wirklich nicht wahr sein«, schimpfte Greta, als sie das Desaster bemerkte. »Du pinkelst ins Bett? Wie ein Baby? Ich kann es nicht glauben! Soll ich dir von nun an nachts Windeln anlegen, oder wie? Wie peinlich ist das denn? Was für eine Sauerei! Die Matratze krieg ich nie mehr sauber, da kann ich eine neue kaufen. Warst du zu faul aufzustehen und aufs Klo zu gehen, oder was?«

Malte antwortete nicht. Er weinte nur.

»So eine Matratze ist teuer. Aber ich zieh dir das vom Taschengeld ab, das schwör ich dir! Und heute Nacht schläfst du auf der Erde.«

Sie riss die Bezüge von den Inlets, wuchtete seine Matratze aufrecht an die Wand und legte sich auf ihrer Seite wieder ins Bett.

Malte hatte nicht den Mut, sich einen frischen Schlafanzug aus dem Schrank zu holen. Er lag in seinen nassen Sachen auf dem Bettvorleger und versuchte zu schlafen. Aber es ging nicht.

Jetzt hatte er endlich ein eigenes Zimmer, aber dennoch mochte er es nicht. Es hatte keine Kastanie vor dem Fenster, in der der Wind rauschte, und es war kalt und trist. Wenn er aus dem Fenster in die Tiefe sah, fingen seine Knie vor Angst an zu zittern, und er fürchtete sich davor, aus dem Fenster zu fallen, obwohl es geschlossen war.

Zweieinhalb Wochen später kam eine Frau vom Jugendamt, um zu kontrollieren, ob Malte auch gut untergebracht war.

Greta und Malte hatten gerade angefangen zu essen.

Die Frau entschuldigte sich für die Störung, stellte ein paar belanglose Fragen, und Greta war so zuckersüß und reizend, wie er sie noch nie erlebt hatte.

Als die Frau Maltes Zimmer sehen wollte, ging er nicht mit, sondern blieb in der Küche sitzen.

Tante Greta log. Das hatte er ja schon am ersten Tag gemerkt. Sie erzählte der Frau, sie würde ihm jeden Abend eine Gutenachtgeschichte vorlesen. Das stimmte nicht, das hatte sie noch nie getan. Auch nicht, als er so krank gewesen war. Nie saß sie bei ihm am Bett, nie gab sie ihm einen Kuss. Im Zimmer war es immer dunkel, und er war immer allein.

Und Tante Greta wollte auch nicht, dass Bastian bei ihm übernachtete oder er mal bei ihm.

»Das ist kein Umgang für dich«, hatte sie einmal gesagt, und er hatte nicht weiter nachgefragt, weil er nicht noch trauriger werden wollte.

Der Frau vom Amt hatte Greta gesagt, dass sie ihn von Herzen liebt. Das war die schlimmste Lüge, denn sie konnte ihn nicht ausstehen. Das merkte er jeden Tag, wenn sie ihn mit ihren kalten Augen ansah, die immer kleiner wurden, bis ihr endlich etwas einfiel, über das sie schimpfen konnte. Irgendetwas, was er falsch gemacht hatte. Dabei gab er sich solche Mühe, brav zu sein, um sie nicht wütend zu machen. Er dachte den ganzen Tag an nichts anderes mehr.

Warum gab sie sich solche Mühe, die Frau vom Jugendamt zu überzeugen, dass alles in Ordnung war? Sie wollte ihn doch gar nicht, er störte ja nur, war ihr ein Klotz am Bein.

Er verstand das alles überhaupt nicht.

Malte hörte die beiden Frauen im Schlafzimmer lachen.

Ich will hier nicht sein, dachte er, nicht bei Greta, nicht in diesem Haus und nicht in diesem Zimmer, ich wäre so gerne im Heim, wo auch andere Kinder sind, wo man tagsüber spielen und sich nachts heimlich unter der Decke Gespenstergeschichten erzählen konnte. Wo man viele Freunde hat und nicht immer so schrecklich allein ist. Nicht immer so allein.

Ich könnte der Frau vom Amt ja einfach sagen, dass ich hier nicht sein will, vielleicht nimmt sie mich dann mit, überlegte er, aber wenn sie mich nicht mitnimmt, dann ist Tante Greta wahrscheinlich so sauer, dass sie mich wieder auf den Balkon sperrt.

Und ich will nie wieder auf den Balkon. Nie wieder.

Schon allein bei dem Gedanken daran wurde ihm so übel, dass er beinah vom Stuhl fiel.

Er hörte sie im Schlafzimmer wieder lachen. Die Frau vom Amt würde ihm nicht glauben, nur Tante Greta. Sie würde ihn auf alle Fälle hierlassen. Vielleicht hatte sie Tante Greta das ja auch schon versprochen.

Ich bin ganz still, dachte er. Ich sage gar nichts.

35

Mittlerweile war es Februar. Es regnete fast täglich, ab und zu fiel das Thermometer knapp unter den Gefrierpunkt, und dann verwandelte sich der Regen in Schneematsch. Niemand konnte noch mit Bestimmtheit sagen, wann er das letzte Mal in diesem trüben Grau in Grau die Sonne gesehen hatte.

Greta lag im Wohnzimmer bei heruntergelassenen Jalousien und stöhnte. Sie hatte einen nassen Waschlappen auf Stirn und Augen und bewegte sich nicht.

Malte kauerte auf dem Boden gleich neben der Tür und beobachtete sie ängstlich. Wenn sie »Hilfe« rief, sprang er auf, rannte zu ihr, nahm den Waschlappen, ließ im Badezimmer lange kaltes Wasser über ihn laufen, wrang ihn aus und legte ihn ihr wieder auf die Stirn.

Wenn sie »Tablette« rief, holte er ihr eine Migränetablette, schob sie ihr in den Mund und hielt ihr den Kopf, wenn sie trank, damit sie überhaupt schlucken konnte.

Meist ging es ihr nach zwei Tagen Migräne besser, dann brachte er ihr Brote und Tee.

Er war wie ein guter Geist, der über sie wachte, aber sie bemerkte es nicht.

Ansonsten war sie unleidlich und depressiv. Das Wetter ging ihr auf die Nerven, es zog sie herunter, und sie brauchte ihre ganze Kraft, um morgens überhaupt aufzustehen.

»Ich will nicht mehr«, jammerte sie ständig, »es hat doch alles keinen Sinn. Das Leben ist einfach nur zum Kotzen, ich wünschte, ich wäre tot. Es wäre besser, einfach vom Balkon zu springen, dann ist diese Scheiße hier wenigstens zu Ende.«

Malte bekam jedes Mal Angst, wenn er so etwas hörte.

Zusätzlich quälten sie die immer häufiger auftretenden Asthmaanfälle. Völlig unerwartet begann sie zu husten und nach Luft zu schnappen. Wenn sie ihr Cortisonspray nicht fand, brachte Malte es ihr. Er hatte stets eine Ahnung, wo sie es hingelegt und vergessen haben könnte.

Er fürchtete sich vor Greta, aber noch mehr fürchtete er, dass sie ersticken und ihn allein lassen könnte.

Einmal in der Woche zwang sie ihn in die Badewanne. In ihrer Kindheit wurde samstags gebadet, also sollte es auch jetzt so sein. Schließlich duschten Kinder nicht jeden Tag.

Wenn er eine Viertelstunde in der Wanne gesessen und mit Schaum und Plastiktieren herumgespielt hatte, ging sie hinein.

»Steh mal auf!«, befahl sie, und Malte tat es widerstandslos.

Und dann seifte sie ihn von oben bis unten ab.

Eines Samstags bekam er während des Abseifens eine Erektion. Sein dünner, kindlicher Schwanz spreizte sich vom Körper ab, als würde er auf Greta zielen.

»Was soll das?«, flüsterte sie bedrohlich. »Das ist ja wohl das Letzte! Ich sag dir eins«, fauchte sie, »wenn ich mitbekomme, dass du jetzt schon, in deinem Alter, an dir rumspielst, dann kannst du was erleben. Das schwör ich dir! Und so etwas wie heute möchte ich nie wieder sehen. Ist das klar?«

Malte nickte, aber sie gab ihm einen heftigen Stoß, sodass er zurück in die Wanne fiel.

Einen Moment unter Wasser bekam er Panik, dann tauchte er wieder auf, heulte und wusste überhaupt nicht, was er falsch gemacht hatte.

»Dass du ja nie wieder an ihm rumspielst!«, zischte sie. »Nie wieder, hörst du?«

Malte nickte unter Tränen, aber er verstand nichts, und seine Verzweiflung war übermächtig.

An einem Freitagnachmittag, als sie wieder das Gefühl hatte, dass ihr in ihrer Wohnung die Decke auf den Kopf fiel, entschied sie, dass jetzt Schluss war. Heute Abend würde sie keine Rücksicht mehr nehmen, sondern das tun, was sie auch sonst getan hatte, als Malte noch nicht da gewesen war.

»Pass auf«, sagte Greta zu Malte während des Abendbrotes, »ich gehe heute ins Kino, und du wirst hier allein bleiben.«

Sie wollte ihm eigentlich noch erklären, dass er in seinem Zimmer seine Nachttischlampe brennen lassen durfte, dass sie auch im Flur das Licht an ließ und dass er sich in der Küche aus dem Kühlschrank etwas zu trinken holen und auch auf die Toilette gehen konnte. Nur nicht ins Wohnzimmer, das hatte sie abgeschlossen …

Aber sie kam nicht dazu, weil Malte anfing zu brüllen. Er schrie wie am Spieß, schlug mit seinen kleinen Fäusten auf die Tischplatte wie von Sinnen, ließ sich auf den Boden fallen, rollte sich auf dem Küchenfußboden hin und her und trommelte auf die Erde. Eine Sekunde lang dachte Greta, es wäre ein Ausdruck der Freude, sie endlich einmal los und auch mal allein zu sein, aber als der Anfall vorüber war, sah sie sein angstverzerrtes, tränenverschmiertes Gesicht und hörte ihn leise wimmern: »Nein, nein, nein, bitte nicht. Bitte geh nicht weg, Greta! Lass mich nicht allein!«

»Mein Gott, Malte, was soll denn das Theater? Ich will doch einfach nur einmal ins Kino gehen. Was ist daran eigentlich so furchtbar schlimm?«

Malte hörte gar nicht richtig hin, und er weinte, wie er in Gretas Gegenwart noch nie geweint hatte.

»Hör zu, Malte«, sagte sie in sein Schluchzen hinein, »seit Monaten bin ich immer für dich da. Ich kümmere mich um dich, ich sorge für dich, und ich passe auf dich auf. Rund um die Uhr. Hier in dieser Wohnung dreht sich alles nur um dich. Du bist der kleine Pascha, und ich komme nie dazu, auch mal an mich zu denken, auch mal das zu tun, was mir Spaß macht. Und wenn es nur ab und zu mal für ein paar Stunden ist. Darum muss ich heute ins Kino. Verstehst du das?«

Malte antwortete nicht, sondern weinte ohne Unterlass.

»Wir sind hier zu zweit, und jetzt bin ich auch mal dran. Nicht nur du. Und darum denke ich, ist es okay, wenn du heute ein paar Stunden allein bleibst.«

Trotz dieser Gardinenpredigt beruhigte sich Malte überhaupt nicht.

Greta setzte sich und wartete, dass der Weinkrampf aufhören möge, aber vergebens.

Nach ein paar Minuten wurde es Greta zu dumm, und sie ging ins Bad. Sie brauchte fast eine halbe Stunde, um sich sorgfältig zu schminken, und schaltete unterdessen das Radio an, um Maltes Schluchzen nicht hören zu müssen.

»Leg auf gar keinen Fall die Kette vor«, ermahnte sie Malte noch, als sie ging, und drückte ihm die Andeutung eines Kusses aufs Haar, »sonst komme ich heute Nacht nicht wieder rein. Schlaf gut.«

Damit ließ sie ihn mit hochrotem, verquollenem Gesicht und blutunterlaufenen, traurigen Augen zurück, trat aus der Wohnung und schloss hinter sich ab.

36

Es lief alles nicht so, wie Greta es sich gedacht hatte. Das Kino war schlecht geheizt, sodass sie auf die Dauer selbst im Mantel fror, die jungen Leute, die sich auch während des Films unterhielten und mit ihren Chipstüten knisterten, gingen ihr auf die Nerven, und der Film war langweilig.

Es war ein völlig vergeigter Abend. Dafür hätte sie sich nicht in Unkosten stürzen müssen.

Als sie schlecht gelaunt aus dem Kino kam, geriet sie mit ihrem Absatz in ein Kellergitter und brach ihn ab.

Sie fluchte laut, steckte den Absatz in die Tasche und konnte sich nur noch humpelnd vorwärtsbewegen. Nach einer Weile taten ihr Hüfte, Kreuz und Knie weh, und ohne groß zu überlegen, öffnete sie die Kneipentür, vor der sie gerade stand, und ging hinein.

Die Kneipe war ein Bistro *Chez Jerôme*, in dem man französische Weine, gefüllte Baguettes, verschiedene Suppen und Salate essen konnte.

Ein Glas Wein, dachte Greta, ein bisschen aufwärmen, und dann humple ich nach Hause.

Jerôme war ein waschechter Hamburger mit frankophiler Neigung, hatte einen gewaltigen Bierbauch und einen dicken Schnurrbart. Sein Markenzeichen war eine Baskenmütze, ohne die er nie in seinem Laden arbeitete. Er kannte einige wenige französische Vokabeln, die er ab und zu in eine Unterhaltung einfließen ließ, und nahm überhöhte Preise. An den Wänden hingen hinter Glas Schwarz-Weiß-Fotografien von Liebespaaren in Paris, die wirkten, als wären sie aus den Fünfzigerjahren.

Greta setzte sich an den Tresen und überlegte noch, ob sie Wein oder doch einen Kaffee trinken sollte, als Jerôme sich schon zu ihr wandte und »Allez, allez?« sagte, was bei ihm so viel hieß wie: »Was möchtest du denn trinken?«

»Ein Glas Weißwein«, sagte Greta schnell.

Jerôme nickte und holte eine Literflasche aus dem Kühlschrank.

Greta sah sich um. Das Bistro war ziemlich karg und spartanisch eingerichtet, war wenig gemütlich, aber zumindest warm. Sie rieb sich die kalten Hände, und dabei bemerkte sie gegenüber am Tresen einen Mann, der sie lächelnd beobachtete.

Als ihre Blicke sich trafen, nahm er sein Glas, kam die zwei Meter um den Tresen herum und setzte sich neben sie.

»Einen wunderschönen guten Abend«, sagte er freundlich. »Was macht eine so schöne Frau denn an einem so kalten Abend hier in diesem Lokal? Haben Sie sich verirrt?«

Das Kompliment war zwar Balsam für Gretas Seele, aber sie fühlte sich auf den Arm genommen.

»Danke für die Blumen, aber ich weiß, dass ich nicht aussehe wie Brigitte Bardot. Haben Sie Ihre Brille vergessen?«

Der Mann musste lachen. »Jetzt haben Sie's mir aber gegeben. Aber mal im Ernst?«

»Also gut, wenn Sie sonst die Nacht nicht schlafen können: Ich hab mir den Absatz abgebrochen, damit läuft es sich schlecht, und ich wollte mich ein bisschen aufwärmen. Außerdem hatte ich noch keine Lust, nach Hause zu gehen.«

»Das sind ja drei Gründe auf einmal!«

»Richtig.«

»Darf ich mich vorstellen: Ich bin Carsten. Versicherungsvertreter im Außendienst und leider ständig auf Achse. Gönne mir gerade ein Feierabendbierchen und hätte niemals gedacht, heute Abend noch einer so wunderbaren Frau zu begegnen.«

Es war ja nicht zu fassen. Er blieb bei der Tour und fraß sie mit seinen Blicken regelrecht auf. Greta wusste nicht, was sie sagen und wo sie hingucken sollte, weil sie Komplimente einfach nicht locker entgegennehmen konnte.

»Und du? Wer bist du? – Ich darf doch *du* sagen?«

»Aber klar. Ich bin Greta, ledig, alleinstehend, leider niemals auf Achse und Pudelfriseuse in Blankenese. Und heute Abend war ich hier in der Nähe im Kino.«

Jetzt grinsten sie beide.

»Aha«, sagte Carsten, und es war klar, dass er ihr kein Wort glaubte. »Dann kannst du mir ja die Haare schneiden.«

»Sicher. Ich kann dich trimmen. Überall dort, wo's lockig und bauschig wird.«

»Okay«, meinte Carsten und wirkte plötzlich ganz ruhig, »du bist also Greta, ich bin Carsten, und es ist ja nicht zu fassen, dass wir uns heute Abend hier einfach so getroffen haben. Darum sollten wir ganz offiziell Brüderschaft trinken. Findest du nicht?«

Greta nickte. Jetzt war sie überrumpelt.

»Zwei Cognac!«, rief er Jerôme zu, und dieser schloss kurz die Augen, um zu zeigen, dass er verstanden hatte.

Ihr Weinglas stand noch drei viertel voll vor ihr auf dem Tresen, als Jerôme auch schon den Cognac danebenstellte.

»Auf dich!«, meinte Carsten, hob sein Glas, rückte noch ein wenig näher, schlang seinen Arm um ihren, und sie tranken beide einen Schluck. Dann küsste er sie auf den Mund.

Zwei Stunden später standen sie auf der Straße. Sie hing in seinem Arm und hielt sich an ihm fest, um nicht umzufallen.

Carsten rief ein Taxi, und als sie einstiegen, nannte sie ihre Adresse.

Während der Fahrt sagten sie beide keinen Ton, aber er hielt ihre Hand, und sie ließ sie ihm. Das zittrige Beben, das durch ihren Körper ging, wenn er seinen Daumen kreisen ließ, spürte er ganz deutlich.

Vor Gretas Haus angekommen, beugte sie sich zu ihm und küsste ihn auf die Wange.

»Danke für den schönen Abend«, flüsterte sie, robbte auf dem Sitz zur Tür und ärgerte sich, dass es ihr noch niemals gelungen war, wirklich elegant und grazil aus einem Taxi auszusteigen.

»Dreizehn Mark fuffzig«, meinte der Taxifahrer dumpf.

Carsten gab ihm einen Zwanziger, sagte »stimmt so« und schwang sich aus dem Wagen.

Er hat ja noch nicht einmal meine Telefonnummer, dachte sie, als sie vor der Haustür in ihrer Handtasche nach ihrem Schlüssel kramte. Ich habe mal wieder alles falsch gemacht. Und ich weiß nichts von ihm. Gar nichts. Wie blöd bist du eigentlich, Greta Meder?

In diesem Moment trat Carsten von hinten an sie heran und legte den Arm um sie.

Schweigend fuhren sie im Fahrstuhl nach oben, und zum ersten Mal schämte sich Greta für die Schmierereien an den Wänden und das hellgrün geflieste Treppenhaus, das an die Gastlichkeit eines Leichenschauhauses erinnerte.

Aber Carsten schien all diese Scheußlichkeiten nicht zu registrieren, sondern sah ihr nur in die Augen.

Vor ihrer Wohnungstür hatte sie Schwierigkeiten, das Schlüsselloch zu treffen, während sie hin und her schwankte und betete, dass Malte nicht die Kette vorgelegt hatte.

Es ging alles gut. Die Tür ließ sich öffnen, und sie legte den Zeigefinger auf die Lippen, als sie in den winzigen Flur traten und ihre Jacken auszogen.

Und dann sah sie so leise wie möglich in Maltes Zimmer. Auf seinem Bett türmte sich – wie so oft – sein Bettzeug, darunter schien er zu schlafen, und alles war okay.

37

Aber Malte schlief nicht und hatte gemerkt, wie sie leise die Zimmertür öffnete. Und er hatte auch gehört, dass sie nicht allein nach Hause gekommen war. Denn eine Männerstimme hatte leise etwas gemurmelt, was er nicht verstanden hatte.

Vielleicht hatte Greta einen Freund. Das wusste er gar nicht. Vielleicht war er auch neu, egal, aber sie brachte ihn mit, und er durfte Bastian nicht mitbringen. Das war ungerecht.

Als Greta vor Stunden gegangen und die Tür hinter ihr ins Schloss gefallen war, war er vor Angst und Verzweiflung fast verrückt geworden. Die Nacht, als seine Eltern nicht nach Hause gekommen waren, stand ihm wieder vor Augen, er sah die Uhr vor sich, die er angestarrt hatte, während er auf seine Eltern wartete: den Zaunkönig auf der Zehn, den Elefanten auf der Elf, die Ziege auf der Zwölf, die Ente auf der Eins, das Zebra auf der Zwei, das Dromedar auf der Drei, den Vielfraß auf der Vier und den Fuchs auf der Fünf …

Er durchlebte jede Sekunde seiner Angst und fühlte sich genauso verlassen wie an diesem Tag. Greta war einfach gegangen. Und vielleicht würde sie nie wiederkommen.

Tränen schossen ihm in die Augen. Aber er weinte nicht um Greta, sondern um seine Eltern, die er so unendlich vermisste.

Dann versuchte er sich vorzustellen, wie er sich fühlen würde, wenn Greta nie mehr wiederkäme.

Und plötzlich dachte er, dass es schön wäre, wenn sie tot wäre.

Erschrocken über diesen Gedanken, schickte er schnell ein Gebet hinterher: »Bitte, lieber Gott, nicht böse sein, ich kann ja nichts dafür, ich weiß auch nicht, warum ich so denke. Und wenn ich versuche, nicht so schlimme Sachen zu denken, dann denke ich erst recht daran. Bitte keine Strafe, lieber Gott, bitte nicht.«

Danach war ihm wohler.

Dann begann er zu überlegen: Wenn er hier allein war und nicht rauskam, würde er schreien. Und gegen die Wohnungstür bummern. In diesem Hochhaus würde ihn schon irgendjemand hören. Ziemlich schnell sogar. Es war hier schließlich nicht so einsam wie hinterm Deich.

Und dann würde man die Tür aufbrechen, ihm sagen, dass Greta tot sei, und ihn in ein Heim bringen.

Malte konnte sich nicht dagegen wehren, dass er es prima fand.

Endlich weg von hier. Weg von Greta, die ihn auf den eiskalten Balkon sperrte, wo er eine Lungenentzündung bekam.

Endlich frei sein von seiner Tante, die ihn nicht leiden konnte. Kein kleines bisschen.

Plötzlich hatte er keine Angst mehr, allein gelassen zu werden, sondern wurde ganz fröhlich. Denn je mehr er darüber nachdachte, desto mehr wünschte er sich, dass sie sterben möge. Sie sollte einen Unfall haben, wie seine Eltern.

Oder sie fiel hin und schlug sich so sehr den Kopf auf, dass sie tot war.

Da gab es bestimmt noch mehr Möglichkeiten, die ihm gar nicht einfielen.

Es war ein gutes Gefühl, keine Angst mehr zu haben.

Aber nun war sie zurückgekommen. Zusammen mit einem Mann.

Greta öffnete eine Flasche Wein. Zwei, drei Flaschen hatte sie immer im Haus, falls sie Besuch bekam, denn sie selbst trank nur selten etwas. Beim Kauf achtete sie darauf, dass die Etiketten edel aussahen, der Wein aber billig war. Nach anderen Kriterien konnte sie Wein nicht aussuchen.

Sie hatte ja schon im Bistro mehr getrunken, als gut für sie war, und spürte, dass der Alkohol in ihrem Blut immer mehr zu wirken begann. Sie wurde immer betrunkener. Die Flasche zu öffnen, schaffte sie noch problemlos, aber die Küche verschwamm bereits vor ihren Augen, und sie konnte nicht zur Tür gehen, ohne zu taumeln.

Von jetzt an würde sie verdammt aufpassen und am besten keinen Schluck mehr trinken. An den morgigen Tag in der Praxis wagte sie gar nicht zu denken. Vielleicht musste sie sich einen Tag krankmelden.

Carsten hatte aus dem Gläserschrank im Wohnzimmer bereits zwei Gläser geholt, nahm ihr die Flasche aus der Hand und goss ein.

»Auf uns und auf diese Nacht«, sagte er leise.

Greta nippte nur am Wein, sie bekam alles nur noch verschwommen mit, und wenn sie Carsten in die Augen sah, sah sie ihn doppelt.

Noch nie hatte sie sich so hilflos gefühlt.

Malte wollte wissen, wer dieser Mann war. Warum er mitgekommen war. So etwas war überhaupt noch nie vorgekommen.

Er stand auf, verließ sein Zimmer und schlich über den Flur, um an der Wohnzimmertür zu horchen.

Aber die Wohnzimmertür stand sogar einen Spalt offen.

Er sah, wie sie sich küssten. Der Mann zog seine Tante langsam aus und begann sie überall anzufassen. Überall.

Malte hatte so etwas noch nie gesehen, wagte kaum zu atmen und wusste nicht, was er denken sollte.

War das in Ordnung oder nicht? Sicher war es in Ordnung, sonst würde Greta ja nicht mitmachen, aber es erschütterte ihn zutiefst.

Sie wurden immer hektischer. Jetzt half Tante Greta dem Mann, sich auszuziehen.

Als der Mann ganz nackt war und Malte dessen heftige Erektion sah, fing er an zu zittern.

Aber Tante Greta tat nichts. Sie schlug nicht, sie schimpfte nicht, im Gegenteil, sie bäumte sich auf, zog den Mann zu sich, begann leise zu stöhnen, als der Mann derb und brutal ihre Brüste knetete, was aber nicht klang, als hätte sie Schmerzen.

Währenddessen hatte sie die meiste Zeit die Augen geschlossen. Das tat sie sonst eigentlich nur, wenn sie schlief.

Malte stand hinter dem offenen Türspalt und schämte sich für das, was er sah. Aber er konnte auch nicht aufhören hinzugucken.

Plötzlich stand der Mann auf. Malte sah seinen prall erigierten Schwanz, über den sich Greta in keiner Weise aufregte. Er verstand es nicht.

Dann ging der Mann zu Greta, zog sie hoch, wischte Kerze, Vase, Deckchen, alles, was auf dem Esstisch gewesen war, einfach hinunter, warf sie bäuchlings auf den Tisch, knetete sie, streichelte sie, küsste sie und steckte seinen Schwanz in sie hinein, woraufhin Malte vor Entsetzen die Hände vor die Augen drückte.

Und dann hörte er von ihr Wortfetzen wie: »Ja, ja, ja … tu es! Bitte! Fester!«

Malte war wie paralysiert.

In diesem Moment hob Greta ihren Kopf und sah zur Tür.

Ihre Blicke trafen sich.

Beide bewegten sich immer wilder, und irgendwann stöhnte Tante Greta so laut, dass sich Malte die Ohren zuhielt, und der Mann schrie, und beide sackten übereinander zusammen und bewegten sich nicht mehr.

Sind sie jetzt tot?, überlegte Malte kurz, flüchtete zurück in sein Zimmer, schloss die Tür und verkroch sich im Bett. Achtete darauf, die Hände über der Bettdecke zu lassen.

Sein Bauch tat weh. Und sein Kopf auch.

Ihm war zum Heulen zumute, und er wünschte, er hätte dies alles niemals gesehen.

Bewegungslos wartete er auf seine Bestrafung.

Erst am nächsten Morgen kam Greta in sein Zimmer. Sie sagte keinen Ton, zog den Gürtel aus seiner Jeans, verprügelte ihn und schrieb ihm anschließend eine Entschuldigung für die Schule.

So sollte ihn keiner sehen.

38

Frau Bergmann war Maltes Deutschlehrerin und belohnte gute Noten mit Gummibärchen. Für eine Eins bekam man sechs Stück, für eine Zwei vier und für eine Drei zwei Bärchen. Alle anderen gingen leer aus.

In ihrem Lehrerpult lag eine riesige Tüte Gummibärchen, ein ganzes Kilo, und alle Kinderaugen in der Klasse guckten sehnsüchtig und traurig, wenn sie es nach der Deutschstunde zurück in die Schublade schob. Sie hatte festes Vertrauen, dass sich niemand an den Gummibärchen vergriff.

Und dann war eines Morgens die ganze Tüte weg.

Frau Bergmann konnte es einfach nicht glauben. Schwerfällig stapfend transportierte sie ihr gewaltiges Gewicht zur Tafel und schrieb mit Großbuchstaben »Wer war das?« über die gesamte Breite.

Niemand reagierte.

»Wer hat die Gummibärchen geklaut?« Ihre Stimme klang hart und metallisch. »Ich kann verstehen, dass die Tüte in meiner Schublade eine Versuchung für euch ist. Aber mit solchen Versuchungen müsst ihr lernen umzugehen. Ihr könnt euch auch nicht in jedem Süßwarenladen oder in jedem Spielwarengeschäft einfach bedienen. Wenn sich der Übeltäter oder die Übeltäterin nicht meldet, dann bekommt die ganze Klasse eine Strafe, aber wenn der- oder diejenige jetzt den Mut hat zu sagen: Ich war's, dann werde ich noch mal ein Auge zudrücken. Wenn man Mist gebaut hat, muss man auch dazu stehen.«

Alle schwiegen.

Frau Bergmann ließ ihren strengen Blick durch die ganze Klasse von einem Kind zum anderen wandern, aber niemand meldete sich.

Plötzlich sagte eine dünne Mädchenstimme, die Carina gehörte: »Der Malte war's. Ich hab gesehen, wie er die Tüte geklaut hat.«

Malte durchfuhr ein heftiger Schreck. Er konnte einfach nicht glauben, was Carina da behauptet hatte, und lief flammend rot an.

»Stimmt das, Malte?«, fragte Frau Bergmann.

Malte schüttelte den Kopf. Ihm war unsagbar elend zumute, er wollte nur noch weg, aber er hatte ja noch nicht einmal eine Mutter, die ihn trösten und verteidigen konnte. Eine Mutter, bei der man sich ausweinen konnte, bis alles nicht mehr so schlimm war.

»Ich hab dich nicht verstanden, Malte!«, sagte Frau Bergmann scharf, obwohl sie wusste, dass Malte keinen Ton herausgebracht hatte.

»Ich war's nicht«, flüsterte Malte, und er klang so kläglich, weil er genau wusste, dass ihm niemand glaubte. Nur der, der die Gummibärchen wirklich geklaut hatte.

»Lauf bitte am Ende der Stunde nicht weg, Malte«, sagte Frau Bergmann kühl. »Ich möchte mit dir sprechen.« Dann wandte sie sich an die Klasse. »Holt doch bitte eure Hefte raus. Ich möchte eure Hausaufgaben sehen.«

»Du weißt, dass das nicht in Ordnung war«, begann Frau Bergmann nach der Stunde, als sie mit Malte allein im Klassenzimmer war und Malte wie ein Häufchen Unglück vor ihr stand.

»Ich war's nicht«, sagte Malte. »Ich hab noch nie jemandem was geklaut.«

»Und das soll ich dir glauben?«

Malte nickte.

»Du glaubst, Carina hat sich das alles nur ausgedacht?«

Malte nickte erneut.

»Du behauptest also, Carina ist eine Lügnerin.«

Wieder nickte Malte.

Jetzt kam das heilige Donnerwetter, das spürte Malte, weil Frau Bergmanns Augen immer schmaler wurden und sie vor Wut anfing mit ihrem Kugelschreiber zu spielen.

»Und warum sollte sie lügen? Hast du dich mit ihr gestritten?«

Jetzt schüttelte Malte den Kopf.

»Na also. Weißt du, Malte, ich kenne dich noch nicht gut, du bist neu hier, aber Carina kenne ich ziemlich gut. Und ich weiß, dass sie nicht lügt. Bekommst du zu Hause keine Süßigkeiten?«

Malte schüttelte den Kopf.

»Aha. Und darum hast du die Tüte gestohlen.«

»Nein!«, schrie Malte plötzlich. »Ich hab sie nicht gestohlen! Ich hab sie nicht gestohlen! Ich hab sie nicht gestohlen!« Er konnte nur immer wieder diesen einen Satz wiederholen, ansonsten wusste er nicht, was er zu seiner Verteidigung noch sagen konnte.

»Gut«, sagte Frau Bergmann, stand auf und packte ein paar Papiere in ihre Tasche. »Wenn du hier rumschreist, ist unsere

Diskussion beendet. Ich werde deine Tante anrufen und sie um ein Gespräch bitten.«

»Nein!« Malte schrie nicht mehr, er wimmerte nur noch. Und jetzt erst fing er an zu weinen.

»Komm mit raus, ich will hier abschließen.«

Malte schlich Frau Bergmann hinterher. Sie schloss die Klasse ab und ging ohne ein weiteres Wort davon.

Malte stand einfach nur da im Flur und wusste nicht weiter. Er wollte weg aus dieser Schule, wo die Kinder bis auf Bastian gemein und die Lehrer ungerecht waren, er wollte weg von Tante Greta, weg aus dieser Stadt, weg, weg, weg.

Tot sein musste etwas Herrliches sein. Dann wäre er bei Mama und Papa und müsste dies alles hier nicht mehr ertragen. Tot zu sein bedeutete das Paradies.

Das Gespräch zwischen Frau Bergmann und Tante Greta fand am nächsten Tag im Lehrerzimmer statt. Malte musste vor der Tür stehen und warten.

Als sie beide wieder herauskamen, verabschiedeten sie sich freundlich, aber für ihn hatten sie kein Lächeln übrig.

Greta nahm ihn an die Hand. »Komm«, sagte sie knapp. Dann stürmte sie davon und zerrte Malte, der kaum mit ihr Schritt halten konnte, hinter sich her.

Vor der Schule machte sie halt und sah ihn grimmig an.

»Du weißt, was mit Verbrechern passiert, die andere überfallen und ihnen was stehlen?«

»Sie kommen ins Gefängnis«, antwortete Malte leise.

»Richtig. Und was passiert mit Kindern, die sich wie Verbrecher benehmen?«

Malte zuckte mit den Schultern.

»Die bestraft der liebe Gott. Und da fackelt er nicht lange. Weiß der Himmel, was dir blüht.«

Der liebe Gott weiß doch, dass ich es nicht war, dachte Malte, aber er sagte nichts.

Greta stürmte weiter, hielt ihn mit eisernem Griff fest, und Malte hoppelte hinter ihr her.

Als sie endlich ihr Hochhaus erreicht hatten, holte Greta den Fahrstuhl. Aber als auch Malte nach ihr einsteigen wollte, drückte sie ihn weg. »Diebe müssen laufen«, sagte sie, und der Fahrstuhl fuhr los.

Schon der Gewaltmarsch, bei dem Malte fast nur rennen musste, hatte ihn fast alle Kräfte gekostet, und jetzt noch sieben Treppen. Er stieg langsam hoch und schnappte nach Luft, als er endlich oben ankam und klingelte.

Greta riss die Tür auf und schrie, sodass es bestimmt alle im Haus hören konnten: »Wo kommst du jetzt her?«

Im selben Moment holte sie aus und gab ihm eine schallende Ohrfeige, die so heftig war, dass er, von diesem Wutausbruch völlig überrascht, rückwärts taumelte und die Treppe hinunterstürzte.

Er schlug auf mehreren Stufen auf, fiel kopfüber und blieb schließlich bewegungslos auf dem Treppenabsatz liegen.

Greta ging langsam die Treppe hinunter und kniete sich neben ihn. »Ich hätte nicht gedacht, dass es der liebe Gott mit der Bestrafung so eilig hat«, murmelte sie leise, während sie ihn leicht an der Schulter rüttelte.

»Kannst du aufstehen?«, fragte sie.

Aber Malte konnte nicht.

Und dann erst sah sie den Knochen des Schienbeins, der in der Mitte gebrochen war und die Jeans hochdrückte wie ein Zelt.

39

Malte musste vier Operationen über sich ergehen lassen und verbrachte insgesamt über drei Monate im Krankenhaus.

Greta war reizend zu ihm, aber nur wenn noch eine Schwester oder ein Arzt im Zimmer waren. Dann nannte sie ihn »Schätzelchen«, strich ihm ständig über die Wange und sah ihn mitfühlend an.

Kaum waren sie allein im Raum, gab es keine Zärtlichkeiten mehr, und sie schwieg. Weil sie nie wusste, was sie sagen sollte, wenn sie allein mit ihm war, und einfach nichts fand, was sie kritisieren konnte. Nach ein paar Minuten stand sie auf, stopfte Maltes schmutzige Wäsche, die die Schwester im Schrank auf den Boden gelegt hatte, in ihre Tasche und sagte statt einer Verabschiedung: »Jetzt kann ich wieder dein ganzes Dreckzeug waschen!«

Und dann ging sie. Ohne ein weiteres Wort und ohne einen freundlichen Blick.

Malte weinte jedes Mal.

Die Schwestern gingen davon aus, dass er weinte, weil seine geliebte Tante gegangen war.

Als er keinen Gips mehr hatte und keine Krücken mehr brauchte, hinkte er leicht und musste zweimal in der Woche zur Krankengymnastik.

»Wenn wir Glück haben, verwächst es sich, und er läuft in einigen Monaten wieder normal«, sagte der Therapeut. »Wenn wir Pech haben, bleibt es so.«

Greta war wütend, weil die Praxis für die Krankengymnastik ziemlich weit weg und mit öffentlichen Verkehrsmitteln äußerst schlecht zu erreichen war. So musste sie Malte ständig kutschieren und dann auch noch im Wartezimmer warten, bis die Therapiestunde beendet war.

Wenn er aus dem Behandlungsraum kam, kochte sie regelmäßig. »Dieses verfluchte Bein!«, knurrte sie. »Man sollte es abhacken, dann hat man wenigstens keinen Ärger mehr damit.«

Sie sagte es so oft, bis Malte nachts schlecht träumte und Angst bekam, dass sie es wirklich tun würde. In seiner Fantasie sah er sie nachts, wenn er schlief, mit einem Beil ins Zimmer kommen, die Bettdecke wegschlagen und das Bein abhacken. Er konnte an nichts anderes mehr denken und humpelte immer stärker, weil er sich so sehr bemühte, es nicht zu tun.

Bei den Kindern in seiner Klasse war er noch nie beliebt gewesen. Er war als Fremder dazugekommen und hatte bis auf Bastian zu niemandem so richtig Kontakt aufbauen können. Er fühlte sich von den anderen Kindern abgelehnt, war selten in der Schule, da er oft krank war, und irgendwann kapselte er sich bewusst ab und zog sich in sein Schneckenhaus zurück.

Das Ergebnis war, dass er ständig gehänselt und geärgert wurde. Niemand lud ihn zu seinem Geburtstag ein, niemand wählte ihn beim Völkerball in seine Mannschaft, niemand sagte ihm vor oder ließ ihn abschreiben.

Und als er dann nach den langen Krankenhausaufenthalten auch noch hinkend wiederkam, wurden die Hänseleien nur noch schlimmer. Die Kinder beölten sich, wenn er unbeholfen über den Schulhof stakste, schubsten ihn, damit er hinfiel, und lachten sich kaputt, wenn seine Knie aufgeschlagen waren und er noch weniger laufen konnte.

Es war Wandertag. Malte grauste es davor. Denn Wandertag bedeutete, die ganze Zeit hinter den anderen herhumpeln und sich unentwegt blöde Bemerkungen anhören zu müssen.

»Bitte, bitte, bitte, Greta, kann ich zu Hause bleiben?«, bettelte Malte. »Schreib mir doch 'ne Entschuldigung, bitte! Ich versäume doch nichts, nur den furchtbaren Wandertag.«

»Warum willst du eigentlich immer 'ne Extrawurst gebraten haben, he? Hältst du dich für was Besseres?«

»Nein, nein, nein«, jammerte Malte, »ich finde Wandertage einfach nur doof, und die anderen sind immer so gemein zu mir, weil ich nicht so gut laufen kann.«

»Und gerade deswegen musst du mitgehen, damit sie sehen, dass du dir Mühe gibst. Dann werden sie auch netter zu dir sein. Wenn du dich immer nur absentierst, wird alles nur noch schlimmer.«

»Bitte, bitte, bitte, Greta, lass mich zu Hause!«

»Nein!«

Malte hatte drei Brote und eine kleine Thermoskanne mit Hagebuttentee in seinem Rucksack und ging am nächsten Morgen todunglücklich los.

Es wurde noch schlimmer, als Malte befürchtet hatte, weil Bastian nicht da war. Er fehlte schon seit drei Tagen wegen Durchfall und Erbrechen, und so hatte Malte niemanden, mit dem er zusammen gehen und sich unterhalten konnte.

Sie waren mit der U-Bahn bis Ohlstedt gefahren und gingen nun durch das Duvenstedter Brook. Für Malte war es eine Landschaft wie jede andere auch. Er sah nicht nach rechts und nicht nach links, registrierte keine Bäume, keine Wiesen, Felder oder Moore, er versuchte nur krampfhaft Schritt zu halten und nicht allzu weit zurückzufallen.

Aber er spürte, dass die Kinder über ihn redeten, und sah, dass sie sich ab und zu umdrehten, mit dem Finger auf ihn zeigten und sich kaputtlachten.

Malte wiederum spürte, dass er vor Scham und Wut knallrot wurde.

Das Wetter war herrlich, die Sonne hatte sich durch die Wolken gefressen, und es wurde immer wärmer.

Gegen elf machten sie ein Picknick an einem kleinen Bachlauf, und Malte war dankbar, mit seinem mittlerweile schmerzenden Bein mal eine Weile sitzen zu dürfen. Stumm aß er seine Brote.

Die Lehrerin, Frau Bergmann, lehnte an einem Baum, und Malte bemerkte, dass ihr ab und zu die Augen zufielen.

»Spielt ein halbes Stündchen«, sagte sie, »aber nur hier im engeren Umkreis, ist das klar? Dann gehen wir weiter. Und wie immer gilt die Parole: Einer passt auf den anderen auf.«

Plötzlich standen Ferdi, Jens und Uwe vor Malte. Alle drei grinsten.

»Hej, Doof, komm mal mit«, sagte Ferdi. »Wir wollen dir was zeigen.«

Malte lächelte überrascht, stand auf und folgte ihnen.

Die drei liefen immer tiefer ins Dickicht.

»Was wollt ihr mir denn zeigen?«, fragte Malte.

»Wirst du gleich sehen. Wir wollen was spielen!«

Malte hatte gar nicht aufgepasst, wo sie langgegangen waren. Jetzt waren sie schon so weit von den anderen weg, dass er gar nicht mehr wusste, wo er war. Aber das war ja egal, er war ja nicht allein.

»Setz dich mal da hin«, sagte Ferdi und zeigte auf einen Baum mit einem Durchmesser von ungefähr fünfzehn Zentimetern. »Das hier ist unser geheimer Platz. Wir haben dich gekidnappt, und die andern müssen dich finden. Oder sie müssen Lösegeld zahlen, dann kriegen sie dich zurück. Du bist die Beute, und die anderen sind die Jäger, alles klar?«

Malte nickte und setzte sich mit dem Rücken an den Baum.

»Gib mal deine Schnürsenkel«, sagte Uwe.

»Wozu denn?«

»Wirste gleich sehen.«

Malte hatte Wanderschuhe mit sehr langen Schnürsenkeln an. Jens half ihm, sie aus seinen Schuhen zu ziehen.

Dann packte Ferdi seine Hände, zog sie hinter den Baum und knotete sie mit den Schnürsenkeln fest zusammen.

»Was soll das?«, fragte Malte, dem jetzt doch mulmig wurde.

»Du musst hier warten, bis dich jemand findet und befreit. Oder bis dich jemand auslöst. Und du darfst nicht abhauen, sonst ist das Spiel vorbei. Und wir müssen ja sicher sein, dass du nicht abhaust, sonst brauchen wir uns gar nicht anzustrengen. Ist doch klar, oder?«

Ganz klar war Malte das Ganze nicht, aber er nickte.

»Also warte hier. Wenn die anderen nicht total bescheuert sind, geht es ganz schnell, und du wirst bald erlöst. Aber du darfst auf keinen Fall rufen oder schreien, sonst machst du alles kaputt. Spielverderber können wir nicht gebrauchen.«

»Ich sag nichts«, murmelte Malte und spürte bereits jetzt, dass Ferdi seine Handgelenke mit den langen Schnürsenkeln unheimlich fest gezurrt hatte. Er konnte sich nicht rühren und abhauen schon gar nicht.

»Wartet mal kurz!«, sagte Ferdi. Er zog Malte Schuhe und Strümpfe aus und stopfte ihm seine Socken wie einen Knebel in den Mund, sodass Malte kaum Luft bekam.

»Damit du auch wirklich die Klappe hältst!«, rief Ferdi noch, als die drei im Dickicht verschwanden.

Greta kam um neunzehn Uhr aus der Praxis, und die Wohnung war leer. Malte war nicht da.

Sie war irritiert, sah in den Kühlschrank, da war nichts angerührt. Die ganze Küche war so, wie sie sie am Morgen verlassen hatte. Er war offensichtlich noch nicht nach Hause gekommen.

Dass der Wandertag auch um neunzehn Uhr noch nicht zu Ende sein sollte, kam Greta merkwürdig vor, und sie rief die Mutter von Bastian an, obwohl sie nicht gerne mit ihr sprach.

»Oh, das tut mir leid, da kann ich Ihnen nicht weiterhelfen, Bastian war krank, er war heute gar nicht mit auf dem Wandertag.«

Telefonnummern von anderen Eltern hatte Greta nicht, also rief sie Frau Bergmann an, die mit den Kindern unterwegs gewesen war.

»Wo ist Malte?«, fragte Greta und hatte unwillkürlich einen scharfen Ton in der Stimme. »Er ist vom Wandertag immer noch nicht zurück.«

»Das verstehe ich gar nicht«, meinte Frau Bergmann. »Ich habe die Kinder kurz nach zwei vor der Schule verabschiedet.«

»War Malte dabei?«

»Aber sicher doch, ich meine, ich denke doch …«

»Wie ›Ich denke doch‹? War Malte dabei oder nicht?«

Frau Bergmann brach der Schweiß aus. »Bei uns gilt immer die Parole: Einer passt auf den anderen auf. Die Kinder merken sofort, wenn einer fehlt. Aber mir hat keiner was gesagt, also hat keiner gefehlt.«

»Haben Sie nicht durchgezählt?«

»Warum sollte ich? Wie gesagt – wenn einer gefehlt hätte, hätten mir das die Kinder sofort gesagt.«

Frau Bergmann war zwar reichlich naiv, fand Greta, aber wahrscheinlich hatte sie recht. Offensichtlich hatte Malte den Wandertag dazu benutzt, abzuhauen und in der Gegend rumzustrolchen. Der konnte was erleben.

Sie bedankte sich bei Frau Bergmann, legte auf und beschloss, noch zwei Stunden zu warten. Dann wollte sie die Polizei einschalten.

Und je mehr sie über Malte und die ganze Angelegenheit nachdachte, umso wütender wurde sie.

Malte kam um Viertel vor neun. Weinend, verdreckt, zitternd, mit blutigen Handgelenken und offenen Schuhen.

Die Geschichte, die er erzählte, dass ihn seine Klassenkameraden bei einem Indianerspiel an einen Baum gefesselt hatten und dann nicht wiedergekommen waren, glaubte Greta überhaupt nicht. Wenn Kinder spielten, ließen sie doch nicht einen gefesselt zurück! Das war völlig absurd.

Aber Malte beteuerte, dass es so gewesen sei und er es erst nach Stunden geschafft hatte, die Schnürsenkel an der Baumrinde durchzuscheuern und sich zu befreien. Und dann war er erst eine Weile im Wald umhergeirrt, bis er endlich den Weg nach Hause gefunden hatte.

Greta glaubte ihm kein Wort. Derartige Räuberpistolen konnte sie auf den Tod nicht ausstehen. Sie traute Malte eine große Fantasie zu, und umso dreister fand sie es, von ihm derart belogen zu werden.

»Ich habe mir Sorgen gemacht, verstehst du? Ich habe mir verdammte Sorgen um dich gemacht, nur weil du dich rumgetrieben hast. Und diese Lügengeschichten kannst du dir sparen. Die will ich nicht hören.«

Malte schossen die Tränen in die Augen. »Aber es stimmt!«, schrie er. »Sie haben mich wirklich an den Baum gefesselt!«

Greta ging ins Schlafzimmer und holte wieder einen Gürtel.

Malte fing an zu heulen.

»Wenn der liebe Gott die gerechte Strafe für dich ausgewählt hätte, hätte er dich die Nacht über gefesselt am Baum sitzen lassen. Und das wäre verdammt kalt geworden. Aber das konnte er nicht, weil es keinen Baum gab. Und darum werde ich jetzt tun, was getan werden muss, wenn kleine Jungs einfach abhauen und einem dann noch die Hucke volllügen. Zieh die Hose runter und leg dich über den Sessel.«

»Nein!«, schrie Malte. »Bitte nicht! Tante Greta, bitte nicht! Ich hab nicht gelogen!«

»Zieh die Hose runter und leg dich hin.« Ihr Ton war scharf wie ein Messer, das Papier in der Luft zerschneidet.

Für Malte war es wie eine Hinrichtung, als er tat, was Greta wollte.

Er hatte keine andere Wahl.

Sie schlug ihn mit dem Gürtel, bis sie nicht mehr konnte und keine Kraft mehr hatte.

Malte war nur noch ein einziger Schmerz, konnte gar nicht schreien, nicht denken und nicht weinen.

Als er wieder zu sich kam, versorgte sie gerade seine Wunden. Das Betupfen mit Jod war schlimmer als die Schläge zuvor.

Jetzt schrie er.

Greta beeindruckte es nicht.

40

Hamburg, Juni 1985

Als er nach Hause kam, war sie nicht da.

Gerade hatte er sein Zeugnis bekommen. Er hatte die zehnte Klasse und die mittlere Reife geschafft. Besser, als er es selbst erwartet und erhofft hatte, besser, als Greta es jemals vermutet hätte. Er platzte vor Stolz und hätte es ihr gern gezeigt, aber sie war ja nicht da.

Malte ging in sein Zimmer und erstarrte. Auf seinem Schreibtisch lagen seine gesammelten und mühsam versteckten Pornos. Sie musste alles durchwühlt und sie gefunden haben. Auf dem Stapel klebte ein Zettel. Darauf stand in ihrer strengen, steilen Handschrift: »Darüber reden wir noch.«

Sein Herz zog sich zusammen. Was würde sie diesmal tun? Ihn endgültig vom Balkon werfen?

Und darunter hatte sie noch geschrieben: »Räum deinen Dreck in der Küche weg und bring den Müll runter. Ich bin nicht deine Putzfrau!«

Malte sank auf seinen Stuhl. Es hörte nicht auf. Es würde immer so weitergehen.

Er saß da und dachte gar nichts. Aber dann sah er zu seinem kleinen Plüschaffen, den er all die Zeit aufbewahrt hatte, und wusste plötzlich, was er tun musste.

Zielstrebig ging er ins Wohnzimmer und schob das schwere Sofa mit Müh und Not vor die Balkontür. Dann nahm er seine Schlüssel, verließ die Wohnung und jagte die Treppe hinunter. Immer drei Stufen auf einmal nehmend, war er schneller als der Fahrstuhl. Vor der kleinen Eckkneipe zwei Straßen weiter hing ein Zigarettenautomat. Er zog drei Schachteln Marlboro, riss noch auf der Straße hektisch das Zellophanpapier von einer Schachtel, ließ es fallen und rannte zurück nach Hause. Vor dem Fahrstuhl im Erdgeschoss wartete eine alte Frau mit zwei prall gefüllten Plastiktüten. Er hatte keine Lust, sie zu grüßen, auf den Fahrstuhl zu warten und dann noch mit ihr zusammen nach oben zu fahren, also rannte er die sieben Treppen hinauf.

Völlig außer Atem schaltete er den Fernseher ein, versuchte sich zu beruhigen, seinen Atem unter Kontrolle zu bekommen. Er suchte nach Streichhölzern. Fieberhaft und immer verzweifelter.

Schließlich fand er eine Schachtel in der obersten Küchenschublade und zündete sich im Wohnzimmer die erste Zigarette an. Hastig fing er an zu rauchen und hustete wie Greta, wenn sie einen ihrer Anfälle hatte.

Aber das war ja fabelhaft. Mehr wollte er gar nicht.

Im Fernsehen lief eine langweilige Soap, er rauchte ohne Unterlass. Paffend nahm er kurze Züge und stieß sie schnell wieder aus, um so viel Qualm wie möglich zu erzeugen.

Auch die Wohnzimmertür zum Flur hatte er geschlossen. Reine Vorsichtsmaßnahme. Er wollte nicht, dass sie zu früh etwas roch, und er wollte nicht, dass sich der Rauch zu sehr in der gesamten Wohnung verteilte.

Warum kam sie nicht, verdammt? Heute war ihr freier Nachmittag, sie hatte um eins Schluss. Gut, manchmal kaufte sie noch ein paar Kleinigkeiten ein, und es dauerte eine ganze Weile von der Praxis bis nach Hause, aber um halb drei war sie eigentlich immer hier.

Jetzt war es kurz vor vier.

Endlich, um sieben vor halb fünf, hörte er, wie sie die Wohnungstür aufschloss, und drehte den Fernseher noch lauter.

Sein Herz schlug ihm bis zum Hals.

Dies hier war schlimmer als eine Mutprobe oder das Springen aus einem fahrenden Zug.

Er hörte, wie sie im Flur ein »Was ist denn hier los?« rief, und dann hörte er, dass sie sich erst die Schuhe, dann wahrscheinlich die Jacke auszog und anschließend den Wohnungsschlüssel auf die Kommode legte. Wie jeden Tag. Wie immer und seit Jahren.

Natürlich roch sie den Rauch. Trotz geschlossener Wohnzimmertür. Aber vielleicht dachte sie, er hätte heimlich eine geraucht, oder er hätte Besuch.

Als sie die Wohnzimmertür öffnete, wurde ihm erst bewusst, wie verqualmt die Bude war, denn er konnte sie kaum erkennen.

Hustend rannte sie durch den Raum, konnte nichts sagen, bekam keine Luft, versuchte das Sofa vor der Balkontür wegzuschieben, schaffte es aber nicht und fiel nach Luft ringend in einen Sessel.

Er sah ihr zu, ignorierte ihren entsetzten, verzweifelten Blick und sagte keinen Ton.

Provozierend hing er lässig im Sessel, hatte eine Kippe zwischen den Zähnen und blies weiter ungeniert dicke Rauchwolken ins Zimmer.

Dann stand er auf, ging zur Zimmertür, schloss sie ab und steckte sich den Schlüssel in die Hosentasche.

»Bist du verrückt geworden?«, röchelte sie. »Hilf mir! Mach das Fenster auf!«

Malte antwortete nicht, sondern grinste nur und drehte den Fernseher noch lauter.

Er wusste, dass sie irritiert war und jetzt überlegte, was sie machen sollte. So eine Situation hatte es noch nie gegeben. In der Wohnung herrschte striktes Rauchverbot, und Malte hatte sich auch immer daran gehalten. Mit einer Zigarette hatte sie ihn noch nie gesehen.

Als sie anfing stärker und anhaltender zu husten, stand Malte auf, ging betont langsam durchs Zimmer und sah aus dem Fenster.

»Hör auf mit dieser fürchterlichen Husterei!«, sagte er nur.

»Willst du mich umbringen?«, krächzte sie und kroch mit letzter Kraft zur verschlossenen Wohnzimmertür. Malte stand mit gespreizten Armen und Beinen davor.

Aus dem schwächlichen Kind war ein ein Meter fünfundachtzig großer, kräftiger Teenager geworden, und sie wusste, dass sie gegen ihn keine Chance hatte.

Zum ersten Mal sah sie ihn mit anderen Augen, und in diesem Moment kam die Angst.

»Malte, bitte!« Sie zog sich hustend auf einen Stuhl. »Ich bekomme keine Luft!«

Malte reagierte gar nicht, zündete sich eine neue Zigarette an und setzte sich wieder in den Sessel.

»Lass mich raus, bitte!«, flehte sie noch, dann brach sie hustend und nach Luft ringend auf dem Teppich zusammen.

»Bitte, mein Spray, aus der Handtasche!«, bettelte sie mit letzter Kraft und schnappte nach Luft. »Bitte!«

»Was?«, fragte er kühl. »Was willst du? Ich hab dich nicht verstanden! Red lauter!«

»Mein Spray! In der Handtasche!«, hauchte sie.

»Ach so! Dein Spray! Na, sag das doch gleich.« Er lachte, stand auf und humpelte langsam durchs Zimmer. »Du musst schon entschuldigen«, sagte er, »aber ich brauche etwas länger, weil ich Schwierigkeiten mit meinem Bein habe.« Dann holte er das Spray aus ihrer Handtasche, zeigte es ihr, ließ es fallen und kickte es unter den Schrank.

Anschließend setzte er sich seelenruhig wieder in den Sessel und rauchte weiter.

Gretas Atem begann laut zu pfeifen.

»Himmel!«, meinte Malte genervt. »Hör mal auf damit, das ist ja schlimmer als Schnarchen!« Und er schaltete den Ton des Fernsehers noch lauter.

Gretas Lippen liefen blau an.

Die Erstickungsanfälle waren fürchterlich. In ihren weit aufgerissenen Augen stand die nackte Todesangst. Nur das eine Wort »Malte« brachte sie noch über die Lippen, aber Malte sah sich weiter die Soap an und hörte nichts.

Kurz darauf wurde sie ohnmächtig.

Die Krämpfe verstärkten sich, aber sie spürte es nicht mehr. Irgendwann hörte sie auf zu atmen.

Malte stand nach einer Weile auf, würdigte die tote Greta auf dem Boden keines Blickes, schob das Sofa wieder an seinen richtigen Platz, riss Fenster und Balkontür auf, leerte den Aschenbecher in eine Plastiktüte und ging in die Speisekammer, um sich ein Bier zu holen. Es waren immer nur höchstens sechs im Haus, da sie für Besuch reserviert waren und nur dann kalt gestellt wurden, wenn sich jemand ankündigte. Was fast nie der Fall war.

Dann schob er Greta mit dem Fuß zur Seite, damit er die Wohnzimmertür weit öffnen konnte, schaltete den Fernseher mit der nervtötenden Soap, in der sich ein Paar wegen irgendeiner Kleinigkeit anschrie, aus und ging ins Schlafzimmer, um ein paar Sachen zusammenzupacken.

Anschließend nahm er das Bargeld aus der Zigarrenkiste in der untersten Schublade des Wohnzimmerschrankes und war enttäuscht, dass sie nicht mehr als sechshundert Mark im Haus hatte.

Er trank das Bier, kippte die Fenster, kontrollierte, ob er auch alles ordentlich hinterlassen hatte, schloss die Türen, zog seine Schuhe im Flur an, nahm seine Jacke und verließ mit dem Koffer die Wohnung. Hinter sich zog er die Tür fest ins Schloss.

Dieses Kapitel seines Lebens war beendet.

Die Hexe hatte sich ganz allein zu Tode gehustet. Da konnte keiner etwas dafür.

Er nahm nicht den Fahrstuhl, sondern ging die sieben Treppen langsam zu Fuß hinunter, um diesen letzten Gang in vollen Zügen zu genießen.

Als er schließlich auf die Straße trat, atmete er tief durch und schlug wie immer etwas humpelnd den Weg in Richtung Hafen ein.

Jahrelang hatte er von diesem Moment geträumt.

Am Hafen blies ein leichter Wind, böig und frisch. Minutenlang blieb er stehen, den Kopf im Nacken, das Gesicht dem Himmel entgegengestreckt, und genoss den Augenblick.

Endlich frei. Endlich am Wasser.

Irgendwie würde es weitergehen. Man brauchte nur übers Meer bis zum Horizont zu schauen und glaubte an eine Zukunft.

Das war die Welt, die er kennenlernen, und die Luft, die er sein ganzes Leben lang atmen wollte.

DRITTES BUCH

DAS BOOT

41

Mittelmeer

Werners Körper hing am Seil und trieb hilflos durchs Wasser.

Was mache ich bloß mit ihm?, überlegte Malte. Ich kann ihn nicht einfach abschneiden und dem Meer überlassen: Wenn er mit einem Seil um den Hals gefunden oder an Land geschwemmt wird, sieht das nicht unbedingt nach einem Badeunfall aus.

Er nahm Fahrt raus und versuchte Werner hochzuziehen, um das Seil direkt am Hals zu lösen oder zu durchtrennen.

Plötzlich schlug Werner die Augen auf und sah ihn an. Mit Augen, in denen es keine Hoffnung mehr gab und die schon mehr tot als lebendig waren.

Vor Schreck ließ Malte das Seil los, und der Körper stürzte zurück ins Meer.

Na gut, dachte Malte, dann musst du halt noch 'ne Weile schwimmen.

Er zog die Motoren hoch und nahm wieder Geschwindigkeit auf.

Der Mann war zäh. Alle Achtung. Mit allem hatte Malte gerechnet, aber nicht damit, dass immer noch ein Funken Leben in ihm war.

Malte verschwendete jetzt keinen Gedanken mehr an Werner, er hatte anderes zu tun.

Um ihn herum war alles ruhig. Nirgends ein Boot in Sicht.

Er drosselte das Tempo und überlegte, ob er den Kurs ändern und vielleicht lieber nicht Korsika anlaufen sollte. Vielleicht kannte man dort in irgendwelchen Häfen die *Aurora* und somit auch Werner. Es konnte ja sein, dass Werner und Vivian häufiger nach Korsika gefahren waren.

Eine Weile spielte er die Möglichkeiten durch, aber dann entschloss er sich, doch lieber den Kurs beizubehalten, dort in einer ruhigen Bucht zu ankern und erst einmal das Boot mit allen seinen Funktionen zu erkunden und kennenzulernen. Bis nach Elba oder an die italienische Küste war es jetzt einfach zu weit. Außerdem bestand dort dieselbe Gefahr.

Malte kontrollierte anhand des Plotters seine Position, vergewisserte sich mithilfe des AIS, dass ihm über kurz oder lang kein Schiff in die Quere kommen konnte, und schaltete den Autopiloten wieder an. Seine Müdigkeit war völlig verflogen.

Beruhigt ging er unter Deck, denn Werners Körper wurde mittschiffs gezogen und war jetzt bei Dunkelheit auch von vorbeifahrenden Schiffen nicht zu sehen.

Er hatte Zeit, sich in Ruhe etwas genauer umzusehen.

In der Eignerkabine im Heck stand er einen Moment stumm, als er das Licht einschaltete. Das war ja nicht zu glauben! Dieses »Schlafgemach«, wie er es in seinen Gedanken märchenhaft nannte, war ein einziger Traum mit einem riesigen Bett, Schränken, Spiegeln, herrlichen Stoffen und Kissen und einem angeschlossenen Bad mit Dusche.

Meins, dachte er. Alles meins! Meine Eignerkabine!

Und ein wohliger Schauer durchfuhr ihn.

Neben dem Bett lagen auf einer Ablage drei Bücher, eine Lesebrille, Tempo-Taschentücher, Hautcreme, Sonnenöl und Augentropfen. Auf Vivians Seite türmten sich die Sachen, die Werner während der Fahrt oder schon zuvor getragen hatte: ein T-Shirt, eine warme Strickjacke, Socken, eine Jogginghose. Zwei Paar Sandalen und Turnschuhe am Boden.

In den Schränken fand er Unterwäsche, Socken, Bettwäsche, Handtücher, Medikamente, vier Rettungswesten und einen kleinen Handstaubsauger.

Und da war auch der Tresor! Na also. Jetzt musste er nur noch den Schlüssel finden.

In der Kombüse öffnete er ebenfalls alle Schränke. Reinigungsmittel, Töpfe und Pfannen unter der Spüle, dann einen Unterschrank mit Tellern und Schüsseln, einen mit Wasservorräten, Küchenhandtüchern, Küchenpapier und Bierbüchsen, ein Kühlschrank, Schubladen mit Besteck, Brettern, Krimskrams, Reis und Nudeln. Ein Wandschrank mit Tomatensoßen, Thunfisch, Kaffee und Tee, einer mit steinhartem Brot und Zwieback. Die Gewürze standen auf einem Bord über den oberen Hängeschränken.

Er war bestens versorgt.

Hinter dem Tisch gab es noch zwei Schränke. Einer war voller Gläser, und in dem anderen schien Werners kleines Bordbüro gewesen zu sein mit einem Logbuch, das er sich bald mal als kleine Einschlafgeschichte vornehmen würde, obwohl diese Landeier meist nur unwichtiges Zeugs hineinschrieben. Dazu jede Menge Stifte, Blätter, Notizen und Blöcke, Hafenhandbücher, Bildbände, Wörterbücher, Radiergummis, Navigationsdreiecke, Anspitzer und ein iPad. Das war ja nicht zu fassen. Werner war offensichtlich nicht der

Typ, der sein iPad gern herumliegen ließ, vor allem nicht, wenn er Besuch an Bord hatte. Denn auf so einem iPad waren Mails auch für Fremde problemlos zu lesen.

Er schaltete es an. Der gute Werner hatte es noch nicht einmal gesperrt, und es funktionierte tatsächlich. Das iPad offenbarte Apps, Mails und Notizen.

Das Tablet hatte noch dreißig Prozent Akku-Kapazität. Bis Korsika würde es verdammt knapp werden. Und es war eine neue E-Mail gekommen: Ein Bootsausstatter präsentierte seine Sonderangebote.

Malte drückte die Mail weg.

Er musste das verdammte Ding aufladen.

In dem kleinen Büroschrank in der Kombüse waren alle Aufladegeräte, die Malte brauchte. Da er während der Fahrt nur 12,5 Volt in den Steckdosen zur Verfügung hatte, aber für die Computer 220 Volt brauchte, schaltete er den Umwandler ein.

Es klappte einwandfrei. Jetzt hatte er in allen Steckdosen 220 Volt und konnte die Geräte in Ruhe aufladen.

Das AIS gab Alarm. Malte rannte an Deck. Steuerbord sah er ein weißes Licht, das immer näher kam, und dann sah er auch ein rotes. Das Backbordlicht. Also hatte der andere Vorfahrt.

Er schaltete den Autopiloten aus und drehte das Boot nach Steuerbord bei. So würde er am Heck des Schiffes vorbeifahren.

Als die Situation erledigt war, gab Malte wieder den alten Kurs ein, schaltete den Autopiloten an und ging erneut unter Deck.

Er fand Kisten voller Wein in den Sitzbänken, jede Menge Konservenvorräte, eine fantastische Handwerkskiste, Bootsputzmittel, eine Schachtel mit Schlüsseln und schließlich diverse Geräte, Scheinwerfer, Rettungsleinen, Flaggen, mehrere Flaschen Frostschutzmittel, die Werner doch wahrhaftig noch besorgt hatte, mobile GPS-Geräte und zusammengerollte Seekarten.

Na bitte, war doch alles da. Diese Schönwetterkapitäne hatten wirklich an alles gedacht.

Das Tor zur Welt als Werner Faenzi stand sperrangelweit offen.

Jetzt erst merkte Malte, dass er dringend auf die Toilette musste, und ging hinunter ins Bad der Eignerkabine. Auch hier gab es alles, was er brauchte: Rasierzeug, Zahnbürste, Zahnpasta, Hautcreme, Duschgel, Shampoo und ein Nageletui. Vivians Schminkzeug, Klopapier, Schwamm, Lappen und Putzmittel – es war alles vorhanden.

Ein dumpfes Geräusch, das alle paar Sekunden wiederkehrte, ließ ihn aufhorchen. Aber bald wurde ihm klar, wo es herkam: Werners Körper schlug immer wieder gegen die Bordwand. Hoffentlich war der arme Kerl endlich tot.

Malte sah sich im Spiegel und wunderte sich. Trotz der turbulenten und anstrengenden letzten Tage und der fast völlig durchwachten Nacht wirkte er frisch und agil. Sein neues Leben schien ihm Schwung und Kraft zu geben. Er würde alles schaffen, was er schaffen musste, da war er sich ganz sicher. Und er lächelte.

42

Nizza

Vivian erwachte um kurz vor fünf. Das war die Stunde, in der sie immer schlaflos lag, wenn sie irgendetwas quälte, wenn sie sich Sorgen machte oder derartig im Stress war, dass sie anfing, in Gedanken Listen zu erstellen, und sich bemühte, sie auswendig zu lernen.

Sie fürchtete diese Stunde vor dem Morgengrauen, weil sie wusste, dass sie normalerweise danach nicht mehr einschlafen konnte.

Werner, war ihr erster Gedanke. Hoffentlich war an Bord alles okay.

Die Angst um ihn war so groß, dass ihr Herz schwer wurde.

Sie schaltete die Nachttischlampe an und tastete nach ihrem Handy. Gestern Abend war sie noch vor elf vollkommen übermüdet eingeschlafen, aber vielleicht hatte er ja später noch eine Mail geschickt.

Ihr war ein bisschen schwindlig, als sie auf der Bettkante saß und sich ihre Brille schief aufsetzte, um entziffern zu können, ob es neue Mail-Eingänge gab.

Erleichterung durchflutete sie. Werner hatte um vierundzwanzig Uhr siebzehn noch einmal geschrieben.

Liebste, es ist alles gut, die Nacht ist lau und angenehm, ich habe mir bisher noch nicht einmal eine Jacke übergezogen. Das Meer ist ruhig, und es gibt nur eine leichte Dünung. Da sind wir doch ganz andere Kaliber gewöhnt, nicht wahr? Später löst mich Malte ab, und dann werde ich zwei, drei Stunden schlafen und von dir träumen … Ich freu mich soooo sehr auf unseren Urlaub. Werner

Sie lächelte. Was für ein Glück. Augenblicklich fühlte sie sich wieder ganz leicht und zuversichtlich.

Schatz, ich freu mich, dass du so einen netten und kompetenten Mitfahrer gefunden hast. Das nimmt mir eine riesige Last von der Seele. Passt auf euch auf, ja? Wir hören wieder voneinander, wenn ihr angekommen seid. Gute Nacht, Liebster, und bis bald. Vivian.

Allmählich wurde es hell, und wenn das Wetter so blieb, wovon man ausgehen konnte, waren die beiden gegen Mittag in Korsika.

Wunderbar.

Sie ging auf die Toilette, trank ein Glas Wasser, kroch wieder ins Bett und schlief augenblicklich ein. Mit Werner war alles in Ordnung, das Leben konnte weitergehen.

43

Mittelmeer

Malte summte leise vor sich hin. Die Nacht war nicht mehr schwarz, sondern wurde allmählich grau, und am Horizont konnte er bereits einen zarten orangefarbenen Schimmer erahnen. Der Morgen graute.

Er hörte ein leises »Pling«, das ankündigte, dass eine Mail gekommen war. Er öffnete das iPad und drückte auf »Mail«.

Eine Mail von Vivian. Als er *Schatz, ich freu mich, dass du so einen netten und kompetenten Mitfahrer gefunden hast …* las, musste er laut lachen.

Er lachte auch, als er die Mail las, die Werner zuvor geschrieben hatte. Gott, wie rührend! Der gute Mann hatte ihn so nett vorgestellt, da würde Vivian nicht die geringsten Bedenken haben, wenn er sie in ein paar Wochen auf Elba abholte. Und dann dieser Satz: *Ich hab das Gefühl, der Himmel hat ihn mir geschickt …* Wer sagt's denn? Er hatte genauso gedacht.

Malte lachte immer noch, diese beiden Mails hatten ihn richtig aufgeheitert, er würde Vivian antworten, sobald er einige Mails von Werner gelesen hatte und wusste, in welcher Form, mit welchen Kosenamen und in welcher Länge er Vivian immer geschrieben hatte.

Werner, dachte er plötzlich. Du lieber Himmel, hing der arme Kerl etwa immer noch am Seil? An ihn hatte er überhaupt nicht mehr gedacht.

Er ging zur Reling am Heck, beugte sich etwas vor, um besser sehen zu können und sah, wie der schlaffe Körper hin und her schleuderte.

Malte stoppte die Maschinen auf, zog den toten Körper ein wenig zu sich heran, schnitt das Seil am Hals mit einem scharfen Seglermesser durch und sah zu, wie die Leiche langsam im Meer versank. An dieser Stelle war das Meer mehrere Hundert Meter tief. Er konnte sich nicht vorstellen, dass Werner jemals wieder auftauchte. Irgendein hungriger Fisch würde ihn schon anknabbern. Dann würde das Gas aus seinem Körper entweichen, und er hätte sein Grab für immer auf dem Meeresgrund.

Momentan war kein anderes Schiff in Sicht, und er nahm wieder mehr Fahrt auf.

Äußerst zufrieden verschwand er erneut unter Deck, um in Werners Mails herumzustöbern. Wenn er irgendwann in einer Bucht lag, würde er in aller Ruhe den Laptop nach wichtigen Dokumenten durchforsten.

Werner hatte 2762 Mails auf seinem iPad, du lieber Himmel, da hatte er ja noch jede Menge zu tun.

Er begann mit den gesendeten Mails des vergangenen Monats. Die erste Mail, die er las, waren Geburtstagswünsche an Werners Freund Olaf Strauß und Grüße an dessen Frau Maria. Olaf hatte offensichtlich am 30. Juni Geburtstag gehabt, und Werner hatte einen Tag zu spät geschrieben und sich dafür entschuldigt.

Malte holte sich aus Werners Bordbüro einen DIN-A4-Block und begann Listen anzulegen mit den Titeln: *Freunde,*

Verwandte, Kollegen, Bekannte. Er würde, so gut es ging, aus den Mails Adressen, Telefonnummern und private Details entnehmen und in die Listen eintragen. Damit er allmählich einen Überblick über Werners und Vivians Kontakte bekam.

Und dann würde er Olaf, Maria und natürlich auch andere ab und zu mit kleinen Urlaubsmails füttern und hin und wieder sogar einmal ein Foto anhängen.

Denn es war wichtig, Werner für seine Freunde am Leben zu erhalten.

Wann hatte er eigentlich Geburtstag, fragte sich Malte und gab sich Mühe, sich in seinen Gedanken auch schon als »Werner« zu bezeichnen. Er musste unbedingt Werners Brieftasche mit Personalausweis, Führerschein und Kreditkarten suchen. Denn wenn er in einen Hafen fuhr und das Pech hatte, dass die Polizei seinen Ausweis, seinen Bootsführerschein und die Bootspapiere verlangte und er sie bis dahin nicht gefunden hatte, bekam er ein riesiges Problem.

Er konnte gar nicht verstehen, dass er bisher noch nicht daran gedacht hatte.

Aber jetzt erst einmal eins nach dem anderen. Malte sah, dass Werner bei einem Buchversand mehrere politische Fachbücher bestellt hatte, die ihn nicht die Bohne interessierten. Anfang Juli waren sie also noch nicht auf dem Boot gewesen. Interessant war aber auch, dass Werner sich die Bücher an eine Berliner Adresse schicken ließ.

Wenn Werner und seine Frau Eigentümer einer Berliner Wohnung waren – und davon ging Malte aus –, dann war er ja bald, wenn er diese Vivian in Elba herzlichst in Empfang und mit aufs Boot genommen hatte, nicht nur stolzer

Besitzer einer Yacht, sondern auch einer Wohnung. Und so wie er Werner einschätzte, lebten die beiden sicher nicht in vierzig Quadratmetern, sondern hatten mindestens fünfmal so viel Platz.

Malte jubelte innerlich.

In der nächsten Mail teilte Werner zwei weiteren Freunden, Emil und Octavia, mit, wann und wie lange er und Vivian dieses Jahr vorhatten, auf dem Boot zu sein. Und er fragte, ob sie vielleicht Lust hätten, im August nach Rom zu fliegen und in Civitavecchia für ein paar Tage zuzusteigen.

Dies notierte er sich. Er musste ihnen unbedingt absagen.

Auch einen Terminplan legte er an. Es war wichtig, nichts zu vergessen: keine Verabredung, keinen Geburtstag und keine Versprechungen, die Werner und Vivian irgendwann einmal gemacht hatten.

Schließlich gab es noch mehrere unbedeutende Mails an Vivian, als sie noch in Berlin waren: ob er sie von der Oper abholen solle, ob sie sich um dreiundzwanzig Uhr wie immer beim Italiener treffen würden, was er fürs Wochenende einkaufen solle …

In dieser Art. Malte überflog die Mails, drückte sie aber nicht weg, vielleicht konnte er sie irgendwann ja doch noch einmal gebrauchen.

Aber dann arbeitete er sich an den Punkt vor, als Werner bereits vom Schiff aus an *Kroete17* schrieb: *Das hoffe ich auch. LG Werner.*

Damit konnte Malte nun überhaupt nichts anfangen, aber das würde sich vielleicht später noch klären, wenn er den Posteingang durchforstete.

Plötzlich wurde ihm ganz heiß.

Liebste, ich war gestern im Casino, hatte eine Glückssträhne und bin mit über hundertzwanzigtausend Euro in den Geldtopf gefallen. Unglaublich, oder? Das feiern wir, wenn wir wieder zusammen sind! Aber hast du eine Idee, wo ich das Geld hier an Bord sicher verstecken kann? Du bist doch immer genial bei so was. Schenk mir ein bisschen von deiner Fantasie, bitte!

Malte traute seinen Augen nicht und las die Mail mehrmals. Gab es hier etwa auch noch einen Geldschatz an Bord? Und warum bewahrte Werner die Knete nicht im Tresor auf? Wahrscheinlich, weil er damit rechnete, dass sich jeder Dieb oder Einbrecher sofort auf den Tresor konzentrierte, ihn aufbrach, aus dem Holz stemmte oder die Herausgabe des Schlüssels erpresste, indem er drohte, Finger oder Ohren abzuschneiden. Ein Tresor war im Grunde eine gefährliche Sache, und vielleicht fuhr man wirklich besser damit, ihn nicht zu benutzen. Andererseits erinnerte sich Malte dunkel, dass es Pflicht war, Signalpistole und Munition im Tresor aufzubewahren.

Dann klickte er auf *gelesene* Mails. Interessant war jetzt nur Vivians Antwort auf Werners Frage. Und vielleicht noch zu wissen, um wen es sich bei der mysteriösen Kröte handelte.

Vivians Antwort fand er schnell.

Hej, Süßer, das ist ja irre! … Ich liebe Männer, die in den Geldtopf fallen, und ich hätte auch eine Idee, wo du es an Bord lassen kannst. Darauf gekommen bin ich, als ich bei unserer Messingschiffsuhr neben dem Innensteuerstand die Batterien ausgewechselt hab …

Malte flog über die Zeilen. Die große Schiffsuhr neben dem Innensteuerstand! Sein Puls raste. Er rannte sofort hin und schraubte mit spitzen Fingern den kleinen, runden Verschluss der Messinguhr auf. Darin lagen eng zusammengerollte und mit Gummiringen zusammengehaltene Fünfhunderter-Scheine. Das erkannte er sofort.

Zitternd glättete er das Geld und zählte:

Hunderttausend.

Malte musste sich setzen. Das würde lange reichen. Denn das Einzige, was wirklich ins Geld ging, waren der Bootsdiesel und die hohen Liegeplatzgebühren. Er musste sparsam fahren, möglichst in Buchten ankern und durfte keine unsinnigen Vergnügungstouren machen.

Vielleicht gab es ja zusätzlich noch eine Möglichkeit, die Konten der Faenzis zu plündern.

Wenn er Vivian aus Elba abgeholt hatte, würde er sich auf den Weg nach Griechenland machen. Dorthin, wo niemand Werner, Vivian und die *Aurora* kannte.

Dort würde er Ruhe finden.

Er saß da, zählte noch ein paarmal das Geld und konnte es kaum glauben. So viel Geld hatte er noch nie auf einem Haufen gesehen.

In Maltes Kopf drehte sich alles. Vor zwei Tagen war er noch der ärmste Schlucker der Welt gewesen, ohne Geld, ohne Papiere, ohne Handy, ohne Besitz, ohne Dach über dem Kopf. Ohne Vergangenheit und ohne Zukunft.

Und heute hatte er alles: Geld, Besitz, auch Papiere, wenn er sie fand, und eine goldene Zukunft.

Auch nach einer Mail von *Kroete17* musste er nicht lange suchen:

Es war wunderschön bei euch. Ihr seid echt cool. Grazie ancora. Hoffentlich begegnen wir uns irgendwo noch einmal. Ciao, ciao, L + H.

Nicht wichtig, fand Malte. Irgendeine Nullachtfünfzehn-Urlaubsbegegnung, der er keine Beachtung schenken musste.

Wichtiger war jetzt eine Guten-Morgen-Mail an Vivian, die er sofort schrieb und abschickte:

Liebste, hast du gut geschlafen? Ich habe mich drei Stunden erholt, während Malte Wache geschoben hat, und fühle mich frisch und fit. Korsika rückt in greifbare Nähe.

Ich melde mich, wenn wir angekommen sind.

Fühl dich umarmt, Werner

PS Übrigens, dieser Malte ist ein prima Kerl und ein echter Kumpel. Mit so einem kann man um die Welt fahren. Da hab ich richtig Glück gehabt.

Malte grinste.

44

Nizza

Der Wecker klingelte um sieben, sie musste um neun im Theater sein, um zehn Uhr dreißig ging die Anprobe los. Vivian seufzte, als sie erwachte.

Ihre winzige, aber sehr schöne und typisch französische Wohnung lag nur zwei Gehminuten und eine Querstraße von der Oper entfernt. Direkt darunter befand sich eine Brasserie, und Vivian genoss es, dort abends nach der Probe noch ein paar Gläser Rotwein zu trinken, um dann anschließend, nur eine Treppe höher, todmüde ins Bett zu fallen. Es hatte etwas, Nizza und die quirlige Altstadt rund um die Oper und den Markt so hautnah zu genießen. Die verhaltene Musik der Brasserie und die Straßengeräusche hielten bis spät in die Nacht an, aber sie störten sie nicht, denn wenn Vivian eingeschlafen war, konnte sie nichts mehr wecken. Noch nicht einmal das »Pling« ihres iPads, wenn eine Mail von Werner kam. Wenn sie schlief, dann schlief sie – zumindest bis um vier oder fünf.

Aber es störte sie, dass die Brasserie morgens geschlossen war und sie dort keinen frischen Kaffee bekam. Denn im Appartement stand noch nicht einmal eine Kaffeemaschine, was sie völlig unangemessen fand. Über ihrem Bett lag eine kostbare Brokatüberdecke, die Gardinen vor den Fenstern waren aus geklöppelter Spitze, die Bilder an den Wänden waren geschmackvoll ausgewählt und sogar Originale. Antike Kerzenleuchter standen auf den Kommoden, und im Schlafzimmer hing ein wundervoller Lüster aus Muranoglas.

Aber eine Espressomaschine gab es nicht.

Notgedrungen begnügte sich Vivian mit Nescafé aus dem Glas, das war wenigstens etwas, aber es vermieste ihr dennoch jeden Tag das Aufstehen.

Vivian seufzte also wie jeden Morgen, quälte sich aus dem Bett und sah nach, ob vielleicht wieder eine Mail von Werner gekommen war. Glücklich über die neue Nachricht, ging sie ins Bad, stellte sich unter die Dusche und wusch sich die Haare. Dies war immer ein Moment der totalen Entspannung, der sogar die Sorgen der Nacht oft einfach wegspülen konnte.

Während sie wenig später allein in ihrer Küche in ein Croissant biss und die Straßengeräusche der Stadt durch das offene Fenster zu ihr heraufdrangen, vermisste sie Werner schmerzlich. Manchmal hatte sie den Eindruck, die Sehnsucht nach ihm wurde von Jahr zu Jahr schlimmer, weil es immer mehr schöne gemeinsame Erinnerungen gab.

Guten Morgen, Hase, danke für deine liebe Mail, schrieb sie eilig, *prima, dass bei euch alles in Ordnung ist. Ich muss jetzt los, melde mich heute Abend wieder. Sei umarmt, Vivian.*

Ach ja: Viele Grüße unbekannterweise auch an Malte!

Dann machte sie sich fertig, um ins Theater zu gehen.

Um neun Uhr betrat sie durch den Bühneneingang das Opernhaus und ging direkt in die Werkstätten.

Fany Laurent war die leitende Kostümbildnerin der Opéra de Nice. Zu Beginn der Wechseljahre vor gut zehn Jahren hatte sie wie alle Frauen dieser Welt vor der Entscheidung gestanden, sich gehen zu lassen und langsam fett zu werden oder bis ans Ende ihrer Tage zu hungern. Fany hatte sich für »Ziege« statt für »Kuh« entschieden, verzichtete seitdem auf Zucker, übermäßig Fett und Kohlehydrate, passte in Kleidergröße achtunddreißig, sah aber mit ihren tiefen Falten im Gesicht alt und verhärmt aus. Da sie sich seit vielen Jahren alle Freuden des täglichen Lebens versagte, war sie ständig schlecht gelaunt. Die Gefühle, die sie beherrschten, waren Missgunst und Neid.

Das Übelste, was einer Fany Laurent passieren konnte, war, eine Gastinszenierung zu erdulden und eine fremde Kostümbildnerin vor die Nase gesetzt zu bekommen. In so einem Fall schalteten sofort all ihre Nervenenden auf Krawall, und egal, was die andere sagte oder wollte, Fany war dagegen und unerträglich renitent.

Vivian Faenzi war aufgrund ihres Erfolges und der Bewunderung, die sie überall genoss, der dickste Dorn, der Fany je im Auge gesessen hatte.

Jeden Tag kam Fany schon schlecht gelaunt ins Theater, weil sie wusste, sie würde Vivian unweigerlich begegnen.

Zum ersten großen Krach kam es an diesem Morgen wegen einer Lappalie.

Auf dem Weg zu ihrem Büro sah Vivian in der Werkstatt eine Schneiderin, die eine leicht changierende graugrüne Korsage nähte.

»Für welches Kostüm nähen Sie das hier?«, fragte Vivian freundlich.

»Für die Carmen.«

Vivian schnappte nach Luft. »Ach. Und auf wessen Anweisung?«

»Auf Madame Laurents.«

Vivian zwang sich zu einem Lächeln. »Da liegt offensichtlich ein Missverständnis vor. Lassen Sie das sein und machen Sie etwas anderes. Ich rede mit Madame Laurent.«

Vivian fand sie im Magazin des Fundus, wo sie gerade Stoffproben durchsah.

»Ich kann mich nicht erinnern, dass die Carmen auch nur in einer einzigen Sekunde der Oper eine graugrüne Korsage trägt. Wie kommen Sie auf die Idee, so etwas nähen zu lassen?«

»Bonjour«, sagte Fany ungerührt, blätterte die Stofflappen weiter durch und meinte: »Die Korsage, die Sie mitgebracht haben, passt unserer Carmen niemals.«

»Ich weiß. Sie hat mindestens zwanzig Kilo mehr auf den Rippen als die Berliner Carmen.«

»Ihre Korsage war rot-violett-orange. Richtig?«

»Goldrichtig.« Vivian platzte fast wegen Fanys Selbstgefälligkeit.

»Ich habe keinen Stoff gefunden, den man als Bahn einsetzen könnte. Also habe ich eine neue Korsage nähen lassen.«

»Ja! In einem fröhlichen Graugrün-Ton.«

»Er korrespondiert meines Erachtens besser mit dem dunkelroten Rock als der alte.«

»Was hier besser korrespondiert, lassen Sie mal meine Sorge sein«, sagte Vivian plötzlich gefährlich ruhig. »Ich habe hier die Verantwortung, und es kommt kein Quadratzentimeter Stoff auf die Bühne, den ich nicht abgesegnet habe. Ist das klar? Wenn die Korsage nicht erweiterbar ist, hätten Sie verdammt noch mal mit mir sprechen müssen, bevor Sie eine Entscheidung treffen, die – verzeihen Sie bitte – im Rahmen meines Kostümbildes unerträglich ist.«

Jetzt schnappte Fany nach Luft und lief rot an.

Aber Vivian war noch nicht fertig. »Vielleicht haben Sie sich mit dem Stück noch nicht allzu intensiv beschäftigt, und vielleicht haben Sie deshalb meine Intention auch nicht ganz verstanden. Ich darf Sie daran erinnern, dass in der Figur der Carmen alle großen Gefühle dieses Lebens explodieren und schließlich zur Katastrophe führen: Liebe, Hass, Leidenschaft, Erotik, Verrat, Intrige, Untreue, Sehnsucht und Unerschrockenheit. Diese Frau ist eine lodernde Flamme. Wer sie berührt, verbrennt sich an ihr. Ihre Explosivität und ihre Lebensgier münden schließlich im Tod. Und Sie wollen dieses nicht zu bremsende und überschäumende Vollweib in einen grauen Sack stecken? Weil Ihnen eine Farbkombination gefällt oder weil Sie das Gefühl haben, dass ein paar Farben besser zusammen *korrespondieren?* Entschuldigung, aber Sie wissen nicht, was Sie tun.«

»Ich weiß sehr wohl, was ich tue. Ich bin seit dreißig Jahren …«

»Sicher«, unterbrach Vivian sie. »Sie geben hier seit dreißig Jahren den Ton an, und Sie sollen das meinetwegen auch noch weitere dreißig Jahre tun. Aber nicht, solange ich hier bin.«

»Ich bin nicht Ihre Schneiderin.«

Vivian wurde noch wütender. Völlig beratungsresistent stellte diese Zicke einfach auf stur. »Ich glaube nicht, dass ich Ihnen das System und meine künstlerischen Ambitionen erklären muss. Solange es um mein Kostümbild geht, das von der Opéra de Nice gekauft wurde, haben Sie dafür zu sorgen, dass meine Instruktionen mithilfe Ihrer Angestellten schnellstmöglich in die Tat umgesetzt werden. Ob Sie sich da als Schneiderin, Organisatorin oder Verwalterin sehen, ist mir wurscht und lediglich eine Frage der Definition. Haben wir uns verstanden?«

Fany schwieg.

Vivian ignorierte, dass Fany die Antwort verweigert hatte. »Und jetzt sorgen Sie bitte dafür, dass die Sängerin der Carmen eine identische oder zumindest sehr, sehr ähnliche Korsage in ihrer Größe bekommt, so wie ich sie entworfen habe. Schließlich trägt sie sie in fast jedem Bild. Und ich vermute doch mal, dass es möglich sein wird, in Nizza Stoffe dieser Art zu besorgen. Morgen früh sehe ich mir die fertige Korsage an. Herzlichen Dank, Madame Laurent.«

Vivian rauschte hinaus. Sie war sich völlig sicher, dass morgen alles zu ihrer Zufriedenheit erledigt sein würde.

Fany Laurent war fassungslos. Sie konnte sich nicht erinnern, in ihrer Laufbahn schon jemals eine derartige Gardinenpredigt bekommen zu haben. Was bildete sich diese Vivian Faenzi eigentlich ein? Sie, Fany, hatte versucht, bei all den Geschmacksverirrungen zu retten, was zu retten war, aber wenn darauf kein Wert gelegt wurde – bitte schön.

Sie überlegte, wann sie am besten in die Kantine gehen könnte, ohne dieser eingebildeten Deutschen zu begegnen.

Am Nachmittag erreichte Malte den nördlichsten Zipfel Korsikas. Er fuhr langsam am Ufer entlang, bis er eine einigermaßen geschützte, einsame Bucht fand, und ließ den Anker fallen.

Hier hatte er die Ruhe, das Schiff weiter zu durchsuchen und die Dinge zu ordnen. Außerdem wollte er sich endlich einmal ausschlafen.

Liebste, schrieb Malte am späten Nachmittag an Vivian, *wir sind gut in Korsika gelandet. Alles bestens. Malte ist von Bord gegangen, weil er sich die Insel ansehen und sich bei der hiesigen Fährlinie als Bootsmann bewerben will. Vielleicht sehen wir uns noch einmal wieder. Es könnte sein, dass er irgendwann auch nach Elba kommt. Würde mich freuen.*

Der Hafen ist ziemlich eng und klein, die sanitären Anlagen sind mehr als primitiv, und vernünftige Einkaufsmöglichkeiten gibt es auch nicht. Ich werde mich ausschlafen und vielleicht morgen schon weiterfahren.

Lass es dir gut gehen, mein Schatz. Werner

Um einundzwanzig Uhr verließ Vivian das Theater. Sie hatte versucht, Werner über Handy zu erreichen, weil sie seine Stimme hören wollte, aber da kam nur die Mailbox.

Sie fühlte sich schlapp und ausgelaugt. Sicher lag das an der Auseinandersetzung mit Fany. So etwas konnte sie nie so richtig wegstecken, und obwohl sie nach außen hin kühl und lässig wirkte, belasteten sie diese Machtspielchen. Sicher hatte sie das Kräftemessen für sich entschieden, aber gut fühlte sie sich dabei nicht. Wenn sie Fany zur Feindin hatte – und es sah ganz danach aus –, erschwerte es ihre Arbeit bestimmt um hundert Prozent. Es war zum Verzweifeln.

Vivian hatte noch keine Lust, sich in ihr stilles Appartement zurückzuziehen, daher ging sie in die Brasserie, setzte sich an einen Tisch am Fenster und bestellte ein halbes Käsebaguette, einen kleinen Salat und ein Glas Chardonnay.

Ruf doch mal an, chéri! Ich hab grade Zeit und würde so gerne mal ein bisschen mit dir reden …, tippte sie in ihr iPhone und legte es neben ihren Teller, um das Klingeln oder das leise Pling, das den Eingang einer Mail ankündigte, nicht zu überhören.

Es kam kein Pling, dafür klingelte das Smartphone. »Ja, Werner?«, sagte Vivian fröhlich.

»Nein, ich bin's. Ingo.«

»Ach, Ingo …« Die Enttäuschung in ihrer Stimme war unüberhörbar. »Schieß los! Was gibt's Neues?«

»Nur Gutes, Liebchen, nur Gutes!« Er kicherte leise. »Ich hab die Kostüme gefunden. Irgendein Geisteskranker hat sie in den Fundus geschleppt, wo sie am Tag der offenen Tür versteigert werden sollten. Stell dir das vor! Unglaublich, oder? Man fragt sich immer, was für merkwürdige Traumtänzer an so einem Theater beschäftigt sind.«

»Du hast recht. Es ist wirklich unglaublich.«

Er seufzte tief vor Erleichterung. »Jedenfalls sind sie jetzt auf dem Weg nach Nizza, Schätzchen, und wenn es keine Zollprobleme gibt, müssten sie in zwei, drei Tagen ankommen. Ich lande übrigens morgen Vormittag um elf Uhr fünfundzwanzig. Wie findest du das?«

»Fabelhaft.« Vivians Laune besserte sich schlagartig. »Das hast du ganz wunderbar gemacht, Ingo! Darauf stoßen wir morgen Abend an, okay?«

»Ich freu mich drauf! Dann träum heute Nacht was Schönes … Schößchen!« Ingo wartete Vivians Abschiedsworte gar nicht mehr ab, sondern legte auf. Als sie sich noch kaum kannten, hatte es sie irritiert, wenn er oft so plötzlich und unvermittelt aus der Leitung verschwunden war, aber mittlerweile hatte sie sich daran gewöhnt. Sie arbeiteten jetzt seit sechseinhalb Jahren eng zusammen, hatten eine herzliche, freundschaftliche Beziehung, und Ingo war Vivians rechte Hand. Manchmal wusste sie nicht, was sie ohne ihn täte.

Ingo schien seinen Platz im Leben gefunden zu haben. Die Welt des Theaters, der Bühnenbilder, Kostüme und Illusionen faszinierte ihn, und er war intelligent genug zu begreifen, dass er nur in dieser Position, die er innehatte, seine Erfüllung finden konnte. Er war ein perfekter Assistent, würde aber sicherlich einen lausigen Bühnen- oder Kostümbildner abgeben.

Ingo war glücklich und zufrieden, er lebte sein tuntiges Dasein genüsslich aus, und Vivian liebte ihn, so wie er war. Die beiden waren ein ideales Gespann.

Noch immer keine Antwort von Werner.

Sie wählte erneut seine Nummer, aber er hob nicht ab. Nur die Mailbox meldete sich. Was war da los? Im Hafen hatte er bestimmt Handyempfang. Er wusste auch, dass sie abends keine Besprechungen, Anproben oder sonstiges hatte und problemlos telefonieren konnte. Und selbst wenn der Akku seines Handys leer war, konnte er ihn mit Landstrom aufladen.

Es gab nur eine Erklärung, warum er nicht ans Telefon ging: Das Handy war ihm ins Wasser gefallen. Und das sah Werner ähnlich, denn das Ding fiel ihm pausenlos aus der Hosentasche. Wie das Gehäuse die ständigen Stürze überstand, war ihr schon immer schleierhaft gewesen.

Aber auch diese vage Erklärung beruhigte sie nicht.

Sie aß nur ein Drittel ihres Baguettes. Zwar hatte sie noch Hunger, bekam aber keinen Bissen mehr hinunter.

Werner wusste ganz genau, dass sie weder schlafen noch vernünftig arbeiten konnte, wenn sie ihn nicht erreichte und sich Sorgen machte.

Warum tat er das? Warum meldete er sich nicht?

Vivian bezahlte und ging hoch in ihre kleine Wohnung.

Dort duschte sie kurz und legte sich ins Bett.

Es ist nichts, versuchte sie sich zu beruhigen, er hat doch geschrieben, dass alles in Ordnung ist. Mach dich nicht verrückt. Werner schreibt eben nicht gerne Mails.

Aber sie glaubte es selbst nicht.

Um fünf Minuten vor halb drei ließ sie das »Pling« ihres Smartphones hochfahren, als habe es an der Tür Sturm geklingelt. Unsicher suchte sie nach dem Lichtschalter, knipste die Nachttischlampe an und öffnete die Mail mit zitternden Händen.

Sorry, Schatz, dass ich jetzt erst antworte, aber ich hab deine Mail jetzt erst gesehen. Gegen neun ist ein grässlicher Wind aufgekommen, ich habe die ganze Zeit Angst gehabt, dass die Leinen nicht halten. Du kannst dir nicht vorstellen, wie das Boot im Hafen getanzt ist. Fürchterlich! Aber jetzt ist alles klar. Der Wind hat sich beruhigt, alles sitzt fest. Ich gehe jetzt schlafen.

Bis morgen, Liebste. Werner

Vivian antwortete nicht. Sie atmete tief durch, löschte das Licht und fiel augenblicklich in einen tiefen, traumlosen Schlaf.

45

Mittelmeer

Malte erwachte um elf. Das Boot schaukelte friedlich auf den Wellen, der Anker hielt. Darüber hatte er sich sowieso keine Minute Gedanken gemacht, denn den »grässlichen Wind«, von dem er Vivian geschrieben hatte, hatte es nie gegeben.

Diese Vivian schien ja eine wirkliche Zicke zu sein und nervte fürchterlich mit ihren tausend Fragen nach jeder Kleinigkeit und ihren ständigen Mails. Meine Güte, er konnte ihr doch nicht von jedem Handgriff, den er an Bord verrichten musste, und von jedem Pups, den er ließ, berichten! Da wurde man ja verrückt!

Ihm war schleierhaft, wie Werner dies ausgehalten hatte, er war jedenfalls nicht der Typ für so was. Aber die Zeit, bis er Vivian traf, würde er schon irgendwie rumkriegen.

Malte ging unter Deck, wo auf dem Tisch im Salon der Inhalt von Werners Brieftasche ausgebreitet lag. Er hatte sie in der Eignerkabine in einer Schublade unter den Socken gefunden. Sehr originelles Versteck. Aber vielleicht wollte Werner die Brieftasche nur einfach nicht so frei zugänglich herumliegen lassen. In die Eignerkabine ging so schnell kein Gast. Die Bootsbesitzer sahen sich in den Häfen gern untereinander die Boote an und tranken ein Glas Wein zusammen, aber man beschränkte sich auf den Salon und die Küche.

Außerdem hatte er im Schränkchen hinter dem Bett unter einer Sammelpackung Papiertaschentücher noch die fehlenden zwanzigtausend Euro gefunden. Es war ja wirklich nicht zu fassen, wo der liebe Werner überall seine Knete gehortet hatte. Neben der Brieftasche lag ein Schlüsselbund mit sechs Schlüsseln, darunter ein Autoschlüssel. Malte vermutete, dass die Schlüssel zur Berliner Wohnung gehörten, aber das war im Moment nicht wichtig.

In seiner Brieftasche hatte Werner zweihundertachtundsiebzig Euro in bar, seinen KFZ-Führerschein, ein paar Kreditkarten, die Krankenkassenkarte, einige Quittungen, drei unterschiedlich alte Bilder von Vivian, ein Foto des Bootes, einen Stick, seinen Personalausweis – und einen Tresorschlüssel! Na also! Die Probleme lösten sich nacheinander ganz von selbst. Werners Bootsführerschein war leider nicht dabei. Sein Personalausweis war ausgestellt auf Werner Johannes Faenzi, geboren 1960 in Tönisvorst, gültig bis einundzwanzigsten März 2021. Darauf aufgeklebt die Berliner Adresse. Alles bestens. Und was das Foto betraf, konnte man sich mit ein bisschen Fantasie sogar vorstellen, dass er Werner Faenzi war. Er könnte, wenn er gefragt würde, erzählen, dass er vor zwei Jahren noch wesentlich schwerer gewesen war, aber mit einer Radikaldiät fünfzehn Kilo abgenommen hatte und sich seitdem viel gesünder und jünger fühlte, was ihm auch anzusehen war.

Aber er würde sich – so wie Werner – einen Fünftagebart wachsen lassen und seine Haare etwas kürzen müssen.

Jeder würde ihm dann glauben, dass er Werner Faenzi war.

Er setzte sich und schrieb eine Mail an Vivian.

Vivian, Liebste, ich bin ziemlich nervös, weil ich meine Kreditkarte von der Commerzbank nicht mehr finde. In Nizza hatte ich sie noch. In der Gesäßtasche meiner beigefarbenen Hose. Das weiß ich ganz genau. Aber jetzt ist sie weg. Hab schon das ganze Boot durchsucht, alles auf den Kopf gestellt. Vielleicht hab ich sie verloren, als ich abends im Casino war und dort auf die Toilette gegangen bin. Ich glaub, ich muss sie sperren lassen. Aber ich weiß nichts, weder die Kartennummer noch die PIN noch eine Telefonnummer, wo ich anrufen kann, um sie zu sperren. Hast du die Nummern irgendwo aufgeschrieben???

Schatz, warum bist du nicht hier? Ich weiß nicht mehr, wo mir der Kopf steht. Werner

Malte lächelte. Er war äußerst gespannt, wie viele Geheimnisse Vivian ausplauderte. Auf jeden Fall war ihr bestimmt klar, dass sie schnell reagieren musste, um größeren Schaden abzuwenden.

Vor ihm lagen die Kreditkarten, die er in der Brieftasche gefunden hatte.

Er sah sich die Unterschriften auf der Rückseite genau an und begann zu üben. Werners Schrift war steil und eng, kompliziert war lediglich der schwungvolle Bogen statt des oberen Querstriches beim »F«. Der musste aus dem Handgelenk kommen.

Eine Viertelstunde lang schrieb er seitenweise »Werner Faenzi«, bis er die Unterschrift auch mit geschlossenen Augen täuschend ähnlich hinbekam.

Dann kam das erlösende Pling des iPads.

Mein Gott, das ist ja furchtbar! Ich hab die Nummern auch nicht, aber ich weiß, dass hinten im Bordbuch, in einer Lasche, einige Zettel und Visitenkarten stecken. Und da müsste auch der Zettel sein, auf dem wir mal unsere Kartennummern und PINs aufgeschrieben haben. Wenn nicht, musst du suchen. Aber an Bord ist er bestimmt, denn ich hatte ihn aus Berlin mitgenommen, hab ihn aber nicht hier in Nizza. Und dann sperr die Karte bitte ganz schnell! Ich mach mir solche Sorgen, dass irgendjemand schon was abgehoben hat. Himmel! Kannst du überhaupt telefonieren? Ich erreiche dich nie über Handy! Bitte, halte mich UNBEDINGT auf dem Laufenden. Baci, Vivian

Malte konnte es nicht fassen. Hoffentlich fand er diesen verdammten Zettel, sonst kam er auch über Vivian nicht weiter.

Er sah auf die Uhr. Es war jetzt kurz vor halb eins. Die Sonne brannte aufs Deck, und im Salon war es drückend heiß. Er hatte Lust, kurz ins Wasser zu springen, um sich abzukühlen, aber der Zettel mit den PIN-Nummern ließ ihm keine Ruhe.

Und obwohl ihm der Schweiß den Rücken hinablief, begann er zu suchen.

Das Bordbuch fand er auf Anhieb in dem kleinen Büro, bisher hatte er ihm nur noch keine Beachtung geschenkt.

Hinten in der ledernen Lasche steckte eine Unmenge von Zetteln, die das Buch dicker erscheinen ließ, als es war.

Er las akribisch jeden einzelnen Schnipsel. Vivian hatte offensichtlich alles, was sie für wichtig hielt oder von dem sie glaubte, es irgendwann noch einmal gebrauchen zu können, unter die Lasche geschoben. Notizen zu verschiedenen Häfen, Telefonnummern, Adressen, Funkkanäle.

Und dann, ganz unten, quasi als Letztes, eine DIN-A4-Seite mit PIN-Nummern. Viermal auf die Größe einer Scheckkarte gefaltet. Vollkommen unauffällig zwischen Visitenkarten von Bootsmotoren-Services, Restaurants oder Ähnlichem.

Maltes Puls begann zu rasen.

Unter »Commerzbank« stand fein säuberlich: PIN 2687, Nr. 4876 5314 0006 9835, bis 9/17.

Auf dieser Seite standen außerdem noch die Daten und PINs von sieben anderen Bankkarten, E-Mail-Adressen mit den passenden Passwörtern, Passwörter vom iTunes-Store und anderen Verkaufsportalen.

Und dann: Onlinebanking mit Eingabecode und *PIN*.

Ja, war diese Vivian denn verrückt geworden? Das war wie eine Generalvollmacht über ihr gesamtes Vermögen.

Jetzt musste er sich nur noch ein Konto zulegen, dann konnte er die Konten der Faenzis leer räumen. Und hatte wahrscheinlich ausgesorgt bis an sein Lebensende.

Malte wurde schwindlig.

Aus Übermut warf er noch eine schwungvolle »Faenzi«-Unterschrift aufs Papier, ging an Deck und sprang ins glasklare Meer.

Noch nie hatte er sich so entspannt, locker und frei gefühlt. Auf keinem Frachter und in der Zeit mit Greta schon gar nicht. Die Zukunft war ihm immer nur düster erschienen.

Komisch, er hatte nie wieder etwas über sie gehört. Hatte keine Ahnung, wie lange sie noch in der Wohnung gelegen hatte, bis man sie fand. Er fragte sich, wer die Leiche gefunden hatte und ob man ihn eigentlich gesucht hatte.

Vollkommen blauäugig war er mit ein paar Habseligkeiten in einer Reisetasche abgehauen und zum Hafen marschiert. Der Hafen war das Tor zur Welt, hatte er gedacht, da würde es schon irgendwie weitergehen.

Und er hatte verdammtes Glück gehabt. Wie vor wenigen Tagen im Hafen von Marseille, hatte damals im Hamburger Hafen für ihn ein neues Leben begonnen.

46

HAMBURG, 1985

In der Hafenkneipe »Zur steifen Brise« war fast rund um die Uhr Betrieb. In den frühen Morgenstunden lungerten hier die Übriggebliebenen herum, die nicht ins Bett fanden und keinen anderen Wunsch auf der Welt hatten, als weiterzusaufen. Wenn um fünf Uhr der Fischmarkt öffnete, belebte sich erneut das Geschäft. Dann kamen Touristen und Fischer, die sich irgendwann, nach getaner Arbeit, auf einen heißen Kaffee und ein Frühstück freuten. Gegen Mittag trudelten Langschläfer und Studenten ein, die in der »Steifen Brise« ihr erstes Bier zum Wachwerden tranken, und am Nachmittag die, die eine Hafenrundfahrt gemacht hatten und einfach nur die Atmosphäre der Hafenkneipe schnuppern wollten. Gegen Abend ging es dann wieder los mit den Alteingesessenen vom Kiez, die ihre Kneipe liebten und nicht wussten, wohin sonst.

Die »Steife Brise« war der Treff, die Hamburger Kiezkneipe und die Kontaktbörse überhaupt.

Als Malte hereinkam, sah er sich kurz um und spürte intuitiv, dass er hier an der richtigen Adresse war.

Am äußersten Ende des Tresens, direkt dort, wo es zu den Toiletten ging, war noch ein Platz frei, und er setzte sich.

»Und?«, fragte die Wirtin, während sie mit der einen Hand leere Gläser packte und mit der anderen nach einem versifften grauen Lappen griff und über den vollgekleckerten Tresen wischte.

»Ein Bier«, sagte Malte.

»Das is' alles?«

»Ja.«

Erst in diesem Moment merkte er, was er für einen Hunger hatte. Gestern Abend hatte er das letzte Mal etwas gegessen.

»Nein, ein Fischbrötchen«, meinte er und grinste schief.

»Krabben, Hering oder Matjes?«

»Matjes.«

»Na also.«

Die Wirtin schien zufrieden, knallte ihm das Bier auf den Tresen, griff nach einem Matjesbrötchen und legte es in einer Serviette dazu.

»Guten. Sonst noch was?«

»Nee.«

»Und? Was treibt dich her? Hab dich noch nie gesehen, und wie ein Hafenrundfahrer siehste nich' aus.«

»Ich will anheuern. Irgendwo.«

»Willste abhauen?«

»Nee. Aber ich hab die Schule fertig und muss raus. Ich will auf irgendein Schiff. Ganz egal, was ich dort machen muss. Hauptsache, weg.«

»Aha.« Sie überlegte einen Moment und strich sich ihre fettigen Haare aus der Stirn.

»Wie heißt'n du?«

»Malte. Und du?«

»Marga. Für dich Margarete.«

»Alles klar.«

Marga überlegte. »So Typen wie du kommen hier öfter vorbei. Ich hör auch ab und zu mal was, aber du willst ja sicher nach Südamerika oder weiß der Teufel wohin. Weit weg eben?«

Malte nickte.

»Vergiss es. Auf den Containerschiffen arbeiten nur Phillipinos, Albaner, Rumänen, Bulgaren, Sudanesen, was weiß ich, das ganze Gesocks. Da haste keine Chance, die nehmen keine Deutschen, da kriegste auch kein Geld. Aber Binnen. Da kann ich was für dich machen, wenn de willst.«

»Was denn?«

»Na, mit 'nem Frachter durch die Gegend schippern und die Drecksarbeit machen. Von der Ostsee ins Mittelmeer oder von der Nordsee ins Schwarze Meer. Oder von Berlin nach Wolfsburg immer hin und zurück. Ooch schön.« Sie grinste, und Malte sah, dass ihr drei Schneidezähne fehlen.

»Mir wurscht.«

»Okay. Dann ruf mal morgen hier an.« Sie kritzelte eine Telefonnummer auf einen Papierschnipsel. »Die Leute sind nett. Aber fahren bald los. Musst dich beeilen.«

»Kann ich auch gleich anrufen?«

»Kannste.«

»Haste 'n Telefon, Margarete, das ich mal kurz benutzen kann?«

Marga verdrehte die Augen und schob ihm den Apparat rüber.

Er wählte, und eine tiefe Stimme meldete sich. »Joa?«

Malte trug sein Anliegen vor und meinte, er habe von Margarete, der Wirtin in der »Steifen Brise« gehört, dass ein Schiffsjunge gesucht werde.

»Joa«, sagte die Stimmer wieder und machte eine lange Pause.

Malte war ganz verunsichert und fragte nach einer Weile: »Brauchen Sie jemand?«

»Wie alt bist du, min Jong?«

»Sechzehn.«

»Oha.« Und schon wieder entstand eine Pause.

»Aber ich bin ziemlich groß und auch stark.«

Die Stimme brummte, was entfernt wie ein Lachen klang.

»Schule?«

»Hab ich fertig. Mittlere Reife.«

»Gut?«

»So lala.« Es war ja nicht zu fassen, das Gespräch kam regelrecht in Schwung.

»Gut. Dann komm mal morgen früh um sechs auf die *Auguste Viktoria*. Wir liegen am Schüttgutterminal IP 7 und löschen Getreide. Dann sehen wir weiter.«

»Kann ich vielleicht heute noch kommen?«

»Wieso?«

»Ich dachte, Sie haben's eilig?«

»Gut, dann komm.« Die tiefe Stimme legte auf.

Malte jubelte innerlich. Das lief ja alles wie geschmiert, so wie er es sich in seinen kühnsten Träumen nicht hätte ausmalen können. Und wenn er den Job bekam, durfte er mit ein bisschen Glück vielleicht sogar heute Nacht schon an Bord bleiben und musste nicht irgendwo am Hafen oder hier bei Margarete herumlungern.

Robert Jäger sah aus wie das Klischee eines Seemannes. Er hatte einen ungepflegten Bart, winzige Augen in einem ständig geröteten Gesicht, trug ein gestreiftes, steifes Fischerhemd und eine Kapitänsmütze auf dem Kopf. Ständig hatte er ein kleines Döschen in der Hand, aus dem er unaufhörlich Schnupftabak schnupfte, und seine Nasenlöcher waren schwarz umrandet.

»Wie heißt du?«, fragte Robert als Erstes, als Malte mit seinem Koffer über die Gangway an Bord ging.

»Malte.«

Robert grinste ein wenig.

»Und du weißt nicht, wo du heute Nacht pennen sollst, stimmt's?«

Malte nickte.

»Ihr Brüder seid doch alle gleich. Komm.«

Zuerst gingen sie in die Eignerwohnung, in der Robert und seine Frau Hella wohnten. Zwei winzige Räume, winzige Küche, winziges Bad, aber ein riesengroßer, funkelnagelneuer Fernseher. Das fiel Malte sofort auf. Die Jägers mussten Fernsehfreaks sein.

Hella Jäger war so rund, wie ihr Mann mager war. Malte wunderte sich, wie man sich derartig fett überhaupt an Deck bewegen konnte, ohne bei der leichtesten Welle über Bord zu rollen wie eine Kugel auf der schiefen Ebene. Das war das Einzige, was er im Physikunterricht begriffen und behalten hatte.

Aber sie strahlte, als sie ihn begrüßte, ihre rosigen Wangen wurden augenblicklich noch röter, und ihr Händedruck war herzlich und überraschend kraftvoll. Hella Jäger konnte ganz offensichtlich zupacken.

Im Bug gab es eine noch winzigere Wohnung für den Schiffsjungen, der Name »Wohnung« war eigentlich übertrieben. Eine circa vier bis fünf Quadratmeter große Kabine mit einer kleinen Koje, darüber ein Hängeregal und darunter eine große Schublade für die Habseligkeiten. Ein aus der Wand zu klappendes Brett stellte den Tisch dar und bot gerade mal Platz für zwei nebeneinanderliegende DIN-A4-Seiten, davor stand ein Schemel. In der einzigen Steckdose steckte ein in die Jahre gekommener und wenig vertrauenerweckender Tauchsieder für die schnelle Tasse Tee zwischendurch. Eine schmale Tür, durch die man nur gebückt gehen konnte, führte zu einem Klo und einem Waschbecken.

»Ist nicht doll«, sagte Robert, als sich Malte umgesehen hatte, »aber was soll's. Zweiundachtzig Meter sind auch nicht die Welt, da quält man sich ohne Ende und geht durch die Konkurrenz der riesigen Schlepper und Schubverbände kaputt.«

»Klar«, erwiderte Malte. »Versteh ich. Aber is' doch okay. Reicht mir völlig. Find ich klasse.«

Damit sammelte er den ersten Pluspunkt bei Binnenschiffer Robert.

Anschließend zeigte Robert Malte den Motorraum, die Frachträume und die Brücke.

»So, min Jong«, sagte Robert, »jetzt hast du alles gesehen, und jetzt machen wir mal Nägel mit Köppen. Dir gefällt das Schiff?«

»Ja.«

»Du könntest dir vorstellen mitzufahren?«

»Na klar!« Maltes Augen leuchteten auf.

»Hast du Papiere?«

Malte suchte in seiner Jacke und zog schließlich seinen Personalausweis und das zerknitterte Abgangszeugnis aus der Tasche.

Robert warf nur einen kurzen Blick darauf und gab sie ihm wieder.

»Was kannst du?«

Malte zuckte mit den Achseln.

»Hast du schon mal irgendwas mit Metall gemacht? Feilen, Bohren, Löten, Schweißen, Schleifen?«

Malte schüttelte den Kopf.

»Oder kennst du dich aus mit Holz? Sägen, Hobeln, Schrauben, Leimen?«

Malte schüttelte wieder den Kopf und sah bereits seine Felle davonschwimmen.

»Dritte Frage: schon mal entrostet oder gestrichen? Lösungsmittel, Farben, Lacke? Weißt du damit Bescheid?«

»Nein.« Malte war drauf und dran, seinen Koffer zu greifen und zu gehen.

»Okay. Dann müssen wir also bei Adam und Eva anfangen. Warste schon mal auf'm Schiff?«

»Ja. Als Kind.«

»Wirste von der Polizei gesucht?«

»Nee.«

»Na, dann is' gut.« Robert seufzte. »Okay, probieren wir's. Wenn du dich anstrengst, ist alles möglich. Lernen kann man alles. Kriegst freie Kost und Logis und fürs Erste ein Taschengeld. Wenn du mir blöde kommst, gehste im nächsten Hafen von Bord. Du musst anpacken, wann immer Not am Mann ist. Und manchmal hast du wochenlang keinen freien Tag. So ist das. Bei dir und bei uns. Haben wir uns verstanden?«

»Alles klar, Käpt'n!«

»Hast du Eltern, die irgendwann anfangen, Stress zu machen?«

Malte schüttelte den Kopf. »Nein. Ich bin Waise.«

»Wo kommst du her? Aus'm Heim?«

»Nee, von meiner Tante. Sie ist auch gestorben.«

Robert ging nicht weiter darauf ein, obwohl er es schon seltsam fand.

»Okay. Dann versuchen wir's, Malte. Pack deinen Kram aus und komm zu uns. Hella macht Abendbrot.«

47

Korsika

Erst als es schon fast zwölf Uhr mittags war, das Zelt nicht mehr im Schatten einer Pinie lag und die Sonne gnadenlos brannte, wachte Leonie auf.

Es war mittlerweile unerträglich heiß und stickig im Zelt. Leonie zog den Reißverschluss auf, steckte den Kopf heraus, atmete ein paarmal kurz durch und kroch mit steifen Knochen ins Freie.

Sie streckte sich, gähnte und sah weit übers Meer. Es war einfach nicht zu fassen, dass sie einen derartig genialen Zeltplatz gefunden hatten.

Der kleine, verträumte und nur mäßig besuchte Campingplatz lag hoch auf der Klippe, an der korsischen Steilküste im Westen, auf einer Art Plateau. Offensichtlich war die enge Serpentinenstraße, die hier hinaufführte, vielen Urlaubern zu stressig, mit einem Wohnwagen war sie überhaupt nicht zu bewältigen, da es kaum Ausweichmöglichkeiten gab. Und für Familien mit Kindern war der Platz einfach zu gefährlich. Ein falscher Schritt, oder ein Kind, das rannte und nicht rechtzeitig stoppen konnte – und ab ging's in die Tiefe.

Leonie und Hannah hatten am Abend zuvor in einem Dorf vor einem kleinen Lebensmittelladen zwei junge Typen getroffen, die drei Kisten Bier und einen Zehnliterkarton Rotwein in einen Opel Corsa mit einem Nummernschild aus Heidenheim luden. Sie hatten die beiden, die einen sehr sympathischen Eindruck machten und bestimmt erst Mitte zwanzig waren, angehauen und gefragt, ob sie ein Stück mitfahren könnten, ziemlich egal, wohin. Leonie hatte sich in ihren Turnschuhen Blasen gelaufen und war die Wanderei allmählich leid.

Die beiden Jungs hatten von einem tollen Campingplatz oben auf den Klippen erzählt, wo ihre Freundinnen mit dem Abendessen warteten.

Leonie und Hannah waren begeistert und fuhren mit.

Sie hatten den ganzen Abend mit den Vieren verbracht, Spaghetti mit Tomatensoße gegessen, Rotwein getrunken und waren schließlich todmüde und ein bisschen benebelt nach Mitternacht in ihrem Zelt verschwunden. Trotz der harten Isomatte hatten sie tief und fest fast zwölf Stunden geschlafen.

Daher konnten sie erst jetzt, als auch Hannah aus dem Zelt gekrabbelt kam, so richtig begreifen, an welchem sensationellen Ort sie gelandet waren.

In der vergangenen Nacht, als sie noch mühsam ihr Lager aufgeschlagen hatten, hatten sie gar nicht bemerkt, dass sie nur wenige Meter von der gefährlich steilen Kante entfernt zelteten.

Sogar recht anständige sanitäre Anlagen gab es hier. Perfekt.

Während Hannah zum Duschen und Zähneputzen ging, räumte Leonie das Zelt auf, holte Wasser zum Kaffeekochen und bereitete, so gut es ging, das karge Frühstück vor. Dann folgte sie Hannah, um ebenfalls zu duschen.

Eine halbe Stunde später saßen die beiden vor dem Zelt und sahen in die unendliche blaue Weite. So einen unglaublich schönen Blick hatten sie noch nie gehabt, und er machte sie ganz still.

Schließlich sagte Leonie: »Bitte, Hannah, lass uns 'ne Weile hierbleiben. So was Tolles finden wir so schnell nicht wieder. Wir haben überhaupt keinen Zeitdruck, haben noch ein bisschen Geld und können das doch mal 'ne Woche oder so genießen, uns erholen, was lesen oder was weiß ich. Ich hab die Lauferei ohnehin so dicke.«

»Wenn du willst, warum nicht? Ich find's hier auch echt geil.«

»Wir können ja auch auf dem Campingplatz ein bisschen Musik machen.«

»Meinst du, die zahlen hier was?«

»Das wohl nicht, aber vielleicht werden wir zum Essen eingeladen. Das wär doch schon mal was.«

»Okay. Und in ein oder zwei Wochen, wenn uns das hier auf den Geist geht, ziehen wir weiter. Je nachdem, wie wir gelaunt sind.«

»Klar, so machen wir das.«

Hannah schloss die Augen und schlürfte genüsslich ihren Kaffee, als wäre er ganz und gar köstlich, dabei schmeckte er wie fader Muckefuck im Schullandheim.

Nach dem Frühstück, das eigentlich schon das Mittagessen gewesen war, zog sich Leonie in den Schatten eines Baumes zurück, um zu lesen, und Hannah ging zu den Waschräumen, um ihre T-Shirts und Shorts zu waschen. Wenn sie ein paar Tage hierblieben, konnte alles prima trocknen.

Als sie wiederkam, stand sie einen Moment still und sah in die Bucht hinunter. Aber dann stutzte sie.

»Leo!«, rief sie. »Guck doch mal! Da unten, das Boot in der Bucht, ist das nicht Werner? Ich werd verrückt, was macht der denn hier?«

Jetzt stand auch Leonie auf, legte ihr Buch zur Seite und wagte sich ziemlich nah an die Steilkante heran.

»Ja, das könnte er sein. Das Boot hat genau so 'n schwarzen Rumpf, aber ich kann den Namen nicht erkennen, wir bräuchten ein Fernglas.«

In diesem Moment kam ein Mann an Deck.

Leonie und Hannah fingen an zu winken und zu rufen.

Er musste sie einfach bemerken, sie waren auch für ihn da unten nicht zu überhören und nicht zu übersehen.

Hannah griff zusätzlich noch ein Handtuch und wedelte damit über ihrem Kopf.

Der Mann sah hoch zur Klippe, reagierte aber nicht. Winkte auch nicht zurück.

»Das ist nicht Werner«, sagte Leonie auf einmal. »Werner hätte gewunken, denn wir sind bestimmt zu erkennen. Und Werner hatte auch etwas kürzere Haare.«

»Das siehst du?«

»Ich glaub schon.«

»Na gut. Wenn du meinst, dass der Typ nicht Werner ist, dann ist es auch nicht die *Aurora*. Es wird noch mehr Schiffe im Mittelmeer mit schwarzem Rumpf geben.«

»Wahrscheinlich.«

Leonie und Hannah setzten sich wieder.

»Wir können ihm ja 'ne Mail schreiben und ihn fragen, ob er's war.«

»Ja, mach mal.«

Hi, Werner, schrieb Leonie, *geht's dir gut? Wir haben grade auf Korsika in 'ner Bucht ein Schiff gesehen, das aussah wie die* Aurora. *Warst du das? Wir haben wie die Irren gewunken, aber du hast nicht reagiert. Schade, wir hätten dich irre gern wiedergetroffen! Leonie und Hannah*

Nach einer Weile fragte Hannah: »Was meinst du? Wenn wir ganz sicher gewesen wären, dass es die *Aurora* ist, hätten wir dann versucht, runter in die Bucht zu klettern?«

Leonie tippte sich an die Stirn. »Um mal kurz ›Hallo‹ zu sagen? Wie bekloppt ist das denn? Und dann wandern wir die Serpentinenstraße wieder nach oben? Da kommen wir um, das schaff ich nicht. Nee, nee, hier ist alles klasse, auf die *Aurora* hab ich im Moment keinen Bock.«

Leonie und Hannah überlegten, was sie sich in dem kleinen Camping-Kiosk zum Abendessen kaufen könnten. Und während sie darüber diskutierten, vergaßen sie das Boot.

Als sie nach einem kurzen Einkauf im Kiosk zu ihrem Zelt zurückkehrten, war die Yacht nicht mehr da.

48

In seinen Ohren klang das Rufen in der stillen Bucht wie ein Kreischen. Schrill und fürchterlich.

Die Sonne blendete. Er hielt sich die Hand über die Augen und sah unwillkürlich hinauf zum Steilküstenplateau. Dort oben sprangen zwei junge Mädchen herum wie Hupfdohlen und winkten wie verrückt. Die eine der beiden schwenkte dabei ein Handtuch, als wäre sie in Seenot. Er bildete sich sogar ein, inmitten der Jubelrufe den Namen »Werner« herauszuhören.

Entsetzen packte ihn. Kannten die beiden stressigen Teenager etwa Werner und das Boot? Kamen sie vielleicht sogar auf die Idee, hinunter in die Bucht zu klettern?

Das war das Letzte, was er jetzt brauchte.

Er hörte, dass er eine Mail bekommen hatte, und öffnete sie.

… Wir haben grade auf Korsika in 'ner Bucht ein Schiff gesehen, das aussah wie die Aurora. *Warst du das? …*

Verflucht noch mal. Wenn die beiden Hupfdohlen in die Bucht kletterten und sahen, dass er nicht Werner war, hatte er ein Problem.

Schnell antwortete er:

Ich freu mich, von euch zu hören, aber ich sitze gerade in 'ner Eisdiele in Nizza und lass es mir gut gehen. Mein Boot liegt gut vertäut vor mir. Gott sei Dank! Passt auf euch auf! Werner

Aber auch diese Antwort war keine Gewähr dafür, dass die beiden nicht plötzlich anmarschiert kamen und blöde Fragen stellten.

Es tat ihm in der Seele weh. Hier hatte er sich sicher und unbeobachtet gefühlt. Keine Nachbarn, kein anderes Boot. Eine wunderschöne Bucht mit klarem Ankergrund. Absolut ideale Bedingungen, und jetzt machten ihm diese beiden blöden Gänse da oben alles kaputt. Er musste sich wohl oder übel für die Nacht eine andere Bucht suchen.

So was Nerviges.

Er ließ die Motoren an, fuhr über den Anker, der in fünfzehn Metern Wassertiefe lag, brach ihn problemlos los und zog ihn mit der elektrischen Ankerwinde nach oben. Das klappte fabelhaft.

Langsam fuhr er in südlicher Richtung hinaus aufs Meer.

Während er durch das im Sonnenlicht grell glitzernde Wasser pflügte, murmelte er unentwegt vor sich hin: Werner Johannes Faenzi, geboren 1960 in Tönisvorst, wohnhaft in 10717 Berlin, Prinzregentenstraße 36. Er musste unbedingt einmal dort hinfahren und sich die Wohnung ansehen. Möglichst bevor Werner und Vivian offiziell als vermisst gemeldet wurden. Die Schwierigkeit waren mögliche Angehörige: Geschwister, enge Freunde oder noch lebende Eltern. Dies alles musste er versuchen von Vivian zu erfahren.

Die See war ruhig, der Autopilot machte seine Arbeit, und Malte ging unter Deck. Er wollte endlich mit dem Schlüssel aus Werners Portemonnaie den Tresor öffnen.

Im Tresor waren noch einmal fünfzehntausend Euro. Malte wunderte sich schon gar nicht mehr.

Außerdem lagen dort die Signalpistole und Munition. Also hatte er richtig vermutet. Dazu fünf Signalraketen in Rot, falls er in Seenot war und dringend Hilfe benötigte. Er besah sie sich genauer. Es waren Fallschirmraketen. Sie stiegen dreihundert Meter hoch in die Luft und sanken langsam. Man konnte davon ausgehen, dass sie vierzig Sekunden in der Luft sichtbar waren. Das war schon mal nicht schlecht. Dieser Werner hatte wirklich an alles gedacht und immer nur das Beste vom Besten angeschafft. Außerdem hatte er sechs weiße Raketen im Tresor, um in der Nacht das Meer weiträumig zu beleuchten, wenn jemand über Bord gegangen war, und zwei grüne, um zu signalisieren: alles okay, die Gefahr ist gebannt.

Malte wusste, dass eine Signalpistole mit Munition eine gefährliche Waffe war und jeder Schiffsführer deshalb eine gesonderte Ausbildung und eine Waffenbesitzkarte haben musste. Das interessierte ihn jetzt jedoch weniger.

Wichtiger war, dass er eine Waffe hatte, mit der man einem Menschen aus drei Meter Entfernung ein fußballgroßes Loch in den Bauch schießen konnte. Und auch aus größerer Entfernung war so ein Schuss noch tödlich.

Wunderbar. Man wusste ja nie, wozu die Signalpistole noch nützlich sein konnte.

Drei Stunden später ankerte er wieder in einer einsamen Bucht. Diesmal vor einer bewaldeten Küste. Da gab es kein

Hochplateau, von dem aus er beobachtet werden konnte, und er lag nicht so auf dem Präsentierteller. Wenn er es sich recht überlegte, war diese Bucht noch besser als die vorige.

Zum Essen setzte er sich an Deck. Der Abend war still und friedlich. Die Sonne ging unter, und hin und wieder klatschte eine kleine Welle an den Schiffsrumpf. Vereinzelt schrie eine Möwe.

Malte öffnete eine Büchse mit Heringsfilets in Tomatensoße, die er mit Erbsen und Brot aß. Dazu ein Bier. Braver Werner. Er hatte drei Paletten à vierundzwanzig Dosen unter dem Sitz im Salon gebunkert. Sehr, sehr brav.

Malte öffnete die erste Dose und prostete Werner in Gedanken zu: Alles Gute, alter Junge, wo immer du jetzt auch sein magst. Hier ist alles prima, mach dir keine Sorgen, ich pass auf dein Schiffchen auf.

Langsam essend legte er die Beine auf den Tisch und genoss das sanfte Schaukeln des Bootes.

Das ist der wahre Luxus, dachte er, auf dieser Welt allein zu sein. Ohne irgendjemand, auf den man Rücksicht nehmen musste. So viele Jahre hatte er nicht mehr als zwei Quadratmeter für sich beanspruchen können und immer noch mindestens einen, manchmal auch bis zu drei Typen mit in der Kabine gehabt, deren dummes Gequatsche, Geschnarche und deren Furze und Gestank er Nacht für Nacht und Tag für Tag ertragen musste.

Und dazu war er jetzt auch noch ein reicher Mann und besaß hundertfünfunddreißigtausend Euro. Es war unfassbar.

Malte wollte gerade unter Deck gehen, um im iPod, der unter dem zweiten Steuerstand mit der Schiffsanlage verbunden war, die Musik zu suchen, die am besten zu dieser Abendstimmung passte, als ihn ein erneutes »Pling« des iPad zusammenzucken ließ.

Schon wieder so eine Scheißmail.

Er öffnete sie. Von Vivian. Natürlich.

Liebster, ich bin schon zu Hause, also in meiner Bude. Hatte heute keinen Bock, wieder im Restaurant zu essen, und hau mir hier ein kleines Steak in die Pfanne. Ist ja auch mal ganz schön, niemanden zu hören und zu sehen. – Was ist? Hast du die Karte gesperrt????? Warum kann ich dich eigentlich über Handy nie erreichen????

Erklär's mir mal bitte! Das alles macht mich ganz nervös.

An der Oper läuft es stressiger, als ich dachte, die hiesige Kostümbildnerin hat nichts anderes im Kopf, als Schwierigkeiten zu machen und mir Knüppel zwischen die Beine zu werfen. Ich muss um alles kämpfen. Es ist grauenvoll, nur weil die Pute sauer und eifersüchtig ist. Diese Streitereien mit ihr rauben mir meine ganze Energie. Kannst du dir das vorstellen?

Aber wenigstens ist Ingo wieder zurück, und die verschwundenen Kostümkisten sind auch auf dem Weg. Die Kostüme sollten in Berlin doch echt am »Tag der offenen Tür« versteigert werden. Ich fasse es nicht! Sag mal, ist man denn eigentlich nur von Idioten umgeben?

Aber ansonsten läuft alles prima. Die Sänger machen keine Zicken und sind sehr höflich, willig und freundlich. Und die Bühnenarbeiter arbeiten ganz gut. Da hab ich ja schon ganz anderes erlebt, wie du weißt. Ich bin also im Zeitplan. Das ist das Wichtigste.

Ich werde jetzt ein Glas Wein auf dich und uns trinken und freu mich auf deine Antwort. Du kannst mich auch anrufen, wenn es geht. Wie gesagt – ich bin im Appartement.

Wenn du wüsstest, wie sehr ich dich liebe. Vivian

Malte verdrehte die Augen. Jetzt musste er auch noch auf dieses Gelaber antworten! Es war unerträglich.

Am liebsten hätte er die Mail einfach weggeklickt oder in den Computer gehackt: *Lass mich endlich in Ruhe, dumme Kuh, und erzähle diesen ganzen Müll jemand anderem!* Aber das ging ja nicht.

Er versuchte sich wie immer vorzustellen, was der liebe Werner jetzt wohl geschrieben hätte.

Beinah zehn Minuten überlegte er und wurde immer saurer. Es hätte so ein schöner Abend sein können.

Dann schrieb er:

Vivian, Schatz, ich hab den Zettel mit den PINs gefunden und die Karte natürlich sofort sperren lassen. Es ist alles in Ordnung, mach dir keine Sorgen. Aber leider ist mir der Auflader von meinem Handy ins Wasser gefallen. Hab ich dir das nicht geschrieben? Und so schalte ich es nicht an, bis ich mir einen neuen gekauft habe. Nur im Notfall. So wie für das Gespräch mit der Bank.

Hier an Bord ist alles okay, nur du fehlst mir natürlich. Und wie! Es macht alles keinen Spaß ohne dich, aber es ist ja nicht mehr lange. Die Zeit kriegen wir schon noch rum.

Lass dich nicht von irgendwelchen eifersüchtigen Kostümtanten ärgern, grüße Ingo, schlafe gut und träum was Schönes von mir! Werner

Malte las die Mail noch ein paarmal. Ja, dachte er, ich glaube, ich habe den richtigen Ton getroffen. Lieb, aber nicht so überschwänglich gefühlvoll. So schrieben eben Männer.

Er schickte die Mail ab und öffnete ein neues Bier.

Hoffentlich gab die blöde Kuh jetzt zwei Tage Ruhe, er hatte einfach keine Lust, seine Zeit mit albernen Mails zu vergeuden.

49

Duisburg, September 1987

Malte schrubbte gerade das Deck der *Auguste Viktoria*, als Robert von der Brücke kam und ihm freundschaftlich auf die Schulter schlug.

»Min Jong«, sagte er, »wenn mich nicht alles täuscht, dann hast du heute Geburtstag. Dein achtzehnter! Ab heute bist du 'n ganzer Kerl!« Er schlug ihm noch einmal und noch fester auf die Schulter.

Malte grinste. Er freute sich, dass Robert daran gedacht hatte.

»Pass auf, ich würde sagen, zieh los, mach heute Abend mal einen drauf!« Er zog einen zerknitterten Schein aus seiner Hosentasche. »Hier haste 'nen Hunni. Man wird nur einmal im Leben volljährig. Und ich will nicht, dass du heute Nacht nach Hause kommst, hörst du? Erst morgen um sechs. Da legen wir ab. Bis dahin lässt du's krachen!«

Er schlug ihm zum dritten Mal auf die Schulter, grinste breit und ging unter Deck.

Malte war völlig baff. Aber Robert hatte recht, so klar war ihm das gar nicht gewesen: Heute wurde er volljährig, ab heute war er ein Mann, und heute brauchte er zum ersten Mal eine Frau. So war das, und so musste das sein.

Er stellte den Schrubber in die Ecke, kippte das Wischwasser über Bord und ging in seine winzige Kabine, um sich einen anderen Pullover anzuziehen. Den, den er gerade trug, hatte er seit vier Wochen beim Arbeiten und beim Schlafen an, und er roch sicher nicht gut. Obwohl Malte selbst das nicht feststellen konnte.

Dann ging er mit dem Hunderter in der Tasche los. Ein wenig im Stress, denn wenn er für die Nacht kein Bett fand, musste er zumindest durchmachen und sich eine Geschichte ausdenken, die er am nächsten Morgen erzählen konnte.

Es dauerte eine Weile, bis er den Industriehafen durchquert hatte, aber dann kam er in eine Straße mit Wohnhäusern, Geschäften und Kneipen.

Für Malte war es die große weite Welt. In den vergangenen zwei Jahren hatte er die *Auguste Viktoria*, wenn das Schiff irgendwo anlegte, fast nie verlassen. Er wusste einfach nicht, wohin, und an Bord hatte er alles, was er brauchte.

Unschlüssig blieb er vor der »Spelunke« stehen. Sie wirkte düster und hatte graugrüne Vorhänge, ein Steuerrad und Fischernetze mit Plastikfischen unter roter Neonröhre im Fenster.

Malte ging hinein.

Im Schankraum war es relativ dunkel. Alte Schiffslaternen hingen über dem Tresen und über den Tischen. Sie gaben nicht viel Licht, aber hinter der Theke funkelten geputzte Gläser im Spiegelschrank.

Malte fühlte sich auf Anhieb wohl.

Er sah, dass sich der Barkeeper umdrehte und eine neue Musikkassette einlegte. Ein Akkordeon spielte »La Paloma«, und Malte sang in Gedanken mit: Seemannsbraut ist die See, und nur ihr kann er treu sein. Wenn der Sturmwind sein

Lied singt, dann winkt mir der großen Freiheit Glück.

»Na, Süßer, was willste denn?« Malte schreckte auf und sah hoch.

Vor ihm stand eine blonde Bedienung. Sehr groß, sehr schlank, mit üppiger Mähne, tiefschwarzen Augen und langen Wimpern, einem roten Lippenstiftmund und einem ungewöhnlich flachen Hintern.

Sie strahlte ihn mit blendend weißen Zähnen an und tippte mit dem Fuß auf den Boden.

»Ein Bier«, stammelte Malte.

»Sonst nichts?«

»Was habt ihr denn?«

»Buletten, Labskaus, Matjes, Scholle … was du willst. Is alles lecker.« Ihre Stimme war warm und tief.

»Gut. Dann einmal Labskaus.« Ein Lächeln zog über sein Gesicht. »Ja, Labskaus is' prima.«

»Okay. Bier und Labskaus.«

Als sie ging, blickte er ihr hinterher und stellte sich vor, wie es sein würde, ihr unter den Rock zu fassen.

Er sah sich um. Es wimmelte von Arbeitern aus dem Hafen und Matrosen von den Schiffen, die Landgang hatten. Die meisten waren schon zu betrunken, um eine blonde Schönheit wie diese Bedienung überhaupt zu bemerken. Und wenn, dann waren sie kaum noch in der Lage, mit ihr zu reden. Aber das störte nicht weiter, denn sie brachte auch unaufgefordert Bier und Schnaps.

Keine zehn Minuten später stellte sie Malte Bier und Labskaus auf den Tisch.

»Bitte, Schätzchen!«, sagte sie, klimperte mit den ungewöhnlich dichten und langen Wimpern, und Malte überlegte, ob sie echt waren.

»Hast du einen Moment Zeit?«, fragte er.

»Für dich immer, Herzelein«, säuselte sie und sah ihm tief in die Augen, sodass Malte ganz heiß wurde. »Hier ist ja schon lange nicht mehr so ein hübscher Junge reingeschneit.«

»Setz dich. Bitte. Nur zwei Minuten.«

»Ach, wenn du wüsstest!« Sie fuhr sich mit einer großen Geste durch die Haare. »Wenn ich mich zu dir setze, reißt mir mein Chef den Kopf ab. Dabei würde ich am liebsten die ganze Nacht hier bei dir sitzen!«

Ihr Lächeln war einfach umwerfend.

Seltsamerweise ging sie nicht weg, sondern blieb stehen.

»Ich habe um zwölf Feierabend«, sagte sie. »Wenn du willst, können wir irgendwo hingehen. Es gibt so wunderbare Dinge, die wir beide zusammen unternehmen können, meinst du nicht auch?« Sie lachte kurz und heiser auf.

Sie wollte etwas von ihm! Es war ganz eindeutig, sie wollte wahrhaftig etwas von ihm.

»Das wäre toll!«, stammelte er. »Fantastisch. Ich warte hier auf dich.«

Sie stützte sich mit den Händen auf seinen Tisch und sah ihn wieder durchdringend an. »Wie heißt du denn, honey?«

»Malte.«

»Oh, wie schön!« Sie schlug die Hände zusammen, als wollte sie klatschen. »Und ich bin Annabelle! Mit zwei ›N‹ und zwei ›L‹!«

Sie drehte sich um, strich sich einmal lasziv über die Hüfte und verschwand in der Küche.

Der Name passt zu ihr, dachte Malte. Diese Frau ist ja der Wahnsinn!

Um kurz vor elf wurde es ruhiger. Die Küche war geschlossen, und Annabelle brachte nur noch hier und da ein Bier zu dem einen oder anderen Gast. Einige lagen über den Tischen und schnarchten laut.

Endlich setzte sie sich zu ihm.

»Was willst du trinken?«, fragte er. »Ich geb einen aus.«

Sie machte eine abwehrende Handbewegung. »Jetzt noch nicht, Liebchen. Leider! Erst nach Feierabend.«

Er grinste. »Gut, dann eben später.« Er sah sie nicht an. »Heute ist übrigens mein Geburtstag«, flüsterte er. »Wir könnten ein bisschen feiern.«

»Schätzchen! Das ist ja wunderbar!« Sie beugte sich vor und küsste ihn auf den Mund. »Alles Gute für dich! Wie alt wirst du denn?«

»Achtzehn.«

»Süße achtzehn? Das ist ja nicht zu fassen. Stell dir vor, ich bin neunzehn!« Sie lachte, und Malte lachte mit. Er hatte sie auf Ende zwanzig geschätzt.

Fünf Minuten später brachte sie ein neues Bier und sagte: »Vom Haus. Und herzlichen Glückwunsch!«

Als sie zurück zum Tresen ging, sagte ein älterer Mann mit glasigem Blick zu ihr: »Lass ihn leben, Annabelle, friss ihn nicht mit Haut und Haar!«

Annabelle gluckste amüsiert, beugte sich zu ihm und flüsterte: »Drück mir die Daumen, Kutte, drück mir die Daumen!«

Er hob den Daumen, sie lächelte und holte vom Tresen das nächste Tablett.

Zehn nach zwölf standen sie auf der Straße. Erst jetzt sah er, dass sie genauso groß war wie er.

»Und?« Sie hakte sich bei ihm ein. »Wo wollen wir feiern? Hier in der Nähe ist um diese Zeit überall tote Hose. Warum kommst du nicht noch auf einen Drink mit zu mir?«

»Okay.«

Es war kurz vor eins, als sie bei ihrem Haus ankamen.

Bisher hatte er immer gedacht, es passiert einfach irgendwann, und jetzt merkte er, dass er gerade in der Situation war, in der es passierte.

»Ich wohne im zweiten Stock«, sagte Annabelle leise.

Erst jetzt, als sie die Tür aufschloss, bemerkte Malte ihre langen Finger mit den perfekt manikürten Fingernägeln. Sie ging vor ihm die Treppe hinauf und wackelte mit ihrem fast nicht vorhandenen Hintern.

Malte folgte ihr.

»Möchtest du ein Tässchen Sekt?«, fragte Annabelle, als Malte in ihrem Wohnzimmer saß. »Ich finde, das haben wir uns jetzt verdient!«

Malte nickte. »Ja, das wär toll!« Er konnte kaum sprechen, sein Mund war wie ausgetrocknet. Die Selbstsicherheit, die er in der Spelunke gehabt hatte, war wie weggeblasen.

Sie stellte zwei Sektflöten vor ihn auf den Couchtisch, holte eine Flasche, ließ den Korken knallen, schaltete den Plattenspieler ein und legte »Midnight Lady« von Chris Norman auf. Dann setzte sie sich neben ihn.

»Magst du die Musik?«, fragte sie flüsternd, während sie die Gläser klingen ließ und einen ersten Schluck nahm.

Malte zuckte die Achseln. »Weiß nicht. Kenn ich nicht. An Bord hören wir so gut wie nie Musik. Geht auch gar nicht bei dem Krach, den die Motoren machen.«

»Bist du Binnenschiffer?«

Malte nickte.

Ihm brach der Schweiß aus, und er trank hastig. Vielleicht ging es ihm dann besser, vielleicht wurde er dann ruhiger.

Sie schmiegte sich an ihn und drückte ihren Oberschenkel immer enger an seinen.

Als sie ihn ansah, war ihr Gesicht so dicht, dass er schielen musste, um ihr in die Augen zu sehen.

»Und du fährst wirklich andauernd mit irgendwelchen Frachtschiffen durch die Gegend? Ich stelle mir das unglaublich romantisch vor!«

»Die Schifffahrt ist romantisch, ja, zumindest manchmal, aber die Arbeit, die ich mache, ist es nicht. Wirklich nicht. Das ist Schinderei. Ein Knochenjob.«

»Ach?« Sie öffnete seine obersten Hemdknöpfe.

Malte glaubte, innerlich zu explodieren, und schloss die Augen.

»Mein Prinz!«, flüsterte sie.

Sein Mund war dem ihren so nah, dass sie ihn einfach küsste.

Er hatte das Gefühl, in einem Sog zu sein, der ihn unaufhörlich auf den Grund des Meeres zog, aber er wehrte sich nicht.

So war das also, dachte er, so schön, und schloss die Augen.

Sie begann, ihn auszuziehen. Die Gürtelschnalle hatte sie schon auf und war jetzt dabei, ihm die Jeans zusammen mit der Unterhose die Beine herunterzuziehen.

Als er bis auf sein T-Shirt nackt war, sah sie ihn bewundernd an. »Mein Gott, was hab ich da für einen knackigen, süßen Burschen aufgegabelt. Komm mal her, Liebster!«

Er war ganz glücklich, wurde langsam mutiger und erwiderte ihre Küsse. Stürmisch und fordernd drückte er ihr die Zunge in den Mund, obwohl er es komisch fand. Sie würgte. Dann fuhr er mit der Hand in ihren BH und knetete ihre Brüste, die eigentlich nichts weiter als Brustwarzen waren.

Annabelle bewegte sich hin und her und auf und ab, schwang die Hüften, flüsterte ihm Liebesschwüre ins Ohr und stimulierte ihn leidenschaftlich und zärtlich zuerst mit der Hand, dann mit dem Mund.

Es war die reine Neugier, als er ihren knappen Mini hoch- und ihre Strumpfhose hinunterzog und seine Hand in ihren Slip schob. Bilder hatte er in seinen Pornos schon haufenweise gesehen, aber er wollte einfach wissen, wie sich eine Frau anfühlte.

Doch in ihrem Höschen fühlte er etwas Hartes, Langes, Rundes. Er konnte es nicht glauben und zuckte zurück. Vor Ekel und Entsetzen.

Annabelle war ein Kerl und hatte ihn geküsst und versucht, ihm einen zu blasen.

Es war ja so widerlich.

Augenblicklich fiel seine Erektion in sich zusammen.

In diesem Moment brachen alle Dämme, und Malte drehte durch. Er richtete sich auf und boxte ihr mit aller Kraft die Faust ins geschminkte Gesicht.

Ihr schoss das Blut aus der Nase, und ihre dunklen Augen mit den unnatürlich dichten und langen Wimpern starrten ihn entsetzt an. Es lagen nicht Schmerz, sondern Fassungslosigkeit und völliges Unverständnis in ihrem Blick.

»Du Schwein!«, schrie er. »Du ekelhafte Tunte! Du hast

mich reingelegt!«

Annabelle war so perplex, dass sie keinen Ton sagte. Und jetzt erst bemerkte er ihre herben, kantigen Gesichtszüge unter dem Make-up, er sah ihren Mund, der ihm plötzlich riesig erschien, und kapierte jetzt erst, warum ihre Brüste überhaupt keine Brüste waren.

Es war nur ein Griff. Und es ging schnell. Er nahm den schweren Aschenbecher vom Tisch und ließ ihn mit voller Wucht gegen ihre Stirn krachen.

Sie sackte in sich zusammen.

Er sah die tiefe Delle, die er in ihren Kopf geschlagen hatte.

Annabelle regte sich nicht mehr.

Panik erfasste ihn, und er schüttelte sie. Flehte sie an, die Augen aufzumachen, aber nichts geschah. Ihren Puls konnte er in der Aufregung nicht finden, ihre Brust hob und senkte sich nicht, und als er sein Ohr an ihre Nase hielt, spürte er nicht den leisesten Atemhauch.

Allmählich begriff Malte.

Scheiße, dachte er, au Scheiße, Scheiße, Scheiße. Ich muss so schnell wie möglich weg.

Aus der Küche holte er einen Lappen und wischte flüchtig über Gläser, Tisch und Türklinken.

Dann verließ er die Wohnung.

Um zwanzig nach vier war er zurück auf der *Auguste Viktoria*.

Noch niemals hatte er das Ablegen des Schiffes so herbeigesehnt.

50

Elba, Porto Azzurro

»Übrigens hat mich Gianni heute Nachmittag angerufen«, sagte Gabriella, als Neri abends nach Dienstschluss hereinkam. »Er hat sich ein paar Tage freigenommen und kommt eine Woche nach Elba, um uns zu besuchen.«

»Na, das ist ja ein Ding. Seit wann hat er denn solche Sehnsucht nach seinen Eltern?«

»Was redest du denn da?« Gabriella wirkte verärgert. Sie freute sich über Giannis Pläne.

»Ich meine ja nur. Reg dich nicht gleich wieder auf, aber ungewöhnlich ist das schon. Nach Ambra kommt er nur einmal in der Woche, um den Kühlschrank zu plündern. Und jetzt eine ganze Woche?«

»Es ist, wie es ist. Freu dich einfach.« Gabriella bekam ihren strengen Zug um den Mund, denn Neri ging ihr auf die Nerven. Warum war er nicht einfach glücklich, dass ihr Sohn eine Woche bei ihnen sein würde? Eine ganze Woche! So viel Zeit hatten sie schon ewig nicht mehr miteinander verbracht.

Es war zwei Tage später um sieben Uhr fünfundvierzig, als Neri am Kai stand und auf Giannis Fähre wartete. Zum Glück musste er nicht mehr täglich bei Signora Rossi in ihrem

Dreckstall duschen, der Schaden im Haus war repariert, aber Neri hatte bis heute nicht kapiert, was das Problem gewesen war. Es war eins der vielen italienischen Geheimnisse, die nie gelüftet wurden.

Er starrte aufs Meer. Noch war die Fähre nicht in Sicht.

»Nanu, Neri! Was machst du denn hier so früh am Morgen?«, rief eine wohlbekannte Stimme hinter ihm, und Neri zuckte augenblicklich zusammen.

Sekunden später stand Manuela vor ihm: in hautengen Leggings, einem knappen, ebenso engen T-Shirt, Turnschuhen und einem Stirnband, das die Haare zurückhielt und ihre großen dunklen Augen nur noch mehr betonte.

Und neben ihr stand ein Mann, ungefähr zehn Jahre jünger als sie, ebenfalls im Jogging-Outfit, durchtrainiert und schlank und mit tätowierten Oberarmen. Nicht der, mit dem er sie schon einmal getroffen hatte. Offensichtlich hatte sie eine ganze Kollektion von Begleitern.

Der Typ grinste nur, sagte aber keinen Ton.

»Ach, darf ich dir vorstellen: Das ist Sandro, ein Bekannter von mir. Wir joggen hin und wieder zusammen. Sandro, das ist Donato Neri, mein Kollege.«

Die beiden Männer nickten sich kurz zu.

Sie sah einfach umwerfend aus. Noch besser als in Uniform.

Neri war kurz davor, ohnmächtig zu werden.

Ihr heißer Atem traf ihn ins Gesicht. »Geht's dir nicht gut, Donato? Warum stehst du hier rum?«

»Ich warte auf meinen Sohn. Er kommt heute und bleibt ein paar Tage.«

Manuela lachte. »Verstehe. Damit's euch nicht zu einsam wird in der kleinen Bude. Dann grüß ihn schön von mir, er soll sich mal blicken lassen. Auf einen Kaffee. Würde mich freuen. Bis nachher!«

Manuela und Sandro rannten weiter.

Neri sah zu seinem Entsetzen, dass er mit ihrem Tempo wohl keine hundert Meter würde mithalten können.

Zwölf Minuten später legte die Fähre auf Elba an. Gianni war einer der ersten Passagiere, die von Bord gingen. Er ließ seine Reisetasche, die fast leer war, fallen und umarmte seinen Vater kurz.

»Na?«, fragte er. »Wie läuft es? Alles klar bei euch? Wie geht's mit Oma?«

Fragen, auf die man mit einem halben Roman antworten könnte, dachte Neri und beschränkte sich auf ein knappes: »Alles bestens. Oma hat sich gut eingelebt, obwohl sie nicht kapiert, wo sie ist. Und Mama genießt die Insel und den Tapetenwechsel.«

Gianni nickte. »Super. Aber mal was andres: Ich bin jetzt so spontan gekommen, kann ich denn überhaupt bei euch pennen? Da ist es doch ziemlich eng?«

»Das geht schon, auf der Couch im Wohnzimmer. Wenn's dich nicht stört.«

»Va bene. Kein Problem.«

»Schön, dass du da bist. Aber woher dieser plötzliche Entschluss hierherzukommen?«

»Keine Ahnung.« Gianni grinste. »Wollte einfach mal ein bisschen Urlaub machen.«

»Gerade jetzt? In der Hauptsaison? Wo es zuhauf Touristengruppen gibt, die durch Siena geführt werden wollen? Mein Gott, Gianni, nie kannst du so viel verdienen wie jetzt!«

»Kann schon sein.« Gianni zuckte die Achseln. »Aber ich brauche Urlaub. Und zwar gerade jetzt.«

»Und da kommst du zu uns?« Neri runzelte die Stirn.

»Ja, warum nicht? Ich wollte euch besuchen und finde die Insel toll. Besser geht es doch gar nicht.«

Irgendwie leuchtete Neri das alles ein, aber er konnte es immer noch nicht ganz glauben.

Als sie vor dem Ferienhaus ankamen, hängte Gabriella gerade vor der Haustür die Wäsche auf. T-Shirts, Hemden, Unterhosen und Socken von Neri.

Sie strahlte, als sie die beiden kommen sah, ließ Wäsche Wäsche sein, lief auf Gianni zu und umarmte ihn.

In diesem Moment joggten Manuela und Sandro vorbei. Mit einer kleinen Geste winkte Manuela Neri zu, und Neri wäre am liebsten im Boden versunken.

»Wenn du wüsstest, wie ich mich freue, dass du gekommen bist!«, sagte Gabriella mit leuchtenden Augen.

Gianni grinste und hauchte seiner Mutter einen Kuss auf die Wange. »Kein Thema, Mama, ich hatte richtig Lust drauf.«

Gianni ging ins Haus.

Neri nahm Gabriella beiseite und zischte leise: »Sag mal, muss das sein, dass du meine Leibwäsche direkt hier an der Straße aufhängst? Müssen alle Leute sehen, welche Unterhosen ich trage? Ich finde das reichlich geschmacklos, Gabriella.«

Gabriella stutzte und sah ihn konsterniert an. »Was ist denn in dich gefahren, Neri? Wir sind jetzt seit achtundzwanzig Jahren verheiratet, und seit achtundzwanzig Jahren hänge ich unsere Wäsche im Vorgarten auf. Und es hat dich noch nie gestört. Kannst du mir mal sagen, was du plötzlich hast, Donato? Und nur, wenn du es mir erklären kannst, was daran plötzlich so schlimm sein soll, hänge ich die Wäsche woanders hin. Sonst nicht.«

Neri schwieg. Und dachte daran, dass Manuela jeden Morgen auf ihrer Jogging-Tour an ihrem Haus vorbeikam und sich wahrscheinlich jedes Mal köstlich über die Wäsche amüsierte.

»Übrigens macht das jeder so in Italien, falls dir das entgangen sein sollte«, fügte Gabriella schnippisch hinzu und ließ Neri einfach stehen.

Und Neri wusste, dass seine Unterhosen jetzt extra lange in der Sonne baumeln würden.

Oma saß auf dem Portico hinterm Haus und schlürfte ihren Morgenkaffee, als Gianni kam und sie begrüßte.

»Hallo, Oma«, sagte er und küsste sie auf die Wange. »Alles in Ordnung mit dir? Du siehst ja aus wie das blühende Leben! Der Urlaub tut dir gut!«

»Was für ein Urlaub?«, fragte Oma, fühlte sich aber dennoch geschmeichelt, dass sich so ein gut aussehender junger Kerl, in dem sie nicht ihren Enkelsohn Gianni erkannte, für sie interessierte. »Zeit vergeht, Licht verbrennt, und ich vegetiere vor mich hin. Das ist alles. Ich langweile mich wie eine Kuh im Stall, die auch nichts von der Welt sieht.«

»Aber du bist doch mal nicht in Ambra, sondern auf Elba, Oma! Du kannst ans Meer, an den Hafen gehen, Schiffe beobachten, das ist doch was!«

»Paaahh!«, machte Oma. »Was weißt denn du? Ich glaube, im Altersheim ist es interessanter. Vielleicht lasse ich mich einweisen. Hier werde ich ja nur abgestellt wie eine alte Kommode.«

»Lass es, Gianni, hör bitte auf«, murmelte Gabriella entnervt. »Je mehr du fragst und entgegnest, umso schlimmer wird es.«

Gianni nickte und setzte sich. »Hast du auch einen Kaffee für mich?«, fragte er seine Mutter, und Gabriella ging in die Küche, um ihm einen zu holen.

Neri richtete seinem Sohn Manuelas Grüße natürlich nicht aus und sagte ihm auch nicht, dass sie sich freuen würde, wenn er auf einen Kaffee vorbeikäme, aber in Porto Azzurro war es eine Kunst, sich aus dem Weg zu gehen. Man traf sich unweigerlich, und so begegnete Gianni Manuela bereits am frühen Abend am Hafen, als er in einer Bar saß und ein kühles Bier trank.

Sie kam direkt auf ihn zu.

»Entschuldigen Sie«, sagte sie, »aber kennen wir uns nicht irgendwoher? Sie kommen mir so bekannt vor!«

»Ja, ich … ich bin der Sohn Ihres Kollegen Donato Neri«, stotterte Gianni. »Wir sind uns kurz vor Ihrem Büro begegnet, als mein Vater den Vertrag unterschrieben hat.«

»Ach, richtig!« Sie schlug sich mit der flachen Hand gegen die Stirn und lachte. »Ja, jetzt erinnere ich mich!«

Unwillkürlich stand er auf. »Salve«, sagte er und lächelte krampfhaft, seine Sicherheit war wie weggeblasen.

»Salve«, sagte sie auch, zog einen Stuhl heran und fragte: »Darf ich?«

»Bitte, bitte, natürlich, darf ich Ihnen etwas zu trinken bestellen?«

»Ja, einen Prosecco, bitte. Ich bin nicht mehr im Dienst.«

Gianni orderte den Prosecco.

Sie schenkte ihm ihr unwiderstehlichstes Lächeln. »Ich habe Ihrem Vater gesagt, ich würde mich freuen, wenn Sie mal auf einen Kaffee vorbeikommen – aber so ist es natürlich viel schöner als im Büro.«

Du Hurensohn, dachte Gianni, keinen Ton hast du mir

gesagt und hättest es auch nicht mehr getan, aber es kommt alles raus auf dieser Welt. Jeder Ball, den man in die Erdumlaufbahn schießt, um ihn loszuwerden, fliegt irgendwie und von irgendwo wieder zurück.

»Woher sind Sie denn?«, fragte Manuela.

»Aus Siena. Bin heute Morgen um vier Uhr früh losgefahren.«

»Madonna!« Manuela bekam große Augen. »Du lieber Himmel! Warum denn so früh?«

»Damit ich nicht so viel vom Tag verliere.«

»Da müssen Sie ja todmüde sein.«

»Es geht.« Er spürte, wie ihm der Schweiß den Rücken hinunterlief.

Der Prosecco kam, und sie prostete ihm zu. »Salute! Ich heiße übrigens Manuela.«

Gianni wurde rot. »Ich bin Gianni.«

Sie lächelte erneut.

Krampfhaft überlegte Gianni, was er jetzt sagen könnte. Warum gelang es ihm einfach nicht, eine locker-flockige, witzige Konversation zu machen? Warum saß er da wie ein Stock und ertrank in ihren Augen?

Unbehaglich rutschte er auf seinem Stuhl hin und her und konnte sich nicht sattsehen an ihrer leichten Sommerbluse, die im Abendwind flatterte und ihr immer wieder von der Schulter rutschte. An den Füßen trug sie schlichte Ballerinas, die sie trotz ihrer sportlichen Figur fast zerbrechlich wirken ließen.

Manuela war die Frau seiner Träume.

Und er saß da wie ein Idiot.

»Hast du vielleicht Lust, heute Abend mit mir eine Kleinigkeit essen zu gehen?«, fragte sie und schlug ihre langen Beine übereinander.

Gianni traute seinen Ohren nicht. »Ja, aber sicher – warum nicht … Ich meine, das ist wunderbar!«

»Na prima.« Sie trank ihren Prosecco aus und stellte das leere Glas auf den Tisch. »Dann treffen wir uns um acht im ›Delfino‹, direkt da hinten am Hafen, nur ein paar Häuser weiter. Va bene?«

»Va benissimo!« Er strahlte und stand auf, weil auch sie sich erhoben hatte.

»Also dann, ciao.« Sie winkte ihm kurz zu und ging quer über die Piazza davon.

Gianni sah ihr nach und war nervöser als vor seinem allerersten Rendezvous.

Als sie sich zwei Stunden später im Restaurant gegenübersaßen, war jegliche Befangenheit wie weggeblasen. Sie redeten, fielen sich gegenseitig ins Wort, erzählten – sie Anekdoten von ihrer Arbeit als Marescialla, er von seiner als Fremdenführer in Siena.

Ab und zu lachten sie laut und empfanden den Kellner, der an den Tisch kam, um die Bestellung aufzunehmen, fast als störend.

Nach dem ersten Gang legte sie, fast wie aus Versehen, ihre Hand auf seine.

Nach dem zweiten Gang sagte er ihr, dass sie die faszinierendste Frau sei, die er jemals in seinem Leben getroffen habe.

Und nach dem Dessert gingen sie zu ihr.

Neri und Gabriella waren fassungslos.

Gianni war den ersten Tag auf Elba und nicht zum Abendessen erschienen. Gabriella hatte mit dem Coniglio umido,

Kaninchen in Soße, bis einundzwanzig Uhr gewartet und Oma, die Hunger hatte, zu Wutausbrüchen veranlasst. Neri war ebenfalls aufgebracht und überlegte, was das nun wieder zu bedeuten hatte. Gianni kannte doch niemanden auf Elba!

Als er dann auch die ganze Nacht nicht nach Hause kam, verstanden Neri und Gabriella die Welt nicht mehr. Wo steckte der Kerl? Offensichtlich war er nicht nach Elba gekommen, um sie zu besuchen, sondern aus einem ganz anderen Grund.

Gianni kam um neun Uhr am nächsten Morgen. Bestens gelaunt und frisch geduscht.

»Möchtest du einen Kaffee?«, fragte Gabriella tonlos.

»Nein danke, ich hab bereits gefrühstückt. Aber ich nehme mir ein Glas Wasser.«

Nachdurst, dachte Gabriella, Oddio!

»Wo warst du denn heute Nacht?«, fragte Neri vorsichtig.

»Ich habe eine Bekanntschaft gemacht.« Gianni grinste breit. »Habe eine tolle Frau kennengelernt. Und bei der war ich. Noch Fragen?«

»Erzähl doch mal«, begann Gabriella zaghaft. »Wo hast du sie kennengelernt?«

»In einer Bar am Hafen. Durch Zufall.«

»Ah ja. Und weiter?«

»Ihr wollt doch wohl nicht ihre Haarfarbe, Körbchengröße und ihr Gewicht wissen?«

»Nein, aber vielleicht ihren Namen?«

Gianni lachte. »Den verrat ich nicht.«

»Dann kennen wir sie also?«, bohrte Neri.

»Dazu sag ich nichts.«

Gabriella räumte das Frühstücksgeschirr ab. »Möchtest du noch ein bisschen Obst, Oma?«, rief sie laut, aber statt einer Antwort knurrte ihre Mutter nur.

Neri war fassungslos. Sein schüchterner Sohn, der Fremden gegenüber kaum einen Ton herausbrachte, lernte in einer Bar eine Frau kennen und sprang gleich darauf mit ihr ins Bett? Das konnte er sich einfach nicht vorstellen.

Es gab nur eine Frau, die Gianni auf Elba zumindest schon einmal gesehen hatte …

Allein der Gedanke brachte ihn völlig durcheinander, denn das konnte er sich noch weniger vorstellen.

51

Allmählich hing ihm die stille Bucht zum Hals heraus. In seiner Fantasie sah er ständig ganz überraschend ein Polizeiboot auftauchen, und die schreckliche Vorstellung, dass er festgenommen wurde und sein herrliches Leben nach so kurzer Zeit beendet war, machte ihn von Tag zu Tag nervöser. Nach einer Woche lichtete er vormittags um elf den Anker. Er wollte auf Nummer sicher gehen und auf alle Fälle Frankreich verlassen.

Sein Ziel war Elba.

Die See war ruhig, der Himmel wolkenlos, und die Sonne stand mittlerweile fast im Zenit und brannte gnadenlos aufs Deck. Malte trug Werners Hut aus leichtem Leder, geformt wie ein Cowboyhut, den man aber unter dem Kinn festbinden konnte, sodass er nicht sofort weggeweht wurde. Die breite Krempe schützte Gesicht und Nacken gut vor der Sonne.

Praktisch war, dass Werner eine ganze Kleiderkollektion an Bord hatte: fünf Paar Socken, zehn T-Shirts, sechs Unterhosen, eine Badehose, zwei Jeans, zwei Pullover, zwei Jacken und drei kurze Hosen. Außerdem ein Paar Bootsschuhe, ein Paar Turnschuhe, ein Paar Sandalen und zwei Paar Flipflops. Die hatte Werner offensichtlich gebraucht, wenn er im Hafen in die Duschräume oder an einen Strand ging. Im Schrank hing obendrein auch noch eine wind- und wasserfeste Regen- oder Sturmjacke mit Kapuze. Somit war Malte perfekt eingekleidet. Nur die Hosen waren ihm etwas zu weit und die Schuhe ein klein wenig zu groß, ansonsten passten die Sachen.

Ruhig glitt das Schiff durch die fast unbewegte See. Malte überlegte, was es noch zu tun gab, was er noch über Werner in Erfahrung bringen musste. Wenn er in Italien und auf Elba war, würde er alle Mails durcharbeiten, seine Listen vervollständigen, dem einen oder anderen eine Urlaubsmail schicken und Seite für Seite und Zeile für Zeile das Bordbuch der *Aurora* lesen.

Mittlerweile war er zu dem Schluss gekommen, dass ihm die Berliner Wohnung der Faenzis egal war. Was sollte er mit einer Wohnung in einer stinkenden Stadt, wenn er ein großes Boot hatte und auf dem Wasser ein sorgenfreies Leben führen konnte. Und die Wohnung zu verkaufen war kompliziert und viel zu gefährlich. Als falscher Werner Faenzi klappte das nie. Irgendwann tauchte mit Sicherheit noch irgendein Bekannter, Verwandter, Freund oder Nachbar auf, und er bekam ein Problem.

Am späten Nachmittag legte er in Porto Azzurro an.

Er bunkerte frische Lebensmittel, las dann den ganzen Abend die Mails, zu denen er noch nicht gekommen war, und vervollständigte seine Listen. Einige Namen versuchte er zu googeln, und ab und zu fanden sich sogar ziemlich ausführliche Lebensläufe bei Wikipedia. Allmählich hatte er einen ganz guten Überblick über Werners und Vivians Kontakte.

Vivian hatte bisher jeden oder jeden zweiten Tag nervtötende Mails geschrieben, deren Inhalt er kaum beachtete, die er aber immer brav beantwortete.

… Stell dir vor, Ingo hat sich fernmündlich von seinem Freund getrennt und heult den ganzen Tag. Er ist kaum noch zu gebrauchen und verwechselt Zentimeter und Dezimeter, rechts und links und oben und unten. Ich gehe fast jeden Abend mit ihm essen, um ihn aufzumuntern, aber er schwimmt jedes Mal in einem Meer von Tränen davon und schüttet dann kräftig Wein nach, um den Flüssigkeitsverlust auszugleichen. Ich wusste ja gar nicht, dass Männer so unendlich viel weinen können …!

Gott sei Dank geht es mir nicht wie Ingo, weil ich weiß, dass es dir gut geht.

Es dauert ja auch gar nicht mehr lange …

… Mein Gott, der arme Ingo! Bitte grüß ihn schön von mir, es tut mir unendlich leid, dass so etwas passiert ist. Wie lange war er mit ihm zusammen? Ich weiß es gar nicht mehr. Aber mach dir keine Sorgen, es geht mir sehr, sehr gut. Ich klappere die korsischen Häfen ab. Einer schöner als der andere, sag ich dir. Wenn wir hier einen Dauerliegeplatz suchen, gibt es sicher kein Problem. Aber du musst die Häfen natürlich sehen und das Ganze mit entscheiden …

… Fany hat sich beruhigt und sich offensichtlich mit ihrem Schicksal abgefunden, dass ich die Chefin bin. Gestern hat sie mir sogar mal ein Lächeln gegönnt. Sie überarbeitet sich zwar nicht, aber sie tut zumindest das, was man ihr sagt. Allmäh-

lich nimmt die ganze Sache Gestalt an. Vielleicht ahnt Fany auch langsam, dass es gut wird.

... Natürlich wird es gut! Da hab ich nie dran gezweifelt! Alles, was du machst, wird gut, mein Liebes. Und Gott sei Dank ist diese Fany zur Vernunft gekommen, sonst hätte sie noch Ärger mit mir bekommen.

... Gestern war ein unbeschreibliches Gewitter über Nizza. Ich war heilfroh, dass du weit weg und geschützt in irgendeinem korsischen Hafen bist. Du kannst dir nicht vorstellen, was hier los war. Es hat gekracht, gedonnert und geblitzt, heller und lauter als das Silvesterfeuerwerk in Berlin. Durch die Straßen schoss das Wasser, und die Stühle der Straßencafés flogen durch die Gegend. So ein Gewitter möchte ich niemals an Bord erleben, chéri. Niemals! Es stürmte so, dass die Leute sich auf den Straßen nicht auf den Beinen halten konnten und teilweise auf allen vieren krochen, um irgendwo Schutz zu suchen. »Land unter« an der Côte d'Azur. Ein Wahnsinn.

... Keine Sorge. Hier war schon ewig kein Gewitter mehr. Ich fahre tagsüber ein bisschen spazieren, angle (allerdings ohne Erfolg) und gammle im Hafen. Das Wetter ist herrlich, und ich habe schon jede Menge nette Menschen kennengelernt. Ab und zu trinkt man ein Glas Wein zusammen – ach Schatz, was soll ich dir sagen, das Leben könnte großartig sein, wenn du nur hier bei mir wärst ...

... chéri, ich lese gerade »Madame Bovary«. Es schafft mich. Es geht mir so zu Herzen, dass ich es kaum aushalte. Nie werde

ich dich betrügen. Niemals! Da kannst du ganz sicher sein. In Liebe, Viv.

... Auch ich würde dich nie betrügen, Viv. Warum auch? Ich habe die tollste Frau der Welt, gegen die alle anderen abstinken ...

Er hoffte inständig, dass diese fürchterliche Korrespondenz bald ein Ende hatte.

Am nächsten Morgen machte er sich daran, endlich das Boot zu säubern. Sein geliebtes, neu errungenes, stolzes, schönes Schiff sah aus wie mit dreckigem Zuckerguss überzogen. Salzwasser und salzige Luft hatten eine klebrige, helle Kruste auf Teak, Glasscheiben und Chromteilen hinterlassen. Das tat ihm in der Seele weh und machte im Hafen auch keinen guten Eindruck.

Er brauchte einen ganzen Tag, um es zu schrubben und zu polieren, aber es war ihm eine Freude, und am Abend sah die *Aurora* aus wie neu.

Am nächsten Morgen nahm er das Wichtigste überhaupt in Angriff. Die Bank. Er suchte sich unter Werners Sachen ein leichtes Oberhemd, eine helle Sommerhose und Sandalen heraus, nahm Werners Brieftasche mit und ging in die Stadt.

Als Erstes ließ er sich bei einem Friseur die Haare so kurz schneiden, wie Werner sie getragen hatte.

Dann machte er sich auf die Suche nach einer Bank. Er durchwanderte die Altstadt, aber dort gab es nur Restaurants, Bars und kleine Geschäfte. Aber in einem Neubauviertel wurde er fündig. Dort entdeckte er eine kleine Filiale der Banca Monte dei Paschi di Siena, die er fast übersehen hätte, da sie ziemlich versteckt hinter Bäumen und einer hohen Hecke lag.

In der Bank war es leer. Nur eine Polizistin in der Uniform der Carabinieri stand an dem einzigen Schalter und hob Geld ab.

Unwillkürlich zuckte Malte zusammen. Das war ein Reflex, gegen den er gar nichts machen konnte, und er überlegte, ob er lieber noch einen Kaffee trinken und später wiederkommen sollte.

Aber eigentlich war es albern. Er hatte gültige Papiere und wollte nur etwas so Stinknormales wie ein Konto eröffnen. Das war kein Verbrechen, schließlich war er nicht gekommen, um die Bank zu überfallen.

Er hatte gar nicht gewusst, dass es auch weibliche Carabinieri gab. Sie sah verdammt gut aus. Zwar sah er nur ihren Rücken, aber selbst von hinten war sie eine imposante Erscheinung.

In einem in den Raum gebauten gläsernen Büro saß ein weiterer Bankbeamter am Schreibtisch vor einem Computer und starrte auf den Bildschirm.

Malte atmete tief durch, klopfte an die weit offen stehende Tür, hörte ein leises »Prego« und trat ein.

»Guten Tag«, begann er auf Englisch, »ich möchte bei Ihnen ein Konto eröffnen.«

Der Bankbeamte sah interessiert auf. »Ein Konto?«

»Ja.«

»Sind Sie in Italien resident?«

»Ich versteh nicht.« Malte setzte sich unaufgefordert.

»Haben Sie einen Wohnsitz in Italien, und sind Sie hier gemeldet?«

»Nein.«

»Tja, das ist schwierig. Haben Sie eine codice fiscale?«

»Was?«

»Eine Steuernummer.«

»Nein. Warum auch? Ich wohne ja nicht hier.«

»Und warum wollen Sie dann ein Konto eröffnen?«

Der Angestellte ging Malte bereits jetzt erheblich auf die Nerven. Das Einzige, was er ihm zugutehalten konnte, war, dass er ganz gut Englisch sprach und man sich wenigstens problemlos verständigen konnte.

»Hören Sie: Ich mache jedes Jahr drei Monate Urlaub in Italien. Ich kann nicht immer das ganze Geld für diese Zeit mit mir herumschleppen. Ich will hier ein Konto eröffnen, damit ich Geld abheben kann, wenn ich was brauche. Das kann doch kein Problem sein!« Malte war jetzt lauter geworden.

»Sind Sie Deutscher?« Komische Frage, dachte Malte, da er ja Englisch sprach, aber wahrscheinlich rannten auf Elba hauptsächlich deutsche Touristen herum, und man sah es ihm mit seinen blonden Haaren wohl auch an der Nasenspitze an.

»Ja, bin ich.«

»Können Sie sich ausweisen?«

»Sicher.« Malte zog seinen Ausweis aus der Brieftasche und legte ihn vor dem Bankbeamten auf den Tisch.

Dieser nahm ihn in die Hand und studierte ausgiebig beide Seiten, was Malte allmählich nervös machte.

»Sie kommen aus Berlin?«

»Ja.«

»Interessante Stadt. Ich war als Kind mal mit meinen Eltern dort, vielleicht sollte ich mal wieder hinfahren. Kommen Sie aus Ost- oder Westberlin?«

»Es gibt kein Ost- und Westberlin mehr, die Mauer steht seit über zwanzig Jahren nicht mehr.«

»Ach so, ja.« Er beschäftigte sich immer noch mit dem Ausweis.

Malte wurde langsam ungeduldig. »Hören Sie, ich wollte mich eigentlich nicht über Berlin unterhalten, sondern ein Konto eröffnen.«

»Ja, ja, das hab ich schon verstanden, aber das ist ein bisschen kompliziert, verstehen Sie?«

»Nein! Ich verstehe gar nichts!« Malte war jetzt sehr laut, und was er sagte, war in der gesamten Bank zu hören. »Ich habe hier in Porto Azzurro meine Yacht liegen. Ich fahre jedes Jahr mit meinem Boot durchs Mittelmeer, aber in Porto Azzurro bin ich am liebsten, weil es hier am schönsten ist. Jetzt habe ich ein Problem mit meinem Motor und muss ihn reparieren lassen! Dazu brauche ich Geld, Herrgott noch mal! Ich kann doch nicht jeden Sommer mit fünfzigtausend Euro in der Tasche losfahren, falls mal was Unerwartetes passieren sollte! Und mit einem Boot passiert ständig etwas Unerwartetes! Ich möchte jederzeit mit Onlinebanking von meinem deutschen Konto Geld herholen und dann hier auf Elba gemütlich abheben können. Das ist doch nachvollziehbar, oder etwa nicht?«

Malte sah, dass der Bankbeamte auf stur schaltete. Lange vorwurfsvolle Reden konnte er wohl grundsätzlich nicht ab.

»Haben Sie Einkünfte hier in Italien?«

»Nein! Um Himmels willen, nein! Wie sollte ich denn? Dann hätte ich ja auch 'ne Steuernummer! Ich bin ein Tourist! Nichts weiter. Darf man das nicht sein?«

»Doch, doch, schon, aber …« Er überlegte. »Dann haben Sie in Deutschland eine Steuernummer?«

»Ja, sicher.«

»Die brauche ich.«

»Wie bitte? Sie brauchen meine deutsche Steuernummer, weil ich hier ab und zu ein bisschen Geld abheben will, um mir mal ein Eis oder ein Ersatzteil für mein Boot zu kaufen? Das kann ja wohl nicht wahr sein!«

»Ich brauche die Nummer.«

»Was ist denn los in Italien?«, brüllte Malte. »Ich hab meine Steuernummer zu Hause in Berlin in meinem Schreibtisch. Aber doch nicht hier, wenn ich nur auf dem Wasser rumschippern, die Sonne genießen und ein paar Fische fangen will!«

Der Bankbeamte erwachte aus seiner Dumpfheit und sah auf. In der Tür stand Manuela.

»Irgendwelche Probleme, Luigi?«

»Nein, nein, alles bestens, Marescialla. Der Deutsche hier will ein Konto eröffnen, aber er hat keine Steuernummer. Weder eine italienische noch eine deutsche.«

Manuela schwieg und sah Malte an. Ihre Blicke begegneten sich. Manuela lächelte.

»Ich verstehe nicht, Luigi. Wo ist das Problem? Ist ein Konto ohne Steuernummer für einen Menschen, der in Italien nicht arbeitet und nicht arbeiten will, sondern nur sein Geld in unser Land schafft, ein Problem?«

Luigi schwieg und sah beleidigt aus. Dann sagte er, ohne Manuela anzusehen: »Wenn ich keine Steuernummer bekomme, tja, dann wird's wirklich schwierig.«

»Ich nehm das auf meine Kappe. Er ist ein Bekannter von mir. Reicht das?«

Luigi und Malte waren gleichermaßen fassungslos.

»Ja, das ginge natürlich«, sagte Luigi zögernd.

»Na also, nun mach schon, wo muss ich unterschreiben, ich hab nicht ewig Zeit, meine Pause ist gleich vorbei.«

Und dann ging alles verhältnismäßig schnell. Luigi füllte mehrere Formulare aus, trug Maltes Daten als Werner Faenzi ein, Manuela und Malte unterschrieben, und eine Viertelstunde später hatte Malte mithilfe einer Marescialla der Carabinieri ein Konto bei der Banca Monte dei Paschi di Siena auf Elba.

Kurz darauf standen Malte und Manuela draußen vor der Tür.

»Das war wahnsinnig nett von Ihnen«, sagte Malte. »Aber Sie kennen mich doch überhaupt nicht. Wie kommen Sie auf die Idee, so etwas für mich zu tun?«

Manuela wollte nicht sagen, dass sie Malte wahnsinnig attraktiv fand, daher meinte sie: »Ich habe mitbekommen, warum Sie ein Konto haben wollen. Ich versteh das. Und ich kenne den Irrsinn der italienischen Bürokratie, an der man sich die Zähne ausbeißt. Daher hab ich Ihnen gerne geholfen.«

»Wie kann ich Ihnen danken?«

»Laden Sie mich zu einem Glas Wein auf Ihrer Yacht ein?«

»Herzlich gern.«

»Abgemacht.« Manuela gab ihm die Hand. »Heute Abend um halb acht?«

»Ja, prima. Auf der *Aurora*.«

»Ich bin übrigens Marescialla Manuela Sentini.«

»Und ich bin Werner. Werner Faenzi.«

Manuela schenkte ihm ihr schönstes Lächeln, dann drehte sie sich um und ging davon.

Manuela Sentini. Wahrscheinlich die aufregendste Frau Elbas. Nur dass sie heute Abend auf sein Boot kommen wollte, passte ihm gar nicht. Doch er konnte es nicht ändern. Ein Konto zu haben war jede Anstrengung wert.

52

Nizza

»Er hat unseren Hochzeitstag vergessen, Ingo, er hat wahrhaftig keine Sekunde daran gedacht! Keine Mail, kein Anruf, nichts.« Vivian war so verletzt, dass sie ihrer Enttäuschung einfach Luft machen musste.

»Ach du lieber Himmel!« Ingo blickte zur Decke des kleinen Bistros und verdrehte die Augen. »Und jetzt bist du unglücklich?«

»Ja. Und sauer.«

»Ach Schätzelchen, das tut mir so leid!« Ingo tätschelte Vivians Hand. »Komm, wir besaufen uns heute Abend zusammen, und dann vergisst du das Ganze am besten.«

Obwohl ihr zum Heulen zumute war, musste Vivian lächeln.

»Ist dir denn ein Hochzeitstag soooo wichtig?«, fragte Ingo weiter.

»Na, sagen wir mal, ich habe mich daran gewöhnt, dass er für uns beide immer sehr wichtig war. Werner hat ihn niemals vergessen, in keinem Jahr, und jedes Mal hat er mich irgendwie überrascht. Es war einfach immer toll. Mal kam ein riesiger Strauß roter Rosen ins Theater, ein anderes Mal hatte er eine Kurzreise gebucht oder einen Tisch in einem ganz außergewöhnlichen Restaurant bestellt. Ich krieg das alles gar nicht mehr zusammen, aber er hat unseren Hochzeitstag nie vergessen. Niemals! Nur gestern kam nichts. Gar nichts.«

»Hast du mal versucht, ihn anzurufen?«

Vivian schüttelte den Kopf. »Sein Telefon funktioniert nicht, weil ihm der Auflader ins Wasser gefallen ist. Er lässt es immer aus und schaltet es nur im Notfall ein.«

Ingo seufzte. »Die ganze Sache hat bestimmt einen ganz einfachen und banalen Grund, auf den wir jetzt beide nicht kommen. Schreib ihm eine Mail und sag ihm, dass du enttäuscht bist. Und dann wirst du sehen, was er sagt. Ich wette, wenn du ihn daran erinnerst, ist er genauso am Boden zerstört wie du.«

»Und weißt du, was noch ist, Ingo?«

»Was denn?«

»Gestern war unser *zwanzigster* Hochzeitstag! Ich konnte es kaum erwarten, weil ich dachte, diesmal überlegt er sich was ganz Besonderes. Er kommt vorbei oder so, steht plötzlich vor mir ... Das wäre wirklich der Hammer gewesen! Ich dachte, er fliegt vielleicht von Korsika nach Nizza, oder er fährt mit der Fähre oder was weiß ich. Aber irgendetwas Tolles wird passieren. Doch dann passierte nichts. Gar nichts. Ich kann es einfach nicht verstehen.«

»Nun mal den Teufel nicht an die Wand, Süße. Männer sind scheußlich schusselig in solchen Dingen, da kann ich ein Lied von singen.« Er bekam plötzlich wieder einen ganz traurigen Zug um den Mund, legte den Kopf in den Nacken und fuhr sich mit der Hand durch die Haare. »Du hast mit deinem Werner ein ganz besonderes Exemplar erwischt. Die meisten denken nämlich grundsätzlich nie an den Hochzeitstag. Da darfst du dich nicht aufregen, Schatzi, wenn er es *einmal* vergisst.«

»Aber weißt du, Ingo, das Schlimme ist, dass ich mir Sorgen mache. Weil das alles nicht zu ihm passt.«

»Wovor hast du denn Angst? Er kann nicht mit dem Boot untergegangen oder tot sein, sonst würde er nicht auf deine Mails antworten. Und wenn er krank wäre, würde er es dir sicher schreiben. Also? Was soll denn sein?«

»Ich weiß es doch auch nicht und zerbreche mir den ganzen Tag drüber den Kopf! Vielleicht eine andere Frau …«, flüsterte Vivian.

»Ach, Blödsinn!« Ingo wurde richtig heftig. »Wie lange kennen wir uns?«

»Sieben Jahre, glaub ich.«

»Ja, und genauso lange kenne ich auch Werner. Der betet dich an, Süße, das weiß ich, das sieht ein Blinder mit Krückstock. Für ihn existieren auf der ganzen Welt keine anderen Frauen, die haben alle 'ne Tarnkappe auf. Und ich weiß auch, dass er jedes Mal leidet wie ein Hund, wenn ihr getrennt seid.«

»Also gibt es nichts, worüber ich mir Sorgen machen müsste?«

»Nein!«, sagte Ingo und klang so energisch, wie es sonst eigentlich gar nicht seine Art war. »Er hat es einfach vergessen. Punktum. Weil an Bord die Uhren anders gehen, weil man Ort und Zeit vergisst, weil man nie weiß, ob Donnerstag, Freitag oder Samstag ist, weil man in einer anderen Welt lebt, die mit der modernen Zivilisation kaum noch was zu tun hat. Man bekommt keine Post, keine Anrufe und findet es wild romantisch, wenn man mit zwanzig Litern Wasser auskommen und sich mit einem Waschlappen unten- und obenrum waschen muss. Der gute Mann ist zurzeit jenseits von Gut und Böse, und da fragst du noch, warum er den

Hochzeitstag vergessen hat? Süße! Bitte! Entspann dich! Es ist alles gut.«

»Wahrscheinlich hast du recht.« Vivian lächelte schon wieder und wirkte beruhigt.

»Natürlich hab ich recht.«

»Und woher weißt du das alles, ich meine, wie man sich an Bord so fühlt?«

»Von dir, Herzelein. Du hast es mir hundertmal erzählt und mir vom einfachen Leben an Bord vorgeschwärmt.«

»Danke, Ingo«, sagte Vivian und fühlte sich schon wesentlich besser.

Doch jetzt brach völlig unvermittelt Ingo in Tränen aus. »Henry hat an keinen einzigen Kennenlerntag von uns gedacht!«, schluchzte er. »Aber er war immer so süß bestürzt, wenn ich ihn dran erinnern musste. Und jetzt ist er weg, und es gibt keine Kennenlerntage mehr für mich. Das ist viel schlimmer, Vivian, glaub mir.«

Vivian nahm ihn in den Arm und war nun diejenige, die Trost spendete, aber sie war auch endlich in der Lage, sich etwas zu essen zu bestellen.

53

Elba, Porto Azzurro

»Heute ist unser letzter Abend, amore«, hauchte Gabriella und hängte sich in Giannis Arm. »Wie wär's, wenn wir mal zusammen essen gehen? Du, babbo und ich. Oma koche ich ihr Lieblingsessen, außerdem geht sie früh ins Bett. In der Altstadt gibt es ein zauberhaftes Lokal, das Neri und ich schon immer mal ausprobieren wollten. Ich finde, heute Abend ist *die* Gelegenheit dazu, was meinst du?«

»Gerade weil heute mein letzter Abend auf Elba ist, kann und will ich nicht, Mama, verstehst du das nicht? Ich hab mich mit *ihr* verabredet. Ich werde auch bei ihr schlafen. Aber das ist doch kein Problem, ich komme wieder, sobald ich kann, va bene?«

Gabriella konnte ihre Enttäuschung nicht verbergen. Sie dachte daran, dass dies wahrscheinlich Giannis erste große Liebe und dann gleich eine heftige Affäre war, und im Grunde ihres Herzens freute sie sich für ihn, aber sie konnte nicht begreifen, warum er aus der Frau ein so großes Geheimnis machte und nicht verraten wollte, wer sie war.

»Ich verstehe ja, dass du an deinem letzten Abend auf der Insel mit deiner neuen Freundin zusammen sein willst – aber warum bringst du sie nicht einfach mit zum Essen? Sie ist herzlich eingeladen.«

»Nein«, sagte Gianni bestimmt, »nein, das geht nicht, Mama. Auf gar keinen Fall!«

Gabriella begriff, dass jede Widerrede zwecklos war, und schwieg.

Es war zwanzig vor sieben, als Gianni bei Manuela klopfte.

Manuela wohnte in der oberen Etage eines modernen Zweifamilienhauses am Hang mit funktionaler Küche und einem Duschbad mit türkisfarbenen Fliesen, auf das sie besonders stolz war, da es so ein maritimes Flair hatte. Außerdem hatte sie auf ihrer Etage noch ein Schlaf- und ein Wohnzimmer mit kleinem Balkon und herrlichem Blick über den Hafen.

Aber Manuela war eine Schlampe. Sie hatte schon lange nicht mehr den Versuch gemacht aufzuräumen. Im Bad hingen an einem Haken teilweise fünf Handtücher übereinander, im Waschbecken lagen Schminksachen und auf dem Fußboden schmutzige Wäsche. In der Küche stapelte sich dreckiges Geschirr in der Spüle, auf dem Küchentisch die Frühstücksreste. Eine aufgerissene Kekstüte, ein nur halb ausgetrunkener Milchkaffee und ein angeschnittenes Brot, das vor sich hin trocknete. Auf dem Küchentisch außerdem ein Stapel Zeitschriften und unter dem Tisch fünf Paar Schuhe. Im Schlafzimmer hatte sie auf Bett und Teppich ihre Klamotten verstreut, und im Wohnzimmer stapelten sich Flaschen und volle Aschenbecher.

Sie liebte ihre Wohnung, unerträglich war nur, dass dieses Haus aufgrund der italienischen Bauweise mit nicht isolierten, lediglich zehn Zentimeter dicken Wänden überaus hellhörig war. Wenn Fabio im Stockwerk unter ihr seinen Ehering auf dem Waschbeckenrand ablegte, fiel Manuela fast aus dem Bett.

Ihr grauste davor, was ihre Nachbarn schon alles mitgehört hatten.

»Komm rein!«, sagte sie, als sie die Tür öffnete. »Es ist eine schöne Nacht, wir setzen uns ein bisschen auf den Balkon. Aber ich habe nicht viel Zeit.«

Gianni wollte sie in den Arm nehmen und küssen, doch sie entzog sich seiner Umarmung. Irritiert folgte er ihr.

Auf dem winzigen Balkon standen zwei Klappstühle und ein kleiner, runder Marmortisch, auf dem neben mehreren heruntergebrannten Teelichtern drei im Wind flackerten.

»Was willst du trinken? Einen Schluck Wein?«

»Gerne.«

Manuela holte eine Karaffe mit offenem Wein und zwei Gläser und setzte sich zu ihm.

»Was ist los mit dir?«, fragte er sofort.

»Nichts.«

»Natürlich! Du hast was.«

Manuela schwieg.

»Warum bekomme ich noch nicht einmal einen Begrüßungskuss? Bist du sauer?«

»Ach was! Gianni, ich bin nicht sauer. Komm, trinken wir auf unseren Abschied.«

Gianni wurde plötzlich ganz ernst. »Abschied, ja. Aber doch nur für kurze Zeit. So schnell ich kann, komme ich wieder.«

Sie strich ihm über die Wange. »Hör zu, es war eine verdammt schöne Zeit mit dir. Ich hab unsere kleine, aber feine Affäre genossen. So etwas gefällt mir. Aber jetzt fährst du wieder nach Siena, kehrst zurück in dein Leben und ich in meins. Unsere gemeinsamen Tage sind vorbei.«

»Ja, jetzt. Aber ich komme doch wieder!«

»Begreifst du denn nicht? Es ist vorbei, Gianni. Finito. Aus! Wir haben keine Beziehung miteinander, und wir werden nie eine haben. Basta.«

Gianni wurde blass. »Das meinst du doch jetzt nicht ernst?«

»Doch, das meine ich ganz ernst.« Sie beugte sich vor und sah ihm direkt in die Augen. »Du hast ein ganz falsches Bild von mir, tesoro, ich bin nicht treu und nicht geschaffen für lange Beziehungen. Ich langweile mich schnell, verstehst du?«

»Hast du dich mit mir gelangweilt?«, fragte Gianni entsetzt.

»Nein. Noch nicht. Aber in einer Woche vielleicht. Ich finde, wir sollten das Ganze beenden, jetzt, wo es am schönsten ist. Und wenn wir uns irgendwann einmal wiedersehen, dann trinken wir einen Wein zusammen. Va bene?«

Gianni brauchte einen Moment, um zu begreifen, was sie da eben gesagt hatte.

»Hattest du mit meinem Vater auch eine *kleine, aber feine Affäre?*«, brachte er mühsam hervor.

Manuela stutzte. »Wie? Mit Donato?«

»Ja.«

»Nein.« Sie drückte sich die Hand vor den Mund und fing an zu lachen. »Nein, das hatte ich nicht. Nie! Das kannst du mir glauben.« Sie lachte immer lauter.

Gianni nahm sein Glas, schüttete den Wein, von dem er noch keinen Schluck getrunken hatte, in einen Balkonkasten mit flammend rot blühenden Geranien und verließ ohne ein weiteres Wort Manuelas Wohnung.

Manuela zuckte mit den Achseln und zündete sich eine Zigarette an.

Neri und Gabriella saßen zusammen mit Oma beim Abendbrot und staunten nicht schlecht, als Gianni hereinkam.

»Ciao«, sagte er matt. »Ich dachte, ihr wolltet essen gehen?«

»Ohne dich hatten wir keine Lust, amore«, meinte Gabriella. »Was ist denn passiert? Warum bist du denn schon hier?«

»Nichts ist passiert, gar nichts.« Er setzte sich.

Gabriella holte einen Teller und tat ihm ein paar Ravioli auf.

»Ich hab keinen Hunger, Mama.«

»Die paar Nudeln wirst du schon schaffen.« Dazu goss sie ihm ein Glas Wein ein.

Neri sah seinen Sohn forschend von der Seite an.

»Besonders glücklich siehst du nicht aus.«

»Siehst du immer besonders glücklich aus?«, blaffte Gianni zurück.

Er war aufgesprungen, und Neri machte eine beschwichtigende Geste. »Schon gut, schon gut.«

Gianni kam augenblicklich zu sich. »Tut mir leid, babbo, war nicht so gemeint. Ich glaub, ich hau mich hin, ich bin todmüde. Scusate.«

Er ging hinaus. Sein Essen hatte er nicht angerührt.

»Was ist denn hier bloß los?«, fragte Oma.

Das frag ich mich auch, dachte Gabriella, antwortete aber nicht.

Neri stand auf und räumte den Tisch ab. »Giannis letzter Abend mit seiner Freundin scheint ja nicht besonders erfolgreich gewesen zu sein«, murmelte er. »Irgendwie tut er mir leid.«

Gabriella nickte. »Mir auch.«

»Und mir erst!«, krähte Oma.

Gianni wollte sich nicht hinlegen. Er war viel zu aufgewühlt, um schlafen zu können, und verließ das Haus.

Langsam schlenderte er durch den kleinen Ort. Plan- und ziellos.

Plötzlich stand er wieder vor ihrem Haus und sah hinauf zum zweiten Stock.

Die Balkontür war geschlossen, und alle Fenster waren dunkel. Sie war also noch einmal weggegangen. Wahrscheinlich war sie heute Abend längst verabredet gewesen, musste ihn vorher nur noch kurz loswerden.

Er hatte Lust, durch die Restaurants zu ziehen, um zu sehen, mit wem sie sich traf und wer heute Nacht an seine Stelle treten würde – aber dann ließ er es bleiben.

Um den bitteren Geschmack loszuwerden, spuckte er ein paarmal aus und ging zur Hafenmole, um aufs Meer zu sehen.

54

»Darf ich?«, fragte Manuela und lächelte Malte zu, der an Deck stand.

Sie war in Zivil, trug Turnschuhe, knallenge Leggings und darüber den Hauch von einer Bluse.

»Wie schön, dass Sie da sind«, meinte Malte. »Bitte, kommen Sie doch an Bord.«

Manuela streifte die Turnschuhe ab, ließ sie auf dem Steg zurück und sprang über die Gangway an Bord.

»Wow!«, sagte Manuela, als sie an Deck stand. »Was für ein Boot! Complimenti!«

»Danke«, sagte Malte geschmeichelt. »Wollen Sie es sich angucken?«

»Furchtbar gerne, wenn ich darf.«

Malte führte Manuela durch Salon, Pantry, Bugkabine, das Bad im Bug, die Eignerkabine achtern und das dazugehörende Bad.

Während Manuela ständig nach Worten suchte, um ihre Begeisterung auszudrücken, stand Malte bescheiden daneben und lächelte nur.

»Es ist ein fantastisches Schiff«, sagte sie schließlich. »So etwas sieht man selten in Italien. Wo kommt es her? Aus Deutschland?«

»Nein, aus Holland. Die Holländer bauen gute, stabile Schiffe, die wirklich zur See fahren und nicht übers Wasser fliegen so wie die italienischen.«

»Nun gut, die Holländer sind auch eine alte Seefahrernation.«

»Die Italiener etwa nicht?«, konterte Malte lächelnd. »Christoph Kolumbus war schließlich Italiener …«

»Da haben Sie recht.« Manuela wollte die Diskussion nicht vertiefen.

Sie setzte sich im Salon auf die Couch. Dieser Werner Faenzi war ein verdammt attraktiver Mann und hatte sogar was auf dem Kasten.

»Was möchten Sie trinken?«, fragte Malte. »Einen Prosecco oder ein Glas Wein, weiß oder rot?«

»Ja, bitte einen Prosecco!«, sagte sie wie aus der Pistole geschossen. »Das ist eine großartige Idee! Und haben Sie dazu vielleicht auch ein bisschen Eis?«

»Aber sicher.« Im Kühlschrank war ein kleines Eisfach mit Eiswürfeln.

»Und einen Spritzer Aperol?«

Malte hatte keine Ahnung, wovon sie sprach, überflog aber blitzschnell die Etiketten der Flaschen über der Sitzecke und sah die Flasche sofort.

»Kein Problem.«

Malte holte die größten und schönsten Gläser aus dem Schrank, mischte Aperol und Prosecco und tat etwas Eis und je eine Limonenscheibe hinzu.

»Mille grazie!« Manuelas Augen strahlten, als er das Mixgetränk vor ihr auf den Tisch stellte.

»Prego.«

Das waren die einzigen italienischen Worte, die fielen, ansonsten unterhielten sie sich auf Englisch.

»Warum haben Sie für mich gebürgt?«, fragte Malte.

»Weil Sie mir sympathisch sind«, antwortete Manuela prompt und sah ihm direkt in die Augen. »Weil ich Ihre Beweggründe, ein Konto auf Elba eröffnen zu wollen, gut verstehen konnte, und weil die bürokratischen Hürden in diesem Land meist nicht nachvollziehbar und mehr als dämlich sind.« Sie lachte und hob ihr Glas. »Und da war ich froh, helfen zu können. Salute!«

Sie stießen an. Malte war so ein Aperol-Spritz viel zu süß, aber er sagte nichts und nippte nur an seinem Getränk.

»Sie sind Carabiniere hier auf der Insel?«

»Marescialla.« Sie lächelte. »Ich bin die Chefin.«

»Oh!«

»Das muss Sie jetzt nicht erschrecken. Ich bin ein Mensch wie alle anderen, und ich heiße übrigens Manuela. Nichts weiter. Nur Manuela.«

»Ich bin Werner. Auch nichts weiter. Nur Werner.«

»Bist du völlig allein mit dem Boot unterwegs?«, fragte Manuela. »Das stell ich mir nicht einfach vor!«

»Tja, es ist nicht so schön, aber ich habe mich dran gewöhnt. Meine Frau ist beruflich sehr eingespannt, ständig unterwegs und hat nicht viel Zeit, an Bord zu kommen. Schade. Aber irgendwann wird sich das hoffentlich ändern.«

»Wie lange bleibst du auf Elba?«

»Ich weiß noch nicht. Zwei, drei Tage vielleicht. Vielleicht auch länger. Es kommt aufs Wetter an und auch darauf, ob ich Lust habe rauszufahren. Manchmal bin ich einfach zu faul und genieße das Leben im Hafen.«

»Porto Azzurro ist wunderschön.«

»Ja, das stimmt.«

»Sag mal, warst du nicht vor einiger Zeit schon mal hier? Warst du es nicht, der den Toten entdeckt und der Capitaneria gemeldet hat? Wir haben uns zwar nicht kennengelernt, aber mein Kollege Donato Neri hat doch nach dem Leichenfund mit dir gesprochen?«

Malte brach der Schweiß aus. Er begann zu schwimmen. Davon hatte er keine Ahnung, denn Werner hatte davon nichts erzählt.

»Ja, ja, das stimmt. Ich war das.«

»Aber da hattest du doch deine Frau dabei?«

»Ja, ich hab sie nach Nizza gebracht. Sie arbeitet dort an der Oper. Und jetzt bin ich wieder hier und warte auf sie.«

Manuela nickte. Das wollte sie wissen. Die Rückkehr der Frau war also noch in relativ weiter Ferne.

Draußen wurde es allmählich dunkel.

»Möchtest du ein bisschen Käse zum Prosecco?«

»Ach ja, das wäre schön.«

Malte holte Pecorino aus dem Kühlschrank und begann, ihn in kleine Stücke zu schneiden. Währenddessen streckte sich Manuela auf der Couch aus.

Sie lag mit geschlossenen Augen da und sah wunderschön aus.

»Komm her!«, flüsterte sie, ohne die Augen zu öffnen. »Lass den Käse und komm einfach her.«

Malte wusch sich wortlos die Hände und brachte den Teller zum Tisch.

Als er ihn abstellte, fasste sie seine Hand. »Komm, bitte, setz dich zu mir!«

Er ließ sich nieder, und beinah unmerklich straffte sie ihren Körper und rückte ihm ein paar Zentimeter entgegen.

Malte tat, als habe er es nicht bemerkt, und strich ihr übers Haar. Sie atmete tief, als habe sie bereits diese Berührung elektrisiert.

»Manuela«, sagte er leise, »du bist die schönste Frau der Welt, aber ich bin verheiratet. Verstehst du? Ich möchte keine Scherereien.«

»Die bekommst du nicht«, hauchte sie. »Nicht mit mir. Ich bin diskret. Ich lasse niemanden auffliegen, und ich sprenge keine Beziehung. Da kannst du sicher sein. Aber ich möchte das Leben genießen und jede Minute, jede Stunde, jede Nacht nutzen. Heute und hier gibt es nur dich und mich. Wir sind wie füreinander geschaffen. Alles andere ist uninteressant.«

Er stand auf. »Manuela, bitte. Du bist eine tolle Frau, aber ich kann jetzt nicht. Nicht sofort. Bitte, lass mir ein wenig Zeit. Ich bin nicht der Typ für die schnelle Nummer, ich möchte dich kennenlernen.«

»Gut«, sagte sie, lächelte und stand auf. »Gut. Kein Problem, Werner. Das kann ich verstehen. Darf ich wiederkommen?«

»Natürlich!« Er meinte es nicht, aber er sagte es. Was hätte er auch sonst tun sollen.

Sie küsste ihn auf den Mund und schob ihm sanft die Zunge zwischen die Zähne. »Damit du mich nicht vergisst«, sagte sie lächelnd, kippte den Rest ihres Drinks hinunter, fuhr sich mit der Hand durch die lange, wilde Mähne und ging an Deck.

»Buonanotte, Werner«, sagte sie und winkte ihm zu. »Schlaf schön! Bis später!«

Dann lief sie über die Gangway von Bord, nahm ihre Turnschuhe in die Hand, und als Werner nur Momente später nach draußen sah, war sie bereits verschwunden.

Als Manuela gegangen war, verschwendete Malte keinen Gedanken mehr an sie. Nur dieser freche Kuss hinterließ bei ihm immer noch einen bitteren Nachgeschmack. Er hatte wahrlich andere Sorgen und keine Lust, sich länger mit einer Nymphomanin zu beschäftigen, die anscheinend rund um die Uhr auf der Pirsch war. So wie sie aussah, hatte sie sicher keine Schwierigkeiten, Beute zu machen, aber er gehörte auf jeden Fall nicht dazu.

Jetzt war es wichtiger, dafür zu sorgen, dass sich sein Konto füllte und er Geld abheben konnte, denn er wollte auf keinen Fall länger als unbedingt nötig auf Elba bleiben.

Von Onlinebanking hatte er keinen blassen Schimmer. Er ging ins Internet, um sich erst einmal zu informieren.

Malte erfuhr, dass es fürs Banking zwei Hilfsmittel gab, die absolut notwendig waren: ein Handy oder ein kleiner Apparat, noch kleiner und dünner als ein Handy, in den man die autorisierte Karte stecken musste.

Wie er Werner einschätzte, hatte er bestimmt die Methode mit dem Apparat bevorzugt. Ein Handy konnte man verlieren, es konnte kaputtgehen oder war altersschwach, und dann war man aufgeschmissen. Aber so ein Apparat funktionierte immer, wenn man ihn genauso sicher aufbewahrte wie die Liste mit den PIN-Nummern.

Also hieß es erneut suchen. Der gute alte ordentliche Werner hatte diesen Apparat unter Garantie irgendwo deponiert.

Als Erstes öffnete er das kleine Büroschränkchen, räumte es aus und leuchtete es innen mit der Taschenlampe ab.

Und richtig. In der hintersten Ecke des Faches, das so weit in den Bootsrumpf hineinragte, dass kein Licht hineinfallen konnte, fand er ein kleines, ihm völlig unbekanntes Gerät, das aber durchaus das gesuchte sein konnte.

Sein Blutdruck stieg, und er spürte, wie ihm heiß wurde.

Mithilfe der PIN-Liste loggte er sich beim Onlinebanking der Berliner Volksbank ein. Werner hatte offensichtlich ein Giro- und ein Festgeldkonto bei der Bank, und als er »Kontoübersicht« anklickte, erschien die verfügbare Gesamtsumme beider Konten: 339 421,47 Euro.

Malte wurde schwindlig.

Auf dem Festgeldkonto lagen 267 000 Euro und auf dem Girokonto 72 421,47 Euro. Er würde von beiden Konten alles abheben, sicherlich, aber nicht auf einmal, sondern in drei oder vier Etappen. Sonst fiel die Aktion zu sehr auf. Jetzt musste er erst einmal ausprobieren, ob es überhaupt funktionierte.

Er begann mit dem kleinen Apparat zu experimentieren. Bereits die zweite Karte, die er in den dafür vorgesehenen Schlitz an der unteren Seite des Apparates steckte, wurde angenommen. Er klickte auf Überweisungen und SEPA fürs Ausland und füllte das Formular, das augenblicklich auf dem Bildschirm erschien, aus. Werner Faenzi, IBAN- und BIC/SWIFT-Nummer seines Kontos auf Elba, Überweisungssumme 57 000 Euro, Verwendungszweck: Übertrag, Datum, fertig.

Das weitere Vorgehen erklärte die Bank direkt unter dem Formular idiotensicher, Malte brauchte nur den Anweisungen zu folgen, aktivierte den Apparat, hielt ihn gegen die auf dem Bildschirm flackernde Leiste, drückte bei allem, was er gefragt wurde und was er überprüfen sollte, auf »OK«, gab die TAN ein, die auf dem Display des Apparates erschien, drückte auf »Senden«, und die Angelegenheit war erledigt.

Wenn er alles richtig gemacht hatte, waren spätestens in zwei oder drei Tagen 57 000 Euro auf seinem italienischen Konto.

Malte loggte sich aus und klappte den Laptop zu.

Es war ein überragendes Gefühl: Was er auch anpackte, wurde zu Gold.

55

Einen Tag später kam die erlösende Mail:

Werner, ich bin fertig!!! Früher als geplant! Du kannst dir nicht vorstellen, wie ich mich freue. Alles bestens, alles super. Die Kostüme passen, sind hervorragend, selbst Ingo hat allmählich aufgehört zu weinen, und das Bühnenbild steht. Wir hatten natürlich ein paar Probleme. Du weißt, dass es in diesem Bühnenbild zweiundzwanzig Türen gibt. Und dann ging es mit dem Teufel zu. Entweder sie ließen sich nicht vernünftig schließen und schwangen ständig auf, oder sie ließen sich schließen, aber waren einfach nicht mehr zu öffnen. Ein riesiges Theater. Ich hab rotgesehen, und Clément, der Bühnenmeister, ist fast verrückt geworden.

Aber jetzt ist alles in Ordnung. Der Stress hat Clément aber ganz bestimmt zwei Jahre seines Lebens gekostet.

Morgen werden wir verpacken, wegräumen und so weiter, und dann freu ich mich schon auf die Premiere im September.

Liebster, ich lande Mittwochabend gegen sechs auf Elba. Ist das nicht toll? Ich kann es gar nicht mehr erwarten, dich zu sehen. – In Liebe, Viv.

Ach, Viv, das ist ja fantastisch! Mittwoch! So bald! Ich freu mich, und ich werde dich natürlich am Flughafen abholen. Ich bin schon auf Elba, und an Bord ist der Champagner kalt gestellt. Worauf hast du Appetit? Egal. Antworte nicht, ich werde dir ein fürstliches Essen bereiten.

Sag dem Piloten, er soll vorsichtig fliegen.

Bis ganz bald, Werner.

Mittwoch um sechs also. Jetzt war es so weit, jetzt ging es endlich zur Sache.

Heute war Samstag, zwanzig Uhr dreißig. Er hatte noch dreieinhalb Tage. Es dürfte eigentlich keine Probleme geben, denn in Gedanken hatte er alles schon hundertmal durchgespielt.

Dienstagmorgen ging er zur Bank und ließ sich einen Kontoauszug ausdrucken. Das Geld war da. Am liebsten hätte er vor Freude geschrien, aber er setzte ein ganz geschäftsmäßiges Gesicht auf, als wäre es das Normalste von der Welt, siebenundfünfzigtausend Euro auf dem Konto zu haben.

»Ich möchte fünfzigtausend abheben«, sagte er zum Schalterbeamten.

Der Bankbeamte war unerträglich mager und starrte ihn entsetzt an.

»Fünfzigtausend?«

»Ja.«

»Das muss ich bestellen.«

»Gut. Dann bestellen Sie. Wie lange dauert das?«

»Drei Tage mindestens.«

»Schaffen Sie es bis Freitag? Freitag komme ich wieder, da will ich mein Geld haben.«

»Ich denke, das kriegen wir hin«, sagte der Angestellte, doch er wirkte alles andere als selbstsicher, eher ein wenig verstört. »Aber Montag oder Dienstag wäre sicherer.«

»Hören Sie«, sagte Malte leise, »ich werde in nächster Zeit noch öfter große Summen auf mein Konto überweisen und abheben. Bitte stellen Sie sich schon mal darauf ein.«

»Aber was machen Sie mit dem Geld, Signore?«, fragte das magere Männlein. »Sie können in Italien nirgends mehr mit so großen Summen Bargeld bezahlen! Ab fünftausend Euro ist das bei keinem Handwerker und keiner Firma mehr möglich.«

»Ich will auch keinen Handwerker bezahlen«, sagte Malte lächelnd. »Ich will mir das Geld unters Kopfkissen legen. Weil ich dann besser schlafen kann.«

Das Männlein verstummte.

»Na dann, bis Freitag. Ich wünsche Ihnen noch einen schönen Tag«, flötete Malte und verließ die Bank.

Das klappte ja alles hervorragend. Und die Eingeborenen hier auf Elba schienen lernfähig zu sein. Irgendwann würden sie nicht mehr mit der Wimper zucken, wenn er fünfzigtausend in bar abhob.

Am Mittwochmorgen stand er um acht Uhr auf. Er duschte an Bord lange und ausgiebig, um locker zu werden und sich zu entspannen, wusch sich die Haare und rasierte sich mit Werners elektrischem Rasierapparat, mit dem er sogar einzelne Stufen für einen Drei- und Fünftagebart einstellen konnte. Anschließend fühlte er sich sauber und erfrischt, kochte sich zwei harte Eier und einen Kaffee, trank drei Gläser Wasser und suchte sich in Werners Sachen etwas Vernünftiges zum Anziehen. Aber dann fiel ihm ein, dass Vivian wahrscheinlich jedes einzelne Stück genau kannte und sehr pikiert wäre, wenn er Werners Sachen trug, auch wenn er eine plausible Erklärung finden würde. Da war es schon besser, am Flughafen in seinen heruntergekommenen und zerschlissenen Klamotten zu erscheinen.

Dann füllte er den Wassertank an Bord wieder auf, auch wenn es auf Elba, wie er gehört hatte, kein gutes Trinkwasser gab. Das war ihm ziemlich egal. Zum Duschen reichte es.

Am späten Vormittag ging er in ein Haushaltswarengeschäft im Ort und kaufte eine drei mal drei Meter große Plastikplane. Wieder an Bord, schmierte er sich zwei Brote mit Käse, trank dazu ein Bier, und dann begann er die Kombüse sorgfältig mit der Plane auszulegen.

Um siebzehn Uhr rief er ein Taxi und bestellte es vor das Rathaus von Porto Azzurro, nur wenige Schritte von seinem Liegeplatz entfernt.

Um zehn Minuten vor achtzehn Uhr stand er in der kleinen Flughafenhalle und wartete auf Vivian.

Die wenigen Passagiere, die in der Maschine waren, konnte er an einer Hand abzählen. Aber auch wenn es hundertfünfzig gewesen wären – er erkannte sie sofort.

Sie sah atemberaubend schön aus. So eine sportliche und gleichzeitig elegante schlanke Frau mit karottenroten Haaren, die ihr lockig und dicht fast bis zur Taille reichten, ihr Gesicht umschmeichelten und sie jünger wirken ließen, war einfach nicht zu übersehen.

Vivian sah sich suchend um.

Er winkte, aber sie beachtete ihn nicht.

Daher trat er auf sie zu. »Frau Faenzi?«, fragte er so sanft wie möglich und schenkte ihr ein Lächeln.

»Ja?« Sie wirkte sehr irritiert.

»Entschuldigen Sie, dass ich Sie so überfalle. Ich weiß, dass Sie nicht mit mir, sondern mit Werner gerechnet haben. Darf ich mich vorstellen: Ich bin Malte.«

»Oh!«, sagte sie. »Ja, ich habe von Ihnen gehört. Werner hat von Ihnen geschrieben.« Sie reichte ihm flüchtig die Hand. »Was ist los? Warum ist Werner nicht hier?«

»Das kann ich Ihnen erklären. Wollen wir rausgehen? Wir stehen hier im Weg.«

Sie folgte ihm.

Vor dem Flughafeneingang blieb er stehen und sah sie freundlich an.

»Nehmen wir uns ein Taxi. Dann erkläre ich Ihnen alles während der Fahrt zum Hafen.«

»Nein. Ich will es jetzt wissen. Was ist los?« Sie stellte ihr Gepäck ab und verschränkte die Arme über ihrem leichten, seidigen Jackett.

Oh, oh, dachte er, die Frau ist ein harter Brocken.

»Also gut. Ihrem Mann Werner ging es heute Morgen nicht so gut. Wir hatten uns gestern Abend zufällig auf Elba wiedergetroffen und sind zusammen essen gegangen, um unser Wiedersehen zu feiern. Werner hatte Riesengarnelen bestellt, keine Ahnung, vielleicht waren die nicht ganz in Ordnung, jedenfalls war ihm heute furchtbar übel. Er kam überhaupt nicht mehr von der Toilette, und da hat er mich gebeten, Sie abzuholen.«

Vivian runzelte die Stirn. »Aber das hätte er mir ja schreiben können! Dann hätte ich mir allein ein Taxi genommen, und er hätte Sie nicht bemühen müssen. Er wollte mich ja bloß abholen, weil er weiß, wie viel es mir bedeutet, wenn ich irgendwo ankomme, und da ist jemand, der auf mich wartet.«

»Und genau deswegen hat er wahrscheinlich mich als Ersatz geschickt.« Malte lächelte, und allmählich wurde Vivian zugänglicher.

»Wahrscheinlich, ja. Es ist wirklich nett von Ihnen, dass Sie gekommen sind. Ich bin übrigens Vivian.« Sie reichte ihm die Hand.

»Und ich bin Malte«, wiederholte er und ergriff ihre Hand. Beinah hätte er sich versprochen und »Werner« gesagt, aber er konnte sich selbst noch im letzten Moment korrigieren. »Werner hat viel von Ihnen erzählt, ich freue mich sehr, Sie kennenzulernen.«

»Ich freue mich auch«, erwiderte Vivian. »Nehmen wir ein Taxi.«

Malte nickte.

Er nahm ihre Koffer, und sie gingen gemeinsam zum Taxistand, an dem zwei Wagen warteten.

56

Während der Fahrt schwieg Vivian. Die ganze Situation behagte ihr gar nicht, sie kam ihr merkwürdig vor, und sie hatte das ungute Gefühl, dass irgendetwas nicht stimmte. Darum hatte sie auch absolut keine Lust, sich mit dem unbekannten Mann neben ihr zu unterhalten. Er war zusammen mit Werner von Nizza nach Korsika gefahren – nun gut. Das war aber auch schon alles.

Sie versuchte einzuschätzen, wie er auf sie wirkte. Er kam ihr sehr einfach, ärmlich, fast ein wenig primitiv vor. Seine Kleidung war mehr als schäbig, zu schlecht und abgetragen, um sie noch dem Roten Kreuz anbieten zu können. Er war ihr nicht unsympathisch, aber auch nicht sympathisch. Auf ihrem Boot würde sie ihn als Fremdkörper empfinden, und daher wünschte sie sich, sie wäre allein.

Als sie aus dem Taxi stieg, spürte wie, wie warm es hier auf Elba war. Wesentlich wärmer als in Nizza. Sie band ihre flammend roten Haare mit einem Gummiband zusammen und setzte ihren Sonnenhut, den sie im Wagen in der Hand gehalten hatte, und eine Sonnenbrille auf. Mit ihrer empfindlichen Haut vertrug sie so gut wie gar keine Sonne.

Zügig lief sie über den Steg und signalisierte Malte, dass sie auch weiterhin keinerlei Wert auf irgendeine Konversation legte. Er folgte ihr einen halben Schritt zurückversetzt und schleppte ihre Koffer.

Werner saß nicht an Deck, wie sie erwartet hatte. Vielleicht ging es ihm so schlecht, dass er sich hingelegt hatte. Das konnte ja sein.

Als sie über die Gangway an Bord lief, rief sie bereits laut: »Werner!«

Sie blieb stehen und horchte. Es kam keine Antwort.

Über den Niedergang ging sie hinunter in den Salon, dicht gefolgt von Malte. Sie spürte ihn in ihrem Rücken, und er störte sie gewaltig.

Die Tür zur Bugkabine stand einen Spalt breit offen. Wahrscheinlich hatte sich Werner in der Gästekabine aufs Bett gelegt, das taten sie meist, wenn einer krank war, ständig hustete oder häufig zur Toilette musste, um den anderen nicht zu stören.

»Werner!«, rief sie noch einmal.

Erst als sie die Pantry am tiefsten Punkt des Schiffes betrat, sah sie das, was sie zutiefst erschreckte.

Der gesamte Fußboden war mit Folie ausgelegt.

Aber bevor sie überlegen konnte, was das zu bedeuten hatte, und bevor die Angst kam, traf sie bereits der erste Stich.

Sie spürte einen dumpfen und gleichzeitig scharfen Schmerz, und etwas Warmes lief ihr den Rücken hinunter. Als sie begriff, dass es ihr eigenes Blut war, trafen sie bereits der zweite und der dritte Stich. Und mit dem Schmerz kam die entsetzliche Erkenntnis, dass sie sterben würde.

Vivian hatte keine Zeit mehr, sich zu empören, zu wehren oder um Hilfe zu rufen. Sie konnte ihrem Mörder nicht mehr voller Verzweiflung, Hass und Unverständnis in die

Augen gucken. Ihre Beine knickten weg, und Vivian brach zusammen.

Dass sie in der engen Küche mit der Stirn gegen die Arbeitsplatte schlug und sich eine stark blutende Platzwunde zuzog, spürte sie bereits nicht mehr.

Nur um sicherzugehen, stach Malte noch ein paarmal zu.

Der erste Stich hatte ihn Überwindung gekostet, die weiteren waren ganz leicht gewesen.

Sie war genau so, wie er es geplant hatte, in der Pantry auf der Folie zusammengebrochen, und so hatte er eine Sauerei auf dem Teakdeck oder im Salon vermeiden können. Es war alles sauber über die Bühne gegangen. Außerdem war die Küche der tiefste Raum im Schiff und der einzige Ort, wo man durch die Fenster oder Bullaugen nicht von anderen Schiffen aus gesehen werden konnte. Daher musste er wohl oder übel auf See die Leiche noch nach oben ziehen oder tragen.

Malte ging an Deck und sah sich um. Alles war ruhig. Der Himmel war bedeckt und düster, vielleicht würde es Regen geben, aber das störte ihn nicht.

Er startete die Motoren, löste die Taue am Bug und am Heck und steuerte aus dem Hafen. Vollkommen unbemerkt.

Ohne irgendeinem bestimmten Kurs zu folgen, fuhr er einfach hinaus aufs offene Meer, schaltete AIS und den Autopiloten ein und machte sich an die Arbeit.

Er zog Vivian vollständig aus und sah, was sie in ihrem Alter noch für einen schönen, beinah mädchenhaften Körper gehabt hatte. Aber dann verdrängte er den Gedanken sofort wieder. Er wollte kein schlechtes Gewissen bekommen. Was geschehen war, musste geschehen. Er hatte keine andere Wahl gehabt.

Dann rollte er Vivian, die keinerlei Lebenszeichen mehr von sich gab, in die Folie ein und verschnürte diese unterhalb der Füße und oberhalb des Kopfes. Langsam begann er sie durchs Schiff zu ziehen. Allein von der Pantry in den Salon musste er vier Stufen überwinden.

Als sie neben dem Tisch im Salon lag wie eine Wurst im Darm, lief ihm der Schweiß bereits in Strömen den Rücken hinunter.

Er ging an Deck und sah übers Meer. Es war alles in Ordnung. Ein starker Abendwind kam auf, aber das kümmerte ihn nicht.

Dann machte er weiter.

Schwieriger war der steile Niedergang zum Achterdeck mit sechs Stufen. Er zog, hob und schob, aber immer wieder rutschte die Leiche zurück. Malte war kurz davor zu verzweifeln, denn Vivian war groß gewesen und hatte zu Lebzeiten zweiundsiebzig Kilo gewogen.

Er beschloss, eine Pause einzulegen, trank ein kühles Bier und versuchte, sich ein paar Minuten zu entspannen. Die Schiffsbewegungen wurden stärker und heftiger. Es hatte keinen Zweck, er musste es weiter versuchen. Schließlich konnte Vivians Leiche nicht für immer im Salon liegen bleiben.

Er nahm all seine Kraft zusammen und schaffte es schließlich, sie an Deck zu hieven.

Die See war aufgewühlt und unruhig. Der Windmesser, den Malte hoch in die Luft hielt, zeigte zweiundzwanzig Knoten, das entsprach Windstärke fünf, in Böen sechs oder sieben, mit einer Wellenhöhe von zwei bis drei Metern.

Verflucht. Malte spürte, dass der Wind ständig weiter zunahm.

Er schleifte die Leiche mittschiffs, öffnete die Folie und versuchte sie so festzuknoten, dass er sie über Bord kippen und mitziehen konnte. Aber das war leichter gesagt als getan, denn das Schiff rollte und legte sich bedenklich auf die Seite. Malte musste sich mühsam festhalten und die nächste Welle abwarten, bevor er weitermachen konnte.

Es hatte keinen Zweck und war zu gefährlich. Er musste sich sichern, sonst ging er noch mit über Bord.

Malte verschwand unter Deck, um die Sicherungsleine zu holen, mit der er sich an der Reling einklinken konnte.

Das Boot schlingerte und kippte. Malte hielt sich auch unter Deck krampfhaft fest, die Möbel begannen zu rutschen, und alles, was nicht festgezurrt war, fiel vom Tisch und aus den Regalen.

Was für ein verdammtes Mistwetter!, fluchte er vor sich hin. Gerade jetzt.

Mit aller Kraft hangelte er sich wieder hoch an Deck und traute seinen Augen nicht.

Die Leiche war weg. Nur die leere Folie wurde vom Wind noch gegen die Reling gedrückt.

»Scheiße!«, brüllte Malte und drohte dem Wind. »Scheiße, Scheiße, Scheiße.«

Er sah übers Meer. Blass vor Wut.

Von Vivian war nichts zu sehen. Aber auch wenn sie noch nicht untergegangen sein sollte, war sie zwischen den Wellenbergen unmöglich zu entdecken.

Malte schlug mit der flachen Hand auf den Steuerstand, nahm die Folie, legte sie zu einem möglichst kleinen Paket zusammen und warf sie über Bord.

Diese verdammte Zicke! Diese saublöde Pute! Er hatte vorgehabt, sie erst weit draußen auf dem offenen Meer, mindestens fünfzig Seemeilen vom Ufer entfernt, ins Wasser zu werfen. Sie war schuld, dass alles falsch gelaufen war.

Malte wendete vorsichtig und in einem großen Bogen, da er Angst hatte, dass ihn die Wellen von der Seite treffen würden, und nahm Kurs zurück nach Elba.

Vielleicht hatte er Glück, und Vivian tauchte wie Werner nie wieder auf.

Wichtiger war jetzt, dass er in Porto Azzurro war, um übermorgen seine fünfzigtausend Euro abzuheben.

57

Freitagmorgen um neun Uhr dreißig betrat Malte mittlerweile zum dritten Mal die kleine, unscheinbare Bankfiliale in Porto Azzurro. Er trug genau dieselben Sachen von Werner wie bei den letzten beiden Malen. Allmählich gewöhnte er sich daran.

Als der magere, schüchterne Angestellte hinter dem Schalter Malte sah, huschte ein Lächeln über sein Gesicht, und er erhob sich sofort.

»Bitte, kommen Sie mit«, sagte er. »Es ist alles erledigt, hat wunderbar funktioniert, aber Sie wollen das Geld doch sicher nicht hier im Schalterraum nachzählen?«

»Das stimmt. Das will ich nicht.«

»Bitte.« Das Männlein öffnete eine Tür, die aussah, als wäre sie einfach nur ein Brett aus Spanplatte mit einer Klinke daran, und winkte Malte höflich an sich vorbei. Dann schloss er diesen Witz von einer Tür und öffnete einen bereits vorbereiteten Briefumschlag.

»Fünfzigtausend in Hunderteuroscheinen.« Er strahlte vor Stolz. »Ich hoffe, das ist recht so. Bitte, zählen Sie nach.«

Malte setzte sich unaufgefordert und zählte schnell und konzentriert. Währenddessen stand das Männlein mit vor dem

Bauch gefalteten Händen hinter dem Schreibtisch und sah ihm zu.

»Es stimmt genau. Fabelhaft.« Malte stand auf und reichte ihm die Hand. »Ich danke Ihnen.«

»Keine Ursache«, meinte das Männlein. »Was wir möglich machen können, machen wir. Ist doch selbstverständlich.«

Sie verließen den Raum.

Unterdessen wartete bereits ein weiterer Kunde geduldig am Schalter. Malte nickte dem Angestellten noch einmal zu und verließ die Bank.

Als er über die Piazza am Hafen schlenderte und überlegte, ob er noch einen Kaffee trinken sollte, lief er direkt Manuela in die Arme.

»Buongiorno«, sagte sie fröhlich, »das ist ja ein Zufall! So trifft man sich wieder! Ich dachte, du hättest Porto Azzurro verlassen?«

»Nein, ich bin nur ein bisschen spazieren gefahren und wieder zurückgekehrt. Es ist einfach herrlich hier.«

»Wem sagst du das?« Sie lachte. »Für mich ist Elba die schönste Insel der Welt. Und dieser Hafen ist ein Diamant, der sie ungemein schmückt.« Sie sah auf den Briefumschlag in seiner Hand. »Wolltest du zur Post?«

»Nein, ich wollte eigentlich einen Kaffee trinken. Darf ich dich einladen?«

»Schade, das geht leider nicht, ich bin im Dienst und auch ein bisschen in Eile. Aber ich habe um vierzehn Uhr Feierabend.« Sie sah ihn lächelnd und abwartend an und hatte dabei gewohnheitsmäßig die Hand auf dem Schlagstock, der an ihrem Gürtel baumelte.

»Na, dann nehmen wir doch einen Aperitif an Bord, wenn du Lust hast.«

»Gerne. Sehr gerne. Aber was ich dich fragen wollte: Wäre es möglich, dass wir mal eine halbe Stunde rausfahren? Ich würde dein Boot so gerne mal auf dem Meer erleben, denn Boote dieser Art haben wir hier ja selten bis gar nicht in Italien.«

»Natürlich. Gar kein Problem. Das können wir machen.«

»Oh, da freu ich mich. Na, dann bis nachher!« Sie zwinkerte ihm zu und ging aufrecht und mit strammem Schritt über die Piazza. Ihre Stiefel klackten energisch auf dem Pflaster.

Malte setzte sich in die erstbeste Bar und bestellte einen Espresso. Er hatte zwar wenig Lust, mit Manuela eine kleine Vergnügungsfahrt zu unternehmen, aber vielleicht war es ja auch von Vorteil, die Chefin der Carabinieri auf seiner Seite zu haben. Er hoffte nur inständig, dass sie ihm nicht wieder mit eindeutigen Angeboten kam oder an die Wäsche ging, denn er wusste, dass er sie sich ganz schnell zur Feindin machen konnte, wenn er sie wieder abblitzen ließ. Der Nachmittag würde verdammt schwierig werden.

Um vierzehn Uhr dreißig kam sie. In Uniform und mit einer DIN-A4 großen Schreibmappe unter dem Arm.

»Buonasera, Signor Faenzi«, sagte sie laut. »Darf ich?«

»Bitte, kommen Sie.«

Ohne Skrupel marschierte sie in ihren schweren Stiefeln an Deck. Ein Carabiniere zog seine Schuhe nicht aus und lief nicht auf Socken herum, das war vollkommen ausgeschlossen. Auch nicht, wenn er ein Haus betrat, das mit weißem Samt ausgelegt war.

An Deck reichte sie Malte zur Begrüßung die Hand und legte die Schreibmappe geschäftsmäßig auf den Tisch.

»Ist irgendwas?«, fragte Malte leise, sodass ihn die Bootsnachbarn, die natürlich neugierig herübersahen, was die Marescialla wohl auf der *Aurora* zu suchen hatte, nicht hören konnten.

»Das erkläre ich Ihnen später«, erwiderte Manuela kühl und so laut, dass alles, was sie sagte, auf den beiden Booten neben der *Aurora* verstanden werden konnte.

»Bitte schalten Sie doch mal die Motoren an.«

Malte tat es. Aber irgendwie ging ihm dieses merkwürdige Verhalten Manuelas auf die Nerven. Brauchte sie das? Immer eine kleine Inszenierung? Ein bisschen Schauspielerei?

»Alles in Ordnung?«, fragte sie.

»Alles klar.«

»Na, dann wollen wir mal.« Sie nahm ihr Funkgerät aus der Tasche, nuschelte ein paar Worte hinein und steckte es wieder weg.

»Ich löse die Mooringleinen.« Zügig ging sie zum Bug.

Unterdessen zog Malte die Festmacher achtern an Bord und fuhr die *Aurora* langsam und ruhig aus dem Hafen.

Als sie außer Sichtweite waren, zog Manuela ihre Uniformjacke aus, schnallte Schlagstock und Dienstwaffe ab und schlüpfte aus ihren schweren Stiefeln.

»So!«, sagte sie fröhlich und grinste. »Jetzt geht's mir besser.«

»Und was sollte das Theater?«

»Werner, bitte! Überleg doch mal. Wenn ich in Freizeitkleidung bei dir an Bord gehe und wir rausfahren … Was meinst du, was die Leute denken? Das ist in Porto Azzurro in fünf Minuten rum. Von den Einheimischen gibt es niemanden, der mich nicht kennt. Mit solchen Sachen muss man verdammt vorsichtig sein.«

»Verstehe.« Das wurde ja immer komplizierter. »Und du glaubst allen Ernstes, dass sich niemand was dabei denkt, wenn wir rausfahren und du in Uniform bist?«

»Dabei haben sie sich nichts zu denken. Ende. In Uniform bin ich im Dienst, und was ich im Hafen oder auf den Booten dienstlich zu schaffen habe, geht keinen was an.« Sie lachte. »Aber lassen wir das. Es ist, wie es ist.«

Malte saß locker am Steuer und grinste. »Wohin wollen wir fahren?«

»Ach, einfach nur so … Vielleicht Richtung Capraia? Da gibt es schöne Buchten.«

Malte brach der Schweiß aus. Er hätte sich niemals auf diese kleine »Spritztour« einlassen sollen, von wegen »nur mal eine halbe Stunde«. Capraia war nicht gerade um die Ecke.

Er verfluchte sich selbst, weil er nur höflich und nett hatte sein wollen. Jetzt saß er in der Klemme.

58

Elba, Marina di Campo

»Guck mal«, sagte Mario zu seinem Freund Gino und stupste ihn in die Seite, »da vorne schwimmt 'ne riesige Feuerqualle! Ist das eklig!«

»Wo?« Gino konnte nichts sehen.

»Da hinten, beim großen Stein! Vielleicht taucht sie noch mal auf.« Mario stellte sich hin, um bessere Sicht über die flachen Felsen zu haben, auf denen man gut sitzen und prima angeln konnte. Auch Gino stand auf.

Beide legten ihre Angeln zur Seite und kletterten ein kleines Stück weiter vor, dorthin, wo schon einige Steine vom Wasser überspült wurden.

Und dann bemerkten sie es beide: Wie Tentakel bewegte sich etwas Rotes unter Wasser.

»Widerlich«, sagte Gino, der nicht so gut sehen konnte wie Mario und in der Schule auch immer eine Brille aufsetzen musste, wenn er lesen wollte, was an der Tafel stand.

Plötzlich schlug Mario die Hände vors Gesicht und sagte stockend: »Gino, guck mal genau hin, das ist keine Qualle, das ist eine Leiche. Mit langen roten Haaren!« Er war kreidebleich.

Gino kletterte noch weiter vor. Jetzt sah auch er die tote Frau ganz deutlich.

»Porca miseria«, sagte er, und sein Herz klopfte wie wild. »Was machen wir denn jetzt?«

Zitternd kramte Mario sein Handy aus der Hosentasche. Er hatte es zu seinem achten Geburtstag von seinen Eltern geschenkt bekommen und durfte nur allein aus dem Haus oder mit Gino zum Angeln gehen, wenn er es dabeihatte. Bisher hatte er es noch nie gebraucht, aber jetzt war so eine Situation, die seine Eltern wohl gemeint hatten, wenn sie ihm immer wieder einschärften: »Geh nie ohne Handy! Und schalte es auch ein!«

»Ich ruf Papa an«, sagte er.

Zuerst wirkte er noch sehr gefasst, aber als er seinem Vater dann erzählte, dass genau vor ihnen eine Leiche im Wasser schwamm, fing er an zu weinen.

»Ich komme!«, brüllte sein Vater ins Handy. »Wo bist du genau?«

Mario beschrieb den Ort, aber sein Vater hatte schon verstanden. Er kannte die Stelle, wo sein Sohn normalerweise angelte.

»Rühr dich nicht vom Fleck!«, brüllte der Vater noch lauter und legte auf.

Carabiniere Alberto Landini arbeitete jetzt seit einunddreißig Jahren in Marina di Campo auf Elba, kannte, wie er immer scherzhaft betonte, jeden Sonnenschirm, jeden Liegestuhl und jedes Sandkorn persönlich und war ein gewissenhafter Mann. Jede scheinbar noch so unwichtige Kleinigkeit schrieb er auf, sammelte die Notizen je nach Umfang alphabetisch sortiert in einem Zettelkasten, pinnte sie an sein Korkbrett dem Schreibtisch gegenüber oder heftete sie in einem Ordner ab. Schließlich konnte alles wichtig sein.

Alles, was ihm brisant erschien, schickte er per Fax oder Mail an die halbe Welt, das heißt, er sandte jeden Humbug an sämtliche Carabinieri-Stationen im Umkreis von hundert Seemeilen.

Alberto spürte, dass er im Alter immer pingeliger und sein Leben dadurch immer anstrengender wurde, aber er fand, dass er alles richtig machte, und hatte nicht vor, jemals etwas daran zu ändern.

Es war kurz nach drei, als das Telefon klingelte und sein Freund Vico anrief. Alberto machte sich sofort eine Notiz, auch wenn der Anruf mit großer Wahrscheinlichkeit privat war.

»Was gibt's, Vico?«, fragte Alberto freundlich.

»Mario ist beim Angeln, und da schwimmt eine Frauenleiche im Wasser. Er hat mich eben angerufen. Alberto, wir müssen hin! Sofort!« Vico war hochgradig nervös.

»Bin schon unterwegs!«, brüllte Alberto, und Vico konnte ihm gerade noch zuschreien: »Ich bin in einer Minute vor deinem Büro und hol dich ab!«, bevor Alberto auflegte, sein Jackett packte und aus dem Büro rannte.

Zehn Minuten später starrten der Carabiniere Alberto und sein Freund Vico genauso entsetzt und schockiert ins Wasser wie die beiden Jungen.

Alberto fasste sich kurz ans Herz, atmete tief durch und versuchte dann mit seinem Diensthandy die Marescialla in Porto Azzurro zu erreichen. Er bekam ihren Vertreter, Donato Neri, an den Apparat und berichtete ausführlich von der angeschwemmten Frauenleiche.

Schon wieder eine Wasserleiche, dachte Neri. Diesmal eine Frau, Anfang bis Mitte vierzig, angeschwemmt im Süden der Insel, in Marina di Campo. Das hörte sich durchaus interessant an, zumal Manuela freihatte und er die Angelegenheit als ihre Vertretung für Porto Azzurro ganz allein in Augenschein nehmen würde.

»Ich muss los, nach Marina di Campo«, sagte er zu Gabriella am Telefon. »Kann später werden.« Eigentlich war dieser Anruf überflüssig, denn Gabriella erwartete ihn ohnehin nicht vor acht Uhr abends, aber er wollte – wie schon so oft – auf die Wichtigkeit seiner Arbeit hinweisen.

»Ach?«, fragte Gabriella spitz. »Was willst du denn da? Hat deine tolle Chefin dich mal wieder bestellt, um ihr den Sonnenschirm zu tragen?«

»Was soll das jetzt, Gabriella?«

»Na, ist doch wahr, Neri! Wenn sie ruft, dann springst du! Das ist schließlich nichts Neues.«

»Es gibt eine weitere Wasserleiche.«

»Na, dann wird ja hier irgendwo ein Nest sein«, meinte Gabriella unbeeindruckt und legte auf.

Zur Hölle mit Gabriella, dachte Neri, stieg tapfer ins Auto und hoffte inständig, dass er sich nicht wieder übergeben und vor der ganzen Welt blamieren würde.

Als er eine Dreiviertelstunde später vor der Leiche stand, musste sich Neri nicht übergeben. Dieses Mal war seine Gesichtshaut auch nicht kalkweiß und aschfahl, sondern flammend rot vor Aufregung.

»Weiß man schon, woran sie gestorben ist?«, fragte Neri.

»Ja«, antwortete Alberto Landini, »an neun Messerstichen. Ihr Mörder hat sie heimtückisch von hinten erstochen.«

Neri stöhnte auf und machte sich Notizen.

Nachdem er circa eine Minute konzentriert die Leiche angesehen und krampfhaft darüber nachgedacht hatte, wo er diese Frau schon mal gesehen hatte, fiel es ihm plötzlich wieder ein, und er sagte mit klarer Stimme: »Ich kenne diese Frau. Mit ihr und ihrem Mann habe ich mich vor einiger Zeit auf ihrem Schiff, der *Aurora*, unterhalten, als die Leiche eines Asiaten in Porto Azzurro angeschwemmt worden war. Die beiden hatten die Leiche entdeckt und die Capitaneria informiert. Die Frau heißt Vivian Faenzi, ist Deutsche und macht zusammen mit ihrem Mann Werner Faenzi Urlaub auf ihrer Yacht.«

Ihm war heiß geworden, und er wischte sich mit seinem Uniformärmel über die Stirn. So eine lange Rede hatte er schon lange nicht mehr gehalten.

Auch Alberto machte sich Notizen. »Wie, sagten Sie, war noch mal der Name?«

»Faenzi. Vivian und Werner Faenzi. Und das Schiff der beiden heißt *Aurora*.«

59

Mittelmeer

Seit einer halben Stunde versuchte er Manuela zu erreichen, aber sie ging nicht an ihr Handy. Vielleicht hatte sie da, wo sie sich rumtrieb, gerade keinen Empfang.

Neri fluchte und probierte es erneut. Wieder nichts.

Das konnte doch wohl nicht wahr sein! Manuela war die Chefin, sie musste immer erreichbar sein und damit rechnen, dass irgendetwas passierte und es seine verdammte Pflicht und Schuldigkeit war, sie sofort zu informieren. Nachher war er wieder derjenige, der von ihr angepfiffen wurde, nach dem Motto: Warum hast du mich nicht sofort angerufen? Porca miseria!

Er drückte zum x-ten Mal auf die Wahlwiederholungstaste.

Manuela stand barfuß am Bug, trug nur die Uniformhose und ihr sehr maskulines Carabinieri-Oberhemd und ließ sich den Wind um die Nase wehen.

Plötzlich riss sie die Arme auseinander, rief: »Hej, Werner, das ist ja wie auf der Titanic!«, drehte sich um, lachte und knöpfte sich das Hemd auf. Nur in Hose und BH stand sie da und hielt das Hemd in die Höhe, das über ihrem Kopf im Wind flatterte.

»Ein tolles Boot hast du, ganz, ganz irre! Ein Tag auf so einer Yacht ist ja wie drei Wochen Urlaub!«

In diesem Moment klingelte Manuelas Handy, und sie ging ran.

Malte stand am Außensteuerstand, konnte gut hören, was sie sagte, und beobachtete sie nur.

»Ja«, sagte Manuela, »oh mein Gott.« – »Ja.« – »Ja.« – »Das kann doch wohl nicht wahr sein.« – »Nein! Sag das noch mal!« – »Und du täuschst dich nicht?« – »Ja, Donato, ich hab verstanden.« – »Aber sicher.« – »Na klar, ich beeil mich.« – »Neri?« – »Ach, verdammt!« Die Leitung war zusammengebrochen.

»Was ist?«, fragte Malte desinteressiert, als sie neben ihm stand. Dass sie wegen irgendetwas zurückmusste, war ihm durch die wenigen Worte in dem Telefonat klar geworden, und es passte ihm hervorragend in den Kram. So entkam er der entsetzlichen Situation, mit Manuela eventuell eine Nacht in einer Bucht verbringen zu müssen.

»Werner, dreh um, ich muss ins Büro, es ist dringend.«

»Ist was passiert?«

»Ja. Kann man so sagen.«

Er fragte nicht weiter und änderte den Kurs in Richtung Elba. Das lief ja prima. Er würde Manuela im Hafen absetzen und dann abhauen. Geld hatte er erst mal genug. Vielleicht würde er später noch einmal wiederkommen, um mehr Geld abzuheben, vielleicht eröffnete er aber auch einfach woanders noch ein Konto. Darüber konnte er später nachdenken.

Eine Weile fuhren sie schweigend.

Dann begann Manuela vorsichtig zu fragen. »Sag mal, wann kommt deine Frau nach Elba?«

»Jetzt irgendwann. Vielleicht schon am Wochenende, oder aber Anfang nächster Woche. Das weiß ich noch nicht genau.«

»Wo ist sie denn zurzeit?«

»In Nizza.«

»Ach ja, stimmt. Das hast du mal erzählt. Und seit wann hast du sie nicht mehr gesehen?«

»Seit drei Wochen.« Malte sah Manuela von der Seite an. Allmählich kam ihm diese Fragerei komisch vor.

»Warum willst du das wissen?«

Manuela war ungewöhnlich blass, und es fiel ihr schwer zu sprechen. Sie suchte nach Worten.

»Werner …«

»Ja?«

Sie holte tief Luft, um Mut zu sammeln, und dann sagte sie leise: »Werner, deine Frau ist tot. Es tut mir so unendlich leid, aber mein Kollege hat es mir eben gesagt.«

»Das kann nicht sein!« Malte bemühte sich, erschrocken und vollkommen konsterniert auszusehen.

»Doch. Sie wurde erstochen und ins Wasser geworfen und ist heute Nachmittag in Marina di Campo auf Elba angeschwemmt worden.«

»Erstochen?«, fragte Malte fassungslos.

»Ja.«

»Aber das kann nicht sein!« Malte schlug mit der Hand gegen das Steuerrad und wurde laut. »Vivian ist gar nicht hier! Sie ist in Nizza, arbeitet dort an der Oper. Hab ich dir doch eben erzählt! Wie soll sie da tot sein? Und hier im Wasser schwimmen? Es muss eine Verwechslung sein!«

»Vielleicht ist sie nach Elba gekommen, ohne dass du es wusstest?«

»Warum sollte sie? Wir hatten kein Problem miteinander und haben uns ungeheuer auf unsere gemeinsame Bootstour gefreut.«

»Wie wollte sie denn kommen?«

»Mit dem Flieger. Mit so einer kleinen Maschine, die hier zwei- oder dreimal in der Woche landet, oder aber mit einem Privatflugzeug. Vivian lässt es sich was kosten, wenn sie dadurch zwei oder drei Tage mehr Urlaub hat.«

Manuela griff zum Telefon. Neri war sofort am Apparat.

»Donato«, sagte sie, »bitte überprüfe sofort, ob Vivian Faenzi innerhalb der letzten Woche auf Elba mit einer Linien- oder Privatmaschine gelandet ist.« Sie seufzte. »Ja, jetzt noch, bitte, es ist wichtig! – Danke, Donato. Ich bin auf dem Weg.«

Malte stand von seinem Steuerstuhl auf und ging auf dem Achterdeck hin und her. »Es kann nicht sein, Manuela, es kann einfach nicht sein! Wir haben uns so auf unser Wiedersehen gefreut! Trennungen können wir beide nur sehr schwer verkraften. Sie ist es nicht. Ich schwöre dir, es wurde irgendeine Leiche an Land geschwemmt, aber nicht meine Frau!«

»Mein Kollege ist sich ganz sicher, und er kennt ja deine Frau. Du musst dich doch daran erinnern, der Carabiniere, der sich mit euch beiden unterhalten hat, wegen des toten Chinesen. Den du gefunden hast!«

»Ach so, der«, sagte Malte vage und überlegte krampfhaft eine passende Antwort. »Ja, ich erinnere mich. Aber der Kollege hat hauptsächlich mit mir gesprochen, Vivian war die meiste Zeit unter Deck, so genau hat er sie gar nicht gesehen.«

»Werner«, sagte Manuela ruhig, »dreh jetzt nicht durch. Noch sind das alles Spekulationen. Tu mir den Gefallen und fahr auf dem schnellsten Weg zurück nach Elba. Dann kannst du noch heute Nacht die Tote identifizieren, und wir wissen definitiv, ob es deine Frau ist oder nicht. Und jetzt leg mal 'nen Zahn zu!«

Malte erhöhte die Geschwindigkeit auf siebeneinhalb Knoten und änderte erneut den Kurs, aber er fuhr nicht nach Elba, sondern in die entgegengesetzte Richtung.

Manuela merkte davon nichts.

Er brauchte Zeit und überlegte fieberhaft, was er jetzt machen sollte.

Beide schwiegen, die Situation war schwierig, die Atmosphäre angespannt.

Nach einer halben Stunde klingelte Manuelas Handy. »Ja?«, sagte sie, und dann hörte sie eine Weile still zu. »Ich werd verrückt!« – »Ja, also das versteh ich jetzt auch überhaupt nicht, aber ist gut, danke, Donato.«

»Was ist?«, fragte Malte.

Sie sah ihn an, und ihr Blick war kalt und beherrscht.

»Deine Frau ist bereits am Mittwoch auf Elba gelandet.«

Malte schwieg.

»Und sie ist mit dem Taxi nach Porto Azzurro gefahren. Kannst du mir das erklären?«

»Nein. Ich weiß davon nichts.«

»Du hast sie also nicht gesehen und sie auch nicht getroffen?«

»Nein.«

»Das ist ja merkwürdig.«

»Ja, das finde ich auch.«

Von Neri hatte Manuela außerdem erfahren, dass sie zusammen mit einem Mann im Taxi zum Hafen gefahren war.

Wenn sie sich mit einem anderen Mann getroffen hätte, wäre sie sicher nicht nach Porto Azzurro gefahren, wo Werner mit der *Aurora* lag.

Verdammt noch mal, Werner, dachte sie, so wie es aussieht, hast du ganz schlechte Karten.

»Kannst du vielleicht noch ein bisschen schneller fahren, damit wir nicht gar so spät ankommen?« Sie ging zum Niedergang. »Ich werd mich mal anziehen.«

Malte warf einen kurzen Kontrollblick übers Meer, und als er sah, dass kein Schiff ihnen zu nahe kommen könnte, sagte er zu Manuela: »Halt bitte erst mal ganz kurz die Augen offen, ich muss schnell aufs Klo. Mir ist total übel.«

Manuela nickte.

Seine Gedanken rasten. Eines war klar: Er konnte jetzt nicht nach Elba zurück. Manuela würde die gesamte Maschinerie in Gang setzen. Er wäre gezwungen, Vivian zu identifizieren, er würde verhört, seine Bootspapiere und Personalien würden überprüft werden, und er wäre automatisch der Hauptverdächtige. Sie verdächtigte ihn ja jetzt schon. Das war ihm klar. Dazu kam, dass dieser dämliche Carabiniere, der Vivian gekannt hatte, natürlich auch Werner kannte und sich hinstellen und sagen würde: Beim Leben meiner Großmutter, das ist nicht Werner Faenzi.

Nach Elba durfte er also auf keinen Fall.

Es tat ihm leid um Manuela. Aber er hatte keine andere Wahl.

Manuelas Jacke, ihre Stiefel und ihr Gürtel mit der Dienstwaffe lagen im Salon auf der Couch. Malte nahm die Dienstwaffe, entsicherte sie und ging zurück an Deck.

Da Manuela so schnell noch nicht mit ihm gerechnet hatte, sah sie ihn überrascht an und erst einen Sekundenbruchteil später die Pistole in seiner Hand.

»Leg die Waffe weg!«, sagte sie scharf. »Das ist kein Spiel. Außer mir sollte sie niemand in der Hand haben.«

Malte sagte nichts, hob den Arm und zielte auf ihre Stirn.

Manuela trat entsetzt zurück, starrte ihn ungläubig an, sie glaubte einfach nicht, was hier gerade geschah.

»Es geht leider nicht anders«, sagte Malte.

Und dann schoss er ihr direkt in die Stirn.

Durch die heftige Wucht des Schusses mit der schweren Waffe wurde sie zurückgeschleudert und flog über die Reling ins Meer.

Damit hatte er nicht gerechnet. Das war nicht geplant gewesen, und er fluchte laut.

Sofort stoppte er die Maschinen, sah sie noch kurz im Wasser, und dabei wurde ihm erneut bewusst, wie schön sie war. Ihr Gesicht sah aus wie das einer indischen Bollywood-Schauspielerin mit einem roten Punkt auf der Stirn.

Es war, als würde sie mit ihren weit aufgerissenen Augen ein letztes Mal in den Himmel blicken.

Dann versank sie im Meer.

60

Elba, Porto Azzurro

Als Neri am nächsten Morgen ins Büro kam, war Manuelas Schreibtischstuhl leer.

Neri stutzte. Was war denn heute los? Heute war irgendwie alles anders, und auch der Himmel über dem Meer zeigte sich bedeckt, als habe eine schmutzig graue Decke jegliches Leben unter sich begraben.

Manuela kam normalerweise immer eine Viertel- oder sogar eine halbe Stunde vor Dienstbeginn. Neri war noch nie der Erste im Büro gewesen.

Und genau darum hatte er heute so ein komisches Gefühl.

Er setzte sich und wusste nicht, was er machen sollte.

Es war jetzt Viertel nach neun. Normalerweise saß Manuela immer ab halb neun im Büro.

Neri rief ihre Privatnummer an. Vielleicht hatte sie einfach verschlafen.

Nichts. Niemand meldete sich.

Kaum hatte er aufgelegt, klingelte das Telefon. Alberto Landini war am Apparat.

»Kollege Neri«, sagte er. »Buongiorno. Sagen Sie, war es nicht so, dass Signor Faenzi mit seinem Boot bei Ihnen im Hafen liegt? Das sagten Sie jedenfalls gestern. Wollten Sie ihn nicht herbitten, um die Leiche zu identifizieren? Bis jetzt ist er nicht da. Was sollen wir machen? Noch warten? Der Transport ist für zehn Uhr bestellt.«

»Geben Sie mir zehn Minuten. Ich habe ihn gestern nicht mehr erreicht, die *Aurora* war nicht da, aber ich versuche es jetzt noch einmal, gehe zum Boot, rede mit ihm und melde mich dann bei Ihnen.«

»Gut. Danke.« Alberto legte auf.

Neri schaltete den Anrufbeantworter ein und machte sich auf den Weg.

Die *Aurora* lag immer noch nicht im Hafen, ihr Platz war leer.

In der Capitaneria traf er auf eine fette junge Frau mit Pferdeschwanz, den sie so straff zusammengebunden trug, dass ihr die Haare an der Stirn bereits ausfielen und den Ansatz einer Glatze erkennen ließen.

»Buongiorno«, sagte Neri, »ich wollte mich nur erkundigen, was mit der *Aurora* ist.«

»Was soll mit ihr schon sein?«, fragte die Mitarbeiterin frech.

»Wie ist denn Ihr Name?«, fragte Neri, und die dicke junge Frau stutzte.

»Mein Name?«

»Ja.«

»Lucia.«

»Aha. Also, Lucia, fangen wir noch mal von vorn an: Was ist mit der *Aurora*? Sie ist nicht mehr da, und ich wollte wissen: Haben Sie eine Ahnung, wo der Eigner mit ihr hinwollte?«

»Nein. Nichts. Er hat bezahlt, und dann kann jeder machen, was er will. Die Skipper müssen sich nicht abmelden.

Sie müssen sich nur anmelden, wenn sie eine weitere Nacht bleiben.« Lucia klang immer noch kiebig und machte Neri wütend.

»Müssen die Eigner auf Ihrem Anmeldefragebogen nicht aufschreiben, wo sie hinwollen?«

»Nein.« Lucias dickes Gesicht grinste. »Sie schreiben auf, wo sie herkommen. Und auch das ist nicht verpflichtend. Tut mir leid.« Ihr Grinsen wurde breiter.

»Kann ich die Anmeldung der *Aurora* mal sehen?«

»Aber selbstverständlich.«

Lucia öffnete eine der untersten Schubladen und bückte sich so ungeschickt, dass sich Neri der Magen umdrehte. Dann zauberte sie einen Zettel hervor.

»Hier. Bitte.«

»Machen Sie mir eine Kopie. Ich brauche das.«

»Sehr gerne.« Lucia verschwand im Nebenraum und kam nur Sekunden später wieder. »Hier, bitte schön.«

Neri nahm den Zettel und redete gleich weiter. »Hören Sie, wir ermitteln in einer Sache.« Normalerweise hätte er jetzt »Ich hätte gern« gesagt, aber stattdessen sagte er: »Ich brauche von Ihnen eine Namensliste sämtlicher Bootseigner und dazu die Namen der Boote, die von Januar bis heute hier im Hafen gelegen haben. Und außerdem brauche ich eine vollständige Liste sämtlicher Dauerlieger. Mieter und Liegeplatzeigner, egal. Ich möchte ganz genau wissen, wer seit Anfang des Jahres hier im Hafen festgemacht und übernachtet hat. Haben Sie verstanden?«

Über Lucias Gesicht zog eine leichte Röte. »Wie stellen Sie sich das denn vor?«

»Ich stelle mir vor, dass Sie morgen in mein Büro kommen und mir die Listen vorlegen.«

»Völlig unmöglich! Dafür brauche ich Stunden, und ich bin hier ganz allein!«

»Ja, Signora. Das kann ich nachfühlen, denn wie ich sehe, haben Sie hier rasanten Publikumsverkehr und kommen zu nichts. Die Menschenschlange zieht sich draußen bis hin zum Paneficio«, meinte er spöttisch. »Also bemühen Sie Ihren Computer, drucken Sie aus, was das Zeug hält, und dann sehen wir uns morgen früh im Büro der Carabinieri. Sie wissen ja, wo das ist.«

Lucia nickte stumm. Neri hatte ihr allen Wind aus den Segeln genommen. Dieser blöde Carabiniere hatte ja keine Ahnung, was sie alles zu tun hatte – und jetzt stand sie vor einem Riesenproblem.

Auf der Straße warf er einen Blick auf die Anmeldung. Nichts Ungewöhnliches. Name des Schiffes, des Eigners, Maße des Schiffes, Registriernummer, Liegeplatzdauer, letzter Aufenthaltsort, der zu entrichtende Preis. Unterschrift: W. Faenzi.

Froh, der Capitaneria und der erdrückenden Nähe dieser Lucia entkommen zu sein, ging Neri zurück ins Büro, um Alberto Landini anzurufen.

Nachdem er telefoniert und befürwortet hatte, dass die Leiche unverrichteter Dinge nach Grosseto transportiert wurde, gab er eine Fahndung nach der *Aurora* raus, informierte per Fax sämtliche Carabinieri-Stationen auf Elba und schickte Informationen an alle italienischen Mittelmeerhäfen. Auch die Kollegen auf Korsika kontaktierte er.

Er bat, nicht nur auf den Namen des Bootes, sondern auch auf den auffälligen Schiffstyp, einen Verdränger mit fast schwarzem Rumpf, zu achten. In irgendeinen Hafen musste die *Aurora* schließlich irgendwann einlaufen.

Dann rief er noch einmal bei Manuela zu Hause an, aber es meldete sich niemand. Und ihr Handy war ausgeschaltet. Das konnte er überhaupt nicht verstehen. Wenn sie krank gewesen wäre, hätte sie angerufen und Bescheid gesagt. Wenn sie einen Unfall gehabt hätte, hätte irgendjemand anders die Carabinieri informiert. Wenn sie nach Marina di Campo, aufs Festland oder sonst wohin gefahren wäre, hätte sie es ihm mitgeteilt, und wenn sie verschlafen hätte, hätte er sie erreicht …

Die Fährlinien, die Elba verließen, konnten Neri sicher bestätigen, dass die Marescialla Manuela Sentini, die jeder auf Elba kannte, die Insel nicht verlassen hatte.

Neri saß am Schreibtisch und überlegte, was er tun sollte. Die Verantwortung lag jetzt ganz allein bei ihm. Aber das war ja gar nicht so übel. Er war jetzt der Maresciallo, und es war verdammt noch mal wichtiger, die *Aurora* zu finden als Manuela, die sich sicherlich nur irgendwo herumtrieb.

In diesem Moment platzte sein Kollege Nino herein, dem Neri die Aufgabe gegeben hatte, sämtliche Liegeplatznachbarn der *Aurora* zu befragen, ob ihnen irgendetwas aufgefallen war. Hatten sie Vivian an Bord gehen sehen? Oder Manuela?

»Was gibt's?«, fragte Neri.

»Jetzt haben wir's definitiv. Ich hab einige der Bootsnachbarn erwischt. Drei Plätze weiter, auf Anleger siebenundfünfzig, sind Dauerlieger. Ein Ehepaar, schon über siebzig, die fahren eigentlich überhaupt nicht mehr raus, trinken Kaffee, putzen das Boot und freuen sich dran, wenn die Sonne scheint und sie aufs Wasser gucken können. Die beiden, Elena und Davide Tanzi, waren bass erstaunt, als sie hörten, dass die Marescialla verschwunden ist, denn sie kannten sie gut. Und sie konnten sich genau daran erinnern, dass Manuela am Freitagnachmittag auf die *Aurora* gegangen ist. Die beiden hatten sich gewundert, dass sie in Uniform war, und dann gedacht, Manuela sei noch im Dienst. Weiter haben sie sich nicht drum gekümmert. Beim Abendessen saßen sie unter Deck, weil sie das Tablett nicht mehr so gut nach oben tragen können. Sie müssen sich immer mit einer Hand am Geländer festhalten. Jedenfalls war die *Aurora* weg, als sie gegen halb elf alles dichtgemacht haben und ins Bett gegangen sind.«

»Hm«, sagte Neri und ermunterte Nino weiterzureden, falls er noch mehr wusste. Als nichts mehr kam, fasste er zusammen: »Danke, Nino. Dann wissen wir jetzt mit fast absoluter Sicherheit, dass Manuela mit der *Aurora* rausgefahren ist und seitdem nicht mehr gesehen wurde. Wir brauchen die *Aurora*. Wir müssen dieses verdammte Schiff finden, dann finden wir auch Manuela.«

Nino nickte. »Und noch was, Chef.«

Neri sah auf. »Ja?«

»Die beiden, Elena und Davide, sind besser als jeder Hausmeister. Sie haben auch Vivian Faenzi am Mittwochabend an Bord der *Aurora* gehen sehen. Und am selben Abend ist das Boot rausgefahren. Am Donnerstag war es wieder da, aber ohne Signora Faenzi.«

Neri schlug mit der flachen Hand auf den Schreibtisch. »Porca miseria! Wir haben eine Leiche, erstochen, identifiziert als Vivian Faenzi, und sie war an Bord der *Aurora*. Wir haben eine verschwundene Kollegin, Manuela, sie ging gestern an Bord der *Aurora* und ist nicht wieder aufgetaucht. Dieses verdammte Boot und dieser Werner Faenzi sind ein

Albtraum. Er kann sich doch mit der *Aurora* nicht einfach in Luft auflösen!«

»Sie glauben, dass mit der Marescialla etwas passiert ist?«, fragte Nino zaghaft.

»Na, so wie es aussieht! Was glaubst du denn?«

Nino wurde ganz blass, und Neri dachte in diesem Moment daran, dass Lucia morgen früh mit der mühsam erstellten Liste aller, die in diesem Jahr im Hafen übernachtet hatten, aufkreuzen würde. Aber jetzt brauchte er die Liste gar nicht mehr.

61

Neri bat die Guardia Costiera noch einmal, alle Häfen und Buchten auf Elba nach der *Aurora* abzusuchen. Er konnte sich zwar nicht vorstellen, dass Faenzi es wagte, sich immer noch auf der Insel aufzuhalten, aber er wollte auf Nummer sicher gehen.

Doch auch diese Aktion blieb – wie fast erwartet – ohne Erfolg.

Am Nachmittag, als Neri erneut alle Nummern durchtelefoniert hatte, unter denen Manuela normalerweise zu erreichen war, bat er einen Kollegen aus Portoferraio um Unterstützung und ging zu Manuelas Wohnung. Sie klopften, klingelten und riefen laut, aber es gab keine Reaktion, aus der Wohnung kam kein Laut.

»Es hat keinen Zweck«, sagte Neri, »wir müssen die Tür aufbrechen. Ich bin mir sicher, dass irgendetwas passiert ist.«

Kollege Fernando aus Portoferraio nickte. »Ich denke auch«, meinte er knapp. »Muss nur mal kurz was aus dem Auto holen.«

Nach zwei Minuten kam er mit einer kleinen Werkzeugtasche wieder. »Hab ich immer dabei. Man weiß ja nie.« Er klappte die Tasche auf, in der Schraubenzieher, Zangen, Prüfstifte, Schere, ein Akkubohrer, Draht und tausend andere

Dinge waren, und fragte Neri: »Welche Methode hättest du denn gerne: die feine oder die schnelle?«

»Die feine. Möglichst so, dass meine Kollegin sich nicht gleich 'ne neue Tür kaufen muss.«

Fernando begann, das primitive Türschloss abzuschrauben, und nach fünf Minuten war die Tür offen.

»Aber das ging doch schnell!«, staunte Neri.

»Nicht ganz.« Fernando grinste. »Hätten wir diese windige Tür eingetreten, hätten wir nur drei Sekunden gebraucht.«

In Manuelas Wohnung zogen sie sich Handschuhe über, um keine Fingerabdrücke zu hinterlassen, wenn sie etwas anfassten oder eine Tür öffneten, und sahen sich erst einmal um. Die Wohnung war eher billig eingerichtet, und Neri sah, dass Manuela eine Chaotin war.

Aufgeräumt war diese Wohnung überhaupt nicht, das zerwühlte Bett sah aus, als hätte Manuela noch vor fünf Minuten darin gelegen, in der Küche stapelte sich der Abwasch, und der Duschkopf tropfte, als habe Manuela gerade eben geduscht. Dennoch fühlte sich Neri in dieser Wohnung nicht unwohl, er spürte Manuela überall. Er sah sie das letzte Glas Wein vor dem Schlafengehen trinken, konnte sich vorstellen, wie sie sich auszog, die Sachen fallen ließ und am nächsten Morgen wieder neue, andere Sachen in ihrem Kleiderschrank suchte. Er konnte genau nachvollziehen, wie sie laut Musik aufdrehte, hin und wieder eine Zeile mitsang und ihr eigenes kreatives Chaos in vollen Zügen genoss. Nur Wochenenden, an denen sie das alles irgendwie einmal aufräumte, konnte er sich nicht vorstellen.

Bis auf das heillose Durcheinander erschien Neri in der Wohnung alles normal.

»Guck mal, ob du das Gefühl hast, dass sie einen Koffer gepackt hat«, sagte er zu Fernando. »Unterdessen seh ich mir ihren Schreibtisch etwas genauer an.«

Fernando verschwand im Schlafzimmer, und Neri widmete sich den Papierstapeln auf dem Schreibtisch: bezahlte und unbezahlte Rechnungen, Notizen, Zeitungsausschnitte, Computerausdrucke – alles durcheinander. Und der Laptop, der unter Zeitschriften begraben war, war völlig zugestaubt. Das einzig wirklich Interessante schien ihm der Terminkalender zu sein, den er in der obersten Schreibtischschublade zusammen mit mehreren Nagellackfläschchen, Nagellackentferner, Watte, Zollstock, Taschentüchern, Küchenhandtuch, Taschenlampe, Bleistiften, Batterien und Handcreme fand.

Neri konnte nicht glauben, was er da las:

– Januar: *Emporio, sturzlangweilig. Wie ein Weihnachtsmann.*

– Januar: *Pino, kurz und schmerzlos.*

– Februar: *Cesaré, mammamia, was für ein Langweiler.*

– März: *Bertrand, Franzose, gar nicht übel.*

– März: *Gustavo. Bin hin und weg. Leider nur 1 x.*

– Mai: *Leonardo, entzückend. Aber sollte noch üben.*

– Juni: *Rinaldo, eine Rakete! Bitte, bleib bei mir!*

– Juli: *Sandro, ein Macho, wie er im Buche steht, nervt …*

Was für eine fröhliche Chefin! Das durfte ja wohl nicht wahr sein! Dann stutzte er.

– Juli: *Gianni, ganz süß, aber auf Dauer immer dasselbe.*

Gianni, dachte er dann, verdammt noch mal, also doch Gianni! Da war seine Vermutung also richtig gewesen.

62

Mittelmeer, Isola Maddalena

Seit er Manuela getötet hatte, war er fast zwanzig Stunden am Stück gefahren und hatte dann in der windgeschützten Bucht der Isola Maddalena im Norden von Sardinien geankert.

Ganz Elba suchte Manuela, das konnte er sich blendend vorstellen. Und man fahndete nach der *Aurora*, damit »Werner« die Leiche seiner Frau identifizierte und damit er verhört und wahrscheinlich auch verhaftet werden konnte.

Er musste raus aus Italien. Das war das Wichtigste, und er hatte lange überlegt, wo er hinfahren sollte. Das Boot war so gut wie vollgetankt und hatte genügend Wasser und Vorräte gebunkert. Sollte er die Gewalttour bis nach Gibraltar und über den schwarzen Hafen Tanger wagen und aus dem Mittelmeer fliehen? Aber das waren ungefähr achthundert Seemeilen. So eine Reichweite hatte sein Boot nicht. Dann müsste er auf Mallorca einen Zwischenstopp zum Tanken und Bunkern einlegen. Keine sehr verlockende Vorstellung, es waren einfach zu viele Deutsche auf der Insel.

Oder sollte er lieber von Sardinien rüber nach Tunesien fahren und von dort weiter nach Malta und dann nach Griechenland?

Dies erschien ihm als bessere Lösung. Ein klein wenig kürzer und durch den Stopp auf Malta weniger anstrengend und auch weniger gefährlich. Außerdem konnten die Griechen mit ihrer komischen Schrift ganz sicher auch seine komische Schrift nicht lesen. Und dadurch würde er sich sicherer fühlen.

Das Schwierigste und Unberechenbarste an der Tour waren die vielen Patrouillenboote um Lampedusa herum, von denen er nicht kontrolliert werden wollte.

Aber er musste es riskieren und würde für alle Fälle schon einmal den Schiffsnamen ändern. Wenn die *Aurora* gesucht wurde, war er bei einer Routinekontrolle mit einem anderen Namen fürs Erste relativ sicher.

Doch jetzt war er erst einmal fix und fertig und musste dringend schlafen.

Als das Boot fest verankert war und er alles überprüft hatte, legte er sich abends um sieben hin und schlief bis zum nächsten Morgen um neun. So langes Schlafen war auf Binnen- und Frachtschiffen, überhaupt bei der heiligen Seefahrt nicht möglich und für ihn entsprechend ungewohnt. Daher fiel es ihm schwer, aufzuwachen und wieder richtig zu sich zu kommen.

Erst als er die Badeleiter herunterließ und ins Wasser sprang, fühlte er sich wieder frisch.

Nach einem starken Kaffee machte er sich an die Arbeit.

Die *Aurora* hatte sowohl backbord als auch steuerbord zwei angeschraubte Holzschilder, auf denen der Name *Aurora* eingeschnitzt war. Vielleicht konnte er sie einfach umdrehen und einen neuen Namen aufkleben, aufmalen oder hineinfräsen.

Er schraubte als Erstes das Backbord-Schild ab. Aber die Rückseite war gar nicht unbeschrieben, wie er erwartet hatte, sondern dort stand *Seewolf*. Also hatte Werner das Boot gebraucht gekauft und den Namen, den der Vorbesitzer dem Boot gegeben hatte, in *Aurora* umgeändert.

Malte konnte das gut verstehen, denn *Seewolf* war ein selten bescheuerter Name für ein Schiff. Aber für ihn perfekt. Kein Italiener würde die *Seewolf* mit der *Aurora* in Verbindung bringen.

Es war eine Kleinigkeit, beide Schilder abzuschrauben, umzudrehen und wieder anzuschrauben.

Jetzt gab es die alte *Aurora* nicht mehr.

Für sein Schiff hatte eine neue Zeit begonnen.

Die Vergangenheit würde ihn nicht mehr einholen. Nie mehr.

VIERTES BUCH

DAS MEER

63

Elba, Porto Azzurro

Gianni kam mit der Fähre um Viertel nach neun. Er hatte es nicht mehr ausgehalten, der kurze Abschied von Manuela an seinem letzten Tag auf der Insel, den er als ziemlich dreistes Abservieren empfand, konnte einfach nicht alles gewesen sein. Er musste unbedingt mit ihr reden, denn so war sein Leben kein Leben mehr. Rund um die Uhr sehnte er sich nach ihr und konnte nachts nicht mehr schlafen. Alles erschien ihm sinnlos.

Immer wieder hatte er versucht, sie anzurufen. Im Büro ging die letzten Tage – wenn überhaupt – nur sein Vater ans Telefon, und dann legte er regelmäßig auf. Ungewöhnlich oft war das Büro auch gar nicht besetzt. Und auf ihrem Handy ging sie nicht ran. Er hatte es sogar nachts probiert, auch auf die Gefahr hin, dass sie wütend wurde.

Es war so eindeutig. Sie wollte einfach nicht mit ihm sprechen. Und darum hatte er den Entschluss gefasst, nach Elba zu fahren. Er wollte ihr gegenüberstehen, ihr in die Augen sehen und ihr sagen, dass er sie liebte, wie er noch nie einen Menschen geliebt hatte. Und auch wenn sie ihn wieder hinauswerfen sollte, würde er sich anschließend sicherlich besser fühlen.

Er ging direkt nach seiner Ankunft zur Carabinieri-Station.

Neris Büro stand leer, das war günstig. So konnte er viel besser mit Manuela unter vier Augen sprechen. Ohne anzuklopfen, öffnete er die Tür zu ihrem Büro.

Hinter ihrem Schreibtisch saß sein Vater.

Die Überraschung machte beide einen Moment stumm. Sie starrten einander an, bis Neri schließlich fragte: »Was treibst du denn hier?«

Und Gianni konterte: »Und was machst du in Manuelas Büro? Seit wann bist du Maresciallo?«

Neri antwortete nicht auf die Frage. »Warum bist du gekommen, Gianni?«

»Ich muss mit Manuela sprechen. Unbedingt.«

»Manuela ist nicht da.«

»Wie *nicht da?* Macht sie Urlaub?«

»Nein, Gianni. Sie ist nicht da, weil sie verschwunden ist.«

»Seit wann?«

»Seit Freitag.«

Einen Moment war es still. Neri sah, dass Gianni ganz blass geworden war, so bestürzt war er.

»Was meinst du, ist was passiert?«

»Das wissen wir noch nicht. Zurzeit ist alles noch Spekulation. Wir wissen nur, dass sie am Freitagnachmittag mit einem Werner Faenzi auf dessen Boot, der *Aurora*, rausgefahren ist. Seitdem hat sie niemand mehr gesehen. Und auch das Boot ist wie vom Erdboden verschluckt. Kennst du diesen Faenzi?«

Gianni schüttelte den Kopf.

»Hat sie ihn mal erwähnt? Irgendwas von ihm erzählt?«

»Nein, nichts. Niemals. Da würde ich mich dran erinnern, weil mich das genervt hätte, wenn sie mir was von einem anderen Mann erzählt hätte.«

Neri musste lächeln. »Als du uns neulich besucht hast, hattest du also eine Affäre mit Manuela?«

Gianni nickte.

»Das ging ja schnell.«

»Ja, wir hatten uns ja schon einmal kurz gesehen, als du hier auf Elba den Vertrag unterschrieben hast, und dann haben wir uns auf der Piazza wiedergetroffen, haben was getrunken, am Abend sind wir zusammen essen gegangen, und das war's. Der Rest spielte sich in ihrer Wohnung ab.«

Neri versuchte ein sachliches Gesicht zu machen. »Und ihr habt euch jeden Tag getroffen?«

»Ja. Jeden Tag. Darum hatte ich ja auch nur so wenig Zeit für euch.«

»In dieser Woche, Gianni, hattest du da den Eindruck, dass Manuela vor irgendetwas Angst hatte?«

»Nein, überhaupt nicht. Sie war locker und vergnügt.« Er sah zu Boden. »Sie war eine tolle Frau, babbo, eine ganz, ganz tolle Frau. Und sie war unheimlich stark.« Gianni sah aus, als würde er gleich anfangen zu weinen.

Neri beugte sich vor und legte eine Hand auf seine Schulter. »Hör auf, in der Vergangenheit von ihr zu sprechen. Noch ist sie nicht tot. Hoffentlich. Vielleicht finden wir sie.«

Gianni nickte, putzte sich die Nase und sah seinen Vater mit großen Augen an.

»Weißt du von anderen Männern, die Kontakt mit Manuela hatten?«, fragte Neri weiter.

»Nein.«

»Wer von euch hat die Beziehung beendet?«

»Na, sie! Ich war so glücklich mit ihr. Ich hätte sie nie, nie, nie, niemals zum Teufel gejagt, so wie sie mich.«

»Und was war der Grund?«

Gianni wischte sich mit dem Ärmel über die Nase, stand auf und ging im Büro auf und ab.

»Am meinem letzten Abend auf Elba sagte ich ihr, dass ich so bald wie möglich wiederkommen würde. Dass ich immer, immer wieder kommen würde. Und dann sagte sie: ›Hör zu, Gianni, ich bin nicht treu, bin überhaupt nicht geschaffen für lange Beziehungen, weil ich mich so schnell langweile.‹ Ich hab mich fürchterlich erschrocken und sie gefragt, ob sie sich mit mir denn gelangweilt hätte. Und da sagte sie: ›Nein, noch nicht, aber in einer Woche vielleicht.‹ Sie meinte, man sollte das Ganze beenden, wenn es am schönsten ist.

Tja, und das war's. Ich hab von ihrem Balkon aus noch einen Blick über den nächtlichen Hafen geworfen, hab meinen Drink in ihre Blumen gekippt und bin gegangen.«

»Wütend warst du nicht?«

»Doch, na klar. Aber vor allem unendlich traurig. Es ist eine verdammte Scheiße, verlassen zu werden. Man ist so gar nicht darauf vorbereitet. Es ist, als ob der Himmel ohne jede Vorwarnung über einem zusammenstürzt.«

»Du bist dann nach Hause gekommen, und wir haben uns alle gewundert, dass du schon da warst«, bemerkte Neri.

»Ja.«

»Aber du bist dann noch mal abgehauen?«

Gianni nickte. »Ja. Ich hab in eurem Haus keine Luft mehr bekommen. Die Wände kamen auf mich zu. Und da bin ich zum Hafen und auf die Mole gegangen. Das Meer war das Einzige, was ich in dieser Situation ertragen konnte.«

»Hast du sie an diesem Abend noch einmal gesehen?«

»Nein. Aber auf dem Weg zum Hafen bin ich an ihrem

Haus vorbeigekommen. Es war alles dunkel. Sie war also noch mal weggegangen, denn sie hat mir mal erzählt, dass sie nie vor Mitternacht einschlafen kann.«

»Als du wieder in Siena warst … hattest du da noch mal Kontakt zu ihr? Ich meine, habt ihr telefoniert, gemailt, eine SMS geschickt?«

»Nein, ich habe absolut nichts mehr von ihr gehört. Gar nichts. Dabei hab ich es andauernd probiert, sie anzurufen. Wahrscheinlich wollte sie nicht rangehen.«

»Und darum bist du jetzt hier.«

»Ja.« Gianni biss sich auf die Lippen und sah seinen Vater nicht an. Er wollte nicht in Tränen ausbrechen.

»War ich ihr letzter Liebhaber vor ihrem Verschwinden?«, fragte Gianni leise.

»Wahrscheinlich nicht. Sie hatte einen Terminkalender, und da standen außer dir noch andere Namen.«

»Kann ich den Kalender mal sehen?«

»Noch hat ihn die Spurensicherung«, log Neri. Dann stand er auf, ging zu Gianni und nahm ihn in den Arm. »Komm, wir gehen in die Bar. Ich glaube, du brauchst jetzt 'nen starken Kaffee.«

64

Sardinien, Cala Gonone

Leonie und Hannah redeten kaum noch miteinander, sie stritten nur noch. Ihre Reise wurde allmählich zum Horrortrip.

Dabei hatte es schon angefangen, als sie Korsika verließen, um nach Sardinien zu fahren. Leonie wurde von Tag zu Tag lustloser. »Diese Reise ist eine einzige Quälerei«, sagte sie eines Vormittags zu Hannah, als sie gegen halb zwölf völlig verschlafen aus dem Zelt kroch und sich die Haare aus der Stirn strich, die von Sonne, Salz und Wind ganz steif und verfilzt waren. »Es kotzt mich alles an.«

»Trink erst mal 'nen Kaffee, dann sieht die Welt schon wieder anders aus.« Hannah goss ihr einen Becher voll. »Wir haben noch ein hartes Brötchen. Wollen wir uns das teilen?«

Leonie grunzte nur, was alles bedeuten konnte.

»Und ein halbes Glas Nutella. Das ist doch was, findest du nicht?«

»Nein, das finde ich nicht.«

Hannah seufzte. Leonie hatte offensichtlich eine Saulaune. Sie beschloss, den Mund zu halten, bis sich die Stimmung gebessert hatte.

Leonie nahm einen Schluck aus einer Wasserflasche und würdigte den Kaffee, den Hannah ihr hingestellt hatte, keines Blickes.

Sie waren auf einem völlig überfüllten Campingplatz auf Sardinien, wo sie nur noch ein winziges freies Fleckchen Wiese, eingekeilt zwischen Wohnmobilen und anderen Zelten, gefunden hatten.

»Guck dich mal um. Findest du das toll hier?«

»Nein. Sicher nicht. Ich bin ja nicht bescheuert. Aber wir hatten auch nicht vor, drei Wochen hier zu bleiben. Du wolltest nur mal in Ruhe auspennen, und darum sind wir hier, wenn du dich erinnerst.«

»Ja, sicher erinnere ich mich.« Leonie funkelte Hannah wütend an. »Ich bin ja auch nicht ganz bescheuert!«

»Das hab ich auch nicht gesagt!«

»Nee, aber gemeint!«

»Wollen wir uns jetzt streiten?«

»Geht ja wohl nicht anders.«

Sie schwiegen verstockt und knabberten beide an ihren harten Brötchenhälften.

»Ich bin offensichtlich nicht die Richtige für so 'nen blöden Campingurlaub mit Wandern und Trampen, und alles bei dreißig Grad im Schatten, gefühlte fünfundvierzig. Ich hab keinen Bock mehr.«

»Ach so, du brauchst ein goldenes Himmelbett, eine Dienerschar und gebratene Hühner, die dir ins Maul fliegen?«

»Am liebsten ja.« Leonie grinste Hannah provozierend an.

»Wir müssen heute einkaufen gehen«, sagte Hannah nach einer Weile. »Wir haben absolut nichts mehr.«

»Geh du«, meinte Leonie und ließ sich im Gras auf den Rücken fallen, »ich hab keine Lust.«

»Du hast ja zu nichts Lust!«

»Genau so ist es. Das hast du haarscharf erkannt!«

Jetzt wurde Hannah allmählich wütend. »Pass mal auf, Leo, ich bin hier nicht deine Idiotin, ja? Ich war schon ein paarmal allein einkaufen und hab mich abgeeselt, weil die Lady schlafen oder lesen wollte, ich mache Essen, und ich renne in diese fürchterlichen Waschräume, um das Geschirr abzuspülen. Ich hab sogar deine Socken und deine Unterhosen gewaschen. Und das Einzige, was du kannst, ist meckern!«

Leonie zuckte nur mit den Achseln. »Wenn du das alles machst, is' doch prima. Was regst du dich denn auf? Musst es ja nicht tun.«

»Sag mal, wie blöd bist du eigentlich?«, schrie Hannah. »Was sollen wir denn essen und kochen, wenn keiner einkaufen geht? Und wovon sollen wir essen, wenn keiner abwäscht? Wir haben nur zwei Teller, hast du das noch nicht bemerkt, Prinzessin?«

»Komm mir nicht so, blöde Kuh!«

»Ich komm dir noch ganz anders, eingebildete Zicke!« Aber Hannah fehlten jetzt die Worte.

»Pass mal auf, Mäuschen«, sagte Leonie, und ihre Stimme klang scharf, »es stinkt mir alles gewaltig. Jeden Tag latschen wir viele Kilometer in der Hitze, um dann unter einer Pinie zu pennen, wo es im Unterholz von Zecken nur so wimmelt. Wir sind an Orten, wo wir den Müll erst mal wegräumen müssen, bevor wir diesen Witz von einem Zelt überhaupt aufbauen können. Oder wir sind auf Campingplätzen wie diesem, wo wir den herrlichen Blick auf den Arsch eines Wohnmobils oder die Plastikplane eines Familienzelts haben. Wir haben schon ewig kein schönes Plätzchen mehr gefunden. Wir kommen kaum noch dazu, im Meer zu baden, wir haben ständig zu wenig zu fressen, ich kann mich an keinen Tag erinnern, an dem ich nicht vor Hunger gestorben bin. Ich hasse diese Singerei von immer demselben Quatsch und die damit verbundene Bettelei. Ich fühle mich dabei so mies und schäme mich ohne Ende. Wir haben uns das alles mal so romantisch vorgestellt, aber es ist die Hölle. Wir können unsere Handys nicht anmachen, weil wir keine Möglichkeit haben, sie aufzuladen. Ich war schon seit hundert Jahren nicht mehr im Internet, wir wissen nicht, was in der Welt passiert ist, wir leben völlig hinterm Mond. Und das ist kein Leben mehr, Hannah, das ist ein Dahinvegetieren! Das wünsche ich meinem ärgsten Feind nicht. Meinen Rücken kannst du wegschmeißen. Jede Nacht auf den krummen und schiefen Felsen pennen, und dann nur auf so 'ner dünnen Isomatte. Es gibt nichts, was mich in diesem Urlaub noch freut, Hannah, wir vergeuden hier einfach nur unsere Zeit. Und dann kommst du mir hier mit so 'ner nebensächlichen Scheiße wie Einkaufen und Abwaschen und so und machst mir auch noch Vorwürfe! Verdammt noch mal, ich halte das alles nicht mehr aus! Ich will nicht kochen und einkaufen, ich will hier nur noch weg!«

»Bist du fertig?«, stöhnte Hannah.

»Nee. Aber sag was, wenn du willst.«

»Du gehst mir übrigens schon lange auf die Nerven. Immer ist irgendwas: Auf der Isomatte ist es zu hart, die Suppe ist zu dünn, auf dem Campingplatz ist es zu laut, im Wald zu leise, nachts ist es zu dunkel, tagsüber ist es zu hell, das Wasser ist zu kalt, in der Sonne ist es zu heiß … und, und, und. Hör mir doch auf. Du bist einfach nicht glücklich, wenn du nicht rumzicken und zetern kannst. Ich freu mich auf den Tag, an dem ich dich nicht mehr sehen muss.«

»Danke, gleichfalls. Du bist ja immer die Tolle, die Starke, die Sportliche, die Durchtrainierte! Du lieber Himmel! Und wenn du bei glühender Hitze drei Stunden auf einen Berg gestiegen bist, gibst du damit an, wie gut es dir geht und wie fit du bist und dass du noch drei Stunden weiterkrabbeln könntest. Diese Angeberei ist das Allerletzte! Du kannst ja alles! Na bitte, dann kannst du meinetwegen auch abwaschen. Und am Arsch lecken kannst du mich sowieso!«

Das traf Hannah bis ins Mark. Sie hatte Leonie, die nur halb so viel Kraft wie sie selbst hatte, immer versucht zu helfen, hatte ihr jede schwere Tasche abgenommen, hatte manchmal über lange Strecken oder sogar auf Berge hinauf auch noch Leonies Rucksack geschleppt. Sie hatte immer versucht, Leonie wieder aufzuheitern, wenn sie down war, sie hatte bei strömendem Regen ganz allein das Zelt aufgebaut, weil Leonie zitternd dastand und überhaupt nicht mehr durchblickte, welche Stange wohin gehörte. Und immer hatte sie sie getröstet und ihr Mut zugesprochen, wenn Leonie vor Angst fast verrückt wurde.

All das schmierte Leonie ihr jetzt auf die Stulle und machte es ihr zum Vorwurf. Das war einfach ungerecht. Und gemein.

»Okay«, sagte sie ganz ruhig, denn sie war so verletzt, dass sie sich gar nicht mehr aufregen konnte und nichts mehr spürte. »Okay, hauen wir ab. Sehen wir zu, dass wir nach Deutschland kommen, und dann trennen sich unsere Wege.«

»Ja, bitte, von Herzen gern!«, zischte Leonie.

»Aber wir haben kein Geld. Noch siebzehn Euro und ein paar Zerquetschte. Wie sollen wir davon einen Flug bezahlen? Und singen willst du auch nicht mehr … Also bitte, wie sollen wir nach Hause kommen? Du bist ja hier die Schlaue, hast du eine Idee?«

»Nein«, sagte Leonie resigniert, »ich habe absolut keine Idee. Und das ist ja das, was mich so verzweifeln lässt.«

65

Sardinien, Cala Gonone

Seit drei Tagen hatte Malte unerträgliche Kopfschmerzen. Der Schmerz brachte ihn fast um den Verstand, jede Bewegung und jede Aktion fielen ihm schwer. Er hatte bereits mehrfach das gesamte Boot nach Schmerztabletten durchsucht, aber keine gefunden. So konnte er unmöglich weiterfahren. Er brauchte dringend eine Apotheke und musste dann in einem Hafen oder einer Bucht ausharren, bis die Schmerzen erträglicher oder weg waren.

Er nahm alles um sich herum nur noch im Nebel war, die Schmerzen hatten ihn voll im Griff und machten ihn willenlos.

Mit letzter Kraft erreichte er Cala Gonone auf Sardinien im Golfo di Orosei.

Es war Hauptsaison. Da ihm vor einem überfüllten Hafen grauste, wo er nicht nur Nachbarn hatte, sondern auch den lieben langen Tag Touristen und Neugierige an den Booten vorbeispazierten, wo die Carabinieri besonders aufmerksam waren und man in der Capitaneria den doppelten Preis für den Liegeplatz verlangte, machte er die *Seewolf* lediglich mit der Bugleine an einer Boje auf Reede fest. Hier hatte er seine Ruhe, konnte aber dennoch mit dem kleinen Beiboot, das er als zusammengefaltetes Paket in der Achterkabine gefunden und aufgepumpt hatte, übersetzen, um Schmerztabletten zu holen. In seiner Situation die einzige Lösung.

Aber dazu fühlte er sich jetzt noch nicht in der Lage, er musste sich erst einmal eine Weile erholen.

Als er sich – wie immer – vergewissert hatte, dass das Boot fest vertäut war, legte er sich aufs Bett in der Hoffnung, ausgiebig zu schlafen und die Kopfschmerzen eventuell los zu sein, wenn er wieder aufwachte.

Es dauerte keine zwei Minuten, da schlief er tief und fest.

Leonie und Hannah redeten nur noch das Allernotwendigste miteinander, um der elenden Streiterei zu entgehen.

Leonie hatte sich von Hannah breitschlagen lassen, doch noch ein paarmal zu singen, was wenigstens ein paar Euro in die Kasse gespült hatte. Aber das große Problem, wie sie nach Hause kommen sollten, löste das bisschen Geld nicht.

Sie überlegten, in einem Ort auf Sardinien ein Konto zu eröffnen und sich dann von ihren Eltern Geld schicken zu lassen. Aber sie konnten momentan noch nicht einmal nach Hause telefonieren, weil die Akkus beider Handys leer waren.

Am späten Nachmittag saßen sie am Hafen von Cala Gonone auf einer lang gestreckten Buhne, die aus schweren Feldsteinen aufgeschüttet war, und sahen in die Bucht und hinaus aufs Meer. Beide begriffen allmählich, dass sie sich blauäugig in eine ziemlich ausweglose Situation hineinmanövriert hatten.

Hannah blinzelte in die langsam schwächer werdende Sonne und war todunglücklich. Sie hatte unbeschreibliches Heimweh nach ihren Eltern und Freunden, und obwohl sie es nie so deutlich wie Leonie formuliert hatte, war auch ihr diese Reise in der letzten Zeit erheblich auf die Nerven gegangen.

Leonie grübelte. Sie war davon überzeugt, dass es immer eine Lösung gab. Eigentlich gab es sogar immer *zwei* Lösungen. In jeder Lebenssituation musste man sich irgendwie entscheiden.

Aber ihr fiel nichts ein, und das ärgerte sie.

Plötzlich richtete sie sich kerzengerade auf. »Das kann doch nicht wahr sein«, murmelte sie. »Hannah, ich werd verrückt.«

Dann sprang sie auf und sah sich um. Ungefähr zehn Meter weiter auf der Buhne saß ein Pärchen um die vierzig, und der Mann hatte ein Fernglas neben sich liegen.

Leonie stürzte auf die beiden zu und fragte freundlich auf Englisch: »Entschuldigen Sie, dürfte ich mir vielleicht mal einen ganz kurzen Moment Ihr Fernglas leihen? Ich muss nur mal da hinten zu einem Boot gucken …«

»Ja, natürlich«, sagte der Mann und reichte es ihr.

Leonie hatte das Boot sofort im Blick. Es sah haargenau aus wie die *Aurora*. Den Schriftzug des Namens konnte sie nicht erkennen, aber sogar die kleine Fahne aus Korsika, die sie Vivian und Werner geschenkt hatten, flatterte am Mast. Da war sich Leonie ganz sicher. Doch an Deck war niemand zu sehen.

»Danke«, sagte Leonie und gab dem Mann das Fernglas zurück. »Danke. Sie haben mir sehr geholfen.«

»Gerne«, antwortete der Mann und lächelte.

Leonie war vor Aufregung ganz rot im Gesicht. »Hannah«, stammelte sie und konnte kaum sprechen, »Hannah, ich glaube, da hinten an den Bojen liegt die *Aurora*.«

»Ja und?«

»Hannah, kapierst du denn nicht?« Leonie umarmte ihre Freundin vor Freude, und Hannah traten die Tränen in die Augen. »Werner und Vivian sind da hinten! Die können uns helfen! Die werden uns auch helfen! Für die ist es ein Klacks, uns den Flug nach Hause zu bezahlen. Das machen die garantiert, und sowie wir zu Hause sind, zahlen unsere Eltern denen die Kohle zurück. Ist doch klar. Hannah, wir sind gerettet, verstehst du, wir müssen nur irgendwie rüber zur *Aurora.*«

Hannah hatte ganz große Augen bekommen, aber sie sah aus wie jemand, der lieber nicht glauben wollte, was ihm gerade erzählt wurde, um keine Enttäuschung zu erleben. »Bist du sicher?«

»Ganz sicher. Komm!« Leonie hielt Hannah die Hand hin und zog sie hoch. »Irgendjemand wird uns zu dem Boot rüberbringen können. Da haben die doch immer ein paar Leute. Eine Art Shuttle-Service, auch wenn die auf den Yachten abends mal essen gehen wollen. Komm, das schaffen wir schon.«

Hannah stand auf und sah Leonie an. »Leonie?«

»Ja?«

»Ich möchte dich umarmen. Bitte!«

Leonie flog geradezu in Hannahs Arme, und beide drückten sich fest und standen bestimmt eine Minute bewegungslos da.

Hannahs Augen schwammen in Tränen. »Ich mag dich so sehr, Leonie«, flüsterte sie. »Niemand ist mir so wichtig wie du. Lass uns unseren Streit vergessen, ja?«

»Ja! Ja klar!« Auch Leonie liefen die Tränen übers Gesicht. »Du wirst immer meine Freundin sein. Immer! Und wir trennen uns nie!«

»Nie!«

Dann umarmten sie sich noch einmal und rannten Hand in Hand die Buhne entlang bis zum Hafen.

Die *Aurora* lag ziemlich weit draußen, vom Hafen aus gesehen in der letzten Reihe der Bojen.

Leonie entdeckte einen Ormeggiatore mit orangefarbener Weste und ging auf ihn zu. »Entschuldigung«, versuchte sie es vorsichtig auf Deutsch, »wir müssen dringend zu dem Boot da hinten. Das mit dem schwarzen Rumpf und dem Seil drum herum, es ist wirklich ungeheuer wichtig, das Schiff gehört Freunden von uns. Könnten Sie uns vielleicht hinbringen?«

Der Ormeggiatore nickte wenig erfreut. »Okay. Steigt ein!« Er deutete auf sein Schlauchboot.

Leonie und Hannah bedankten sich überschwänglich.

Der Ormeggiatore musste noch ein paar Dinge mit Kollegen klären, aber nach fünf Minuten kam er zurück, nahm die Leine vom Poller, an dem das Schlauchboot provisorisch festgemacht war, und sie brausten los.

Er redete nicht, und auch Leonie und Hannah wussten nicht, was sie sagen sollten, sondern lächelten nur dankbar.

Der Ormeggiatore hielt an der Badeinsel des Schiffes, Leonie und Hannah gingen an Bord, dankten ihm ein weiteres Mal, und schon brauste er wieder davon.

Die beiden stiegen die Badeleiter hoch aufs Achterdeck.

Als sie an Bord standen, lächelten sie sich zu. Geschafft.

Aber der Mann, der in diesem Moment im Niedergang erschien und die beiden verschlafen und wenig erfreut ansah, war nicht Werner Faenzi.

Er war ihnen vollkommen unbekannt.

Leonie und Hannah standen wie erstarrt und wussten vor Schreck und Enttäuschung gar nicht, was sie sagen sollten. Beide hatten die gleichen Gedanken: Wir sind auf dem falschen Boot – Werner und Vivian sind nicht hier –, wir kriegen kein Geld, um nach Hause zu fliegen.

»Was für ein netter Besuch!«, sagte der Fremde auf Englisch, aber sein harter Gesichtsausdruck machte deutlich, dass er dies ganz und gar nicht so meinte.

»Entschuldigen Sie«, stotterte Hannah mit ihrem Schulenglisch, »der Ormeggiatore hat uns auf dem falschen Boot abgesetzt. Sorry.«

Malte sah die beiden an. »Seid ihr Deutsche?«

»Ja«, nickte Leonie, »sind wir.«

Er kniff die Augen zusammen und rieb sich die Schläfen. »Habt ihr zufällig 'ne Aspirin dabei oder irgendein anderes Schmerzmittel?«

»Bestimmt! – Guck mal nach«, sagte Leonie zu Hannah, »du hast die Medikamente eingesteckt.«

Hannah setzte sich auf die Backskisten und fing an, in ihrem Rucksack zu kramen.

»Wie heißt denn das Boot hier?«, fragte Leonie.

»Seewolf«, antwortete Malte. Er war voll auf Hannahs Suchaktion konzentriert.

Schließlich fand sie eine kleine zerdrückte Schachtel Aspirin und hielt sie ihm hin. »Bitte.«

»Wenn ihr nichts dagegen habt, nehm ich gleich zwei Stück. Seit drei Tagen toben wahnsinnige Schmerzen in meinem Kopf. Das macht einen fertig.«

»Ja, klar«, meinte Hannah.

Malte verschwand unter Deck, um sich aus der Küche ein Glas Wasser zu holen.

Leonie blickte ihm hinterher und warf so einen Blick in den Salon und die Kombüse. Dann setzte sie sich dicht neben Hannah und flüsterte: »Hannah, das ist die *Aurora*. Hundertprozentig. Auch unter Deck ist alles so, wie wir es kennen. Das Bild an der Wand über dem Küchentisch mit der stürmischen See, die kleine rote Espressomaschine auf dem Tresen, das Hängebord mit den Gewürzen an der Wand, die halb ausgetrunkene Whiskyflasche im Salon ... Alles ist genauso!«

Hannah stand auf und ging ein paar Schritte an Deck umher. Ja, dachte sie, Leonie hat recht. Auch hier war alles gleich. Das Bimini, das an der rechten Seite eingerissen war, und sogar der Rotweinfleck auf einem der Sitzkissen, den Vivian gemacht hatte, als sie zu schwungvoll eingegossen hatte.

Sie nickte Leonie nur zu, denn der Fremde kam in diesem Moment wieder an Deck.

Er gab Hannah die Schachtel zurück. »Danke erst mal. Mal sehn, ob's schon ein bisschen hilft. – Aber wie heißt ihr denn, und auf welches Boot wolltet ihr?«

»Ich bin Leonie«, sagte Leonie, »und das ist meine Freundin Hannah. Wir suchen unsere Freunde. Die sind auf einem ähnlichen Boot unterwegs. Und wer sind Sie?«

»Ich bin Werner.«

Beide Mädchen zuckten unwillkürlich zusammen, und Malte bemerkte es.

»Wieso, was ist?«

Leonie wusste nicht, was sie sagen sollte. Irgendetwas stimmte hier nicht. Vielleicht war es besser, den Ormeggiatore zu rufen und sich schnell wieder zu verabschieden.

Hannah überlegte nicht so lange. »Weil wir schon mal ein paar Tage hier an Bord waren. Aber da hieß das Schiff noch *Aurora*.« Als sie es ausgesprochen hatte, wusste Hannah bereits, dass sie einen Fehler begangen hatte, und bereute es sofort.

Malte stockte der Atem, und er analysierte eiskalt: Schon wieder jemand, der Werner, Vivian und die *Aurora* kannte. Und diesmal gleich *zwei* dämliche Ziegen. Es war zum Verrücktwerden.

Er zwang sich zu einem kurzen Auflachen. »Ach, so ist das. Darum guckt ihr so komisch. Tja, Werner ist mein Bruder, ich bin Walter. Und wenn Werner keine Zeit hat, dann fahre ich ein bisschen mit diesem schicken Kahn in der Gegend herum.«

»Aber warum sagen Sie dann: ›Ich bin Werner‹?«, hakte Leonie nach.

»Das hat einen ganz einfachen Grund, Leonie«, erklärte Malte lächelnd. »In fast jedem Hafen wird das Boot kontrolliert, und wenn mein Name mit dem des Eigners, der in den Bootspapieren steht, nicht übereinstimmt, gibt's nur Probleme und blöde Fragen. Das Boot könnte ja geklaut sein. Und da mein Bruder und ich beide Faenzi heißen, schummle ich nur ein bisschen mit dem Vornamen.«

Hannah leuchtete das alles vollkommen ein, aber Leonie blieb misstrauisch. »Und warum heißt die *Aurora* jetzt auf einmal *Seewolf*? Der Schiffsname stimmt doch dann auch nicht mehr mit den Papieren überein?«

»Schon, aber im Schiffsregister steht eine Nummer, und die ist im Stahl eingraviert. Solange die Nummer übereinstimmt, ist alles in Ordnung.«

»Wo sind denn Werner und Vivian? Die wollten doch 'ne lange Tour machen?«

»Vivian ist was dazwischengekommen, und Werner hatte dann auch keine Lust mehr. Aber wenn ihr wollt, könnt ihr den beiden eine Mail schicken oder mit ihnen skypen. Vielleicht erreicht ihr sie ja. Mein Laptop ist unten.«

»Au ja, das wär natürlich toll! Ich würde gern ganz kurz mit ihnen sprechen, wir können sie nämlich nicht anrufen, weil die Akkus unserer Handys den Geist aufgegeben haben.« Leonies Misstrauen schwand sofort. Wenn dieser Typ sie mit Werner und Vivian telefonieren ließ, musste seine Geschichte ja stimmen.

Malte grinste innerlich. Er hatte damit gerechnet, dass die beiden den Köder sofort fressen würden.

»Gut. Dann telefoniert ihr jetzt, und nachher bring ich euch zurück zum Hafen. Geht mal runter, eure Rucksäcke könnt ihr hier oben liegen lassen.«

Leonie und Hannah stiegen den Niedergang hinunter in den Salon, Malte folgte ihnen.

»Weiter durch, bis in die Bugkabine! Da hängt mein Laptop am Strom«, sagte Malte.

Leonie betrat als Erste die Bugkabine und sah sich um. Hannah blieb in der offenen Tür stehen.

»Hier ist kein Laptop«, sagte Leonie zögernd, und in diesem Moment gab Malte Hannah von hinten einen kräftigen Stoß.

Hannah war völlig überrumpelt, flog in die Kabine, und Malte schloss die Tür ab.

Fast augenblicklich begannen Leonie und Hannah gegen die Tür zu schlagen und zu brüllen: »Hej! Was soll das? Lassen Sie uns hier raus!«

Malte reagierte gar nicht, sondern schaltete die Musikanlage ein und drehte die Musik ohrenbetäubend laut auf.

Dann ging er an Deck, machte die Leinen los, grüßte noch ein Ehepaar, das auf einem der Nachbarboote zu ihm herübersah, und fuhr langsam aus dem Hafen.

Erst auf dem offenen Meer erhöhte er die Geschwindigkeit.

66

Elba, Porto Azzurro

Neri hatte eine SoKo Sentini, nach Manuela benannt, gegründet und bekam Unterstützung von zwei Leuten aus Grosseto. Alle standen unter seinem Kommando. Seine große Stunde hörte gar nicht mehr auf zu schlagen. Er musste nur noch die *Aurora* und Manuela finden, dann rückte Rom wieder in greifbare Nähe. Schließlich war es ein himmelweiter Unterschied, ob er eine siebenundachtzigjährige Rentnerin, die sich verlaufen hatte, aufspürte und nach Hause brachte oder ob er eine Marescialla rettete, die wahrscheinlich auf der Yacht eines Mörders in Lebensgefahr schwebte.

Manuelas Eltern lebten in Neapel und kamen sofort nach Elba, als sie erfuhren, dass ihre Tochter verschwunden war.

Giuliana Sentini war eine füllige Frau Anfang sechzig mit flachen Schuhen, deren Gummisohlen schräg nach innen abgelaufen waren. Sie trug einen dunkelblauen, schon leicht zerschlissenen und zu engen Rock und darüber einen lindgrünen Pullover mit kurzen Ärmeln. Neri sah sofort, dass dies ihre einzige »Ausgehmontur« war, die wahrscheinlich sommers und winters herhalten musste, wenn sie nicht ihre geliebte Kittelschürze tragen konnte. Ihre grauen Haare hatte sie flüchtig nach hinten gekämmt, wo sie immer an der Stelle auseinanderfielen, auf der sie schlief. Wahrscheinlich schnarchte Signora Sentini bei dieser permanenten Rückenlage zum Gotterbarmen.

Neri suchte vergeblich nach kleinen Spuren von verblichener Schönheit, die sie Manuela vererbt haben könnte, aber da war nichts.

Ihr Mann Marco war nicht besser gekleidet als seine Frau. Auch er trug billige Sachen vom Wochenmarkt, die nicht richtig passten, weil man dort nicht vernünftig anprobieren konnte. Seine Haare waren schlohweiß, und er wirkte auf den ersten Blick freundlich und sympathisch, da sich die Grübchen in seinem kantigen und hageren Gesicht in tiefe Falten verwandelt hatten.

Beide waren sichtlich erschüttert, als sie Neri gegenüberstanden. Sie versuchten in seinen Augen zu erkennen, ob er schon etwas herausgefunden hatte und ihnen die Last zumindest teilweise von den Schultern nehmen würde.

»Bitte, nehmen Sie doch Platz«, sagte Neri und holte noch einen zweiten Stuhl aus der Amtsstube nebenan. »Einen Kaffee?«

»Ja, gerne«, sagte die Signora, und auch ihr Mann nickte.

Neri setzte die Espressomaschine in Gang, die so fürchterlichen Krach machte, dass es keinen Zweck hatte, währenddessen mit dem Gespräch zu beginnen.

Als beide ihren Kaffee tranken, setzte er sich ihnen am Schreibtisch gegenüber.

»Signori Sentini, wann haben Sie Ihre Tochter zum letzten Mal gesehen?«

»Im Juni«, antwortete Giuliana prompt und hatte bereits jetzt ein Taschentuch in der Hand. »Da hat sie uns übers

Wochenende in Neapel besucht. Alle drei Monate ungefähr kommt sie ein, zwei Tage vorbei.«

»Und sonst? Haben Sie miteinander telefoniert?«

Giuliana nickte, Marco saß unbeweglich da wie aus Stein gemeißelt.

»Wie oft?«

»Einmal in der Woche. Meistens sonntags.«

»Und worüber haben Sie geredet? Über Berufliches oder Privates?«

»Tja, ich weiß nicht so recht ... Über alles eben.« Giuliana sah ihren Mann hilfesuchend an, aber der bewegte sich immer noch nicht.

»Na, über irgendetwas Konkretes müssen Sie am Telefon doch gesprochen haben?«

»Nun ja, sie hat immer erzählt, wie das Wetter auf Elba ist und was sie gegessen hat. Und dann hat sie uns gefragt, was wir gegessen haben und wie bei uns das Wetter ist, und manchmal haben wir auch über Bambina geredet.«

»Wer ist Bambina? Manuelas Tochter?«

»Nein, unsere Katze.«

»Sagen Sie, Signora«, bohrte Neri weiter und konzentrierte sich nur auf die Mutter, denn der Vater schien nicht ansprechbar zu sein, »wissen Sie, ob Manuela einen Freund hatte? Hat sie mal einen mit nach Hause gebracht und Ihnen vorgestellt?«

»Sie hatte keinen«, sagte der Vater plötzlich, und dabei sprach er drei Ausrufungszeichen mit.

»Nun ja«, meinte Giuliana, »sie hatte wohl wenig Zeit. Jedenfalls hat sie das immer gesagt. Sie hat immer nur gearbeitet. In all den Jahren hat sie uns nie jemanden vorgestellt. Schade eigentlich, nicht, Marco?«

»Sie hatte keinen.« Marco presste seine ohnehin schon schmalen Lippen aufeinander.

»Hat sie mal den Namen eines Deutschen, Werner Faenzi, erwähnt?«

Giuliana machte ein verdutztes Gesicht. »Nein, nie! Nicht, dass ich wüsste!«

Neri begriff, dass er mit diesen beiden Menschen nicht weiterkam. Von ihnen würde er nicht den geringsten Hinweis erhalten. Es war verlorene Zeit. Da kannte er ja Oma besser als die beiden ihre Tochter.

»Was ist mit ihr?«, fragte Giuliana. »Was glauben Sie?«

»Wir glauben und vermuten nichts, weil wir einfach nichts wissen. Sie ist verschwunden, und wir haben nicht die geringste Idee, wo sie sein könnte. Ich habe eine Sonderkommission eingesetzt, und Sie dürfen sicher sein, dass wir alles tun werden, um sie zu finden.«

Giuliana stand auf und zog ihren Mann mit hoch. Das war eine völlig automatische Bewegung, wahrscheinlich machte sie das immer so.

»Wir werden die Insel nicht verlassen, bevor wir nicht wissen, was mit unserer Tochter ist.«

»Aber das kann lange dauern.«

»Egal.«

»Und wo werden Sie wohnen?«

»Bei Beatrice. Sie hat ein Gästezimmer, das stellt sie uns zur Verfügung.«

»Wer ist Beatrice?«

»Manuelas beste Freundin.«

67

Am Nachmittag besuchte Neri Beatrice.

Sie öffnete ihm mit einer Kippe im Mundwinkel und sagte: »Oh! Buongiorno! Kommen Sie rein. Ich nehme an, Sie sind Manuelas Kollege Donato Neri. Richtig?«

»Richtig.«

»Dachte ich's mir. Möchten Sie was trinken?«

»Danke. Ich habe nur ein paar Fragen an Sie.«

»Okay. Setzen wir uns nach draußen? Ich komme gleich.«

Neri war leicht verunsichert. Es gab nicht viele Personen wie Beatrice auf Elba. Sie war barfuß und trug eine Jeans, die so zerschlissen war, dass sie sie wahrscheinlich schon als Fünfzehnjährige getragen hatte. Ihr T-Shirt war ebenso verwaschen und knalleng, was deutlich machte, wie mager sie war. Ihre dünnen dunklen Haare fielen trocken auf ihre Schultern, ihr Gesicht war vollkommen ungeschminkt und sehr blass.

»Permesso«, sagte Neri, ging durchs Wohnzimmer und trat durch die Terrassentür hinaus in einen Garten, der zwischen den verschachtelten Häusern der Altstadt Elbas keine zwanzig Quadratmeter groß war. Beatrice hatte dem Garten offenbar gestattet zu machen, was er wollte, denn Farne, Gräser und Blumen wucherten das winzige Fleckchen Natur fast völlig zu. In dieser Wildnis hatten nur noch zwei winzige Stühle und ein ebenso winziger verwitterter Marmortisch Platz.

»Bitte setzen Sie sich doch«, sagte Beatrice, als sie mit einem Glas Wasser und einem Glas Wein in den Garten kam. »Carabinieri haben doch immer Durst«, lächelte sie, »das weiß ich von Manuela. Und ich brauch jetzt ein Schlückchen Wein, damit ich es ertrage, wenn Sie mich ausfragen.«

Sie stellte die Getränke auf den Tisch, setzte sich, stützte sich auf ihre Ellenbogen und legte das Kinn auf ihre beiden Fäuste. »Schießen Sie los!«

Neri war von der wilden Frau in ihrem wilden kleinen Garten fasziniert. Sie hatte eine ganz andere Schönheit als Manuela. Keine so reizvolle, aber eine natürlichere, weniger vergängliche. Wahrscheinlich würde sie in zehn Jahren noch genauso aussehen wie heute.

»Sie sind Manuelas beste Freundin?«, begann er.

»Ja.« Beatrice lächelte, aber hinter ihrem Lächeln steckten eine tiefe Traurigkeit und die Angst um Manuela. »Wir sind wie Zwillinge. Wir haben die gleichen Vorlieben, fast immer den gleichen Gedanken und denselben Geschmack. Ich brauche Manuela nur anzusehen, dann weiß ich, was in ihr vorgeht. Und sie bei mir genauso.«

»Sie haben sich häufig gesehen?«

»Dreimal in der Woche mindestens. Wenn sie oder ich nicht gerade mit einer neuen Eroberung beschäftigt war.« Beatrice grinste. »Aber wenn wir uns nicht treffen konnten, telefonierten wir. Eigentlich täglich. Und dann redeten wir über alles, was vorgefallen war.«

Das war etwas, was Neri immer beunruhigt hatte. Dass Frauen *beste Freundinnen* hatten, die alles wussten. Einfach alles.

Aber für ihn war Beatrice natürlich ein Glücksfall, eine fantastische Informationsquelle.

»Wann haben Sie Manuela zum letzten Mal gesehen?«

»Warten Sie.« Sie überlegte eine Weile. »Ja, ich glaube, das war ungefähr vor einer Woche. Plus minus drei Tage.« Neri hätte es gern etwas genauer gehabt, aber hakte vorerst nicht weiter nach. Präzise Angaben waren vielleicht nicht Beatrices Sache.

»Und? War irgendetwas ungewöhnlich bei Ihrem letzten Treffen? War sie nervös? Ängstlich?«

Beatrice drückte ihre Zigarette aus. »Nee. Nervös oder ängstlich war sie grundsätzlich nie.« Sie sah in ihre Zigarettenschachtel, aber die war leer. »'tschuldigung …«

Sie ging hinaus, kam nur Sekunden später mit einer neuen Packung wieder und zündete sich eine weitere Zigarette an.

»Ja, aber ich glaube, etwas war anders«, überlegte Beatrice. »Manuela stieg zwar mit jedem ragazzo, der ihr gefiel, ins Bett – aber dieser neue Typ hatte es ihr verdammt angetan.«

Neri wurde heiß. »Woran haben Sie das gemerkt?«

»Ach, du lieber Himmel, so was merkt man eben, das kann man Männern schlecht erklären. Sie hatte ihn in der Bank getroffen, einen Deutschen, der ein Konto eröffnen wollte und damit Schwierigkeiten hatte. Und da hatte sie ihm spontan geholfen, und hinterher war sie hin und weg. Fand ihn zwar nicht übermäßig attraktiv, aber rasend interessant. Hat von nichts anderem mehr geredet als von diesem Kerl, und dass er ein verdammt harter Brocken und gar nicht so leicht zu knacken wäre.«

Beatrice legte den Kopf in den Nacken und blies den Rauch steil in die Luft. »Das heißt, dass er ein bisschen gezickt hat und nicht ganz so schnell mit ihr in die Kiste gestiegen ist wie die andern alle. Meist brauchte sie nur ein Abendessen, und dann war alles geritzt.«

Neri fuhr ein scharfer Stich durch die Brust. So wie bei Gianni. Da war nach einem Abendessen auch alles klar gewesen.

»Aber gerade deswegen hat dieser Typ sie auch so gereizt wie schon lange niemand mehr. Ich war beinah ein bisschen sauer auf sie, denn normalerweise ist die Altstadt, wo die Bank ist, mein Revier, sie konzentriert sich mehr auf den Hafen. Aber was soll's. Wenn's richtig geknallt hat, lass ich ihr den Spaß. Jetzt zur Saison ist ja keine Not am Mann, da ist ja so viel unterwegs ...« Sie lachte.

Neri glaubte, nicht richtig zu hören. Da suchten sich die beiden wahrhaftig ihre Ex-und-Hopp-Liebhaber nur so zum Zeitvertreib. Als Hobby sozusagen. Niemals hätte er so etwas für möglich gehalten.

»Wissen Sie, wie dieser Mann, in den sie sich verliebt hatte, hieß?«

»Werner. Aber seinen Nachnamen weiß ich nicht, weil sie immer nur von ›Werner‹ geredet hat.«

Neri nickte. Er hatte auch keine andere Antwort erwartet.

»Hat es denn mit diesem Werner irgendwann geklappt?«

»Das weiß ich nicht. Ich weiß nur, dass sie von seinem Boot total begeistert war. Sie hielt ihn für einen Millionär, der jede Menge erlebt hat, jetzt nicht mehr arbeiten muss und in der Gegend rumgondelt. Das faszinierte sie erst recht. Jedenfalls plante sie, mal gemeinsam mit ihm rauszufahren.«

»Wann?«

»So schnell wie möglich, weil irgendwann Werners Frau zurückkommen sollte.«

»Und? Ist sie mit ihm aufs Boot gegangen?«

»Ja, klar. Kurz bevor sie verschwand. Am Freitagvormittag hatte sie mich noch angerufen und gesagt: ›Ich bin erst morgen wieder zu erreichen, Bea, ich fahre heute Nachmittag zusammen mit Werner raus aufs Meer.‹ Aber das hatte ich Ihnen doch schon gesagt, oder nicht?«

68

Mittelmeer, östlich von Sardinien

Leonie und Hannah starrten durch die kleinen Bullaugen der Bugkabine aufs Wasser. Sie saßen in der Falle.

Die Ausweglosigkeit ihrer Situation machte sie stumm.

Der Sonnenuntergang war von überwältigender Schönheit, die Sonne leuchtete orange, und während sie am Horizont langsam im Meer versank, färbte sie tief liegende, dunkle Schleierwolken violett. Der Himmel erschien an manchen Stellen zartrosa. Ein Maler, der so eine Farbkombination für sein Bild wählte, musste schon sehr mutig sein.

Leonie war wie erstarrt. Hannah legte ihr die Hand auf den Arm. »Wir schaffen das schon, Leo, irgendwie kommen wir hier raus und wieder an Land.«

»Wo sind wir?«

»Keine Ahnung. Ich kann das Land nicht mehr sehen, nur noch Wasser.«

»Im Ernst! Oh Gott! Wie lange sind wir denn schon unterwegs?«

Hannah sah auf die Uhr. »Ungefähr drei Stunden.«

Leonie sackte in sich zusammen. Sie hatte völlig verzweifelt und apathisch vor sich hingedämmert und jegliches Zeitgefühl verloren.

Jetzt sprang sie auf und begann wie eine Wilde jeden Schrank und jede Schublade in der Kabine zu durchsuchen. Sogar unter die Matratze sah sie.

»Was soll das?«, fragte Hannah.

»Wir müssen irgendetwas finden, womit wir die Tür aufbrechen können, Hannah, wir müssen hier raus!«

Hannah zog Leonie zu sich aufs Bett. »Nein. Das müssen wir nicht. Jetzt hör mal zu.« Zum ersten Mal war Hannah diejenige, die einen Plan hatte, bisher war es immer umgekehrt gewesen.

»Solange wir hier drin sind, sind wir in Sicherheit. Jedenfalls solange er nicht reinkommt. Wir müssen verhindern, dass er die Tür wieder aufschließt, uns holt oder uns was antut, verstehst du?«

Leonie nickte.

»Okay. Wir müssen in dieser verdammten Kabine etwas finden, das wir unter die Türklinke klemmen können, damit er die Tür nicht aufbekommt.«

Leonie nickte erneut und sah ihre Freundin mit großen Augen an, als könnte Hannah sie aus dieser fürchterlichen Situation befreien.

»Wir brauchen ein stabiles Stück Holz, das etwas länger als einen Meter ist.« Sie sah sich um. »Zur Not müssen wir irgendwo was rausbrechen.«

Malte saß lässig am Steuerstand und pfiff leise vor sich hin. Er war tief im Sitz zurückgesunken, hatte die Beine hochgelegt, die Arme vor der Brust verschränkt und sah entspannt übers Meer. In der Nacht, bei Dunkelheit, würde er die Sache zu Ende bringen. Ungefähr drei Stunden wollte er noch warten.

»Ich hab eine Idee!«, rief Hannah. »Guck mal hier, die Bodenklappe. Vielleicht passt die.«

Hannah hob eine schwere, circa vierzig Zentimeter breite Bodenplatte aus dem Fußboden und stellte sie auf. Der Motor dröhnte jetzt lauter. Darunter waren ungenutzter Stauraum und die Seeventile für die Bugtoilette. Sie stellte die Platte auf, schob sie unter die Türklinke, und sie passte in der Höhe perfekt! Die Türklinke ließ sich keinen Millimeter mehr nach unten drücken.

»Haben wir ein Schwein«, hauchte Leonie, und zum ersten Mal zeigte sich ein Lächeln auf ihrem Gesicht.

69

Elba, Porto Azzurro

»Ich hab keinen Bock mehr, ich hau ab«, sagte Gianni nach dem Abendessen. »Ich hänge hier nur rum und vergeude meine Zeit. Manuela taucht nicht wieder auf. Das ist so klar wie das Amen in der Kirche.«

Gabriella war gerade dabei, Geschirr abzuwaschen, aber jetzt hielt sie inne und trocknete sich die Hände ab. Neri legte seine Zeitung zur Seite.

»Woher weißt du das?«, fragte er scharf.

»Weil es so offensichtlich ist. Mach doch einfach mal die Augen auf! Manuela hat diese verdammte Insel hier und ihren Job total geliebt! Sie hatte keinen Grund, einfach so abzuhauen, um ein neues Leben anzufangen. Und niemand war hinter ihr her oder trachtete ihr nach dem Leben. Also gibt es nur zwei Möglichkeiten: Entweder hat sie wirklich die Liebe ihres Lebens getroffen, völlig den Kopf verloren und ist, ohne groß nachzudenken, mit diesem Kerl durchgebrannt. Dann liegen die beiden jetzt längst an irgendeinem goldenen Strand, lassen sich den Pelz verbrennen und freuen sich ihres Lebens. Und lachen sich darüber tot, dass die armen Irren auf Elba verzweifelt die *Aurora* und ihre Chefin suchen. Oder sie ist tot, weil der Kerl alles umbringt, was bei ihm an Bord kommt. Erst seine Frau und dann

Manuela. Ich hab jedenfalls keine Lust mehr, hier zu sitzen und darauf zu warten, dass nichts passiert.«

»Es passiert 'ne Menge!«

»Oh nein, babbo! Es ist ein Schwachsinn, was hier läuft! Ihr gebt eine Großfahndung nach der *Aurora* raus. Sehr, sehr schön. Aber der Typ ist doch nicht bescheuert. Der hat den Namen seines Schiffes längst geändert und den Kahn wahrscheinlich auch schon umgespritzt. Wenn der richtig knüppelt und Tag und Nacht fährt, ist er längst auf Sizilien oder in Tunesien. Oder er legt zwei Tankstopps ein, und dann schwirrt er auf Nimmerwiedersehen ab durch die Straße von Gibraltar in Richtung Westsahara, Mauretanien oder Kapverdische Inseln. Halleluja. Den seht ihr nie wieder. Und Manuela auch nicht. Wenn ihr es so anfangt, könnt ihr die Suche gleich einstellen.«

»Was sollen wir denn deiner Meinung nach anders machen, Klugscheißer?« Allmählich wurde Neri sauer.

»Gebt an alle Fernsehsender eine Beschreibung vom Boot, von Manuela und von Werner – du hast doch mit ihm gesprochen, du weißt doch, wie er aussieht, und kannst ein Phantombild anfertigen lassen. Die sollen es jeden Abend zur besten Sendezeit ausstrahlen. Und an alle Radiostationen. Hängt die Bilder in jeden Hafen, an jede Toilette, an jeden verdammten Waschraum und in jede Bootstankstelle. Bilder von Manuela gibt es doch wie Sand am Meer. Hier und in ihrer Wohnung. Sucht über Twitter und über Facebook! Es reicht nicht, wenn mal ein Hubschrauber übers Mittelmeer knattert. Wenn du wirklich Hinweise kriegst, dann aus irgendeinem Hafen, weil irgendein Nachbar, der sich einen Schlauch zum Bootabspritzen leiht, Manuela oder Werner erkennt! Das isses! Findet dieses Scheißboot, und ihr habt nicht nur Manuela wieder, sondern auch den Fall gelöst!«

Der Junge sollte zur Polizei gehen, dachte Gabriella beeindruckt.

»Bist du fertig?«

»Nein, noch nicht ganz! Und was macht ihr? Ihr unterhaltet euch ausgiebig mit ihrer Freundin, kraucht in Manuelas Wohnung rum, kramt in ihren Papieren und zerbrecht euch den Kopf über ihre Liebhaber! Wie schwachsinnig ist das denn? Das alles ist scheißegal, babbo! Sie kann mit der ganzen Welt gevögelt haben, es interessiert nicht! Interessant ist nur dieser verdammte Kahn mit diesem widerlichen Typen!«

Neri sagte keinen Ton, er bekam kaum noch Luft.

»Und darum schwirre ich jetzt wieder ab in meine kleine, dunkle Bude in Siena. Diese Insel sieht mich nie wieder. Sie hat mir nur Unglück gebracht.«

»Sie hat uns allen nur Unglück gebracht«, bemerkte Gabriella tonlos.

Neri begriff langsam, dass sein Sohn völlig recht hatte. Im Grunde musste er die Suche nach der *Aurora* völlig anders aufziehen. Wahrscheinlich gab es auch das Schiff mit diesem Namen schon lange nicht mehr.

»Wann fährst du?«, fragte er leise.

»Morgen früh mit der Fähre um acht.«

Neri ging zu Gianni und umarmte ihn. »Danke«, flüsterte er.

So leise, dass Gianni es gerade mal und Gabriella überhaupt nicht hören konnte.

70

Mittelmeer, östlich von Sardinien

Jetzt hatten sich die beiden in der Bugkabine verbarrikadiert. Es war doch einfach alles nur zum Kotzen. Warum waren diese zwei kleinen Schlampen bloß an Bord gekommen? Jetzt hatte er schon wieder ein Problem.

Von Italien hatte er komplett die Schnauze voll. Wahrscheinlich hingen Steckbriefe von ihm und seinem Boot in jedem Hafen. Wenn es irgendwie ging, wollte er erst in Tunesien wieder anlegen, auftanken, bunkern, dann noch einmal zweihundertzehn Seemeilen nach Malta runterreißen, also knapp vierzig Stunden, wenn kein schlechtes Wetter ihm einen Strich durch die Rechnung machte, und dann kam die absolute Mördertour von Malta nach Griechenland.

Dreihundertsechzig Seemeilen übers offene Meer. Er fragte sich, ob er sich und der *Seewolf* da nicht ein bisschen zu viel zumutete. Das waren fast drei Tage und Nächte auf See. Und das allein. Aber er hatte ja keine andere Wahl. Er wollte endlich seinen Frieden finden. Koste es, was es wolle.

Das Einzige, was ihn wirklich wurmte, war, dass er jetzt aus Italien verschwinden musste und das wundervoll gefüllte Konto der Faenzis nicht mehr plündern konnte. Dass ihm das von Tunesien aus gelingen würde, bezweifelte er.

Aber immerhin besaß er zurzeit mehr, als er jemals in seinem Leben besessen hatte, und das musste eben reichen. Hauptsache, er konnte endlich untertauchen.

Es war kurz nach Mitternacht. Eine gute Zeit. Genau richtig.

In der Bugkabine war es still. Er legte das Ohr an die Tür und hörte absolut nichts. Wahrscheinlich schliefen die beiden.

Eine Sekunde überlegte er, ob er sie schlafen lassen sollte, aber dann entschloss er sich sofort dagegen. Es war wesentlich einfacher, die Leichen bei Nacht als bei Tag zu entsorgen.

Er klopfte an die Tür. »Macht mal auf, Mädels, ich will mit euch reden.«

Keine Reaktion.

Er klopfte lauter und länger. »Kinder, was soll das Theater? Wir können uns doch mal in Ruhe unterhalten, oder etwa nicht?«

Er hörte sie flüstern. Sie waren also wach, aber er verstand nicht, was sie sagten.

Also klopfte er weiter. Drängender. Noch lauter. Und ohne Pause. Seinetwegen machte er dies die ganze Nacht. Er würde sie schon weichklopfen. Irgendwann blieb ihnen nichts anderes übrig, als zu öffnen, wenn sie nicht verrückt werden wollten.

Aber je länger er klopfte, desto aggressiver wurde er.

»Ich kann die Tür natürlich auch mit einer Axt zerhacken«, brüllte er. »Und euch gleich mit. Wenn euch das lieber ist? Bitte schön!«

Leonies Augen flackerten, und ihr gesamter Körper bebte vor Angst.

»An Bord gibt es gar keine Axt!«, flüsterte Hannah. »Er blufft nur.«

Hannah drückte die zitternde Leonie an sich. »Ganz ruhig. Irgendwann wird er müde, oder seine Hand ist kaputt. Dann hört er mit dem Gehämmer auf.«

Leonie nickte und versuchte, tapfer zu sein. Aber es gelang ihr nicht. Sie war mit den Nerven völlig am Ende.

Malte schlug gegen die Tür wie ein Wahnsinniger, dabei wusste er ganz genau, dass das Holz, das für Schiffstüren verwandt wurde, so hart war, dass man es weder zerschlagen noch zertreten konnte.

»Ich kann die Tür auch aufschießen!«, schrie er plötzlich. »Kein Problem!«

»Lass ihn«, flüsterte Hannah. »Vielleicht blufft er schon wieder.«

Malte hörte auf, gegen die Tür zu donnern. Er brauchte einen Moment Pause, holte sich ein neues Bier aus dem Kühlschrank und ging an Deck.

Die Nacht war warm. Momentan wurden die Nächte immer wärmer, bis sie unerträgliche Schwüle erreichten. Aber er mochte das. Es gab nichts Schlimmeres als Winter. Wenn die Taue über Nacht an den Klampen festfroren, das gesamte Schiff mit einer Eisschicht überzogen war und man sich kaum traute, übers Deck zu gehen, um nicht ins Wasser oder zwischen die treibenden Eisschollen zu rutschen. Klamme, halb erfrorene Finger, eine eisverkrustete Mütze über den Ohren und dicke wattierte Kleidung, in der man sich nur schwer bewegen, geschweige denn arbeiten konnte, waren oft sein Alltag gewesen.

Dagegen fühlte er sich hier in der Wärme frei und stark.

Leonie versuchte zu schlafen, versuchte ihre Angst zu bändigen, aber es gelang ihr nicht. Hin und wieder dämmerte sie weg, hatte einen wüsten, wilden Albtraum, dann wachte sie wieder auf und überlegte, wie sie es schaffen konnten, diesem unberechenbaren Kerl zu entkommen und dieses Schiff doch noch heil und lebend zu verlassen.

Sie lag in der unteren Koje des Doppelstockbettes, das ungefähr zu einem Drittel in die Mitte des Raumes ragte, und starrte an die dunkle Decke. Immer und immer wieder versuchte sie, sich die Frage zu beantworten, ob dieses Schiff letztendlich zu ihrem Grab werden würde. Innerlich schrie sie nach ihren Eltern, vor allem nach ihrem Vater, dem verlässlichen Riesen, der ihre zarte Mutter problemlos auf einem Handteller durch die Gegend tragen und wie ein Stück Torte absetzen konnte.

Schon eine Ewigkeit hatte sie nicht mehr mit ihnen gesprochen, und sie hatten nicht die geringste Ahnung, in welch schwieriger Situation ihre Tochter war.

Durch die Fensterluke an der Decke sah sie ein paar Sterne am nachtschwarzen Himmel, und irgendwie fand sie das tröstlich.

Aber plötzlich schob sich etwas vor den Sternenhimmel. Ein Gesicht, eine Fratze, die sie direkt ansah und grinste.

Leonie schrie.

Hannah schreckte auf und war sofort alarmiert. »Was ist los?«

»Da!«, raunte Leonie und zeigte auf die Deckenluke. »Da ist er und guckt hier rein!«

Hannah war augenblicklich hellwach und sah nach oben.

Sie sah ihn an. Ertrug die Kälte und das höhnische Grinsen und brauchte ihre ganze Kraft, um nicht wegzugucken, um seinem Blick standzuhalten, und schließlich zog er sich von der Luke zurück.

»Beruhige dich, jetzt ist er weg«, sagte sie leise zu Leonie. »Wir hätten die Gardine zuziehen sollen.« Mit einem Ruck zog sie den kleinen Vorhang vor.

»Hannah, das war kein Gesicht … das war eine Grimasse.«

71

Um kurz vor eins hatte er die Faxen dicke.

»Schluss jetzt!«, brüllte er ohne Vorwarnung und trat gegen die Tür. »Die Schmusestunde ist vorbei. Kommt ihr freiwillig raus, oder muss ich zu anderen Mitteln greifen?«

Die beiden reagierten nicht.

»Okay. Ihr macht jetzt die Tür auf, ist das klar? Ich zähle bis drei!«

»Eins!«

Totenstille.

»Zwei!«

Nichts passierte.

»Drei!«

Malte zog Manuelas Dienstwaffe und schoss in halber Höhe durch die Tür, die ihm mittlerweile egal war. Er würde sie im Meer versenken und eine neue kaufen.

Eines der Mädchen schrie.

»Hab ich eine von euch erwischt?«

Keine Antwort.

Malte lachte. »Okay. Wir machen jetzt ein lustiges Spielchen. Alle dreißig Sekunden schieße ich durch die Tür. Das ist wie russisches Roulette. Und irgendwann erwische ich euch. Ich habe Zeit und genug Munition, um die ganze Tür in ein Sieb zu verwandeln. Ihr könnt jederzeit die Tür aufschließen, dann hört die Schießerei sofort auf. Solltet ihr stur bleiben und ich es auch nach zig Schüssen nicht geschafft habe, euch zu treffen, habt ihr eine Schiffsreise gewonnen. Ist das nicht toll?«

Keine Antwort.

»Ach stimmt ja, ihr redet nicht mit mir. Also nehme ich das einfach als Ja. Gut. Dann fangen wir an. Die dreißig Sekunden laufen ab ... *jetzt!*«

Er wartete, dann zählte er die letzten zehn Sekunden laut: »Einundzwanzig – zweiundzwanzig – dreiundzwanzig – vierundzwanzig ...«

»Bitte nicht schießen!«, schrie Leonie.

»Dann mach die Tür auf.«

Er gab ihnen drei Sekunden. Als nichts passierte, zählte er weiter: »Fünfundzwanzig – sechsundzwanzig – siebenundzwanzig – achtundzwanzig – neunundzwanzig – dreißig!«

Malte schoss. Diesmal ein wenig tiefer und weiter links als beim ersten Mal.

Und wieder ein Schrei. Ein Schmerzensschrei.

Malte grinste. »Die erste Runde geht an mich. Das neue Spiel läuft ab jetzt!«

Bevor er die letzten Sekunden anzählen konnte, wurde das Brett unter der Klinke weggestoßen, und die Tür sprang auf.

Leonie und Hannah saßen auf dem unteren Bett und klammerten sich aneinander. Hannah drückte sich ein Kissen gegen ihren Oberschenkel, und Malte sah, dass es sich langsam rot verfärbte.

Sehr gut, dachte er, eine hat was abgekriegt, das läuft ja alles vorschriftsmäßig. Jetzt werden die beiden sicher ihren blöden Widerstand aufgeben.

Malte richtete die Pistole auf sie.

»Was bist du für ein Arschloch«, zischte Hannah leise.

Malte reagierte gar nicht. »Los, kommt!«, befahl er. »Die Treppe hoch! Aber ein bisschen plötzlich!«

Die beiden hatten Todesangst. Sie liefen nicht, sie krochen die Treppe hinauf.

Die See war ruhig und schwarz. Meer und Horizont lagen im Dunkeln. Nur in der unmittelbaren Nähe des Bootes kräuselten sich ein paar von den Bootslichtern beschienene Schaumkronen, in der Ferne sah man absolut nichts. Auch wenn sie direkt auf eine Insel zufahren würden, könnten sie sie nicht sehen.

Hannah spürte, wie ihr das Blut am Bein hinunterlief, wo der zweite Schuss sie verletzt hatte.

Ihr Puls hämmerte in den Schläfen. Bitte, lass es nicht geschehen, betete Hannah, bitte nicht!

Leonie schwankte an Deck wie in Trance. Sie war halb wahnsinnig vor Angst und kurz davor, in Ohnmacht zu fallen.

»Also«, sagte er, als sie beide zitternd vor ihm standen. »Zieht euch aus. Und zwar alles! Auch die Unterhose!«

»Niemals!«, sagte Hannah.

»Entweder du ziehst dich aus, oder ich schieße.« Seine Stimme war klar und kalt.

Hannah und Leonie sahen sich an. Und dann zogen sie sich langsam aus. Bis sie beide nackt vor ihm standen.

»Okay«, sagte er und lächelte. »Brav. Sehr brav. – Das Land ist ungefähr in dieser Richtung.« Er zeigte irgendwohin in das undurchdringliche Schwarz. »Ihr könnt jetzt springen, wenn ihr wollt. Ich gebe euch eine Minute. Wenn ihr nicht springt, erschieße ich euch.« Er sah auf die Uhr. »Die Minute läuft.«

Leonie und Hannah brauchten keine Worte. Sie warfen sich nur einen einzigen Blick zu, kletterten auf die Reling, fassten sich an den Händen und sprangen. Beide gleichzeitig.

Malte lächelte und winkte ihnen nach.

Als der Strudel der Schiffsschrauben sich gelegt und das Wasser sich wieder beruhigt hatte, sahen sie der *Seewolf* nach, deren Lichter sich schnell und immer weiter entfernten.

»Jetzt nur nicht weinen, Leo«, versuchte Hannah zu sagen, während ihr eine kleine Welle ins Gesicht schwappte. »Nicht weinen. Du brauchst deine Kraft.«

72

Vor gut zwei Stunden waren Leonie und Hanna ins Wasser gesprungen, es war jetzt kurz nach drei.

Er hatte das vage Gefühl, einen Fehler gemacht zu haben. Genauso wie Manuela hätte er sie schnell und schmerzlos erschießen und dann ins Meer werfen sollen. Das wäre für sie und für ihn besser gewesen. Verflucht noch mal! Noch nie im Leben hatte er so falsch entschieden, denn wenn es mit dem Teufel zuging und sie aus dem relativ warmen Wasser gefischt wurden, bekam er ein Problem. Sie wussten, dass die *Seewolf* ehemals die *Aurora* gewesen war, sie wussten, dass er gar nicht Werner Faenzi war. Noch niemand hatte so viel über ihn gewusst, und gerade diese beiden hatte er leben lassen.

Er hatte nicht alle Tassen im Schrank gehabt. Ein fataler Fehler, der ihm im schlimmsten Fall die Existenz kosten konnte. Verflucht noch mal.

Vor Wut schlug er gegen das Steuerrad.

Nachts um vier war er körperlich am Ende. Die rasenden Kopfschmerzen der Vortage hatten ihn ausgelaugt und drohten wiederzukehren. Er redete mit sich selbst und versuchte ein paar Schritte zu laufen, um wach zu bleiben, aber er konnte sich kaum noch auf den Beinen halten. Also setzte er sich wieder an den Steuerstuhl, das Umherwandern war viel zu gefährlich. Wenn er unaufmerksam wurde, bestand die Gefahr, dass er trotz ruhiger See und nur leichter Dünung über Bord ging.

Weiter starrte er in die Dunkelheit. In dem unendlichen Schwarz gab es keinen Horizont, keinen Punkt, an dem sich das Auge festhalten konnte. Das Boot schaukelte sanft, als wolle es ihn zusätzlich in den Schlaf wiegen.

Es ärgerte ihn furchtbar, dass er das AIS nicht einschalten durfte, um nicht geortet zu werden. Sonst hätte er leicht eine Weile schlafen können.

Plötzlich sah er weiße Blitze, war aber nicht mehr in der Lage herauszufinden, ob es reelle Gewitterblitze oder Blitze vor seinen Augen waren. Jedenfalls hörte er keinen Donner.

Nur einen Moment entspannen, dachte er sich, nur eine Minute dösen, dann ging es bestimmt wieder, nur mal ganz kurz die Augen zumachen, vielleicht erst eins und dann das andere, immer abwechselnd … Nur einen Augenblick aufhören, gegen den Schlaf zu kämpfen, um dieses undurchdringliche Dunkel nicht länger ertragen zu müssen.

Noch nicht einmal der Mond schien.

Malte legte den Kopf auf seinen Unterarm. Der Steuerstand war etwas schräg, was die ganze Sache noch ein bisschen bequemer machte, seine rechte Hand ruhte auf dem Steuerrad, das wegen des eingeschalteten Autopiloten zurzeit keine Funktion hatte, direkt daneben die Gashebel für die beiden Motoren.

Das sanfte, gleichmäßige Brummen der Motoren und das leise Plätschern der flachen Wellen, die er durchschnitt, lullten ihn ein, und nur wenige Sekunden später fiel er in Tiefschlaf.

Gut eine halbe Stunde später hörte er es tuten. Fünfmal kurz. Dann Ruhe, und wieder fünfmal kurz. Es hörte gar nicht mehr auf, und Malte baute es in seine Träume ein. Er träumte, Kapitän auf einem Kreuzfahrtschiff zu sein, und gab selbst einem Containerschiff das Hupsignal, dass er Vorfahrt hatte. Der Frachter war mit ihm auf Kollisionskurs, aber niemand hörte ihn, weil Chiang Lu und Yao Yan an Deck saßen und im Rum ertranken. Malte ließ im Traum das Warnsignal immer wieder ertönen.

Plötzlich gab es ein lang gezogenes Tuten, das allerhöchste Kollisionsgefahr signalisierte, so laut und so nah, dass Malte hochschreckte. Aber da war es bereits zu spät.

Schlaftrunken registrierte er den Rumpf einer Fähre wie eine Wand direkt vor ihm. Gleichzeitig und rasend schnell stieg die *Aurora* in der Bugwelle des riesigen Schiffes wie in einem Fahrstuhl mehrere Meter hoch. Bevor Malte begriff, wie ihm geschah, wurde er durch die Gegend geschleudert, rutschte über Deck, prallte gegen die Backskisten und konnte sich im letzten Moment an der Reling festhalten. Der schwere Steuerstuhl, auf dem er gerade noch gesessen hatte, sauste über Deck und kugelte über die Reling ins Meer.

Das Boot drehte sich auf dem Zenit der Welle wie auf einem Teller, bevor es mit dem Heck zuerst ins Wellental stürzte und die riesige Woge überm Heck brach. Gewaltige Wassermassen überspülten das Deck.

In Sekundenschnelle war er bis auf die Haut durchnässt.

Der Niedergang stand wie immer offen, und augenblicklich schossen Hunderte Liter Salzwasser in den Salon.

Malte klammerte sich in diesem Inferno strudelnden Wassers krampfhaft fest, nur um nicht über Bord gespült zu werden. Er hatte nicht die geringste Chance, den Steuerstand zu erreichen, um der Welle entgegenzulenken, mehr Gas zu geben, dadurch den Druck auf das Ruder zu erhöhen und eventuell wieder manövrierfähig zu werden. Es war unmöglich. Hilflos musste er mit ansehen, dass sein Schiff in den Wellen torkelte wie ein Blatt im Wind, und er betete, dass es standhalten, diesen Horror überstehen würde.

Die *Aurora* krängte bereits, sie rollte und stampfte, er befand sich direkt in der Hölle.

Ihm war bewusst, dass er in höchster Gefahr war. Wenn ihn der Sog der Fähre an den Schiffsrumpf zog, würde er unweigerlich kentern.

Noch war der Ritt nicht zu Ende, das Boot drehte sich weiter, legte sich auf die Seite, und plötzlich hörte er ein hohes, schrilles Motorengeräusch, was nur eins bedeuten konnte: Eine Schraube ragte aus dem Wasser und drehte ins Leere.

Doch Malte hatte Glück im Unglück. Der Spuk, der nicht länger als eine halbe Minute gedauert hatte, war zu Ende, er war nicht an die Schiffswand gezogen worden, er lebte noch! Das war aber auch alles. Er hörte, dass ein Motor komplett ausgefallen war. Vielleicht hatte er sich verschluckt, oder es war irgendwo Wasser eingedrungen.

Allmählich beruhigte sich die *Aurora*. Die Fähre, die mit gut fünfundzwanzig Knoten haarscharf an ihr vorbeigedonnert war, entfernte sich schnell.

Es war verdammt knapp gewesen.

Mühsam rappelte sich Malte hoch. Ihm taten alle Knochen weh. Alles, was zuvor an Deck gewesen war, war über Bord gegangen: außer dem Steuerstuhl die Kissen auf den Backkisten, der Bootshaken, Werners Handy und Sonnenbrille, eine Flasche Wasser, leere Bierbüchsen, ein Hut, eine

Jacke, ein GPS-Handgerät und das komplette Tablett mit den Resten seines Abendessens.

Das Boot krängte, lag schief, und im Salon stand das Wasser. In der salzigen Brühe schwammen Lampen, Kissen und Bücher, Seekarten, Gläser, Flaschen und Werners Laptop.

Das UKW-Gerät war aus der Halterung gerissen und baumelte am Innensteuerstand.

»Scheiße!«, schrie er, stieg hinunter und fischte alles aus dem Meerwasser. Auch in der Küche stand nichts mehr am Platz, Gewürze waren aus den Regalen gefallen, die Espressomaschine lag in der Spüle, eine Flasche Wein war zerbrochen, das Ölgemälde, das ein Schiff im Sturm darstellte, war von der Wand gefallen und schwamm ebenfalls im Salzwasser, zusammen mit Spül- und Putzmitteln, Abwaschlappen, Kochlöffeln und Messern.

Der schwere Stuhl vom Innensteuerstand war die Treppe zur Achterkabine hinuntergekracht und lag vor der Tür.

Da er keine Chance hatte, das Wasser aus Salon und Küche herauszubekommen oder abzuschöpfen, öffnete er die Bodenklappen zum Motorraum, und das Wasser schoss in den Schiffsbauch.

Augenblicklich setzte ein schrilles Alarmpfeifen ein, die automatischen Bilgepumpen schalteten sich an, und ein mörderischer Krach begann. Die Pumpen pfiffen, zischten und piepten und spuckten das Wasser aus dem Schiff.

Jetzt erst verlor Malte die Nerven. Der Krach machte ihn verrückt, und obwohl er ein Profi war, geriet er in Panik. Er zitterte und schlotterte und klapperte mit den Zähnen. Er musste sich setzen und versuchte, ruhig zu atmen, aber die Angst, dass noch einmal etwas Derartiges passieren könnte, saß ihm in den Knochen, und er rannte wieder an Deck.

Wie ein Gejagter suchte er das Meer nach Booten ab, die ihm zu nahe kommen könnten, stolperte wieder nach unten, nahm die Whiskyflasche, die auch in die Spüle gefallen war, und trank einen tiefen Schluck. Der Whisky brannte in seiner Kehle. Er schnappte nach Luft, aber dann spürte er, wie er innerlich warm wurde.

Mit der Flasche ging er wieder nach oben.

Langsam wurde ihm bewusst, dass er nur knapp mit dem Leben davongekommen war.

Und dann fing er an zu heulen.

73

Sie kämpften gegen das Gefühl, in einem kalten, tiefschwarzen Nichts sterben zu müssen. Sie hielten sich an den Händen und hatten nichts mehr außer sich selbst, ihre schutzlosen Körper in der Weite des Meeres und die Angst vor dem Tod.

Beide versuchten krampfhaft nicht daran zu denken, wie tief das Meer unter ihnen war und was alles darin lebte und herumschwamm.

Sie drehten sich umeinander, trieben dahin und hatten nur das eine Ziel: sich nicht zu verlieren. Die Hand der anderen niemals loszulassen. Wer drei Meter entfernt war, war nicht mehr zu sehen. Sie würden sich niemals mehr wiederfinden.

Sie redeten kaum. Um sich nicht gegenseitig Angst zu machen. Aber sie wunderten sich, dass sie noch lebten.

Die Nacht wollte kein Ende nehmen.

Irgendwann verloren sie jegliches Zeitgefühl und glaubten, schon Tage und Nächte im kalten Wasser zu treiben. Wenn eine schlappzumachen drohte und den Mut verlor, hielt die andere sie fest über Wasser, bis es vorbei war und die Kraft wiederkam.

»Ich hab Durst«, murmelte Leonie schwach.

»Denk nicht dran. Dann verschwindet der Durst.«

»Ich trink einfach ’nen Schluck.«

»Nein, Leo, bitte nicht! Dann stirbst du! Lass mich nicht allein!«

Leonie hustete. Durch das ungewohnte Geräusch steigerte sich bei beiden die Angst.

Hannah drückte sie an sich. »Bleib bei mir, bitte! Wenn es hell wird, werden wir gefunden. Ganz bestimmt!«

Leonie antwortete nicht.

Die Zeit verging quälend langsam. Dann sagte Leonie vor Kälte zitternd: »Ich schaff das nicht, Hannah. Ich glaube, ich sterbe lieber, damit diese Quälerei ein Ende hat.«

»Pscht!« Hannah küsste sie auf die Stirn. »Es wird alles gut, Leo, halt durch. Bald geht die Sonne auf.«

Langsam schob sich die Sonne am Horizont aus dem Meer.

Leonie und Hannah sahen über das rötlich glitzernde Wasser.

Ein neuer Tag. Sie lebten, und vielleicht hatten sie ja doch noch eine Chance.

Weiterhin versuchten sie, sich so wenig wie möglich zu bewegen, um Kräfte zu sparen.

»Was macht dein Bein?«, fragte Leonie. »Tut es noch sehr weh?«

»Nein, es geht«, log Hannah. »Bitte, erzähl mir was.«

»Ich weiß nichts.«

»Irgendwas.«

»Mir fällt wirklich nichts ein.«

»Dann sing was. Bitte!«

Leonie fiel es verdammt schwer, aber Hannah zuliebe fing sie krächzend und mit gebrochener Stimme an zu singen.

»Sag, was wird morgen sein,
bau'n wir nur auf Sand,
hau'n wir uns in Stein?
Sag, was wird morgen sein,
geh'n wir Hand in Hand
oder längst allein?
Werden wir noch alt,
so wie's uns gefällt?
Oder lebst du bald
in einer andren Welt?
Tausend Fragen frag
ich dich heut' nicht mehr,
alles, was ich sag,
du, ich lieb dich sehr!«

Als Leonie verstummte, sahen sie gegen das gleißende Licht der aufgehenden Sonne die Flosse direkt auf sich zuschwimmen.

Der Hai kam.

74

Sardinien, Cala Caterina

Renato Nappini war zweiundsiebzig Jahre alt. Viele seiner Kollegen hatten schon mit dreiundsechzig aufgehört, zum Fischen rauszufahren, und die Rente kassiert. Weil es ohnehin nichts brachte, weil der Fang immer spärlicher wurde und man in der Pescheria immer weniger für die paar armseligen Fische bekam.

Aber Renato konnte nicht anders. Er wusste, dass er an dem Tag, an dem er zu Hause blieb, tot sein würde. Jeden Morgen zwischen fünf und sieben – je nach Jahreszeit – legte er seine Netze aus, und abends kurz vor Sonnenuntergang holte er sie wieder ein. Wenn er drei Kilo Fische fing, fühlte er sich als reicher Mann. Aber darauf kam es ihm schon längst nicht mehr an. Es war das Meer, das ihn nicht mehr losließ, und er wollte eines Tages in den Wellen und nicht im Bett sterben.

Wenn Renato draußen war, war er glücklich. Alle wussten das, und seine Frau Berta hatte sich längst abgewöhnt, Angst um ihn zu haben. Auch keiner der Kollegen sagte: »Lass es heute, Renato, es bläst zu sehr und wird schlimmer!«, denn Renato tat ja doch, was er wollte. Er wusste, was ihn da draußen erwartete, und er ließ sich von nichts und niemandem davon abhalten rauszufahren. Niemals.

Und bis heute war er immer zurückgekehrt, was die einheimischen Fischer von Cala Caterina schon als Wunder bezeichneten. Der Pfarrer des Ortes, Don Domenico, dankte jeden Sonntag mit einer speziellen Fürbitte dafür.

Renato war ein unverbesserlicher Hasardeur der Meere und in jeder Hinsicht unbelehrbar.

Er hatte einen bauchigen Neun-Meter-Kutter mit zwei Außenbordern. Unter Deck gab es eine schmale Matratze, einen einflammigen Gaskocher, einen Wasserhahn und eine winzige Toilette. Dies alles war sein Himmelreich, und er konnte sich vorstellen, sein gesamtes restliches Leben auf diesem kleinen Kahn zu verbringen.

In einer großen Kiste an Deck nahm er jeden Abend gekörntes Eis mit hinaus, um die Fische frisch zu halten, die er meist nicht fing. Es gab Kollegen, die einfach viel mehr Glück hatten als er, andere besaßen elektronische Fischfinder. Renato verließ sich auf seinen Instinkt, der mit zunehmendem Alter und von Jahr zu Jahr schwächer und unzuverlässiger wurde.

Er besaß keinen Kartenplotter, keine komplizierte Elektronik, kein Radar, keinen Funk und nichts. Nur zwei brave Motoren, die seit zwanzig Jahren ohne zu mucken ihren Dienst taten, einen Kreiselkompass, mit dem er bestens klarkam und immer wieder nach Hause fand. Er besaß auch kein Handy – er war einfach nicht von dieser Welt.

Aber wahrscheinlich gab es auf ganz Sardinien keinen glücklicheren Menschen.

An diesem frühen Morgen war das Meer spiegelglatt und die Luft noch diesig und frisch.

Plötzlich sah er etwas im Wasser. Etwas Merkwürdiges. Seine Augen waren im Laufe der Jahre immer schlechter geworden, er konnte einfach nicht erkennen, was es war, und dachte, da schwämme eine Mönchsrobbe. Er wusste, dass es diese Tiere hier gab, aber er hatte noch nie eine so nah gesehen, daher steuerte er direkt auf sie zu.

Jeden Moment erwartete er, dass sie abtauchen und verschwinden würde, aber sie blieb ... Bis er erkannte, dass es ein Mensch- und kein Robbenkopf war. Eine junge Frau. Ein Mädchen.

»Madonna!«, entfuhr es ihm. »Was sucht die denn hier draußen? Zehn Seemeilen von der Küste entfernt?«

Plötzlich hob sie ihren Arm, und er hörte einen schwachen Hilfeschrei.

Die junge Frau schwamm ihm mit letzter Kraft entgegen. An ihren rissigen, spröden und bläulich verfärbten Lippen sah er, dass sie schon lange im Wasser war.

»Madonnina«, brummte er und streckte seinen Arm aus, um sie an Bord zu ziehen.

Leonie bekam es gar nicht richtig mit, dass sie von starken Fischerarmen in ein Boot gezogen wurde, aber dann spürte sie, dass sie irgendwo lag, irgendwo auf festerem Grund, jedenfalls nicht mehr im Wasser. Mit der diffusen Ahnung und Hoffnung, dass sie in Sicherheit war, wurde sie ohnmächtig.

Renato sah sie an. Sie war jung und schön, vollkommen nackt und fast tot. Fassungslos strich er ihr übers klatschnasse Haar. »Madonnina«, flüsterte er erneut, »was ist mit dir geschehen?« Er verstand überhaupt nichts mehr. Eine Hochleistungsschwimmerin wäre sicher nicht total nackt ins Wasser gestiegen. Vielleicht war sie von einer Yacht über Bord gefallen. Ja, das war die einzige Möglichkeit.

»Hörst du mich, cara?«, versuchte er es noch einmal, aber Leonie gab keine Antwort. Er holte Wasser und drückte ihr ein Glas gegen die Lippen.

Das spürte sie. Wie in Trance hob sie den Kopf und trank. Dann sackte sie wieder zurück.

Renato holte eine Decke aus seiner Kajüte, legte sie über die junge Frau, versuchte gar nicht weiter, mit ihr zu reden, sondern brauste los. Er zog beide Motoren bis an die Schmerzgrenze hoch.

Das alte Boot hob sich aus den Wellen hoch und schoss vorwärts in Richtung Cala Caterina.

75

Elba, Porto Azzurro

Vierundzwanzig Stunden später bekam Neri einen Anruf aus Sardinien von einem Carabiniere namens Camillo Borgogno.

»Salve«, begann Camillo Borgogno, »habe ich die Ehre mit Maresciallo Donato Neri aus Elba?«

»Die haben Sie«, meinte Neri und fühlte sich durch die hochtrabende Ausdrucksweise augenblicklich gebauchpinselt.

»Piacere. Ich bin Maresciallo Camillo Borgogno, Cala Caterina, Sardegna. Haben Sie die Fahndung nach der *Aurora* rausgegeben? Nach einem gewissen Deutschen, Werner Faenzi?« Er brach sich fast die Zunge, als er den Namen aussprach.

»Ja, das ist richtig. Das habe ich. Was ist passiert? Warum rufen Sie an? Haben Sie die *Aurora* gefunden?«

»Nicht ganz. Aber eine Schiffbrüchige. Oder besser gesagt, eine junge Frau, die seit vielen Stunden halb tot im Wasser schwamm und behauptete, auf der *Aurora* gewesen und von einem Mann ins Wasser geworfen worden zu sein, der sich als Werner Faenzi ausgab, es aber nicht war.«

Neri hörte vor Aufregung auf zu atmen. »Handelt es sich bei dieser Frau um die Marescialla Manuela Sentini?«

»Nein. Um Leonie Gruber. Eine Deutsche.«

Die Enttäuschung ließ Neri in sich zusammensinken, aber er zwang sich, sachlich weiterzufragen. »Ist sie transportfähig? Können Sie sie herbringen?«

»Ich dachte mir schon, dass Sie mit ihr sprechen wollen. Aber jetzt schläft sie wie ein Stein. Selbst ein Erdbeben könnte sie in diesem Zustand nicht wecken. Lassen Sie ihr noch einen Tag Zeit, dann bringen wir sie nach Elba. Einverstanden?«

»Ganz herzlichen Dank, Maresciallo, ich werde sie hier erwarten und mich um einen Dolmetscher bemühen. Haben Sie nochmals recht herzlichen Dank! Wir hören voneinander. Salve!«

Neri legte auf. Sein Gesicht glühte. Auch wenn die Gerettete nicht Manuela war, stand er doch kurz vor dem Durchbruch und der Lösung dieses Falls. Das spürte er. Und er überlegte, ob er Gabriella schon etwas davon erzählen sollte oder nicht.

»Die haben Manuela gefunden?«, fragte Gabriella entgeistert.

»Nein, nicht Manuela. Eine junge Deutsche. Leonie Gruber. Hörst du mir eigentlich zu?«

Gabriella verstummte erschrocken. Sie war, als Neri redete, innerlich nur auf Manuela fixiert gewesen.

»Morgen werde ich mit ihr sprechen können. Ich nehme mal an, dass es uns alle sehr viel weiterbringt.«

»Das ist ja wunderbar, tesoro. Dann wirst du den Fall jetzt ganz schnell lösen.«

»Ich hoffe es.«

Leonie kam am nächsten Tag um zwölf in Begleitung von zwei Carabinieri mit der Fähre nach Elba. Sie war entsetzlich blass und wirkte, als könnte sie der leiseste Windhauch umpusten.

Da sie noch zu schwach zum Laufen war, saß sie im Rollstuhl, den ein Sanitäter der Misericordia schob.

»Ganz herzlichen Dank, dass Sie die Reise auf sich genommen haben und hierhergekommen sind«, begrüßte sie Neri auf Englisch. »Wie wär's, wenn wir eine Kleinigkeit essen gehen? Dabei können wir uns in Ruhe unterhalten.«

Leonie schüttelte nur den Kopf.

»Jetzt noch nicht«, antwortete der Sanitäter für sie. »Später vielleicht.«

»Gut. Dann gehen wir in mein Büro, und ich werde ein paar Panini kommen lassen.«

Der Dolmetscher war sehr einfühlsam. Er übersetzte leise und fast simultan, was ungeheuer hilfreich war. Nach einer Weile hatten sowohl Neri als auch Leonie seine Anwesenheit fast vergessen.

Leonie war nicht in der Lage, chronologisch zu erzählen. Was sie sagte, ging wüst durcheinander, und Neri erkannte, dass sie Wochen, Monate, vielleicht sogar Jahre brauchen würde, um das Erlebte in ihrem Kopf zu sortieren und zu verarbeiten.

»Wir haben stundenlang im Wasser gehangen. Stundenlang. Oder Tage. Ich weiß es nicht. Hannah hatte so viel Kraft. Wenn ich nicht mehr konnte, hielt sie mich hoch. Sie war so lieb, und jetzt ist sie tot!« Leonie hauchte die Worte nur.

»Was ist genau passiert?«, fragte Neri leise und behutsam.

»Es ging so schnell, so wahnsinnig schnell«, schluchzte Leonie. »Wir sahen die Flosse direkt auf uns zukommen. Und Hannah hat noch gesagt: ›Nicht bewegen, keine Panik, bloß nicht planschen. Schlag nicht um dich! Abhauen können wir sowieso nicht. Der Hai ist in jedem Fall schneller. Leo, bitte, bleib so ruhig wie möglich!‹ Sie hat meinen Kopf über Wasser gehalten und mir in die Augen gesehen. Wollte, dass ich mich auf sie konzentriere und nicht auf den Hai. Ich hab es versucht, obwohl ich vor Angst fast verrückt geworden bin. Ich sah dieses riesige Tier direkt vor uns und unter uns und um uns herum, und Hannah starrte mich immer noch an. Hypnotisierte mich geradezu. ›Er haut wieder ab!‹, flüsterte sie. ›Wenn wir ganz ruhig bleiben, ist er gleich wieder weg.‹ Aber er blieb. Schwamm zwei- oder dreimal um uns herum, und dann hat er sie ins Bein gebissen. Es ging so verdammt schnell, dass ich erst an ihrem irren Blick erkannte, dass etwas passiert war. Und dann zog er sie runter ins Meer. Sie sah mich an, während sie versank, und hat sich nicht gewehrt. Ich hab noch das Blut gesehen. Um mich herum war überall Blut, aber Hannah war weg. Und ist nicht wieder aufgetaucht.«

Die Erinnerung überwältigte Leonie. Sie musste etwas trinken und eine Pause machen, bevor sie weitersprechen konnte.

»Und dann war ich allein. Da war niemand mehr, mit dem ich reden konnte und der mich hielt. Ich dachte unentwegt daran, dass unter mir die Haie waren. Ständig hab ich geglaubt: Da ist etwas an meinem Fuß, da hat mich was berührt, da ist der Hai, er ist wieder da, jetzt beißt er mich, jetzt holt er mich, gleich bin ich auch tot.

Wie ich es geschafft habe, weiterzuschwimmen und nicht unterzugehen, weiß ich nicht. Ich kann es nicht erklären, aber es war furchtbar. Ich habe überhaupt nicht mehr daran geglaubt, vielleicht doch noch gerettet zu werden und zu überleben, ich wollte eigentlich einfach nur im Meer versinken. Aber dann hab ich an meine Eltern gedacht und bin irgendwie weitergeschwommen. Das heißt, ich hab mich gerade so viel bewegt, dass ich nicht untergegangen bin.«

Nichts konnte Neri so gut nachempfinden wie das, was Leonie durchgemacht hatte. Er fand noch nicht einmal tröstende oder lobende Worte, so erschüttert war er. Er selbst lebte in panischer Angst vor dem Tag, an dem er wieder auf die Fähre musste, um zum Festland zurückzufahren, weil ihn allein die Vorstellung von zig Metern Wasser unter dem Schiff und unzähligem widerlichen und gefährlichen Meeresgetier fast um den Verstand brachte. Im Wasser zu schwimmen, einen Hai zu sehen und zu spüren, der dann auch wirklich zubiss, war für ihn unvorstellbarer Horror. Er bewunderte dieses zarte, tapfere Mädchen zutiefst.

»Erzähl mir, wie ihr ins Wasser gekommen seid. Und warum wart ihr nackt? Was hat der Mann mit euch gemacht? Hat er euch entführt? Vergewaltigt? Eingesperrt? Bitte erzähl mir alles. So genau wie möglich. Es ist wichtig, Leonie, sehr wichtig …«

Leonie kam allmählich zu sich. Sie hörte auf zu weinen, der Hass, der sie erfüllte, als sie an den fremden Mann auf der *Aurora* dachte, machte sie hart und ermöglichte es ihr, klar zu denken.

Dazu kam, dass sie reden *wollte*. Sie wollte alles erzählen, jede Kleinigkeit, weil sie sich nichts mehr wünschte, als dass der gefunden wurde, der ihre Freundin auf dem Gewissen hatte.

Leonie redete knappe drei Stunden. Beschrieb den Mann, der *nicht* Werner Faenzi war, ganz genau und ebenso das Boot mit allen Einzelheiten. Jede Sekunde ihrer Angst schilderte sie und alles, was der Mann gesagt und getan hatte.

76

Mittelmeer

Im Morgengrauen fühlte sich Malte fit und kräftig genug, die Überfahrt nach Tunesien zu wagen. Wenn auch nur mit einem Motor. Das Wetter war gut, und er wollte es nicht riskieren, sein Boot in Italien reparieren zu lassen.

Vierundzwanzig Stunden hatte er in einer Bucht an der Südspitze Sardiniens bei Cagliari geankert, um sich vor der langen Überfahrt richtig auszuschlafen. So kaputt, wie er war, nahm er sogar die Gefahr in Kauf, dass sie ihn in der Einsamkeit aufstöberten.

Frühmorgens um halb sechs startete er nun und nahm Kurs auf die afrikanische Küste.

Am Nachmittag, als er bereits begann, sich auf Tunis zu freuen, und sich überlegte, was er alles bunkern wollte, hörte er plötzlich das charakteristische Knattern eines Hubschraubers über sich.

»Nein!«, schrie er. »Nein, nein, nein! Haut ab! Lasst mich in Ruhe!«

Er war darauf gefasst, dass der Hubschrauber dicht über ihm kreisen würde, um genau auszuspionieren, ob sein Boot das gesuchte war, aber das geschah nicht.

Der Hubschrauber flog eine klare Linie über ihn hinweg und verschwand am Horizont.

Das konnte jetzt völlig harmlos, aber auch ein verdammt schlechtes Zeichen sein.

Jeden Tag werden sie mich suchen, dachte er. Jeden Tag. Auf der ganzen Welt. Und irgendwann kriegen sie mich.

Hoch konzentriert überlegte er und entschied, dass er es wagen konnte, für eine letzte Nacht im Hafen von Tunis anzulegen.

Das Risiko war gering.

Gegen Abend erreichte er den Hafen von La Goulette in der Bucht von Tunis.

Diesmal bunkerte er kein Wasser und keine Lebensmittel, sondern lediglich zwei Zehn-Liter-Kanister mit Benzin.

Und ging früh ins Bett.

Am nächsten Morgen fuhr er hinaus aufs Meer.

Dreißig Seemeilen vor der tunesischen Küste sah er auf den Tiefenmesser. Hundertzweiundachtzig Meter. Das reichte. Er stoppte die Maschinen.

Eines war Malte völlig klar: Als Werner Faenzi kam er nicht mehr weiter. Sie wussten zwar nicht, wer er war, doch sie kannten das Boot.

Er zögerte nicht mehr.

In aller Seelenruhe öffnete er die Uhr, den Tresor und eine aufklappbare Treppenstufe, wo er selbst kleinere Bargeldmengen verstaut hatte, und rollte alles Geld, das er hatte, zusammen, steckte es in einen Plastikbeutel, umwickelte diesen mehrere Male mit dickem Klebeband und band das Paket an seinem Gürtel fest. Zusätzlich umwickelte er Beutel und Gürtel auch noch einmal mit Klebeband.

Dann nahm er ein doppeltes Seil, befestigte es mit Kabelbindern an zwei Anderthalb-Liter-Wasserflaschen und hängte sie sich um. Das Wasser würde er nach und nach trinken, und die leeren Flaschen würden ihm Auftrieb geben, wenn er müde wurde. Er brauchte sich dann nur in das Seil zu hängen und hätte die leeren, mit Luft gefüllten Wasserflaschen auf dem Rücken.

Anschließend demontierte er im Motorraum die Dieselfilter, sodass der Treibstoff auslaufen konnte. Dann zog er die Schläuche von den Seeventilen ab und tat das, was ihm am allerschwersten fiel: Er öffnete sie.

In seine Hosentasche steckte er sein Taschenmesser und zog seine Jacke an. Aus dem kleinen Bordbüro nahm er den Handkompass und das zweite tragbare GPS-Gerät. Beides schob er sich in die Jackentasche und hoffte, dass er beim Schwimmen nichts verlieren würde. Aber das Risiko musste er eingehen. Was er an Bord ließ, war für immer verloren.

Jetzt war es an der Zeit zu funken. Auf Kanal 16 gab er einen Notruf ab.

Mayday – Mayday – Mayday
This is Aurora – Aurora – Aurora
My position: Thirty-seven degrees, seventeen minutes, nine seconds, North
Nine degrees, fifty-five minutes, three seconds, East
I repeat: Thirty-seven degrees, seventeen minutes, nine seconds, North
Nine degrees, fifty-five minutes, three seconds, East
Fire on board! Boat is sinking!
Over

Er schaltete das Funkgerät wieder ab.

Die beiden Zehn-Liter-Kanister mit Benzin entleerte er in der Bugkabine.

Und nun musste es schnell gehen.

In Windeseile lud er eine Leuchtrakete in die Signalwaffe und schoss zuerst in den Motorraum, in dem der dickflüssige Diesel ausfloss. Dann feuerte er eine rote Signalrakete in die Luft.

Als Letztes schoss er in die Bugkabine und hatte nur wenige Sekunden, um ins Wasser zu springen, bevor das Schiff sich in einen wahren Feuerball verwandelte.

Um zur Südküste Tunesiens zurückzukehren, musste er fünfunddreißig Seemeilen schwimmen. Das waren dreiundsechzig Kilometer. Er musste es einfach schaffen.

Hier befand er sich auf dem offenen Meer, und mit Sicherheit dauerte es jetzt noch eine ganze Weile, bis die Rettungskräfte eintrafen. Da war er längst weit außer Sichtweite und auf keinen Fall mehr zu orten.

Man würde seine Leiche nicht finden und davon ausgehen, dass er zusammen mit seinem Boot versunken war.

77

Elba, Porto Azzurro

Der Anruf kam um sechs Uhr zwanzig, als Neri gerade unter der Dusche stand. Gabriella nahm ihn schlaftrunken entgegen. Dann stolperte sie ins Bad.

»Donato, du sollst in Tunesien anrufen. Irgendetwas ist, was, habe ich nicht verstanden, aber es ist dringend.«

Neri trocknete sich sofort ab, raste zum Telefon und wählte die Nummer, die Gabriella notiert hatte.

Am Apparat war Abdallah Abu Salama von der tunesischen Polizei in Bizerta.

Das Gespräch lief abgehackt und mühsam auf Englisch, aber beide konnten einigermaßen zufriedenstellend klarmachen, worum es ging.

»Spreche ich mit Commandante Donato Neri auf Elba?«

»Ja, das ist richtig.«

»Haben Sie die europaweite Fahndung nach einem Schiff namens *Aurora* rausgegeben?«

»Ja, das hab ich.«

»Wir haben die *Aurora* gefunden. Sie ist vor der Nordspitze Tunesiens gesunken. Der Eigner ist wahrscheinlich ertrunken. Die Rettungsinsel schwamm auf dem Meer, hatte sich beim Untergang des Schiffes aufgeblasen, war aber leer. Der Eigner hatte noch *Mayday* gefunkt, er hatte

Feuer an Bord, die Rettung kam aber zu spät. Es tut mir leid.«

Neri verschlug es die Sprache.

»Der Golf von Tunis ist eine große Bucht«, fügte Abdallah Abu Salama noch hinzu. »Wenn die Strömung günstig ist, kann es sein, dass die Leiche in einigen Wochen angeschwemmt wird. Vielleicht – vielleicht auch nicht.«

»Könnte es sein, dass der Mann an Land geschwommen ist?«

»Bestimmt nicht. Bis an Land sind es fünfunddreißig Seemeilen. Ein bisschen viel.«

»Bitte halten Sie mich über sämtliche Ergebnisse auf dem Laufenden.«

»Natürlich, Maresciallo. Meine Nummer haben Sie, Sie können mich anrufen, und wenn es hier Neues gibt, melde ich mich.«

»Mille grazie.«

Neri legte auf. Es war doch zum Verrücktwerden. Er raufte sich die Haare. Mit großer Wahrscheinlichkeit war dieser Mann ein Mörder, und jetzt war er tot, trieb in den Weiten des Meeres, und viele Fragen blieben unbeantwortet.

Warum hatte er nie das Glück, einen Mörder oder Serientäter dingfest zu machen?

Der Fall war ziemlich klar, aber eben doch nicht so, dass man auf einer Pressekonferenz die Verhaftung eines Mörders präsentieren konnte. Wieder eine Menge Arbeit mit Erfolg, aber ohne Lorbeeren am Schluss.

Und das Schicksal seiner Chefin Manuela war noch immer völlig ungewiss.

Das wird nichts mehr mit Rom, dachte er. Ich bin dazu verdonnert, immer im Dunkeln zu ermitteln, und meine Erfolge bleiben inkognito.

Er hatte wenig Lust, an diesem Morgen überhaupt ins Büro zu gehen.

»Was ist?«, fragte Gabriella, als sie hereinkam und sah, dass Neri nicht mehr telefonierte. »Was gibt's Neues?«

»Sie haben das Boot«, sagte Neri müde. »Es ist fünfunddreißig Seemeilen vor der afrikanischen Küste gesunken. Eine Leiche wurde bisher nicht gefunden.«

»Aber das ist doch fabelhaft!«, meinte Gabriella. »Du hast den Fall geklärt! Besser geht es doch gar nicht!«

»Es geht schon besser«, antwortete Neri düster. »Wenn ich den Mörder hätte und hinter Gittern besuchen könnte. Das wäre zur Abwechslung mal was Großartiges!«

»Für mich macht das keinen großen Unterschied, tesoro«, sagte Gabriella tröstend.

»Für mich schon.«

Neri sah Gabriella nicht an, weil er Mühe hatte, die Fassung zu bewahren, und ging in die Küche, um seinen Morgenkaffee zu trinken.

78

Tunesien, Hafen von Sidi Bou Said

Der Mann blinzelte in die untergehende Sonne.

Er saß in einem kleinen Lokal in Sidi Bou Said, aß Couscous und Ojja und trank dazu Celtia, tunesisches Bier.

Es war ein lauer Abend.

Als die Sonne untergegangen war, gingen nach und nach die gelblichen Lichter der Straßenbeleuchtung an und tauchten den Ort in ein warmes Licht.

Zum Abschluss bestellte er noch einen Boukha, einen Feigenschnaps.

Der Mann bezahlte seine Rechnung, stand auf und verließ das Lokal. Er war eine interessante Erscheinung und trug einen leichten, sportlich eleganten Leinenanzug.

Er lächelte und zerrieb Sand zwischen seinen Fingern, den er in seiner Hosentasche hatte.

Ganz in der Nähe war ein Yachthafen. Da würde er sich morgen mal umsehen.

Vielleicht brauchte ja irgendjemand einen Skipper.

Das Schöne ist, dass es mich nicht gibt, dachte er. Ich bin niemand.

Langsam ging er hinunter zum Strand.

Nur wer genau hinsah, bemerkte, dass er ein klein wenig hinkte.

Zum Buch

Hasserfüllt beobachtet er die Autorin Rina Kramer bei ihrer Lesung. Jedes Wort von ihr macht ihn wütend. Sie hat ihn bestohlen, hat seine Ideen und Gedanken geraubt.
Er reist ihr nach, findet sie in ihrem idyllischen Landhaus in der Toskana und mietet sich bei ihr ein. Wie ein harmloser Urlauber, aber besessen davon, sie zu vernichten.
Rina ahnt nicht, was der eigentümliche Gast plant. Als sie endlich die Gefahr erkennt, ist es bereits zu spät.

1

Nur eine fahle Leselampe beleuchtete Gesicht, Lesepult und Buch. Der übrige Raum lag im Stockdunkeln.

Sie sprach langsam und sehr leise ins Mikrofon. Niemand bewegte sich oder gab irgendeinen Laut von sich. Es war, als hätte das Publikum aufgehört zu atmen.

Er stand hinten, direkt neben der Tür, konnte den Saal überblicken und wusste ganz genau, dass sie ihn nicht sehen konnte. Dass sie ihn noch niemals, auch nicht bei den vorangegangenen Lesungen, gesehen hatte. Durch die Lampe geblendet, konnte sie kein einziges Gesicht der Zuhörer erkennen. Der Raum lag vor ihr in undurchdringlichem Schwarz.

Von dem, was sie las, kannte er jede Zeile, jedes Wort, er setzte in Gedanken Kommata und Punkte. Sie las gut, das musste er ihr lassen, besser hätte er es auch nicht gekonnt, sie wusste, was sie sagte. Anscheinend hatte sie sich lange und intensiv mit dem Text beschäftigt.

Er schloss die Augen, ließ die Worte auf sich wirken und spürte ein leises Vibrieren, als würde ihr die Stimme versagen. Sein Puls beschleunigte sich. Die Geschichte ging ihr offenbar selbst an die Nieren.

Es wurde dunkel. Die Sonne versank hinter den Bergen und machte ihr Unglück endgültig. Lisa wusste, dass er jetzt ganz bestimmt nicht mehr kommen würde. Nicht in der Nacht. Dennoch hörte sie nicht auf zu hoffen.

Immerhin war die Nacht warm. Schwüle Luft lag über dem Haus wie eine dicke Decke, unter der man kaum atmen konnte. Ihr Herz krampfte sich zusammen, wenn sie an den Streit am Nachmittag dachte. Sonst wäre Leo vielleicht nie weggelaufen.

Sie war schuld. Und Ben hatte keine Ahnung davon. Er hatte Leo stundenlang gesucht, hatte nach ihm gerufen, hatte geweint und geschrien, und jetzt wagte sie es nicht mehr, ihm auch nur einen Ton von dem Streit zu erzählen. Der wegen einer absoluten Nichtigkeit begonnen hatte.

Zwei Zuhörerinnen putzten sich die Nase. Er lächelte. Das war wunderbar. In seinen Träumen hatte er sich vorgestellt, dass sie weinten. Ein unglaubliches Glücksgefühl breitete sich in ihm aus. Die eigenen persönlichen Probleme der Zuhörer waren ein Klacks gegenüber dieser Geschichte. Sie sollten an nichts anderes mehr denken.

Als er Rina zum ersten Mal begegnete, hatte er sie sich jünger vorgestellt. Vermutlich war das Foto in den Büchern mehr als zehn Jahre alt. Erneut schloss er die Augen. Die Stille im Saal war fast unheimlich. Niemand räusperte sich, niemand hustete, kramte in irgendeiner Tasche herum oder knisterte mit einer Bonbontüte. Man hätte die berühmte Stecknadel fallen hören können. Die Zuhörer hatten die Welt vergessen und waren vollkommen gefangen von dem, was Rina Kramer ihnen vorlas.

Nie würde sie darüber hinwegkommen, dass sie es gewesen war, die »Verschwinde!« und »Geh mir aus den Augen!« gebrüllt hatte.

Diesen entsetzten Ausdruck im Gesicht ihres Kindes würde sie nie mehr vergessen. Danach hatte sich Leo einfach umgedreht und war weggelaufen. Aus dem Haus, aus ihrem Leben und vielleicht in den Tod.

Jetzt horchte sie in die Nacht und betete, wie sie noch nie gebetet hatte, aber da war nur Stille. Unendliche, brutale Stille.

In diesem Moment klingelte ein Handy. Das Geräusch fuhr ihm wie ein Stich ins Herz und erschien ihm so laut und durchdringend wie der Feueralarm in einer Grundschule.

Hör auf!, schrie er innerlich, hör endlich auf!, und presste mit aller Kraft beide Hände auf die Ohren.

Welches verdammte Arschloch hatte bei so einer Lesung sein Handy nicht ausgeschaltet?

Er beobachtete jeden Einzelnen im Publikum. Irgendjemand musste ja nach seinem Handy suchen, um es mit zitternden Händen und beschämt zum Schweigen zu bringen.

Aber nichts passierte.

»Was ist hier los?«, schrie er laut und wunderte sich, wie schrill seine Stimme in dem stillen Saal klang. »Welcher Idiot hat sein verdammtes Handy angelassen und ist jetzt noch nicht mal in der Lage oder zu feige, es auszuschalten?«

Eine Frau zuckte zusammen. Sie trug ein beigefarbenes Chanel-Kostüm, eine geschmackvolle Goldkette, kurze, dauergewellte Haare, sah aus wie eine Gymnasiallehrerin für Latein und Geschichte und knipste nun hektisch ihr Handy aus.

»Entschuldigung«, hauchte sie. »Tut mir wirklich leid.«

Er wurde fast ohnmächtig vor Hass. So viel Kaltschnäuzigkeit brachte ihn um den Verstand.

Was für eine dumme Schlampe. Er konnte es nicht fassen.

Aber Rina Kramer meisterte die Situation. Sie sah ins Dunkel und atmete tief ein. Ihm war klar, dass sie versuchte, ihre Konzentration zurückzugewinnen.

Dann las sie leise weiter.

Mein Leben ist zu Ende, dachte Lisa, ich halte es nicht aus, ohne Leo und mit dieser Schuld bin ich nichts, bin ich zerstört. Ihr Mann würde sie hassen. In ihrem Leben gab es niemanden mehr.

Ben stand auf und zog sich die Jacke an. Er war wahnsinnig, er wollte sogar in der Nacht nach draußen und weitersuchen. Sie konnte es verstehen, aber jetzt hatte sie Angst um beide.

Die Frau mit dem verdammten Handy hatte alles kaputt gemacht. Zauber und Atmosphäre der Geschichte waren dahin. Er konnte seine Wut kaum unterdrücken, schaukelte von einem Bein auf das andere und massierte seine Fingerknöchel. Hörte gar nicht mehr zu. Die Worte plätscherten an ihm vorbei.

Jetzt las sie die gesamte Passage von der Nacht, in der sie auf das Kind warteten, hin- und hergerissen zwischen Hoffnung und Hoffnungslosigkeit. Jedes Wort kannte er auswendig. Es war die stärkste Szene des Buches. Einfach großartig.

Er schloss die Augen und vergaß endlich die Frau mit dem Handy. Ließ sich fallen und hörte nur noch die Geschichte.

Nun kam die Stelle, wo das Käuzchen schrie, Lisa jede Hoffnung aufgab, Leo jemals lebend wiederzusehen, und angstgeschüttelt nur noch darauf wartete, dass ihr Mann irgendwann wiederkam.

»Ich will dich nicht verlieren«, flüsterte sie, »dich nicht auch noch. Auch wenn wir Leo niemals wiederfinden, bleib bei mir, Ben. Bitte, hilf mir. Ich bin so allein.«

Ben stand Stunden später vom Regen völlig durchnässt in der Küche, machte aber keine Anstalten, die Jacke auszuziehen und sich abzutrocknen, reagierte nicht, sagte kein Wort, sondern sah nur stumm aus dem Fenster und starrte in die Nacht.

Sie wusste, dass er nie darüber hinwegkommen und niemals mehr einen Weg zu ihr finden würde.

Rina Kramer blickte auf, atmete tief und deutlich aus, lächelte ein wenig und klappte das Buch zu.

Das war ein Zeichen, das jeder verstand. Die Lesung war beendet.

Niemand rührte sich. Totenstille. Es rückte noch nicht einmal jemand seinen Stuhl zurecht.

Doch nach unendlich langen Sekunden begann jemand zu klatschen. Dann drei, dann zehn, dann fünfzehn Personen, und schließlich gab es donnernden Applaus.

Die Bibliothekarin schaltete das Licht an, und langsam wurde der Saal hell.

Er setzte sich schnell auf den frei gewordenen Stuhl und bemühte sich, hinter dem Rücken seines Vordermannes zu verschwinden.

»Aaaahh!«, sagte Rina. »Danke. Ich danke Ihnen sehr. Das ist wundervoll. Und jetzt sehe ich Sie wenigstens alle und weiß, vor wem ich gelesen habe.« Sie lächelte. »Ich hoffe, meine Lesung hat Ihnen trotz der kurzen Störung gefallen, und ich habe Sie ein bisschen neugierig auf das Buch gemacht. Wenn wir uns jetzt noch etwas unterhalten möchten: herzlich gerne. Ich bin hier, ich habe Zeit, und Sie können mich fragen, was Sie mich immer schon einmal fragen wollten. Und ich verspreche: Ich beantworte alles!«

Niemand rührte sich, denn niemand traute sich, eine Frage zu stellen.

»Nur zu!«, ermunterte Rina die Zuhörer erneut, die zwar immer noch schwiegen, aber auch keine Anstalten machten zu gehen.

»Wir möchten Frau Kramer für diese wunderbare, intensive Lesung herzlich danken«, sagte die Bibliothekarin mit so leiser, zittriger Stimme, dass man sie kaum verstand, obwohl sie in ein Mikrofon sprach.

Was für eine verlogene Tante, dachte er, du hast doch gar nicht richtig zugehört. Ihm wurde schlecht.

Nach einer Pause fragte er mit leiser, aber klarer Stimme: »Woher nehmen Sie eigentlich die Ideen für all Ihre Romane?«

Rina hatte nicht mitbekommen, wer gefragt hatte, aber antwortete sofort. »Es sind eigentlich Kleinigkeiten, die mir auffallen und die zu einer Idee werden. Ein einsames Haus im Wald, ein außergewöhnlicher Charakter oder auch eine Situation. Eine kurze Zeitungsnotiz oder etwas, das man über sieben Ecken von einem Freund erfährt. Wichtig ist, dass mich das Thema tief berührt. Manchmal überlege ich: Wovor hast du Angst? Und dann fallen mir Situationen ein. Und aus der Situation, die mir am wichtigsten ist und die mich am meisten interessiert, versuche ich eine Geschichte zu entwickeln, mit der ich mich dann sehr lange und eigentlich täglich beschäftige.

Man muss über das schreiben, was einem selbst wehtut. Und dass das eigene Kind verschwindet – etwas Schlimmeres kann einem im Leben, glaube ich, nicht zustoßen. Jeden Tag, vierundzwanzig Stunden Angst, Hoffnung und Ungewissheit. Das ist kaum auszuhalten.«

Dreist, dachte er. Sie lügt und weiß es ganz genau. Er rutschte auf seinem Stuhl noch tiefer und begann die Haut auf seinem Handrücken blutig zu kratzen, ohne es zu merken.

»Wie können Sie so etwas schreiben, wenn Sie es nicht selbst erlebt haben?«, fragte eine Frau mit extrem kurzem Haar in der letzten Reihe.

»Ich kann mich gut in jemanden hineinversetzen, der sein Kind verliert. Ich kann mich aber auch gut in einen Mörder hineinversetzen, weil ich davon überzeugt bin, dass jeder von uns in einer extremen Lebenssituation zum Mörder werden könnte.« Rina schien froh zu sein, dass das Gespräch jetzt endlich in Gang kam.

»Dann ist alles das, was Sie so wunderbar und so einmalig beschreiben, reine Fantasie?«, fragte eine alte Dame in der vorletzten Reihe.

»Ja.«

Sie war eine gottverdammte Lügnerin, aber nun gut, wie sollte sie sich bei derartigen Fragen auch anders aus der Affäre ziehen, überlegte er und schluckte seinen Ärger hinunter. Sie konnte ja gar nicht anders reagieren. Ich müsste sie bloßstellen und alles auffliegen lassen.

»Sie schließen sich in Ihrem Zimmer ein und schauen nur in Ihren eigenen Kopf?«

»So ist es.«

Die alte Dame nickte bewundernd.

»Ich meine, geht Ihnen das nicht selbst zu Herzen, wenn Sie so etwas schreiben? Ich kann mir gar nicht vorstellen, wie man sich solche Geschichten ausdenkt.« Die Frau, die jetzt fragte, war die, deren Handy geklingelt hatte.

»Das ist schwer zu erklären, weil ich es leider selbst nicht weiß.«

Natürlich weißt du das nicht, natürlich nicht. Ein eiskalter Schauer lief ihm über den Rücken. Aber bald wirst du es wissen. Ganz bestimmt.

»Ich sitze oft am Computer und weine, während ich schreibe. Das lässt sich wahrscheinlich gar nicht vermeiden. Aber wenn das Buch dann erschienen ist, geht es mir besser. Ich habe sehr viele Ängste, und Bücher zu schreiben hilft mir, damit umzugehen. Vielleicht ist es eine Art Therapie.«

»Das verstehe ich«, sagte die Frau und wirkte sehr zufrieden.

Und dann hagelte es Fragen.

»Wie lange schreiben Sie an einem Buch?«

»Das ist ganz unterschiedlich. Mal ein Jahr, mal drei Jahre.«

»Und da sind Ideenfindung und Recherche schon dabei?«

»Ja.«

»Machen Sie sich ein Konzept?«

»Nein. Ich bin vom Verlauf und Ausgang des Buches genauso überrascht wie der Leser. Und das macht meine Arbeit so spannend.«

Er hielt die Luft an. Auf seiner Stirn bildeten sich kleine Schweißperlen. Jetzt, jetzt würde sie es zugeben, woher ihre Ideen stammten, jetzt würde sie die Wahrheit sagen, endlich.

Ihm wurde immer heißer, und dennoch zitterte er.

Aber sie sagte nichts.

Er biss sich auf die Lippen, um nicht laut zu schreien vor Wut.

»Haben Sie Kinder?«, fragte jemand aus der zweiten Reihe, aber er hörte gar nicht richtig hin.

»Ja. Einen Sohn«, antwortete sie.

»Und Sie sind verheiratet?«

»Ja.«

»Glücklich?« Die Frau, die gefragt hatte, räusperte sich. »Entschuldigen Sie, dass ich so direkt frage, aber ich habe Ihr Buch ›Die Witwe‹ gelesen, und da fragt man sich natürlich, ob es Ihrem Mann noch gut geht.«

»Natürlich. Das verstehe ich. Aber ich kann Sie beruhigen. Es geht ihm sehr gut, und ich habe auch nicht vor, ihn demnächst umzubringen.«

Einige Leute lachten, die Frau grinste und schwieg.

Er wurde wütend über die Lacher. Was waren das bloß alles für Menschen. Sie verstanden nichts. Gar nichts. Hatten nicht die geringste Ahnung davon, wie es war, wenn eine geniale Idee ganz langsam in den Kopf kam, aufquoll und in den Gedanken immer mehr Platz beanspruchte, bis man glaubte zu platzen … Das Schreiben war dann wie eine Entspannung, eine Erlösung.

Aber Rina Kramer konnte dies natürlich nicht erklären.

Jetzt lächelte er in sich hinein, sackte noch tiefer in seinen Sitz, denn der Gedanke, dass sie ihm nicht das Wasser reichen konnte, war wunderbar.

»Wieso spielen eigentlich Ihre letzten Bücher in der Toskana?«, fragte eine Dicke mit Haarausfall.

»Weil ich vor drei Jahren da hingezogen bin und mich dort mittlerweile ganz gut auskenne. Ich weiß, wie es riecht, wenn Oleander, Rosmarin und Jasmin blühen, wenn die Sonne aufgeht und das Land noch feucht ist, wenn das Heu gemäht ist und wenn die Hitze über dem Land liegt. Ich kenne die Geräusche, höre innerlich das Singen der Vögel, das Grunzen der Wildschweine, die Schreie der Fasane und das Heulen der Wölfe. Ich kann in Gedanken auf den Bergen, in den Wäldern, in mittelalterlichen Dörfern und in einsamen, zerfallenen Burgen spazieren gehen. Und ich weiß, wie die Menschen reagieren, wenn irgendetwas passiert. Nur so kann ich Atmosphäre schaffen, und das brauche ich für meine Bücher.«

Ihm brach erneut der Schweiß aus. Sie war also in die Toskana gezogen. Das hatte er bisher immer nur vermutet, aber nicht definitiv gewusst, denn so deutlich hatte sie es noch nie gesagt.

Jetzt schaltete sich wieder die verschüchterte Bibliothekarin ein, die die Diskussion offensichtlich beenden wollte, und säuselte in ihr Mikro, während sie nach vorn zum Pult ging. »Ganz ganz herzlichen Dank, Frau Kramer, für den schönen Abend.« Sie drückte Rina eine Flasche Wein der Region in die Hand und wandte sich ans Publikum. »Frau Kramer ist selbstverständlich bereit, ihre Bücher zu signieren.«

Vor dem Lesepult stand nach kurzer Zeit eine endlos lange Schlange von Personen, und einige trugen einen ganzen Stapel Bücher, die sie alle signiert haben wollten.

Er stellte sich hinten an. In der Hand hielt er sein völlig zerlesenes Exemplar von »Das Lächeln des schwarzen Mannes«, und er hatte Zeit.

Sechsunddreißig Personen waren noch vor ihm.

Er fixierte Rina Kramer. Registrierte, wenn sie ganz automatisch ihren Namen schrieb und das nächste Buch zur Hand nahm oder wenn ein Lächeln sie einen Moment entspannte.

Noch achtzehn Leute. Die Bibliothekarin stellte ihr ein Glas Wein auf den Tisch. Sie bedankte sich, nahm einen Schluck und signierte weiter. Es war überdeutlich, wie müde sie war.

Noch sechs. Jetzt wurde er nervös. Der Schweiß lief ihm den Rücken hinunter, sodass es kitzelte.

Sie schrieb und schrieb. Aber auch wenn sie aufsah und ihrem Leser eine spannende Lektüre wünschte, bemerkte er deutlich, dass sie nicht mehr in der Lage war, die einzelnen

Gesichter zu registrieren. Sie lächelte freundlich und sah durch sie hindurch. Sie war einfach zu erschöpft.

Dann stand er vor ihr. Ganz nah. Nur circa sechzig Zentimeter trennten sie voneinander. Er hatte eine Wollmütze aufgesetzt, trug jetzt eine Sonnenbrille, stand über ihr, sah auf sie hinab und sagte, bevor sie ihn ansprechen konnte: »Guten Abend, Frau Kramer. Bitte schreiben Sie: Danke für alles, Manuel. Und dann Ihre Unterschrift natürlich.«

Er tippte auf die freie Seite direkt neben ihrem Porträt.

»Ma-nu-el. Wie man's spricht.«

Rina sah ihn kurz irritiert an. »Warum denn ›danke‹?«

»Weil ich es mir wünsche. Bitte, schreiben Sie.«

Sie zuckte kaum merklich mit den Schultern, und er ging davon aus, dass sich die Leute wahrscheinlich dauernd irgendwelche merkwürdigen Sachen wünschten. Schon schrieb sie, worum er gebeten hatte, und gab ihm das Buch zurück.

»Einen schönen Abend wünsche ich Ihnen noch«, flüsterte er, nickte ihr kurz zu, nahm sein zerlesenes Buch, drückte es an die Brust, drehte sich um und ging. Bahnte sich einen Weg durch die Herumstehenden, die alle ein Glas in der Hand hielten und Käsekräcker aßen.